DAVID BALDACCI (1960) se licenció en Derecho por la Universidad de Virginia y ejerció como abogado en Washington durante varios años. El reconocimiento unánime con que público y crítica recibieron sus primeras novelas le llevó a abandonar la abogacía para dedicarse por entero a la escritura. Desde entonces Baldacci es uno de los grandes nombres del *thriller* contemporáneo. Su obra ha sido traducida a treinta y cinco idiomas y publicada en más de ochenta países; las ventas rondan los cincuenta millones de ejemplares en todo el mundo.

Ediciones B ha publicado, entre otras, *Frío como el acero, Una muerte sospechosa, Los coleccionistas, Camel Club, El juego de las horas, A cualquier precio, Buena suerte, El último hombre, Una fracción de segundo, Toda la verdad* y *Justicia divina*. Baldacci colabora también con el mundo del cine: es autor de seis guiones y su novela *Poder absoluto* fue llevada a la gran pantalla.

davidbaldacci.com

Título original: *Hell's Corner*
Traducción: Mercè Diago y Abel Debritto
1.ª edición: febrero, 2016

© Columbus Rose, Ltd., 2010
© Ediciones B, S. A., 2016
    para el sello B de Bolsillo
    Consell de Cent, 425-427 - 08009 Barcelona (España)
    www.edicionesb.com

Printed in Spain
ISBN: 978-84-9070-184-3
DL B 000-2016

Impreso por NOVOPRINT
              Energía, 53
              08740 Sant Andreu de la Barca - Barcelona

La esquina del Infierno

DAVID BALDACCI

Para Michelle.
Veinte años de matrimonio y veinte libros.
El viaje de mi vida con la mujer que amo.

1

Oliver Stone contaba los segundos, un ejercicio que siempre le había tranquilizado. Necesitaba relajarse. Esa noche se reuniría con alguien muy importante y no sabía qué sucedería. De lo que sí estaba seguro es de que no huiría. Estaba harto de huir.

Stone acababa de regresar de Divine, Virginia, donde había conocido a Abby Ricker. Era la primera mujer por la que Stone sentía algo desde el fallecimiento de su esposa hacía ya tres décadas. A pesar del cariño que se profesaban, Abby no tenía intención de dejar Divine, y Stone no quería vivir allí. Para bien o para mal, su hogar estaba en esta ciudad y eso a pesar de lo mucho que había sufrido en ella.

Era muy posible que el sufrimiento aumentara. El comunicado que había recibido una hora después de haber llegado a casa era de lo más explícito. Irían a buscarle a la medianoche. No había nada que debatir ni negociar y cualquier compromiso quedaba fuera de su alcance. Eran los otros quienes siempre fijaban las condiciones.

Dejó de contar al cabo de unos instantes al oír las ruedas de un coche en la gravilla que recubría la entrada del cementerio de Mount Zion. Era un camposanto histórico y humilde para los afroamericanos que habían destacado por luchar por causas que sus homólogos blancos daban por sentadas, como comer, dormir, ir en autobús o tener un baño. A Stone siempre le había parecido irónico que Mount Zion se encontrara a mayor altura que un lugar tan exclusivo como Georgetown. Hasta hacía bien poco los más ricos de la zona solo toleraban a sus hermanos de piel más oscura si llevaban un delantal almidonado de doncella o servían bebidas y tentempiés sin apartar su obediente mirada del suelo encerado.

Las puertas del coche se abrieron y se cerraron. Stone oyó tres golpes metálicos. Un trío de hombres. No enviarían a una mujer, pensó, aunque tal vez se tratara de un prejuicio propio de su generación.

Llevarían Glocks, Sigs o quizás algún modelo personalizado, dependiendo de a quién hubieran encomendado aquella misión. En cualquier caso, serían armas de una eficiencia mortal. Los hombres las llevarían enfundadas debajo de unas chaquetas elegantes. Nada de tropas de asalto ataviadas de negro descendiendo de helicópteros veloces en un lugar tan pintoresco y bien comunicado como Georgetown. La misión se realizaría en silencio, sin despertar a nadie importante.

Llamaron a la puerta.

Con educación.

Respondió.

Para mostrarse respetuoso.

No tenían nada personal contra él, tal vez ni siquiera supieran quién era. Solo era un trabajo. Stone había realizado esa clase de misiones, aunque nunca había llamado a la puerta. El factor sorpresa y apretar el gatillo en un milisegundo siempre habían sido su modus operandi.

Solo era un trabajo.

«Al menos eso es lo que creía, porque no tenía agallas para aceptar la verdad», pensó.

Cuando era soldado Stone no había tenido reparo alguno en quitarle la vida a quienquiera que tratase de acabar con él. La guerra era el darwinismo llevado a sus últimas consecuencias, y las normas respondían al sentido común; matar o que te mataran era una de las principales. Sin embargo, lo que había hecho después de dejar el ejército había sido bien diferente y había logrado que terminara por desconfiar de quienes ostentaban el poder.

Se quedó en el vano de la puerta, envuelto por la luz que tenía a sus espaldas. De haber sido uno de ellos, habría escogido ese preciso instante para apretar el gatillo. Un disparo rápido y fácil, imposible de errar. Se lo había puesto en bandeja.

No dispararon. No habían ido a matarlo.

Había cuatro hombres y sintió cierta aprensión por haber errado el cálculo.

El líder del grupo estaba en forma, medía metro setenta y cinco, tenía el pelo corto y una mirada que lo analizaba todo pero no transmitía nada. Le hizo una seña para que se dirigiera al vehículo aparcado junto a la puerta, un Escalade negro. Hubo una época en la que Stone habría sido digno de un pelotón de asesinos fuera de serie que habrían ido a por él por tierra, mar y aire. Pero, al parecer, esos días habían llegado a su fin. Un cuarteto de trajeados a reventar de esteroides en un Cadillac bastaba.

No se pronunciaron palabras innecesarias. Le cachearon con pericia y le condujeron hasta el vehículo. Se sentó en el centro, entre dos hombres. Notaba el contacto de sus brazos musculosos. Estaban tensos, listos para impedir que Stone tratara de arrebatarles las armas. A Stone eso ni se le había pasado por la cabeza. Al ser cuatro a uno, llevaba las de perder y, caso de cometer tamaño error, como recompensa tendría un tatuaje negro en la frente, un tercer ojo. Tiempo atrás seguramente habría acabado con cuatro hombres mejor preparados sin apenas pestañear, pero aquello formaba parte del pasado.

—¿Adónde vamos? —No esperaba que le respondieran y no lo hicieron.

Al cabo de unos minutos estaba frente a un edificio que cualquier estadounidense habría reconocido. No tardaría en cambiar de entorno. Llegaron otros hombres de mayor rango. Estaba en el círculo restringido. Cuanto más se acercaba al centro, mayor era la cualificación de los agentes. Le escoltaron por un pasillo repleto de puertas. Todas estaban cerradas y no porque fuera tarde. Allí nunca se descansaba.

La puerta se abrió y se cerró. Stone volvió a quedarse solo, pero no por mucho tiempo. Se abrió otra puerta de la sala y entró un hombre. No miró a Stone, pero le hizo una seña para que se sentara.

Stone se sentó.

El hombre se acomodó al otro lado del escritorio.

Stone estaba allí de forma extraoficial. Normalmente solían registrarse todas las visitas, pero aquella noche era una excepción. El hombre vestía de manera informal con pantalones chinos, una camiseta de cuello abierto y mocasines. Se puso las gafas y rebuscó entre los documentos del escritorio. Solo había una luz a su lado. Stone lo observó con detenimiento. La expresión del hombre era intensa y resuelta. Era necesario para sobrevivir en aquel lugar, para no sucumbir al trabajo más difícil del mundo.

Dejó los documentos en el escritorio y se colocó las gafas en lo alto de la frente arrugada.

—Tenemos un problema —dijo el presidente de Estados Unidos, James Brennan—, y necesitamos que nos ayudes.

2

Stone estaba un tanto asombrado, pero permaneció impasible. No era recomendable mostrarse sorprendido en esa clase de situaciones.

—¿Un problema con qué?

—Con los rusos.

—Vale. —«Vaya novedad», pensó Stone. «Siempre hemos tenido problemas con los rusos.»

—Has estado allí —prosiguió el presidente. No era una pregunta.

—Muchas veces.

—Hablas su idioma. —Tampoco era una pregunta, por lo que Stone no repuso nada—. Conoces bien sus tácticas.

—Las conocía bien, pero hace ya mucho de eso.

Brennan esbozó una sonrisa sombría.

—Pasa lo mismo que con los peinados y la ropa, si vives lo bastante ves que las cosas de antes vuelven a ponerse de moda, incluidas, al parecer, las técnicas de espionaje.

El presidente se recostó y colocó los pies en el escritorio que la reina Victoria había regalado a Estados Unidos a finales del siglo XIX. Rutherford B. Hayes había sido el primer presidente en usarlo, y Brennan, el último.

—Los rusos tienen una red de espionaje en este país. El FBI ha detenido a varios y ha infiltrado a otros, pero carecemos de información sobre un gran número de ellos.

—Los países se espían los unos a los otros continuamente

—dijo Stone—. Me extrañaría mucho que no tuviéramos operaciones en marcha en su país.

—Eso no viene a cuento.

—Vale —repuso Stone, aunque en realidad creía que sí que venía a cuento, y mucho.

—Los cárteles rusos controlan los principales canales de distribución de droga del hemisferio oriental. Las sumas que hay en juego son astronómicas. —Stone asintió. Lo sabía—. Pues ahora también controlan los canales del hemisferio occidental.

Eso Stone no lo sabía.

—Por lo que tengo entendido los mexicanos han quitado de en medio a los colombianos.

Brennan asintió con aire pensativo. A juzgar por su expresión cansada, debía de haber leído con detenimiento un buen puñado de informes ese mismo día para comprender a la perfección ese y otros asuntos de vital importancia. La presidencia devoraba todo atisbo de energía y curiosidad intelectual.

—Al final se dieron cuenta de que la distribución vale más que el producto. Esa porquería se puede hacer en cualquier lugar, pero lo importante es hacerla llegar al comprador. En este lado del mundo los compradores son los norteamericanos. Los rusos se han deshecho de nuestro vecino meridional, Stone. Se han abierto paso a base de asesinatos, bombardeos, torturas y sobornos, y ahora controlan al menos el noventa por ciento del negocio. Un problema bien grave.

—Creía que Carlos Montoya...

El presidente le interrumpió con impaciencia.

—Eso es lo que dicen los periódicos. La Fox y la CNN lo dan por la televisión y los expertos se ciñen a eso, pero lo cierto es que Carlos Montoya está acabado. Era la peor escoria de México. Mató a dos de sus hermanos para apoderarse del negocio familiar, pero no pudo con los rusos. De hecho, tenemos razones para pensar que está muerto. Los rusos son los más implacables de todos en el mundillo de las drogas.

—Vale —repuso Stone con tranquilidad.

—La situación era manejable cuando nuestro enemigo eran los cárteles mexicanos. No era lo idóneo, claro está, pero no suponía un problema de seguridad nacional. Lo combatíamos en las fronteras y en las zonas metropolitanas en las que los cárteles se habían infiltrado, sobre todo en las pandillas. Con los rusos es distinto.

—¿Por la relación entre las redes de espionaje y los cárteles?

Brennan miró a Stone un tanto sorprendido por el hecho de que se hubiera dado cuenta de ello con tanta rapidez.

—Eso creemos. Es más, estamos convencidos de que el gobierno ruso y sus cárteles son exactamente lo mismo.

—Una conclusión de lo más peliaguda —comentó Stone.

—Pero es la correcta. La venta de drogas ilegales figura entre los principales artículos de exportación de Rusia. La elaboran en los laboratorios soviéticos y la distribuyen por todo el mundo mediante varios canales. Sobornan a quien haga falta y matan a quienes no se dejan sobornar. Hay mucho dinero en juego. Cientos de miles de millones de dólares. Demasiado dinero como para que el gobierno no quiera su parte. Y eso no es todo.

—¿Cuanta más droga venden en nuestro territorio más nos debilitan como país? Nos roban el dinero y el cerebro. Se dispara la criminalidad, ponen a prueba nuestros recursos y desplazan los activos de áreas productivas a las que no lo son.

A Brennan volvió a sorprenderle el razonamiento articulado y preciso de Stone.

—Exacto. Y los rusos conocen bien el poder de las adicciones. El pueblo ruso consume en exceso tanto drogas como alcohol. Hemos averiguado que los rusos están decididos a saturar de drogas nuestro país. —El presidente se recostó en el asiento—. Por no hablar del factor que todo lo complica.

—Son una potencia nuclear —comentó Stone—. Tienen tantas cabezas explosivas como nosotros.

El presidente asintió.

—Quieren volver a estar en la cima, tal vez quieran suplantarnos y convertirse en la única superpotencia. Además, son muy influyentes en Oriente Medio y en el Lejano Oriente. Hasta los chinos y los israelíes los temen, aunque solo sea porque son impredecibles. El equilibrio se está yendo al garete.

—De acuerdo. ¿Por qué yo?

—Los rusos han retomado las tácticas de la vieja escuela, las de tu época, Stone.

—No soy tan viejo. ¿No quedan espías de mi época en la Agencia?

—No, ni uno. Antes de los atentados del 11-S apenas había contrataciones nuevas y se produjeron muchas jubilaciones voluntarias e involuntarias entre el personal de mayor edad. Las cosas cambiaron mucho después de que esos aviones impactaran contra las Torres Gemelas. Como resultado, tres cuartas partes de la CIA están formadas por veinteañeros. Lo único que saben sobre Rusia es que tienen un vodka de primera y que hace mucho frío. Tú sí que conoces bien ese país. Comprendes las redes de espionaje mejor que la mayoría de los ejecutivos de Langley. —Hizo una pausa—. Y sabemos que estás más que cualificado, ya que este país invirtió mucho dinero en ti.

«Ahora sale con la culpabilidad. Interesante», pensó Stone.

—Pero ya no tengo contactos. Están todos muertos.

—En realidad es una ventaja. Nadie te conoce ni sabe nada de ti.

—¿Cómo empezaremos?

—Lo harás de forma extraoficial, claro. Te entrenarás y te pondrás al día. Supongo que en un mes estarás preparado para salir del país.

—¿Para ir a Rusia?

—No, a México y a Latinoamérica. Necesitamos que estés en los lugares por donde entra la droga. Será un trabajo duro y peligroso. No hace falta ni que te lo diga. —Se calló y observó el pelo cano cortado al rape de Stone.

Stone lo entendió a la primera.

—Salta a la vista que ya no soy tan joven como antes.

—Nadie lo es.

Stone asintió mientras trataba de dar con la conclusión más lógica de aquel encuentro. Formuló la única pregunta que le acuciaba:

—¿Por qué?

—Ya te lo he dicho. Eres nuestro mejor agente. El problema que tenemos entre manos es real y empeora a diario.

—¿Por qué no me cuenta el resto?

—¿El resto de qué?

—De por qué estoy aquí de verdad.

—No te entiendo —repuso el presidente irritado—. Creía que me había explicado con claridad.

—La última vez que estuve aquí le dije algunas cosas y di a entender otras. —El presidente no cambió de expresión—. Luego me ofrecieron la Medalla de Honor.

—Y la rechazaste —dijo Brennan secamente—. Lo nunca visto.

—Se rechaza lo que no se merece.

—Gilipolleces. Te la ganaste de sobra por lo que hiciste en el campo de batalla.

—Por lo que hice en el campo de batalla, sí, pero no me la merecía por todos mis actos. Teniendo en cuenta el honor que supone esa medalla, hay que valorar todos y cada uno de los actos. Y creo que por eso estoy aquí ahora.

Los dos hombres se miraron de hito en hito por encima del escritorio. Por la expresión del presidente quedaba claro que había entendido a la perfección qué había querido decir Stone con lo de «todos y cada uno de los actos». Carter Gray y Roger Simpson. Ambos estadounidenses importantes. Ambos amigos del presidente. Ambos muertos. A manos de Oliver Stone, que había tenido motivos de peso para ello. Los había matado sin justificaciones legales ni morales. Stone había sido consciente de ello mientras abría fuego para acabar con sus vidas.

«Pero ni siquiera eso me lo impidió, porque se merecían la muerte más que nadie», pensó Stone.

—Me salvaste la vida —comenzó a decir Brennan en tono inquieto.

—A cambio de otras dos vidas.

El presidente se levantó de repente y se dirigió hacia la ventana. Stone lo observó con detenimiento. Ya lo había dicho. Ahora le daría la oportunidad de explicarse.

—Gray iba a matarme.

—Sí, cierto.

—Te lo diré sin rodeos, el que lo mataras no me preocupó tanto como lo habría hecho en circunstancias normales.

—¿Y Simpson?

El presidente se volvió para mirarle.

—Investigué al respecto. Entiendo por qué querías deshacerte de él, pero no estás solo en el mundo, Stone, y es inaceptable matar a sangre fría en un mundo civilizado.

—Salvo que se cuente con el beneplácito de las partes interesadas —señaló Stone—, de las personas que se han sentado en el mismo lugar que ocupa usted ahora.

Brennan echó un vistazo a la silla que estaba junto al escritorio y luego apartó la vista.

—Es una misión peligrosa, Stone. Tendrás todo cuanto necesites a tu alcance, pero no hay garantías de nada.

El presidente volvió a sentarse y formó una tienda con las manos, una especie de escudo improvisado entre él y Stone.

—Esta es mi penitencia, ¿no? —dijo Stone al ver que Brennan no proseguía. El presidente bajó las manos—. Esta es mi penitencia —repitió Stone—. En lugar de un juicio que nadie quiere porque saldrían a la luz demasiadas verdades incómodas para el Gobierno y la reputación de algunos funcionarios muertos quedaría mancillada. Y no es de los que ordenaría mi ejecución, porque, como bien ha dicho, la gente no resuelve así los problemas en el mundo civilizado.

—No tienes pelos en la lengua —declaró Brennan con tranquilidad.

—¿Es cierto o no?

—Creo que comprendes a la perfección mi dilema.

—No se disculpe si le remuerde la conciencia, señor. He estado al servicio de otros presidentes que no tenían escrúpulos.

—Si fracasas, pues fracasas. Los rusos son implacables como el que más.

—¿Y si logro el objetivo?

—Pues entonces el Gobierno no volverá a importunarte. —Se inclinó hacia delante—. ¿Aceptas?

Stone asintió y se levantó.

—Acepto. —Se detuvo junto a la puerta—. Si no vuelvo con vida, le agradecería que comunicase a mis amigos que he muerto sirviendo a la patria. —El presidente asintió—. Gracias —dijo Stone.

3

A la noche siguiente Stone se encontraba en Lafayette Park, frente a la Casa Blanca, un lugar donde había pasado mucho tiempo. En un principio se había llamado President's Park, pero ahora ese nombre abarcaba los jardines de la Casa Blanca, Lafayette Park y Ellipse, un terreno de veintiuna hectáreas situado al sur de la Casa Blanca. Aunque si bien Lafayette Park había formado parte de los jardines de la Casa Blanca, se separó de esa augusta propiedad cuando el presidente Thomas Jefferson mandó construir Pennsylvania Avenue.

El parque había tenido varias finalidades durante esos dos siglos, desde cementerio hasta mercado de esclavos pasando por hipódromo. También era famoso por ser el lugar del planeta con más ardillas por metro cuadrado. Nadie sabía por qué. El parque había cambiado mucho desde que Stone hundiera por primera vez una pancarta en el suelo que rezaba «Quiero la verdad». Los manifestantes como Stone habían desaparecido, así como las tiendas raídas y el bullicio continuo. Pennsylvania Avenue, justo delante de la Casa Blanca, había permanecido cerrada al tráfico desde los atentados de Oklahoma City.

Los ciudadanos, las instituciones y los países estaban asustados, y Stone no los culpaba. Si Franklin Roosevelt resucitara y volviera a ocupar la Casa Blanca seguramente invocaría su frase más conocida: «Solo debemos tener miedo al miedo.» Pero ni siquiera esas palabras habrían bastado. Los hombres del saco estaban ganando la guerra de las percepciones en los corazones y espíritus de la ciudadanía.

Stone observó en el centro del parque la estatua ecuestre de Andrew Jackson, héroe de la Batalla de Nueva Orleans y séptimo presidente del país. Jackson descansaba sobre un frontón de mármol majestuoso de Tennessee. Se trataba de la primera estatua de un hombre a caballo jamás esculpida en Estados Unidos. Una valla baja de hierro forjado circundaba la estatua y unos cuantos cañones antiguos dispersos. Otras cuatro estatuas esculpidas en honor a héroes extranjeros de la Guerra de la Independencia de Estados Unidos se erigían en los cuatro extremos de aquel recinto verde.

Un poco más allá de la estatua de Jackson había varias hileras de flores coloridas y un arce enorme recién plantado. Habían delimitado la zona con cinta amarilla atada a unos postes porque el agujero era más hondo y ancho que el enorme cepellón del árbol. Junto al agujero había unas lonas azules con la tierra sobrante amontonada sobre las mismas.

Stone alzó la vista hacia donde sabía que se apostaban los francotiradores, aunque no los veía. Supuso que muchos de ellos le estarían apuntando a la cabeza.

«No disparéis por error, muchachos. Quiero seguir conservando el cerebro entero», pensó.

La cena de estado en la Casa Blanca llegaba a su fin y las autoridades satisfechas comenzaban a salir del Capitolio. Una de ellas era el primer ministro británico. Un séquito de coches le conduciría hasta la Blair House, la residencia para los dignatarios invitados, situada al oeste del parque. Estaba muy cerca, pero Stone supuso que los dirigentes ya no podían permitirse el lujo de ir caminando a ningún lado. Hacía mucho que el mundo también había cambiado para ellos.

Stone volvió la mirada y vio a una mujer sentada en un banco cerca de la fuente ovalada, a medio camino entre la estatua de Jackson y la del general polaco Tadeusz Kościuszko, quien había ayudado a las colonias inglesas nacientes a liberarse del yugo británico. A Stone le pareció irónico que el líder de esa misma monarquía se alojara en un lugar con vistas a la estatua. La mujer llevaba pantalones anchos negros y un abrigo blanco fino. Había un bolso grande a su lado. La mujer parecía dormitar.

«Qué raro», pensó Stone. La gente no dormita en el Lafayette a esa hora de la noche.

La mujer no era la única persona que había en el parque. Al mirar hacia la zona noroccidental del mismo Stone vio a un hombre trajeado con un maletín. Le daba la espalda a Stone. Se detuvo para observar la estatua del oficial del ejército Friedrich Wilhelm von Steuben, quien también había ayudado a los colonos a propinar una buena patada en el trasero a Jorge III, el rey loco, hacía más de dos siglos.

Stone vio entonces a un hombre bajito y barrigón acceder al parque por el extremo septentrional, donde se encontraba St. John's Church. Llevaba chándal, aunque tenía toda la pinta de que si caminaba rápido le daría un infarto. Parecía que llevaba un iPod sujeto en un cinturón que le rodeaba la barriga prominente y tenía puestos los auriculares.

Había una cuarta persona en el parque. Parecía el miembro de una pandilla callejera con vaqueros caídos, fular negro, camisa ajustada, chaqueta militar y botas de motorista. El tipo caminaba lentamente por el centro del parque. Aquello también resultaba extraño, porque las pandillas casi nunca rondaban por Lafayette Park debido a la presencia de la policía, que esa noche se había multiplicado y estaba más alerta que nunca por un motivo bien sencillo.

Las cenas de estado ponían a todo el mundo tenso. La patrulla de vigilancia aceleraba el paso. El agente de la ley acercaba la mano al gatillo. Había una mayor tendencia a disparar y a arreglar los destrozos a posteriori. Si un líder moría no se salvaba nadie. Rodaban cabezas y se quitaban pensiones.

Stone no estaba allí para pensar en esos detalles, sino que había ido a ver el parque por última vez. Dentro de dos días partiría para entrenarse durante un mes y luego se marcharía a México. Ya se había hecho a la idea. No se lo contaría a sus amigos del Camel Club. Si lo hacía seguramente adivinarían el verdadero motivo y todo se acabaría torciendo. Stone debía sacrificarse, no ellos.

Respiró hondo y miró en derredor. Sonrió al ver el ginkgo cerca de la estatua de Jackson. Estaba frente al arce que acababan de plantar. La primera vez que había estado en el parque era otoño y las hojas del ginkgo eran de un amarillo esplendoroso. Había ginkgos por toda la ciudad, pero ese era el único en el parque. Los ginkgos llegaban a superar los mil años de vida. Stone se preguntó cómo sería aquel lugar dentro de diez siglos. ¿Seguiría en pie el ginkgo? ¿Y la Casa Blanca?

Se disponía a darse la vuelta para salir del parque por última vez cuando se fijó en lo que iba por la calle hacia donde estaba.

Y hacia su querido parque.

4

Lo que alertó a Stone fue el ruido de los motores, el destello de las luces y las sirenas. Vio el séquito de coches del primer ministro salir de la zona occidental de la Casa Blanca y dirigirse hacia la Blair House. El edificio, que en realidad eran tres casas unidas, parecía grande. Tenía más metros cuadrados que la Casa Blanca, se encontraba al oeste del parque y daba a Pennsylvania Avenue, justo enfrente del inmenso Viejo Edificio Ejecutivo de Oficinas, donde el personal del presidente y del vicepresidente tenía sus oficinas. A Stone le sorprendió que el Servicio Secreto no hubiera despejado la zona antes de que el séquito de coches se pusiera en marcha.

Volvió a mirar en derredor. La mujer estaba despierta y hablaba por el móvil. El hombre trajeado seguía junto a la estatua de Von Steuben, de espaldas a Stone. El del chándal se acercaba a la estatua de Jackson. El pandillero seguía pateando Lafayette Park a pesar de que el parque no era tan grande. Ya debería tenerlo bajo control.

Aquello pintaba mal.

Stone se dirigió hacia el oeste. Aunque ya no se manifestaba allí, Lafayette Park se había convertido en un territorio que defendía de cualquier amenaza. Ni siquiera el inminente viaje a México había cambiado ese sentimiento. Todavía no se sentía amenazado, pero tenía la impresión de que las cosas cambiarían en breve.

Se fijó en el corredor. Se había detenido en el otro extremo del parque y toqueteaba el iPod. Stone observó a la mujer del banco. Acababa de guardar el móvil.

Stone se acercó a la estatua del general francés Comte de Rochambeau, situada en el extremo suroccidental del parque. Mientras lo hacía, en la intersección contigua de Jackson Place y Pennsylvania Avenue los equipos de seguridad formaron una muralla de chalecos antibala y metralletas a la espera del primer ministro. De camino a la estatua Stone se topó con el pandillero cara a cara. Parecía como si el tipo caminara sobre arenas movedizas: se movía, pero no llegaba a ningún lado. Llevaba un arma en la chaqueta; Stone vio la forma extraña pero que le resultaba reconocible incluso en la oscuridad. «Un tío con pelotas», pensó Stone. No era sensato andar armado por allí porque un francotirador apostado en algún tejado podría suponer lo peor, en cuyo caso los parientes más cercanos tal vez recibirían una disculpa oficial después del funeral. ¿Por qué arriesgaba la vida aquel hombre?

Stone calculó la trayectoria potencial del disparo desde el pandillero hasta el lugar por el que el primer ministro entraría en la Blair House. Era imposible, salvo que el pandillero tuviera un arma que desafiara las leyes de la física y lograra que las balas sortearan las esquinas.

Stone observó al hombre trajeado en el extremo noroccidental del parque. Seguía contemplando la estatua, algo que normalmente le habría tomado un minuto como mucho. ¿Y por qué acudir al parque a esa hora para mirar la estatua? Stone se fijó en el maletín que llevaba. Aunque estaba lejos para verlo con claridad, a Stone le parecía que era lo bastante grande como para alojar una bomba pequeña. Sin embargo, la distancia que separaba al supuesto terrorista del primer ministro habría condenado al fracaso cualquier intento de asesinato.

El séquito de coches siguió por West Executive Avenue hacia Pennsylvania. El lento desfile de coches acorazados con sirenas y guardias ocupaba media manzana. Giraría a la izquierda en Pennsylvania y se detendría junto a la acera frente a la famosa marquesina verde que cubría la entrada principal a la Blair House.

Stone vio que alguien se movía a su derecha al final del parque. El corredor avanzaba de nuevo. Stone no estaba seguro, pero tuvo la impresión de que el hombre gordo miraba al trajeado.

Stone volvió a mirar a la mujer. También se había levantado, se había colgado el bolso del hombro y se encaminaba hacia la zona norte del parque en dirección a St. John's Church. Era alta, pensó Stone, y la ropa la quedaba bien. Calculó que estaría más cerca de los treinta que de los cuarenta, aunque no había llegado a verle la cara con claridad debido a la oscuridad, la distancia y los árboles que los separaban.

Desvió la mirada de nuevo. El trajeado se puso en marcha por fin en el otro extremo del parque en dirección al Decatur House Museum. Stone miró hacia atrás. El pandillero le observaba, inmóvil. A Stone le pareció que el índice del tipo se contraía como si estuviera cerca de un gatillo.

El séquito de coches giró en Pennsylvania y se detuvo frente a la Blair House. Se abrió la puerta que daba a la acera. Las salidas de las limusinas solían ser rápidas por motivos obvios. La exposición a un disparo de corto o largo alcance debía ser lo más breve posible. Esa noche, sin embargo, no fue así.

El primer ministro, bajo y robusto, y vestido con elegancia, salió lentamente y, asistido por dos personas, subió cojeando los escalones con mucho tiento bajo la marquesina que había cubierto la cabeza de numerosos dirigentes mundiales. Llevaba un vendaje aparatoso en el tobillo izquierdo. Mientras entraba en el edificio un sinfín de ojos observaba el exterior en busca de cualquier atisbo de amenaza. Aunque había varios agentes de seguridad británicos, el grueso de la protección quedaba en manos del Servicio Secreto de Estados Unidos, como solía suceder con los presidentes de visita.

Dada la ubicación de la Blair House, Stone no vio al primer ministro salir cojeando de la limusina. Siguió vigilando el parque. El del chándal se dirigía hacia el centro del mismo. Stone desvió la mirada. La mujer estaba a punto de salir del parque. El trajeado ya estaba en la acera que discurría junto a la calle H.

Transcurrieron otros cinco segundos. Entonces se oyó el primer disparo.

El impacto de la bala en el suelo provocó un pequeño géiser de tierra y hierba a menos de un metro y medio a la izquierda de Stone. Se produjeron otros disparos; las balas se hundieron en la tierra, destrozaron parterres y rebotaron en las estatuas.

Mientras el tiroteo proseguía a Stone le dio la impresión de que todo se ralentizaba. Observó el campo de fuego al tiempo que se arrojaba al suelo. Ya no veía al trajeado ni a la mujer. El pandillero seguía estando detrás de él y también estaba boca abajo en el suelo. Sin embargo, el del chándal corría como alma que lleva el diablo. Entonces lo perdió de vista.

El tiroteo se detuvo. Hubo varios segundos de silencio. Stone se levantó lentamente. No se tensó al hacerlo, sino que se relajó. Si aquello le salvó la vida o no es pura conjetura.

La bomba explotó. El centro de Lafayette Park se sumió en una nube de humo y escombros. La pesada estatua de Jackson se vino abajo, con la base de mármol de Tennessee agrietada por la mitad. Su reino de más de ciento cincuenta años en el parque había llegado a su fin.

La onda expansiva de la explosión arrojó a Stone contra algo duro. El golpe en la cabeza le provocó náuseas. Durante unos breves instantes sintió que los escombros salían despedidos por doquier. Inhaló humo, tierra y el olor nauseabundo del residuo de la bomba.

El ruido de la explosión dio paso gradualmente al del griterío, las sirenas, el chirrido de neumáticos en el asfalto y más griterío. Oliver Stone no presenció ni oyó nada de todo aquello. Estaba tumbado boca abajo en el suelo, con los ojos cerrados.

5

—¿Oliver?

Stone olió el antiséptico y el látex y se dio cuenta de que estaba en un hospital, lo cual era mucho mejor que estar muerto en el depósito de cadáveres.

Abrió los párpados. Le vio la cara.

—¿Annabelle?

Annabelle Conroy, miembro extraoficial del Camel Club y su única timadora profesional, le sujetó la mano con fuerza. Era esbelta, una pelirroja que medía casi metro ochenta.

—Tienes que dejar de saltar por los aires —le dijo.

El tono era frívolo, no así la expresión. Con la mano libre se apartó el pelo de la cara y Stone vio que tenía los ojos hinchados. Annabelle no era de las que lloraba con facilidad, pero había llorado por él.

Stone se llevó la mano a la cabeza y se tocó el vendaje.

—Espero que no se haya abierto en dos.

—No, tienes una conmoción leve.

Stone miró en derredor y se dio cuenta de que la sala estaba repleta de gente. En el otro extremo de la cama estaban el gigantón de Reuben Rhodes y, junto él, Caleb Shaw, el bibliotecario menudo. Alex Ford, el alto agente del Servicio Secreto, se encontraba a la derecha de Annabelle con expresión preocupada. Detrás de ellos Stone vio a Harry Finn.

—Cuando me enteré de que había explotado una bomba en el parque supe que andarías metido.

Stone se incorporó poco a poco.

—Entonces, ¿qué pasó?

—Todavía no se sabe con certeza —respondió Alex—. Hubo un tiroteo y luego la explosión.

—¿Hay más heridos? ¿Y el primer ministro británico?

—Entró en la Blair House antes de la explosión. No hubo víctimas.

—Es sorprendente que nadie resultara herido en el tiroteo.

—Más bien milagroso.

—¿Hay alguna teoría? —preguntó Stone mirando a Alex.

—Todavía no. El parque está patas arriba. No dejan entrar a nadie, nunca había visto nada igual.

—¿Y el primer ministro?

Alex asintió.

—En un principio era el blanco.

—Un atentado muy mal organizado —apuntó Reuben—, ya que la explosión y el tiroteo fueron en el parque, y el primer ministro no estaba allí.

Stone volvió a mirar a Alex.

—¿Se te ocurre alguna explicación? —preguntó lentamente. Cada vez que pronunciaba una palabra le dolía la cabeza. Hacía treinta años no le habría dado la menor importancia y habría seguido trabajando como si nada. Pero los años no pasaban en balde.

—Ya he dicho que todavía no lo sabemos, pero ese es uno de los principales misterios. En general no fue un buen día para el primer ministro.

—¿A qué te refieres? —preguntó Stone.

—Se torció el tobillo y se movía con dificultad.

—¿Lo sabes de primera mano?

—Se cayó por una de las escaleras interiores de la Casa Blanca antes de que comenzase la cena. Fue bastante vergonzoso. Por suerte, las cámaras de los medios no graban en esa zona del edificio.

—¿Qué estabas haciendo anoche en el parque? —preguntó Annabelle—. Creía que estabas en Divine con Abby.

Stone miró por la ventana y vio que era de día.

—Volví —replicó— y Abby se quedó allí.

—Oh —dijo Annabelle con tono de decepción, aunque su expresión era de alivio.

Stone se volvió hacia Alex.

—Había otras cuatro personas en el parque anoche. ¿Qué fue de ellas?

Alex miró a su alrededor antes de aclararse la garganta.

—No está claro.

—¿No lo sabes o no puedes decírnoslo? —preguntó Stone.

Annabelle lanzó una mirada iracunda al agente del Servicio Secreto.

—Casi matan a Oliver, Alex.

Alex suspiró. Nunca había logrado dominar el arte de equilibrar el secretismo de su profesión con las constantes preguntas del Camel Club sobre asuntos confidenciales.

—Están repasando las grabaciones de vídeo e interrogando a quienes vigilaban el parque anoche. Tratan de resolver el misterio.

—¿Y las otras cuatro personas? —insistió Stone.

—¿Cuatro personas?

—Tres hombres y una mujer.

—No sé nada al respecto —repuso Alex.

—¿Dónde explotó la bomba exactamente? No llegué a verlo.

—En el centro del parque, cerca de la estatua de Jackson, o lo que queda de la misma. Fragmentos de la estatua, la valla y el cañón cayeron por todo el parque.

—¿Entonces hubo daños importantes? —preguntó Stone.

—Todo el parque se vio afectado, pero el mayor daño se produjo en un radio de quince metros. Parece una zona de guerra. Fuera lo que fuera, esa bomba era potente.

—Había un hombre obeso con un chándal en esa zona cuando comenzó el tiroteo —apuntó Stone. Frunció el ceño y trató de recordar—. Le estaba observando. Corría para salvar el pellejo, y entonces desapareció. Estaba justo en el epicentro de la explosión.

Todos miraron a Alex, que parecía incómodo.

—¿Alex? —volvió a reprenderle Annabelle.

—Vale, parece que el tipo se cayó en el agujero en el que habían plantado un árbol nuevo. La explosión tuvo lugar allí o muy cerca, pero no hay nada confirmado.

—¿Se sabe quién era? —preguntó Caleb.

—Todavía no.

—¿Y el origen de la bomba?

—Se desconoce de momento.

—¿De dónde salieron los disparos? —preguntó Reuben.

—No lo sé.

—Me golpeé con algo mientras caía —dijo Stone—. Un hombre me vigilaba.

—Tal vez —dijo Alex con recelo.

—La enfermera me dijo que te sacaron un diente de la cabeza, Oliver —dijo Annabelle.

—¿Un diente? ¿Choqué con el hombre tras la explosión?

Annabelle asintió.

—Eso parece. Si fuera así le faltaría un incisivo.

—¿Has visto las grabaciones de las cámaras de vigilancia, Alex? —preguntó Stone.

—No. No formo parte de la investigación y por eso desconozco la mayoría de las respuestas. Ahora estoy en el equipo de escoltas, lo cual significa que, al igual que muchos otros, estoy con el culo al aire en lo que al trabajo se refiere.

—¿Y el Servicio Secreto tiene que lidiar con la situación? —preguntó Reuben.

—Pues sí, la cosa va en serio.

—Me sorprendió ver a tantos escoltas anoche —comentó Stone—. Había leído lo de la cena, pero los periódicos decían que el primer ministro se alojaría, como de costumbre, en la embajada británica. ¿Qué pasó?

—Cambio de planes de última hora. El presidente y el primer ministro querían reunirse a primera hora de la mañana siguiente. Era mucho más sencillo desde un punto de vista logístico trasladar al primer ministro desde la Blair House hasta la Casa Blanca —añadió Alex—, pero el cambio no se comunicó a la prensa. Sin embargo, ¿sabías que iría anoche a la Blair House?

Stone asintió.

—¿Y eso?

—Pasé junto al séquito de coches de camino al parque. Solo había un motorista a la cabeza, lo cual significaba que no irían muy lejos y que el control del tráfico no era lo más primordial. La jefatura de policía de Washington D.C. no desperdiciaría recursos de manera innecesaria, y habían acordonado los alrededores de la Blair House. Al ver que iban tan armados supuse que era un dignatario de primer orden. El primer ministro era el único que tenía ese rango.

—¿Qué hacías en el parque a esas horas? —le preguntó Annabelle.

—Recordar —respondió como si nada antes de dirigirse de nuevo a Alex—. ¿Por qué las medidas de seguridad fueron tan poco estrictas anoche?

—No fueron poco estrictas, y se trata de un parque público —replicó Alex.

—No cuando la seguridad es un asunto de máxima prioridad. Lo sé mejor que nadie —repuso Stone.

—Obedezco órdenes, Oliver.

—De acuerdo. —Stone miró a su alrededor—. ¿Puedo irme?

—Sí —respondió una voz—, con nosotros.

Todos se volvieron y vieron a dos hombres trajeados junto a la puerta. Uno tendría unos cincuenta años, era bajito y robusto, huesudo y ancho de espaldas, con un arma debajo del traje. El otro tendría unos treinta años y era delgado, medía casi un metro ochenta y llevaba el corte de pelo típico del cuerpo de marines. También iba armado.

—Ahora mismo —ordenó el mayor de los dos.

6

—Aquí no —masculló Stone mientras el coche negro aparcaba en el Centro de Inteligencia Nacional, o NIC, diseñado a modo de campus en Virginia septentrional. Pasaron junto a la exuberante zona ajardinada pagada por los contribuyentes y se dirigieron hacia un edificio bajo que albergaba gran parte de las operaciones de inteligencia de Estados Unidos.

Una de las paredes del vestíbulo estaba repleta de fotografías de atentados terroristas perpetrados contra Estados Unidos. Al pie de aquellas imágenes desasosegadoras había una placa que rezaba «Nunca más».

De la otra pared colgaban las fotografías de los hombres que habían dirigido la agencia. No había muchas, puesto que el NIC se había creado después de los atentados del 11-S. El más destacado de los ex directores había sido Carter Gray, un funcionario con muchos cargos gubernamentales de gran importancia. El rostro corpulento de Gray les observaba mientras caminaban por el vestíbulo.

Stone había trabajado para Gray hacía ya varias décadas, cuando a Stone se le conocía por su nombre verdadero, John Carr. Carr, el asesino más eficaz del país, había empleado cuanta valentía y perspicacia poseía para servir a la patria. Como recompensa, todos sus seres queridos habían muerto a manos de aquellos para quienes había trabajado con tanta abnegación. Ese era uno de los motivos por los que Stone había acabado con Gray. Y ese motivo habría bastado.

«Púdrete en el infierno, Carter —pensó Stone cuando cerraba la puerta tras de sí—. Ya nos veremos las caras cuando me llegue el turno.»

Al cabo de cinco minutos Stone estaba sentado junto a una pequeña mesa de madera en una sala sin ventanas. Miró a su alrededor mientras trataba de respirar con calma e ignorar las punzadas de dolor que sentía en la cabeza. Saltaba a la vista que era una sala de interrogatorios.

«Y ahora me interrogarán, claro.»

La sala se oscureció de repente y apareció una imagen en la pared de enfrente que procedía de un proyector apenas visible en el techo.

Se veía a un hombre sentado en un sofá cómodo junto a un escritorio pulido. A juzgar por lo que Stone veía detrás del hombre, estaba en un reactor. Tenía cincuenta años, estaba moreno, con el pelo cortado casi al rape y un par de ojos verdes vivarachos.

—¿Ni siquiera me merezco un cara a cara? —preguntó Stone antes de que el hombre tuviera tiempo de abrir la boca.

—Me temo que no, pero al menos me ves —dijo sonriendo. El hombre no era otro que Riley Weaver, el nuevo director del NIC. Era el sucesor del difunto Carter Gray. No era fácil ocupar su puesto, aunque en las altas esferas se rumoreaba que Weaver se iba abriendo camino poco a poco, sin prisas pero sin pausas. Estaba por ver si eso resultaría positivo o negativo para el país.

Apenas hubo hablado Weaver, la puerta de la sala se abrió y dos hombres entraron y se apoyaron en la pared que estaba detrás de Stone. A Stone nunca le había gustado que hubiera hombres armados detrás de él, pero no le quedaba más remedio que aceptarlo. Él formaba parte del equipo visitante, y el local era el que imponía las normas.

—Infórmame de lo sucedido —ordenó Weaver mirando a Stone.

—¿Por qué? —preguntó Stone.

La sonrisa desapareció del rostro de Weaver.

—Porque te lo he pedido con educación.

—¿Trabajo para ti? No recuerdo que me lo comunicasen.

—Cumple con tu obligación como ciudadano. —Stone no replicó. Weaver fue quien rompió el silencio. Se inclinó hacia delante y añadió—: Tengo entendido que el viento y la marea te son favorables.

Stone recordó que Weaver había sido infante de marina. La referencia marítima le hizo ver que Weaver sabía más de lo que había imaginado. El presidente de Estados Unidos representaba «el viento y la marea favorables». Pero ¿sabía Weaver que Stone se había reunido con el presidente? ¿Sabía que partiría hacia México para lidiar con los rusos? Stone no pensaba contárselo.

—La obligación como ciudadano —repitió Stone—. Pues que quede claro que se aplica a los dos.

Weaver se recostó en el asiento. Su expresión indicaba que, si bien tal vez había infravalorado a Stone en un principio, ya había enmendado ese error.

—De acuerdo.

Stone resumió de forma concisa lo que había ocurrido en el parque.

—Bien. Mira a tu izquierda y observa con detenimiento —le dijo Weaver cuando hubo acabado.

7

Al cabo de unos instantes Stone estaba viendo la grabación de lo sucedido la noche anterior en Lafayette Park. Habían ralentizado la velocidad de los fotogramas para que apreciara todos y cada uno de los detalles con tranquilidad. Stone vio que las personas echaron a correr en todas direcciones en cuanto comenzó el tiroteo. Se notaba que el hombre del chándal no estaba acostumbrado al ejercicio, porque se movía con dificultad. Daba pasos cortos, cada vez menos seguros. Traspasó la cinta amarilla y al cabo de poco se cayó o tal vez saltó al agujero en el que estaba plantado el arce.

Stone entendió por fin por qué aquel hombre había desaparecido de repente. Era como una especie de trinchera para refugiarse de las balas.

Entonces explotó la bomba. Stone se vio a sí mismo salir disparado y chocar de lleno contra el pandillero. Los dos se desplomaron. El diente en la cabeza. Se frotó la zona dolorida.

Al cabo de unos segundos la grabación se detuvo. La onda expansiva de la explosión debía de haber bloqueado la señal. La pared volvió a iluminarse.

—¿Comentarios? —preguntó Weaver.

—Pon la grabación de nuevo —pidió Stone.

Stone la vio por segunda vez.

Stone pensó en lo que acababa de ver. El hombre del chándal se había caído en el agujero y la explosión se había producido al cabo de pocos segundos.

—¿Cuál fue la fuente de la detonación? ¿El hombre del chándal?

—No lo sabemos con certeza. Tal vez algo que estaba en el agujero.

—¿En el agujero? —preguntó Stone con escepticismo—. ¿No hay conductos de gas debajo del parque?

—No.

—¿Sugieres entonces que alguien colocó una bomba en Lafayette Park?

Weaver adoptó una expresión sombría.

—Aunque se trata de una posibilidad aterradora no podemos descartarla.

—¿Entonces el tipo se arrojó al agujero para evitar las balas y acabó saltando por los aires por culpa de una bomba colocada allí mismo?

—Si así fuera, mala suerte. Refugiarse de la balas no le bastó para seguir con vida.

—¿Quién está en la escena del crimen?

—La ATF y el FBI.

A Stone le pareció normal. La ATF se ocupaba de las investigaciones en las que había explosivos hasta que se determinase si el atentado era obra de terroristas internacionales, en cuyo caso el FBI asumía el mando. Sin embargo, Stone suponía que si una bomba explotaba en las inmediaciones de la Casa Blanca se clasificaría como acto terrorista internacional, con lo cual el FBI llevaría la batuta.

—Bien, olvidémonos de los explosivos por el momento. ¿Sabemos de dónde salieron los disparos? Según la grabación se originaron en el extremo septentrional del parque, en dirección a la calle H o tal vez más lejos.

—Sí, esa es la conclusión preliminar.

—Salieron del norte hacia el sur, pero en la grabación no se aprecia el resplandor de los disparos —señaló Stone—, lo cual significa que las cámaras no los captaron.

—Se originaron detrás de los árboles —explicó Weaver—, muchos de ellos en el extremo septentrional del parque. Las cámaras de vigilancia están ubicadas para grabar a la altura del suelo, por lo que no captarían los fogonazos si los francotiradores estaban en lo alto.

—Creo que los disparos indican una posición elevada —opinó Stone.

—¿En qué te basas? —preguntó Riley en un tono que daba a entender que ya sabía la respuesta pero que quería poner a Stone a prueba. Stone decidió seguirle el juego.

—Si los disparos se hubieran originado detrás de los árboles al nivel del suelo habrían atravesado el parque y llegado hasta la Casa Blanca pasando por Pennsylvania Avenue.

—¿Qué te hace pensar que no fue así?

—Porque ya me lo habrías dicho o porque habría habido víctimas. Había muchas personas en la zona de la Casa Blanca, vehículos flanqueando Pennsylvania Avenue y guardias patrullando el perímetro. Sería difícil de creer que los disparos no hubieran herido a nadie. Así que se efectuaron desde lo alto, lo cual concuerda con mis observaciones ya que las balas se hundían en la tierra. Si primero atravesaron las copas de los árboles entonces se dispararon desde las mismas o desde más alto, y muchos de esos árboles son altos con copas muy frondosas —añadió Stone—. ¿Alguien vio algo en el extremo septentrional del parque?

—Había agentes de seguridad, la policía del parque, un par de agentes del Servicio Secreto uniformados y perros rastreadores de bombas. Todavía están dando su versión de los hechos, pero las conclusiones preliminares indican que no saben de dónde procedieron los disparos.

Stone asintió.

—¿Por qué no se despejó el parque anoche?

La expresión de Weaver dejó bien claro que no le gustó la pregunta.

—Quisiera que te limitaras a comentar la grabación.

—Me gustaría comprender mejor lo que sucedió antes de proseguir.

Weaver bajó la vista y observó una carpeta que había en el escritorio.

—¿John Carr? —Stone permaneció en silencio, contemplando la imagen digital de Weaver en la pared—. John Carr —repitió Weaver—, tu expediente es tan confidencial que ni siquiera yo he podido verlo todo.

—A veces, para variar, hasta los gobiernos son discretos —apuntó Stone—, pero estábamos hablando del origen de los disparos y de la seguridad del parque, o la falta de la misma.

—Todavía se está investigando el origen de los disparos. La seguridad del parque es jurisdicción del Servicio Secreto y aún no me han puesto al día.

—Claro que te han puesto al día —replicó Stone.

Weaver parecía intrigado.

—¿Por qué lo dices?

—La seguridad del presidente está por encima de todo, lo cual otorga al Servicio Secreto mayor peso del que suele tener entre agencias. Los disparos, que parece que fueron automáticos, y la explosión tuvieron lugar justo enfrente de la Casa Blanca hace más de quince horas. Cada día a las siete de la mañana informas al presidente de los asuntos de seguridad nacional. Si no hubieras hablado con el Servicio Secreto entonces no habrías podido informar al presidente de lo sucedido anoche. Y si no hubieras informado al presidente esta mañana de un atentado en las inmediaciones de la Casa Blanca ya no serías director del NIC.

Un tic en el ojo derecho de Weaver indicó que la conversación no estaba siguiendo el cauce deseado. Los hombres que estaban apoyados en la pared se movieron con incomodidad.

—El Servicio Secreto dijo que habían pensado despejar el parque, pero hubo un cambio de planes —explicó Weaver—. Puesto que el primer ministro iría directamente a la Blair House consideraron que el parque no supondría una amenaza. Resumiendo, creían tenerlo controlado. ¿Satisfecho?

—Sí, pero me asalta otra duda. —Weaver esperó, expectante—. ¿Cuál fue exactamente el cambio de planes?

A modo de respuesta, Weaver le fulminó con la mirada.

—Limítate a los comentarios sobre la grabación, si es que tienes más.

Stone le miró para tratar de adivinar la intención de aquellas palabras. Tenía varias opciones. A veces era mejor llevar las cosas al límite, y otras, no.

—Había demasiadas personas en el parque haciendo cosas que no resultaban normales a esa hora.

Weaver se reclinó en el sofá.

—Sigue.

—Conozco bien Lafayette Park. A las once de la noche las únicas personas que suele haber en el parque son los agentes de seguridad. Anoche había cuatro personas que no tenían que haber estado allí. El pandillero, el del chándal, el hombre del traje y la mujer del banco.

—Podían haber tenido mil razones para estar allí —señaló Weaver—. Era una noche cálida y es un parque.

Stone negó con la cabeza.

—Lafayette Park no es el sitio preferido de la gente para pasar el rato por la noche. A los del Servicio no les gusta que la gente se quede mucho en el parque. Ellos mismos te lo dirán.

—Ya lo han hecho —confirmó Weaver—. ¿Cuál es tu teoría?

—El pandillero iba armado. Se notaba a la legua, así que los contra-francotiradores tendrían que haberse dado cuenta y habérselo comunicado a los de seguridad. Deberían haberlo detenido en cuanto pisó la zona de peligro, pero no lo hicieron.

Weaver asintió.

—Sigue.

—La mujer iba bien vestida, tal vez fuera oficinista. Llevaba un bolso. Pero no tenía sentido que se sentara en el banco a esa hora. Hablaba por el teléfono y se levantó justo cuando el séquito de coches se detuvo. Por suerte para ella, porque se salvó de los disparos.

—Sigue —dijo Weaver.

—El hombre trajeado se pasó un buen rato observando la estatua y luego se dirigió hacia Decatur House justo cuando la mujer salía del parque. Cuando comenzó el tiroteo ya los había perdido de vista. Entonces me fijé en el del chándal y vi que corría hacia la estatua de Jackson. Tuve la impresión de que se lo había tragado la tierra, pero ahora sé que se arrojó al agujero para evitar las balas.

—Y saltó por los aires por haberse tomado la molestia —dijo Weaver.

—Eso no significa que las personas que estaban en el parque no tuvieran nada que ver con lo sucedido.

Weaver negó con la cabeza.

—Me parece poco probable. Se produjeron las ráfagas de disparos y luego el pobre idiota que intentó salvarse de las balas seguramente detonó sin querer una bomba que ya había sido colocada allí. Creo que el tipo nos hizo un favor. Activó la bomba antes de que pudiera haber causado daño de verdad. Ahora tenemos que averiguar quién y por qué anda detrás de los disparos y la bomba. —Weaver le observó—. ¿Se te ocurre algo al respecto? Porque, si quieres que te diga la verdad, me decepciona lo poco que me has contado. Creía que eras un hacha, pero casi todo lo que me has dicho ya lo había deducido yo solito.

—No sabía que mi trabajo fuera hacer el tuyo. Pero te haré otro comentario gratis —añadió Stone—. El pandillero era un poli, ¿no?

En ese preciso instante la pantalla se quedó en negro.

8

Sin que Stone hubiera indicado la dirección, el coche le dejó en el cementerio de Mount Zion. Stone sabía que era a propósito. Era una forma de decirle: «sabemos dónde vives y vendremos a buscarte cuando queramos».

Stone dejó atrás las puertas de hierro forjado del cementerio y entró en su casa de cuidador del camposanto. El mobiliario era espartano y de segunda mano, lo cual encajaba a la perfección con la personalidad y los recursos limitados de Stone. Se trataba de una estancia grande dividida en cocina y salón. En una de las paredes tenía una estantería repleta de libros esotéricos en diversos idiomas que había coleccionado con el paso de los años. Junto a la estantería había un escritorio destartalado de madera heredado con la casita. Había varias sillas desvencijadas frente a la chimenea de ladrillos ennegrecidos. Detrás de una cortina raída se encontraba el catre en el que dormía. Junto con un baño minúsculo eso era todo cuanto había en su humilde morada.

Stone cogió tres Advil, se los tomó con un vaso de agua y se sentó junto al escritorio mientras se frotaba la cabeza. No sabía si al final iría a México o no, pero supuso que se quedaría en Estados Unidos hasta que fueran a buscarle.

Sostuvo en alto cuatro dedos de la mano derecha y se los miró.

«Cuatro personas», se dijo. Aunque tal vez solo quedaran tres, porque la grabación había dejado bien claro que el del chándal ya no seguía entre los vivos. Sin embargo, todavía no sabían quién era ni por qué estaba allí, así que Stone mantuvo en alto los cuatro dedos.

«¿Estaba el del chándal en el lugar equivocado en el momento equivocado o formaba parte del atentado? —se preguntó—. ¿Y dónde están el trajeado y la mujer? ¿Estaban conchabados?»

El pandillero seguramente era un policía, ese era el único motivo por el que había acudido armado al parque. Tenía placa y autorización para estar allí. El que la pantalla se hubiera apagado bastó para confirmar las sospechas de Stone. Riley Weaver tenía tan poco tacto con la gente como Carter Gray.

Lo que no terminaba de encajar era que el hombre del traje y la mujer se hubieran marchado justo antes de que comenzara el tiroteo. ¿Coincidencia? ¿Habían tenido la suerte que le había faltado al del chándal?

Cerró los ojos y se esforzó por recordar lo sucedido. Todavía notaba punzadas en la cabeza y le seguía doliendo el lugar donde se había hundido el incisivo, pero comenzó a hacerse una idea más clara.

—Fueron MP-5 o tal vez TEC-9 —dijo en voz alta— programadas para disparar automáticamente con cargadores de entre treinta y cincuenta balas.

¿Cuántas balas se habían disparado? Le habría sido imposible contar las balas en aquel momento, por supuesto, pero ahora podría realizar un cálculo aproximado. En modo automático, con cargadores de unas treinta balas, se vaciaría una caja de balas en dos o tres segundos. El tiroteo había durado unos quince segundos. Unas cien balas en total si habían salido de un arma, pero cientos de balas en caso de haber habido más armas. Toda una artillería. Puesto que la mayoría de las balas había acabado en la tierra del parque, el FBI podría contarlas para dar con el total, pero la pregunta más importante seguía sin respuesta. ¿Cómo era posible que alguien hubiera perpetrado tal atentado tan cerca de la Casa Blanca?

Stone se levantó, miró por la ventana y visualizó la topografía de la zona que circundaba el parque. Al norte y al oeste, en la calle H, se encontraban el edificio de la cámara de comercio de

Estados Unidos y el venerable hotel Hay-Adams. Al noreste estaba St. John's Church. Detrás había oficinas y edificios gubernamentales. Recordó que el Hay-Adams tenía un jardín en la azotea, y que se elevaba por encima de la iglesia. En este caso, la altura era esencial para explicar la trayectoria de las balas.

Se planteó otra pregunta: «¿Por qué me han traído al NIC? ¿Para que les diese mi versión de los hechos? Había otras personas que les habrían contado lo mismo. Tiene que haber otro motivo. ¿El viento y la marea me son favorables?»

Stone miró por la ventana y vio el coche negro detenerse junto a la puerta. Stone observó a los hombres que salieron del mismo. «Del FBI —pensó—. Suelen gastarse más dinero en ropa.» Stone dudaba mucho que fueran a escoltarle a un avión con destino a México. El presidente no habría involucrado al FBI, ya que había demasiados impedimentos legales. El FBI suele cumplir la ley al pie de la letra, y el director del FBI podía negarse a ejecutar órdenes del presidente. Tal vez las tornas habían vuelto a cambiar.

«Puede que a mi favor», pensó.

Mientras los cuatro hombres se acercaban Stone confirmó su primera impresión. Uno de los agentes llevaba un anillo con una insignia del FBI. Había una mujer en el grupo y no parecía ser del FBI. A juzgar por su apariencia y modo de andar Stone llegó a la conclusión de que era británica, seguramente del MI6, a cargo de la investigación, seguridad e inteligencia exteriores.

Lo cual tenía sentido si el primer ministro era el blanco. O bien había acompañado al primer ministro durante su estancia en Estados Unidos, o estaba destinada aquí, o bien se había subido a un avión a las dos y había llegado a la misma hora. A juzgar por su aspecto, Stone llegó a la conclusión de que la segunda opción era la más probable.

Saltaba a la vista por qué estaban allí. Las balas no habían sido ninguna broma, pero el objetivo de la bomba había sido acabar con alguien, y Stone no creía que el blanco hubiera sido el del chándal. Esperaban que Stone les ayudase a dar con la verdad.

«Qué irónico —pensó—. La verdad.»

Los observó mientras se acercaban a la casita.

9

Era cierto, la mujer pertenecía al MI6. Se llamaba Mary Chapman. Tenía treinta y tantos años, medía cerca de metro ochenta y el pelo rubio, sujeto con un broche, le llegaba a los hombros. Tenía la mandíbula pequeña, los labios finos y, aunque no estaba cachas, era fibrosa. Tenía los dedos largos y estrechaba la mano con fuerza. A Stone le parecía atractiva, aunque no tanto como para cortar la respiración. Los ojos eran de un verde oscuro y vivarachos. Stone pensó que nadie diría que era «mona». Segura de sí misma e incluso avasalladora, pero no «mona».

—¿Qué tal te ha sentado cruzar el charco? ¿Todavía tienes un poco de *jet lag*? —preguntó Stone tras las presentaciones de turno y haberse sentado frente a la chimenea vacía.

Chapman miró a Stone y luego se afanó por alisar una arruga de la chaqueta del traje.

—No hay camas en clase turista, ni siquiera en la querida British Airways. —A juzgar por el tono y las palabras, Stone detectó cierta humildad y un gran sentido del humor.

—Para que te traigan a casi cinco mil kilómetros de distancia deben de tenerte en mucha consideración. El MI6 tiene cobertura permanente en Washington D.C., ¿no?

Chapman observó lo cochambrosa que estaba la casita y luego se fijó en la ropa raída de Stone.

—Y yo que creía que los yanquis pagaban mejor a los suyos.

Uno de los agentes del FBI se aclaró la garganta.

—La agente Chapman ha venido a colaborar con el FBI en la investigación.

Stone miró al agente. Era corpulento. Por el tamaño de la cintura y la frente sudorosa Stone supuso que se dedicaba a labores administrativas. Estaba claro que era un mero mensajero y que no se ocuparía de los asuntos serios.

—Ya he estado en el NIC. Se te han adelantado. Han ido a buscarme al hospital. Aunque tengas más clase eres más lento.

Al agente corpulento aquello pareció disgustarle, pero prosiguió:

—Ha sido fructífero el encuentro?

—Creía que compartíais esa clase de información entre vosotros. —El agente miró a Stone con frialdad—. No han estado muy comunicativos que digamos. Espero que no seas como ellos.

Chapman cruzó las piernas.

—Siento ser un tanto quisquillosa, pero no he visto tus credenciales —dijo.

—Porque no las tengo —replicó Stone en tono sosegado. Chapman lo miró desconcertada—. Se trata de una formalidad que no debería interrumpir el progreso de la investigación —añadió forzadamente.

Chapman arqueó las cejas, pero no replicó.

—Bien —dijo Stone. Se recostó en la silla del escritorio y adoptó una expresión grave—. El parque. —Les contó hasta el último detalle de lo sucedido. Al terminar, añadió—: Seguimos sin saber qué ha sido de esas tres personas. —Miró al agente del FBI—. ¿Cómo se llamaba el pobre desgraciado del chándal?

—Encontramos restos humanos por todas partes —dijo el agente con evidente desagrado.

—¿Identificables?

—No será fácil hacerlo, pero tampoco imposible. Tendremos que recurrir al ADN. Si está en alguna base de datos lo encontraremos. Hemos colgado su imagen, sacada de la grabación, en nuestras páginas web y se la hemos dado a los medios para que la difundan. Esperemos que alguien lo reconozca o que, al menos, comuniquen su desaparición.

—¿Y los otros tres?

—En el caso del hombre del traje y la mujer, hemos introducido la grabación del parque en varias bases de datos dedicadas al reconocimiento facial, aunque el hombre no llegó a mirar hacia las cámaras de vigilancia. No ha habido suerte hasta el momento. También hemos entregado las capturas a los medios para que pidan ayuda a los ciudadanos.

—¿Crees que tienen que ver con el atentado?

—Aún no tenemos pruebas al respecto. Tal vez tuvieron suerte y se fueron del parque justo a tiempo.

—¿Y el pandillero? ¿Era un poli?

—¿Te lo ha dicho el NIC?

—No de esa manera, pero no lo ha negado.

—Pues yo tampoco lo negaré.

—Tenía uno de sus dientes incrustados en la cabeza —dijo Stone—. Es posible que consigas identificarlo con la prueba dental o del ADN. —Sostuvo en alto la manga—. Y aquí hay sangre suya. ¿Llevas un kit en el maletero del coche? Si quieres, puedes tomar una muestra ahora mismo.

—No hace falta —repuso Chapman.

Stone se volvió hacia ella.

—¿Y eso?

—Porque el diente es de uno de los miembros de nuestro equipo de seguridad que patrullaba el parque. Supongo que los médicos no te lo devolvieron, pero al vigilante le gustaría recuperarlo.

—¿Y por qué estaba el vigilante en el parque anoche?

—Porque antes de torcerse el tobillo en las escaleras de la Casa Blanca, se suponía que el primer ministro atravesaría Lafayette Park exactamente a las once y dos de camino a la Blair House. Por suerte no lo hizo, porque habría saltado por los aires.

10

Después de que los agentes del FBI y la del MI6 se hubieran marchado, Stone se entretuvo recolocando las lápidas que había derribado un aguacero reciente y limpiando los escombros que había provocado la misma tormenta. Aquel trabajo manual le permitía pensar con claridad. Había muchas incógnitas sin respuesta. Mientras introducía en una bolsa ramitas y palos, se puso tenso y se dio la vuelta lentamente.

—Estoy impresionada. —Mary Chapman salió de detrás de un arbusto—. Ni me he movido. ¿Tienes ojos en la espalda o qué?

—A veces —Stone ató la bolsa y la dejó junto a un cobertizo de madera—, cuando lo necesito.

Chapman se le acercó.

—Una tapadera excelente para un agente. Vigilante de cementerio.

—Más bien cuidador. El cementerio ya no se usa. Es un emplazamiento histórico.

Chapman se detuvo, levantó un poco una pierna y se quitó restos de tierra del zapato negro de tacón bajo.

—Ya veo. ¿Te gusta cuidar de los muertos?

—Sí.

—¿Por qué?

—Porque no discuten conmigo. —Se encaminó hacia la casita, seguido de Chapman.

Se sentaron en el porche. Permanecieron en silencio mientras escuchaban el trino de los pájaros mezclado con el ruido de los coches que pasaban por la calle. Stone tenía la mirada perdida. Chapman lo miraba una y otra vez, como si no terminara de creer lo que veía.

—Así que Oliver Stone, ¿eh? —dijo por fin con expresión alegre—. He disfrutado con varias de tus películas. ¿Estás reconociendo el terreno para la próxima?

—¿Por qué has vuelto? —preguntó Stone volviéndose hacia Chapman.

Ella se levantó y le sorprendió al decirle:

—¿Te apetece un café? Invito yo.

Fueron en el coche de Chapman hasta Georgetown y encontraron sitio para aparcar en la calle, algo inaudito en una zona tan congestionada.

Stone se lo comentó.

—Ya —replicó ella en absoluto impresionada—. Intenta aparcar en Londres.

Se sentaron fuera, a una pequeña mesa, para tomar el café. Chapman se quitó los zapatos, se subió la falda hasta la mitad de los muslos, colocó los pies en la silla vacía, se recostó, cerró los ojos y dejó que el sol bañara su rostro pálido y las piernas destapadas.

—El sol casi nunca es tan fuerte en Inglaterra —explicó—, y las pocas veces que tenemos esa suerte las nubes y la lluvia se encargan de aguarnos la fiesta. Por eso muchos de nosotros tenemos tendencias suicidas, sobre todo si llueve en pleno agosto y no tienes vacaciones.

—Lo sé.

Chapman abrió los ojos.

—¿Lo sabes?

—Viví dos años en Londres. Hace ya mucho —añadió.

—¿Por negocios?

—Algo así.

—¿Eras John Carr? —Stone sorbió el café, sin responder. Ella hizo otro tanto—. ¿Eras John Carr? —repitió.

—Lo he oído a la primera —respondió Stone cortésmente mientras la miraba de reojo.

Chapman sonrió.

—¿Te gustaría saber dónde oí ese nombre por primera vez?
—Stone no respondió, pero Chapman debió de pensar «el que calla, otorga», porque añadió—: De boca de James McElroy. Es mayor que tú —recorrió con la mirada el cuerpo alto y enjuto de Stone—, pero no está en tan buena forma. —Stone permaneció en silencio—. Es una leyenda en los círculos de inteligencia británicos. Dirigió el MI6 durante décadas. Pero eso ya lo sabes. Ahora tiene un título especial, no sé muy bien cuál, pero hace lo que le da la gana. Te aseguro que por el bien del país.

—¿Está bien?

—Sí, al parecer en parte gracias a ti. ¿Irán, 1977? ¿Seis fanáticos dispuestos a clavar su cabeza en la punta afilada de una lanza? Seis hombres muertos después de que te ocuparas de ellos. McElroy dijo que ni siquiera tuvo tiempo de desenfundar el arma para ayudarte. Te los cargaste en un abrir y cerrar de ojos. No tuvo la oportunidad de agradecértelo.

—No era necesario. Era nuestro aliado. Era mi trabajo.

—Bueno, de todos modos dijo que durante décadas quiso invitarte a una cerveza por haberle salvado el pellejo pero que no volvió a verte. La invitación sigue en pie, de hecho.

—Insisto, no es necesario.

Chapman se estiró, puso los pies en el suelo, se bajó la falda y se calzó.

—Pues está aquí por pura casualidad.

—¿Por eso has vuelto al cementerio?

—Sí y no. —Stone la miró expectante—. Sí, porque sabía que McElroy querría verte. No, porque tengo mis propios motivos.

—¿Cuáles?

Chapman se inclinó hacia delante y Stone vio, en el hueco entre la chaqueta y la camisa, una pistola Walther PPK que colgaba de una pistolera de cuero negro.

Stone se acercó para mirar de cerca el arma.

—Un gatillo duro, ¿no?

—Te acabas acostumbrando. —Chapman se calló y removió el café que le quedaba—. Admitámoslo, todo esto ha sido una cagada de principio a fin. Los estadounidenses tienen tantas agencias que no consigo ni una respuesta útil de nadie. Mi jefe piensa lo mismo. Sin embargo, Estados Unidos es nuestro principal aliado y no haremos peligrar esa relación, claro está, pero el blanco era nuestro primer ministro y tenemos la obligación de participar en la investigación.

—¿Por qué has venido a verme?

—James McElroy confía en ti. Ergo, confío en ti. Y anoche estabas en el parque, con lo cual eres una pieza valiosa del puzle.

—Tal vez, pero lo de Irán fue hace ya mucho tiempo, agente Chapman.

—Hay cosas que no cambian. McElroy dijo que eres una de ellas.

—En el caso de que sea John Carr.

—Oh, claro que lo eres, no me cabe la menor duda.

—¿Por qué estás tan segura?

—Antes, en la casa, extraje tus huellas de un vaso que había en el baño. Gracias a la influencia de mi jefe me dieron prioridad en la base de datos del NIC. Aun así, hubo que superar ocho niveles de seguridad, varios ordenadores en las últimas y dos autorizaciones de alto nivel para conseguir identificar la huella. —Arqueó las cejas—. Es de John Carr, uno de los miembros de la llorada extinta División Triple Seis.

—La cual nunca existió de manera oficial —dijo Stone en voz baja.

—Me da igual. Fuera oficial o no, yo apenas era una niña cuando apretaron el gatillo por última vez. —Se levantó—. ¿Estás preparado para ver al hombre al que salvaste la vida? De veras quiere invitarte a esa cerveza, «señor Carr».

11

James McElroy estaba sentado en la suite del hotel Willard cuando hicieron pasar a Stone y Chapman. El maestro de espías británico tenía setenta y cuatro años, estaba encorvado por la edad y tenía el pelo cano. Se le notaba la barriga prominente debajo de la chaqueta. Al levantarse del sillón las rodillas artríticas le flaquearon un poco, pero la mirada inquieta e inteligente indicaba que, aunque la edad había hecho estragos en él desde un punto de vista físico, su capacidad intelectual permanecía intacta. Si bien había llegado a medir más de un metro ochenta y cinco, la gravedad y los achaques le habían restado unos cuantos centímetros. Tenía poco pelo y lo llevaba alisado, con lo cual dejaba entrever unas arrugas de color rosa en el cuero cabelludo. Había restos de caspa en las hombreras de su americana azul.

Se le iluminó el semblante al ver a Stone.

—Estás igual —dijo McElroy—, menos por las canas. —Le dio una palmadita a Stone en el vientre plano y duro antes de tenderle la mano y luego darle un fuerte abrazo—. Yo he engordado y tú no.

Se separaron y McElroy les invitó a que se sentaran.

—¿Cómo te han ido las cosas, John?

—Tirando —se limitó a responder Stone.

El británico asintió con expresión comprensiva y sombría.

—Sí, sé a qué te refieres. Todo se te puso cuesta arriba.

—Una forma bastante acertada de resumirlo.

McElroy entrecerró los ojos.

—Me enteré de lo de... ya sabes. Lo siento.

—Ya es más de lo que me dijeron los míos. Gracias.

Chapman miró a Stone y luego a McElroy.

—¿Podría ponerme al día, señor?

—No —dijo Stone—, no lo hará.

—John y yo somos de una generación que se llevará los secretos profesionales a la tumba —dijo sin dejar de mirar a Stone—. ¿Comprendido?

—Sí, señor —se apresuró a responder Chapman.

—John, ¿te apetece un trago?

—Es muy temprano para mi gusto.

—Pero ya es tarde en Londres, así que finjamos un poco. Imagínate que es una ocasión especial, dos viejos amigos que se reencuentran.

Un ayudante trajo bebidas para los tres. Stone se tomó una cerveza, Chapman un vermú con Beefeater y McElroy un chupito de whisky escocés. McElroy miró a Stone por encima del borde del vaso.

—Tengo piedras en la vesícula. Me están matando, pero dicen que el buen whisky en pequeñas cantidades se las carga. Al menos es lo que he oído decir. En este caso me conformo con un rumor. —Alzó el vaso—. Salud.

Todos bebieron y McElroy se secó los labios delicadamente con el pañuelo del bolsillo.

—¿El primer ministro? —inquirió Stone.

Chapman se irguió en la silla mientras mordisqueaba la aceituna del vermú.

McElroy parecía afligido. Se frotó el costado y asintió con gesto rutinario.

—Sí, el primer ministro. Un tipo sensato. Le voté, aunque en algunos asuntos es un tanto temerario, pero todos los políticos lo son, ¿no?

—¿Lo bastante temerario como para saltar por los aires?

—No, no lo creo.

—Hay muchos enemigos ahí fuera. —Stone miró a Chapman—. Nuestro mayor aliado. Ha puesto vuestra islita en el punto de mira.

—Eso parece, pero seguimos adelante, ¿no?

—¿Quién sabía que cruzaría el parque?

—Muy pocas personas —respondió Chapman mientras McElroy seguía frotándose el costado y se acababa el whisky—. Las están investigando en estos momentos.

Stone se percató de que a McElroy no parecía interesarle ese detalle.

—¿Tienes otra teoría?

—Ni siquiera sé si puede considerarse una teoría, John —dijo con desdén.

—Ahora me llamo Oliver.

—Por supuesto. Lo vi en la documentación, pero me temo que mi memoria ya no es lo que era. Bueno, Oliver, solo es una idea.

—Soy todo oídos.

Tal y como Stone hubiera hecho antes, McElroy sostuvo en alto cuatro dedos de la mano derecha.

—Anoche había cuatro personas en el parque. —Bajó un dedo—. Nuestro hombre era el que te clavó el diente.

—La agente Chapman me dijo que era uno de vuestros hombres y que patrullaba el parque. Pero ¿por qué si al final el ministro no pasaría por allí?

—La explicación es bien sencilla. Se le había encomendado que patrullase el parque cuando el plan para cruzar el parque seguía en pie. Después de que el primer ministro se torciese el tobillo dejamos al agente en el parque para ampliar el perímetro de seguridad. —McElroy sostuvo bien en alto los tres dedos—. Pero lo peor de todo, John, perdón, Oliver, es que mis homólogos norteamericanos no me han dicho nada sobre las otras tres personas.

—He visto la grabación. Una de ellas está muerta.

—No nos sirve de mucho. Quedan el hombre y la mujer. A lo mejor estaban en el parque por pura casualidad, pero puede que no. En cualquier caso, necesito saberlo con certeza.

—¿Por qué había gente en el parque anoche? Estoy allí a todas horas y los de seguridad me conocen. Normalmente no hay nadie en el parque a esas horas de la noche.

—Buena pregunta. Yo mismo me la he formulado. ¿Has dado con la respuesta? Yo no.

—No, al menos no con una satisfactoria. ¿Existen amenazas inminentes contra el primer ministro?

—Ninguna creíble.

—¿Qué piensas hacer?

—Alejarle de la amenaza. —McElroy consultó la hora—. De hecho, el primer ministro debería llegar a Heathrow dentro de veinte minutos.

—¿Y después de eso?

McElroy vio un poco de caspa en la hombrera y se la quitó de encima como si fuera una conclusión desdeñable.

—No podemos dar el episodio por concluido, Oliver. Ha ocurrido en suelo norteamericano, por lo que nuestros medios son limitados, pero no podemos dar carpetazo a lo sucedido. Sentaría precedente. No podemos permitir que atenten contra el primer ministro sin que haya consecuencias.

—Si es que él era el blanco.

—Tendremos que suponer que lo era hasta que los hechos demuestren lo contrario.

Stone miró a Chapman y luego a su viejo conocido.

—La agente Chapman parece estar capacitada.

—Sí, lo está, de lo contrario no habría venido, pero creo que estaremos mucho mejor preparados si colaborases con ella.

Stone negó con la cabeza.

—Tengo otros asuntos entre manos.

—Sí, la visita al NIC. Tengo entendido que Riley Weaver está marcando el territorio a toda marcha. Cometerá errores, por supuesto, pero esperemos que no mueran muchas personas por su culpa. Y creo que el FBI también te necesita.

—Un caballero muy popular —añadió Chapman.

McElroy y Stone se miraron con aire cómplice.

—No creo que «popular» sea el calificativo más acertado. ¿Controlado?

—Tal vez.

Stone miró fijamente a McElroy.

«¿Sabe que me he reunido con el presidente, que trabajo para el país de nuevo?», se preguntó.

Stone no tenía motivos para pensar que McElroy le guardara rencor, pero en aquel mundillo salvarle el pellejo a alguien no garantizaba una lealtad imperecedera. Stone estaba seguro de que el primer ministro y James McElroy lo sacrificarían si así se lo pidiesen los estadounidenses.

Entonces se le ocurrió otra cosa: «Por eso estoy aquí. Le han ordenado a McElroy que me comunique en persona el mensaje del presidente.»

Decidió comprobar si la especulación era correcta.

—Ya me han encomendado una misión. De hecho, se supone que debo partir mañana.

—Sí. Bueno, los planes son flexibles, ¿no? Hay que dar cuenta de los acontecimientos más recientes.

—¿En serio?

—Los planes han cambiado tras lo sucedido en el parque —dijo McElroy sin rodeos.

—¿Por qué? ¿Simplemente porque estaba allí?

—En parte. Además, tengo cierta influencia en los círculos afectados y creí que serías más útil aquí que en las zonas más meridionales de este hemisferio.

«Entonces está al tanto de los rusos y de la distribución de la droga desde México», se dijo.

—¿Ahora eres mi defensor? Eso es peligroso.

—También lo fue en Irán en 1977, y eso no te detuvo.

—Era mi trabajo. No me debes nada.

—Esa no es toda la verdad. —Stone ladeó la cabeza. McElroy prosiguió—: Investigué lo sucedido a posteriori. Ya te habían autorizado que regresases a casa. De hecho, estabas fuera de servicio. El equipo que se suponía que me rescataría sufrió una emboscada. Asesinados a manos de un hombre. ¿Por qué tengo la impresión de que no te estoy contando nada que no sepas?

Chapman miró a Stone con interés creciente.

—Estabas en apuros y yo estaba allí. Habrías hecho lo mismo en mi lugar.

—Pero no con un resultado tan deslumbrante. —Se apresuró a añadir—: No por falta de voluntad, claro, pero nunca habría disparado con esa eficiencia.

—¿Cuáles son entonces las líneas maestras?

—Investiga y obtén resultados. Luego... —McElroy se encogió de hombros—, lo que se te prometió sigue en pie.

—¿Y si no obtengo resultados? —McElroy no respondió—. De acuerdo —dijo Stone.

—¿Lo harás?

—Sí.

—Perfecto.

—Entonces, ¿cuáles son los pasos a seguir? —preguntó Stone—. Llevo mucho tiempo fuera de este mundillo y no es fácil reengancharse.

—Con el beneplácito del primer ministro he movido algunos hilos. Él y el presidente son muy buenos amigos. Juegan al golf y van a la guerra juntos. Ya sabes cómo son esas cosas.

—¿Es decir?

—Pues que han decidido que sería fenomenal que Mary y tú os pongáis manos a la obra e investiguéis qué ha pasado.

—Que quede claro que no soy el que era.

McElroy observó a su viejo amigo.

—Hay quienes solo te recuerdan por tus extraordinarias proezas físicas, porque nunca fallabas un blanco, porque el valor jamás te flaqueaba, pero yo también te recuerdo como uno de los agentes más cautos jamás habidos. Muchos intentaron dar contigo, algunos no muy lejos de aquí, pero nadie lo consiguió. Creo que estás preparado de sobra para lo que el médico ha pedido. Pienso que te será beneficioso y no solo por los motivos más obvios.

—¿Entonces me mantengo cerca de los enemigos?

—De los amigos y los enemigos —corrigió McElroy.

Stone miró a Chapman.

—¿Qué te parece?

—Mi jefe ha hablado con claridad y yo respeto las normas de la casa —dijo con ligereza.

—Eso no es lo que te he preguntado —repuso Stone secamente.

La expresión de Chapman cambió por completo.

—Necesito averiguar quién quiso asesinar al primer ministro, y si me ayudas haré cuanto me pidas.

—Bien dicho —dijo McElroy mientras se levantaba y se sujetaba al sillón para aguantarse—. Ni te imaginas cuánto me alegro de haberte visto de nuevo. Me ha sentado de fábula.

—Una cosa. Weaver me enseñó la grabación de las cámaras de vigilancia del parque. Por desgracia, se cortó justo después de la explosión, se quedó en negro.

—¿En serio? —McElroy miró a Chapman—. Mary, trata de conseguir la grabación completa para Oliver.

—Pensé que igual había cosas que se habían quedado en el tintero —dijo Stone.

—Siempre hay cosas que se quedan en el tintero —afirmó McElroy sonriendo.

—¿Has vuelto a Irán? —preguntó Stone frunciendo los labios.

—No volvería ni en sueños salvo que me acompañaras —dijo sonriendo—. Mary te dará la documentación necesaria para ponerte al día. Buena suerte.

Al cabo de unos segundos había desaparecido en una sala interior, dejando a Chapman y a Stone a solas.

—Necesito que me lleves de vuelta a casa —dijo Stone.

—¿Y luego?

—Luego repasaremos la documentación.

—Vale, pero tal vez nos quede poco tiempo.

—Oh, eso está más que claro. Nos queda muy poco tiempo.

12

Al llegar a la casita del cementerio, Stone puso agua a calentar para preparar un té mientras Chapman sacaba la documentación del maletín y la colocaba en el escritorio de Stone. También puso un DVD en el portátil.

—La verdad es que preferiría que nos reuniésemos en un lugar más seguro —dijo Chapman con el ceño fruncido—. Estos documentos son confidenciales.

—No te preocupes —dijo Stone alegremente—, no necesito ninguna autorización para verlos, o sea, que quedarán desclasificados en cuanto los haya visto.

—Joder —murmuró Chapman.

Con las tazas de té en la mano se sentaron junto al escritorio y comenzaron a repasar los documentos y los informes. Stone, acostumbrado a separar el trigo de la paja, miró rápidamente los papeles y las fotografías.

—¿Quieres ver la grabación completa? —preguntó Chapman cuando hubieron terminado.

Stone asintió.

—No sé por qué me enseñaron una versión incompleta en el NIC.

—Ni idea. Es cosa de los tuyos.

—A lo mejor solo tienen esa versión.

A modo de respuesta Chapman se limitó a contemplar la pantalla estoicamente.

Vieron la grabación. Eran imágenes sin sonido. Tras la explosión la pantalla se quedó en negro, pero solo durante unos instantes, como si la detonación hubiera desactivado temporalmente las cámaras de vigilancia. Las imágenes reaparecieron en la pantalla y Stone vio el resto de la grabación. Las llamas y el humo blanco envolvían la estatua de Jackson o lo que quedaba de la misma. La valla y los cañones también habían salido despedidos. Era un milagro que no se hubieran producido víctimas. Por suerte, el parque estaba casi vacío a esa hora y los de vigilancia solían quedarse en el perímetro.

Stone se vio a sí mismo tumbado en el suelo, inconsciente, mientras el agente británico se levantaba lentamente y se alejaba a duras penas.

—El agente parece estar bien... menos por lo del diente.

—Es un tipo duro, aunque dijo que chocar contigo fue como impactar contra una pared de ladrillos.

Stone siguió observando la grabación. El hombre del traje y la mujer ya no estaban allí. Vio a gente corriendo; los bolardos de seguridad se replegaron en la calle y los coches de policía y las camionetas del Servicio Secreto partieron a toda prisa. La Blair House se acordonó de inmediato.

—¿Puedes enseñarme de nuevo los últimos treinta segundos?

Chapman apretó un par de teclas y Stone volvió a ver la explosión. Se reclinó, desconcertado.

—¿Qué pasa? —preguntó Chapman mientras paraba la grabación.

—¿Puedes ralentizarla un poco más?

—Lo intentaré. —Chapman apretó varias teclas—. Me temo que esto es lo que hay.

Vieron de nuevo todo a cámara ultralenta.

Stone siguió al del chándal mientras pasaba junto a un par de agentes uniformados del Servicio Secreto y un perro antes de entrar en el parque.

—Un tanto gordo para llevar zapatillas de deporte —apuntó Chapman—. No tiene pinta de deportista.

—Hay gente que va en chándal pero no es deportista. Tal vez salió a dar un paseo.

—Si tú lo dices...

—La bomba podría haber estado en el iPod.

Chapman asintió.

—Estaba pensando lo mismo. C-4 o Semtex, o algo incluso más potente. Debería haber pruebas entre los escombros.

—Sí y no. Sí, el iPod estará destrozado, pero lo estaría de todas maneras aunque no se hubiera usado en el artefacto explosivo.

—Pero los expertos sabrán determinarlo por las marcas de la explosión —dijo Chapman—, por el ángulo de deformidad, hacia fuera en lugar de hacia dentro, y por otros detalles.

Stone se volvió hacia ella.

—¿Eres experta en explosivos?

—Otro motivo por el que me enviaron. Me pasé tres años persiguiendo a unos irlandeses de cuidado que no creían que el IRA hubiera firmado un tratado de paz. Les gustaba que las cosas saltasen por los aires. Aprendí mucho.

—Estoy seguro. —Stone miró la pantalla de nuevo—. Se arrojó al agujero.

—Y la bomba explotó al cabo de unos segundos. Tal vez fuera un terrorista suicida.

Stone parecía escéptico.

—¿Quién se tira a un agujero para suicidarse y no matar a nadie más?

—¿Cómo ves el panorama entonces?

Stone la miró con interés.

—¿Qué panorama?

—Pues el panorama del millón de agencias, joder. Llevo menos de un día en el caso y ya estoy mareada.

—¿Has oído hablar del Infierno? —Chapman negó con la cabeza. Stone se inclinó hacia delante y dio un golpecito en la pantalla, en la que se veía Lafayette Park—. Eso es el Infierno —dijo—. Pennsylvania Avenue, la calle, pertenece a la policía de Washington D.C. Las aceras que rodean Lafayette Park son cosa del Servicio Secreto y el parque está dentro de la jurisdicción de la Policía del Parque. A los agentes del Servicio Secreto se les enseña que cuando atrapen a un sujeto de interés en la calle o en el parque lo lleven hasta la acera y lo arresten allí para evitar problemas de jurisdicción.

—Entiendo —dijo Chapman lentamente.

—El Infierno —repitió Stone—. Los federales y los polis lo odian, pero saben lo que hay. La explosión es un ejemplo perfecto. La Policía del Parque se hará cargo de la escena, pero el FBI y la ATF, ya que hubo un explosivo, controlarán la investigación. La Seguridad Nacional, el Servicio Secreto, el NIC y la CIA permanecerán a la espera como buitres.

Chapman sorbió el té.

—¿Y ahora qué?

—Iremos al parque, hablaremos con los investigadores y averiguaremos las identidades del tipo del chándal, la mujer y el hombre del traje. —Miró a Chapman—. Por cierto, ¿dónde anda metido tu hombre?

—Le podemos interrogar cuando queramos, pero ya tenemos su versión de los hechos. Vio menos cosas que tú.

—De acuerdo.

Chapman recogió la chaqueta.

—Entonces vamos al parque, ¿no?

—Sí.

—¿Quieres que vayamos en mi coche?

—Será lo mejor, porque yo no tengo.

13

Annabelle Conroy subió hasta la segunda planta en el ascensor, salió, giró y entró en la sala de Libros Raros, ubicada en el edificio Jefferson de la biblioteca del Congreso. Echó un vistazo a la sala y vio a Caleb Shaw junto a su escritorio, al fondo. Sus miradas se cruzaron y Caleb fue a su encuentro de inmediato.

—Annabelle, ¿qué haces aquí?

—¿Puedes salir un rato? Reuben y Harry Finn están fuera. Queremos hablar contigo.

—¿De qué?

—¿Tú qué crees? De Oliver. Esos tipos se lo llevaron del hospital y no hemos vuelto a saber nada de él.

—Oliver se sabe cuidar solito.

—Tal vez necesite ayuda.

—Vale, espera un momento. —Ya en el ascensor, Caleb dijo—: Hoy ha sido un día apasionante.

—¿Y eso?

—Acabamos de recibir un F. Scott, y no cualquier F. Scott, sino el gran F. Scott.

—¿El gran F. Scott? —preguntó Annabelle.

Caleb la miró horrorizado.

—F. Scott Fitzgerald. Uno de los escritores norteamericanos más importantes de todos los tiempos —barbotó—. Por Dios, Annabelle, ¿dónde has estado metida todos estos años?

—Supongo que bien lejos de las bibliotecas.

—Hemos recibido *El gran Gatsby*, su obra más conocida y uno de sus mayores logros. No se trata de cualquier *El Gran Gatbsy*, de esos ya tenemos varios, sino de una primera edición en estado impecable con la sobrecubierta, que es dificilísima de encontrar. —Annabelle lo miró como si le hablara en chino—. ¿Te suena una portada con un par de ojos femeninos hechizantes? Es una de las portadas más famosas en el mundo de la literatura clásica. La portada se diseñó antes de que Fitzgerald acabara el libro. Le gustó tanto que la incluyó en la trama del libro.

—Qué interesante —dijo Annabelle cortésmente, aunque el tono demostraba escaso interés. En una ocasión pasó casi dos días con Caleb en una furgoneta, durante los cuales este no paró de contar todo tipo de chismes y rumores literarios. Annabelle todavía no se había recuperado de aquel embate.

Se abrieron las puertas del ascensor y se dirigieron hacia la salida.

—Y eso no es lo mejor. Lo mejor es que se nos ha garantizado que es el ejemplar de Zelda.

—¿Quién es Zelda?

—¿Quién es Zelda? —barbotó Caleb de nuevo—. Su mujer, ¿quién si no? Scott y Zelda. Una de las parejas más trágicas de todos los tiempos. Zelda murió en un manicomio y el alcohol acabó con Fitzgerald. Él le dedicó el libro a Zelda. Todo un golpe de efecto para la biblioteca. Es un libro único —añadió—, y nos encantan los libros únicos.

—¿Único de veras?

—Cien por cien único.

—¿Cuánto os ha costado?

Caleb no se esperaba esa pregunta.

—Bueno —repuso—, no solemos facilitar esa información...

—Venga, dime una cantidad aproximada.

—Pues varios cientos de miles de dólares, ahí queda la cosa —dijo no sin cierta pomposidad.

A Annabelle le interesó aquella cifra.

—Mi abuela me regaló su ejemplar de *Cumbres borrascosas*. No sé cuánto valdrá. Está en perfecto estado.

Caleb parecía intrigado.

—¿*Cumbres borrascosas*? Hay pocos ejemplares de la primera edición en estado impecable. ¿Dónde lo compró?

—En una librería hace ocho años. Es de tapa blanda. ¿Eso es malo?

Caleb la miró con frialdad.

—Qué curioso —se limitó a decir.

Ya en el exterior vieron a Reuben y a Harry Finn. Finn era como Stone pero mucho más joven. A no ser que tuviera que darse prisa, casi nunca parecía inmutarse, como si conservara toda la energía para los momentos críticos. Reuben se había quitado la ropa de trabajo del muelle y llevaba vaqueros, sudadera y mocasines. Se sentaron en los escalones que conducían a la biblioteca.

—¿Qué hacemos? —dijo Annabelle.

—¿Qué podemos hacer? —preguntó Reuben.

—Es posible que Oliver esté en apuros —repuso Annabelle.

—Oliver suele estar en apuros —comentó Caleb.

—Los tipos que se lo llevaron del hospital... —comenzó a decir Annabelle.

—Son del NIC —intervino Finn—, los chicos de Riley Weaver. Me lo dijo un colega. Solo lo interrogaron. No creo que Oliver les contara nada.

—Entonces está metido en un buen lío —dijo Annabelle—, y tenemos que ayudarle.

—¿Por qué no esperamos a que nos pida ayuda? —preguntó Caleb.

—¿Por qué? —espetó Annabelle.

—Porque cada vez que le ayudo acabo teniendo problemas aquí —respondió mientras miraba hacia el enorme edificio de la biblioteca—. Estoy en un período de prueba, algo terrible para alguien de mi edad y con mi experiencia.

—Nadie te pide que pongas en peligro el trabajo, Caleb, pero he averiguado algo y quería contároslo.

—¿Qué has averiguado? —preguntó Reuben.

—Que Oliver se marchaba a alguna parte.

—¿Cómo lo sabes?

—Vi una maleta en la casita y varios libros que parecían estar en ruso.

—Es decir, que entraste en la casa sin permiso —dijo Caleb acaloradamente—. No respetas en absoluto la propiedad ajena, Annabelle Conroy. Es indignante, de veras que lo es. —Annabelle sacó un libro del bolsillo y se lo mostró al bibliotecario—. Sí, está en ruso —dijo mientras leía el título con atención—. Es sobre política rusa, pero de hace varias décadas. ¿Por qué querría llevárselo?

—Si pensaba ir a Rusia tal vez quería mejorar sus conocimientos lingüísticos —sugirió Finn—. Leer ayuda.

—¿Y por qué pensaba ir a Rusia? —preguntó Reuben—. Un momento. ¿Cómo lo conseguiría? No tiene pasaporte ni documentación, por no hablar del dinero.

—Existe una fórmula —comentó Annabelle.

—¿Viajar en representación del Gobierno? —inquirió Finn.

—Exacto.

—¡En representación del Gobierno! —exclamó Caleb—. Ya no trabaja para el Gobierno.

—Tal vez las cosas hayan cambiado —dijo Annabelle—, al fin y al cabo le ofrecieron la Medalla de Honor.

—Me parece increíble que, después de tantos años, Oliver vuelva a trabajar para el Gobierno —reflexionó Reuben.

—Sobre todo teniendo en cuenta todo lo que le hicieron —añadió Finn en voz baja.

—¿Por qué aceptaría? —preguntó Caleb—. Sabemos de sobra que Oliver no confía en el Gobierno.

—Quizá no tuviera elección —dijo Finn.

—Pero tampoco es que esté en la flor de la vida —repuso Annabelle—. Anoche estuvo a punto de morir. Si va a Rusia es probable que no vuelva.

—Es mayor, pero también es más sensato —dijo Reuben—. No me sorprendería lo más mínimo que tenga mecha para rato.

—Casi murió en la cárcel de Divine, Reuben —le recordó Annabelle—, y Milton murió —añadió con una franqueza brutal.

Reuben, que había sido muy amigo de Milton Farb, se miró las manos.

—Tal vez ya no tengamos edad para estas situaciones de mierda.

—Entonces, ¿qué hacemos? —preguntó Finn—. No nos pedirá ayuda, eso ya lo sabemos, sobre todo después de lo que pasó en Divine.

—Exacto, no hará nada que nos ponga en peligro.

—Pues no esperemos a que nos pida ayuda —sugirió Annabelle— y tomemos la iniciativa.

—¿Cómo? —preguntó Reuben—. ¿Espiándole?

—No, pero podríamos formar un frente común y decirle lo que pensamos.

—No sé si sería buena idea —dijo Reuben.

Annabelle se levantó.

—Perfecto. Me parece bien que esperéis a que os notifiquen su muerte, pero yo no pienso hacerlo. —Se dio la vuelta y se alejó.

—¡Annabelle! —gritó Reuben.

Annabelle no se volvió.

—Mira que es terca —terció Caleb—, como la mayoría de las mujeres. Por eso nunca me he casado.

Reuben le fulminó con la mirada.

—Oh, creo que ese no ha sido el único motivo, Caleb.

14

El tráfico en Washington D.C. era mucho más denso de lo habitual, y todo porque a alguien se le había ocurrido detonar una bomba enfrente de la Casa Blanca. Al menos es lo que algunos viajeros frustrados pensaban. Por todas partes se habían levantado barreras que bloqueaban manzanas y más manzanas que otorgaban a la capital de la nación la apariencia de un amasijo de corrales. Los coches de la policía local y los todoterrenos negros del Servicio Secreto estaban encajados delante y detrás de dichas barreras para disuadir a cualquiera que quisiera acercarse.

Stone y Chapman, a pesar de las credenciales, se vieron obligados a salir del coche y caminar. En cada puesto de control había que realizar llamadas de teléfono mientras escudriñaban los documentos de la agente del MI6 para que sus superiores, cada vez de esferas más altas y ausentes, autorizaran que fuera acercándose poco a poco. Stone comprendía que ninguno de los policías o agentes locales estuviera dispuesto a sufrir una escabechina por haberles dejado pasar por equivocación. Ese era el motivo por el que los supervisores cobraban las nóminas más altas y disponían de despachos un poco más amplios. Se les caería el pelo si alguien de un escalafón superior en la cadena trófica decidía abusar de su autoridad.

Superaron el último obstáculo y se adentraron en la zona cero, Lafayette Park. A Stone, que quizá lo conociera mejor que nadie, le resultó casi irreconocible. El centro del parque era una masa ennegrecida, las plantas y los árboles estaban destrozados, la hierba, quemada, y la tierra, apilada, en montículos. La estatua de Jackson estaba derruida. La rueda de un cañón casi había llegado a la acera del lado de Pennsylvania Avenue. Una parte de la valla se había empotrado en un árbol a por lo menos dos metros de distancia.

La ATF había montado su puesto de mando móvil en medio de Pennsylvania Avenue. La unidad correspondiente del FBI se encontraba en Jackson Place, al oeste del parque. Había perros y guardias de seguridad armados por todas partes. Todos los negocios y oficinas gubernamentales situados en Jackson Place y en Madison Place, al otro lado del parque, estaban cerrados.

Si bien el parque parecía una convención de policías, el enjambre de hombres trajeados superaba en número a los agentes uniformados. Stone y Chapman pasaron junto a un camión grande del Equipo de Respuesta Nacional (o NRT) de la Agencia de Alcohol, Tabaco, Armas de Fuego y Explosivos. Stone sabía que solo existían tres vehículos del NRT. Los miembros del NRT eran los mejores expertos en explosivos del país. Se presentaban donde fuera y, en un par de días, averiguaban qué había explotado y por qué.

Stone atisbó a unos cuantos técnicos con trajes a prueba de sustancias peligrosas analizando sistemáticamente el lugar de la explosión. También vio a otros con trajes herméticos que parecían cirujanos preparándose para el quirófano. Iban a la búsqueda y captura de alguna prueba residual. Había pequeñas piquetas de colores desperdigadas por todas partes. Supuso que cada una de ellas marcaba el lugar donde se había encontrado alguna prueba.

No cabía la menor duda de que algunos de los hombres trajeados representaban al FBI. No era una mera suposición, puesto que también llevaban el cortavientos del FBI. Los demás hombres con americana y corbata situados más allá del círculo restringido pertenecían al Servicio Secreto, ya que los pinganillos y la expresión adusta los delataban mientras aquellos «advenedizos» pisoteaban su territorio.

Stone y Chapman se acercaron al grupo de agentes del FBI.

Sin embargo, antes de alcanzar el círculo de investigadores, un hombre alto les abordó.

—¿Señor Stone?

Stone lo miró.

—¿Sí?

—Necesito que me acompañe, señor.

—¿Adónde?

El hombre señaló directamente al otro lado de la calle.

—¿A la Casa Blanca? ¿Por qué?

—Tengo entendido que conoce al agente especial Alex Ford. Le está esperando.

Stone miró fijamente a Chapman.

—Ella viene conmigo.

El hombre la observó.

—¿Agente Chapman? —Ella asintió—. Identifíquese, por favor.

Ella mostró las credenciales.

—Vamos.

Los acompañaron hasta el otro lado de la verja principal, aunque Chapman tuvo que entregar el arma.

—Quiero recuperarla en exactamente las mismas condiciones —indicó al agente que se la confiscó—. Tengo debilidad por esta arma.

—Sí, señora —respondió el hombre educadamente.

Pasaron al lado de una excavadora y un grupo de hombres con uniformes verde y caqui que retiraban el tocón de un árbol en el interior del recinto de la Casa Blanca. Uno de ellos le guiñó el ojo a Chapman. Ella respondió frunciendo el ceño. Cuando entraron en el edificio y los acompañaron por el pasillo, Chapman susurró:

—O sea que esto es la Casa Blanca, ¿no?

—¿Es la primera vez que entras? —preguntó Stone.

—Sí, ¿y tú?

Stone no respondió.

En aquel momento Alex Ford apareció en el umbral de una puerta y se colocó a su lado. Dedicó un asentimiento al agente que los acompañaba.

—Chuck, ya me encargo yo. Gracias.

—De acuerdo, Alex. —Chuck se marchó por donde habían venido.

Stone realizó las presentaciones pertinentes antes de preguntar.

—¿Por qué estamos aquí?

—Tengo entendido que os habéis reunido con sir James McElroy con anterioridad, ¿no? —preguntó Alex.

—¿*Sir*? No me dijo que lo hubieran ordenado caballero.

—La verdad es que no quería —comentó Chapman—, pero supongo que a la reina no se le dice que no.

—Sí, me reuní con él —repuso Stone.

—Quiero que quede claro que la decisión de reincorporarte al servicio no ha tenido muy buena acogida en ciertas agencias.

—¿Incluida la tuya?

—E incluidos algunos tipos de aquí.

—¿Con quién vamos a reunirnos?

—Con el jefe de gabinete y el vicepresidente.

—Estoy impresionado.

—Creo que el vicepresidente está ahí para darle un poco más de empaque al asunto.

—¿Están bien informados?

—No sé. Cobran más que yo.

Llegaron a la puerta y Alex llamó.

—Adelante —dijo una voz.

—¿Preparados? —dijo Alex.

Stone asintió.

Chapman se ajustó los puños y se retiró un mechón de pelo rebelde.

—¿Dónde demonios me he metido? —musitó.

—Estaba pensando lo mismo —comentó Stone.

15

Les condujeron hasta el despacho del vicepresidente desde la antesala. Era un hombre alto de pelo cano y bien alimentado, con una sonrisa agradable y que estrechaba la mano con fuerza, sin duda a consecuencia de las miles de paradas que se realizan durante una campaña electoral. El jefe de gabinete era bajo y fibroso, con unos ojos que no dejaban de escudriñar el espacio que le rodeaba, como un radar.

De repente a Stone se le ocurrió que la presencia del vicepresidente tenía sentido, aparte de darle empaque a la situación. Formaba parte del Consejo de Seguridad Nacional. De todos modos, a Stone le sorprendía que el hombre accediera a reunirse con él directamente en vez de mediante un subordinado. Pero era difícil contradecir al presidente.

Intercambiaron los cumplidos de rigor rápidamente. Alex Ford se quedó junto a la puerta, apostado allí como agente de seguridad y no en calidad de amigo.

—El presidente nos ha pedido que nos reunamos con ustedes. —Asintió en dirección a Chapman—. Con ustedes dos. Es obvio que deseamos llegar al fondo de este... delicado asunto lo antes posible.

Stone tradujo aquellas palabras a un lenguaje sencillo en su interior. En realidad, lo que el vicepresidente les comunicaba era: «Esto no ha sido idea mía y, aunque soy leal al presidente, no cargaré con las culpas si sale mal. Por eso está aquí el jefe de gabinete. Mi jefe quizá caiga, pero no yo.»

Stone se preguntó si alguno de los dos hombres estaba al tanto del plan original de enviar a Stone a México para ayudar a lidiar con la pesadilla del cártel ruso. Era habitual que los vicepresidentes no supieran tanto como el jefe del ejecutivo. Normalmente, los jefes de gabinete sabían tanto como el presidente.

El vicepresidente inclinó la cabeza en dirección al jefe de gabinete, que tendió un tarjetero de cuero negro a Stone.

—Sus credenciales —dijo el hombre.

Stone tomó lentamente lo que le ofrecía, lo abrió y observó su rostro, que le devolvía la mirada desde las profundidades de la foto oficial que formaba parte de su nuevo encargo. Se preguntó cuándo habrían hecho esa foto. Tal vez cuando se sentó en la sala del NIC, lo cual significaba que Riley Weaver estaba al corriente de todo eso. No le quedó más remedio que sonreír cuando vio su nombre «oficial»: Oliver Stone.

Junto a la foto estaba su carné de identidad, donde figuraba como agente de campo del coordinador nacional de seguridad, protección de infraestructuras y contraterrorismo. Tenía sentido, pensó Stone. El coordinador nacional trabajaba en el Consejo Internacional de Inteligencia e informaba al presidente a través del asesor de seguridad nacional. Había una conexión con la Casa Blanca, pero con un paso intermedio. El presidente tenía todos los flancos cubiertos. Lo mismo que hacía ahora su espabilado vicepresidente. Pasó a la siguiente funda del tarjetero y encontró una reluciente insignia de la agencia para él.

—Interesante la elección de agencias —dijo.

El vicepresidente le dedicó una de sus encantadoras sonrisas inescrutables.

—Sí, ¿verdad?

De todos modos, Stone había conseguido interpretar miles de esas sonrisas inescrutables. La del vicepresidente no era ninguna excepción.

«Cree que todo esto es una locura, y probablemente tenga razón.»

—Tiene el mismo peso que el Departamento de Seguridad Nacional y el FBI, o incluso más. Hay pocas puertas que no se le abrirán, y la mayoría se encuentran en este edificio.

«Pues entonces esperemos que no tenga que intentar abrir ninguna de las puertas de aquí», pensó Stone.

—Estás a su servicio —le dijo al jefe de gabinete. Antes de que el hombre, asombrado, pudiera decir algo, Stone se dirigió al vicepresidente—. Y es obvio que usted confía en el criterio de su compañero de partido, o por lo menos espera que no esté cometiendo un grave error de cálculo al conferirme tal autoridad.

Stone tuvo la impresión de que ambos hombres le miraron con otros ojos.

El vicepresidente asintió.

—Es un buen hombre. Por lo que espero que su confianza quede justificada cuando todo esto haya acabado. Supongo que opina lo mismo.

Stone se metió sus nuevas credenciales en el bolsillo sin responder.

—Tomará juramento tras esta reunión ante un representante de la oficina del coordinador nacional —informó el jefe de gabinete—. También tendrá autoridad para practicar arrestos y derecho a un arma. Si así lo desea —añadió con tono dudoso.

Quedaba claro que al jefe de gabinete también le parecía una locura ceder tanta autoridad a un hombre como él. Stone se planteó durante unos instantes cuánto tiempo habría discutido el jefe de gabinete con el presidente acerca de esta decisión antes de que este último se saliera con la suya.

Stone lanzó una mirada a Chapman.

—Mi amiga del MI6 tiene una Walther PPK muy bonita. Creo que por ahora me bastará.

—De acuerdo. —El vicepresidente se levantó, lo cual indicó el término de la reunión. Stone sabía que su jornada laboral se medía por incrementos de quince minutos y que tenía el incentivo añadido de concluir aquel encuentro.

«Si espera mucho más el tufillo de todo esto le impregnará, señor.»

Se estrecharon la mano.

—Buena suerte, agente Stone —dijo el vicepresidente.

Mientras seguían a Alex por el pasillo, Chapman habló irónicamente:

—Cielos, si hubiera sabido que era tan fácil convertirse en agente americano habría venido aquí hace mucho tiempo.

—Ha sido demasiado fácil —reconoció Stone mirando a Alex.

—Las cosas han cambiado en los últimos quince años —reconoció el agente del Servicio Secreto—. Tenemos a más contratistas rondando por ahí con pistolas e insignias de lo que os imagináis. Tanto en protección de fuerzas en campañas militares en el extranjero como aquí, en casa. Así son las cosas. —Cuando Chapman no lo oía, añadió—: Mira, tienes que comprender que la gente sabe que John Carr ha vuelto.

—Soy consciente de ello.

—Tienes muchos secretos, Oliver. Demasiados, para algunos.

—Sí, eso también se me ocurrió a mí.

—No hace falta que hagas esto.

—Sí, en realidad sí que hace falta.

—¿Por qué? —preguntó Alex.

—Por varios motivos. —Alex, muy contrariado, guardó silencio—. Cuando acabemos aquí, volveremos al parque. ¿Puedes venir con nosotros? —sugirió Stone.

Alex negó con la cabeza.

—Estoy en misión de protección y, como te he dicho antes, no se me permite acercarme a esta investigación. Han erigido la gran muralla china alrededor de este marrón por motivos obvios.

Stone le observó.

—¿Porque alguien piensa que hay un topo en el Servicio?

Al otro hombre pareció incomodarle tal observación, pero asintió.

—Creo que es una mierda, pero hay que tener todos los flancos cubiertos.

Stone tomó juramento en otra sala de la Casa Blanca. Acto seguido, Chapman recuperó su querida pistola y salieron de la residencia oficial. Ella y Stone se dirigieron al parque.

—No está mal tener de tu lado al presidente de la única superpotencia que queda.

—Puede ser.

—¿Me voy a enterar alguna vez de toda la historia?

—No, no te vas a enterar.

16

Stone y Chapman mostraron las insignias y superaron el entramado de seguridad del parque.

—¿Por dónde empezamos? —preguntó ella.

Stone señaló a un hombre rodeado de personas trajeadas.

—Empecemos por arriba.

Volvieron a mostrar las credenciales. Cuando el hombre vio a qué agencia pertenecía Stone, hizo una seña a la pareja para que fueran a un lugar más apartado.

—Tom Gross, FBI —se presentó—. Soy el agente del caso. De la Unidad de Contraterrorismo Doméstico de la Oficina de Campo de Washington.

Gross tenía cuarenta y muchos años, era un poco más bajo que Stone, más fornido, con el pelo negro, que se le estaba aclarando, y una expresión seria que probablemente se le había quedado grabada en las facciones una semana después de entrar en la Unidad de Contraterrorismo.

—Estamos aquí porque... —empezó a decir Stone.

Gross le interrumpió.

—He recibido una llamada de teléfono. Podéis contar con la plena colaboración del FBI. —Miró a Chapman—. Me alegro sinceramente de que su primer ministro no resultara herido.

—Gracias —repuso Chapman.

—¿Algún grupo se ha atribuido la autoría?

—Todavía no.

Gross los condujo al punto de origen de la explosión mientras Stone explicaba que había estado en el parque por la noche. La cantidad de pequeñas piquetas de colores que marcaban dónde se habían encontrado las pruebas había aumentado de forma considerable mientras habían estado al otro lado de la calle.

—Los medios se han echado encima de todo este asunto, por supuesto, aunque los hemos mantenido bien alejados de la escena del crimen —dijo Gross—. Un lío impresionante, la verdad. Hemos tenido que cerrarlo todo en un radio de una manzana. Hay un montón de gente cabreada.

—No me extraña —dijo Stone.

—El director ha convocado una rueda de prensa en la que ha dicho muy poco porque no sabemos gran cosa. La Corporación de Información Digital Avanzada se encargará del resto de los medios a través de la oficina de RM —añadió, refiriéndose al director adjunto a cargo y de la oficina de Relaciones con los Medios del FBI—. Nosotros tomamos el relevo de la ATF, pero ellos se encargan de hacer el trabajo duro sobre la bomba.

Stone miró a Gross.

—¿O sea que habéis llegado a la conclusión de que se trata de terrorismo internacional y no nacional?

—No me atrevería a afirmarlo, no —reconoció Gross—. Pero dada la proximidad geográfica y la presencia del primer ministro...

—Ya —dijo Stone—. ¿Has visto el vídeo de vigilancia del parque de anoche?

—Está todo preparado en el puesto de mando móvil. Por desgracia, las dichosas cámaras quedaron destrozadas por la explosión. Nos sorprende, porque hay como una docena colocadas por aquí y gestionadas probablemente por cinco agencias distintas. Es posible que la bomba estuviera diseñada para cargárselas por algún motivo.

Stone se mostró inexpresivo ante tal comentario. Quedaba claro que el FBI no había tenido acceso a la grabación completa. Stone tomó nota de ello, pero lo relegó en su interior.

—¿Origen de los disparos? —preguntó.

Gross señaló el extremo norte del parque.

—Jardín de la azotea del hotel Hay-Adams. Encontramos un montón de cartuchos. Balas de una TEC-9.

—Interesante elección de arma —comentó Stone.

—¿Por qué? —preguntó Gross.

—Alcance limitado. Unos veinticinco metros, distancia inferior a la altura de la que disparaban. Y es difícil dar en algún blanco con una TEC-9 si no lo tienes justo delante.

—Bueno, es que no le dieron a nada.

—¿No habéis encontrado ninguna arma? —preguntó Stone. Gross negó con la cabeza.

—¿Cómo es posible? —preguntó Chapman—. ¿Es que en Estados Unidos la gente va por ahí armada con metralletas? Pensaba que era un invento de la prensa británica.

—Todavía no estamos seguros. Y no, la gente no va por ahí armada con metralletas —añadió Gross indignado—. Los del hotel están cooperando al máximo. El jardín suele estar concurrido, pero no es excesivamente seguro que digamos. Por supuesto hemos cerrado el hotel hasta que concluya la investigación. Tenemos a todos los huéspedes en el edificio y los están interrogando.

—¿Las armas se activaron con un mando a distancia o unos dedos humanos apretaron los gatillos? —preguntó Stone.

—Si los activaron por control remoto han eliminado todos los rastros. Por ahora creo que debemos suponer que fue obra humana.

—¿Has dicho que habéis cerrado el hotel?

—Sí, pero hubo un intervalo de tiempo previo —reconoció Gross.

—¿De cuánto tiempo?

—Durante un par de horas puede decirse que aquí reinó el caos. Se organizó el cierre en cuanto se confirmó el origen de los disparos.

—¿O sea que los francotiradores tuvieron tiempo suficiente para salir y llevarse el armamento?

—No es precisamente fácil llevarse unas cuantas ametralladoras con discreción —señaló Gross.

Stone negó con la cabeza.

—Si sabes lo que haces, puedes desmontar una TEC-9 rápidamente y meterla dentro de un maletín.

—Cerramos los accesos lo más rápido posible, pero así son las cosas.

—Esperemos que alguien del hotel recuerde haber visto marcharse a alguien con un equipaje aparatoso, ¿no? —apuntó Chapman.

Gross no parecía demasiado seguro de ello.

—Justo entonces se acabó un evento que habían organizado. O sea que al parecer en ese momento un montón de gente se marchaba con maletines a cuestas.

—No fue casualidad —afirmó Stone—. Hicieron una buena labor preparatoria.

Un tipo ataviado con un traje para manejar materiales peligrosos se les acercó. Se quitó la protección que le cubría la cabeza. Se presentó como Stephen Garchik, agente de la ATF.

—¿Listos? —preguntó Gross.

Garchik asintió y sonrió.

—Nada mortífero.

Stone contempló las piquetas. Unas eran naranjas y otras blancas. Las naranjas eran mucho más numerosas y estaban desperdigadas de forma relativamente uniforme por el parque. Los marcadores blancos estaban casi todos en la zona occidental del parque.

—¿Las naranjas son restos de la explosión y las blancas los lugares donde se han encontrado balas? —se aventuró Stone.

Garchik asintió en señal de aprobación.

—Sí, obviamente hay muchos más restos de la explosión que balas; emanaron del foco del estallido.

—¿De qué tipo de artefacto explosivo se trata, agente Garchik? —preguntó Stone.

—Llámame Steve. Aún no lo sabemos. Pero, a juzgar por el tamaño de los escombros y el daño sufrido por la estatua, ha sido potente.

—¿C-4 o Semtex, quizá? —preguntó Chapman—. Ambos pueden causar graves daños en unas zonas de cobertura relativamente pequeñas.

—Bueno, los daños son considerables para un cartucho de TNT o incluso medio kilo de Semtex. Tal vez se tratara de un cóctel de componentes. Tal vez HMX o CL-20. Ese material tiene una potencia que asusta. Todos pertenecen a la familia de explosivos no nucleares más potentes. Pero es poco probable que se trate de armamento militar.

—¿Cómo lo sabes? —preguntó Stone.

—El humo blanco del vídeo —respondió Chapman—. El armamento militar tiene una base oleosa que deja un rastro de humo negro. El blanco suele ser de clase comercial.

El agente de la ATF mostró su aprobación con una sonrisa.

—Exacto. Ahora estamos recogiendo y clasificando los residuos del lugar del estallido. —Señaló a dos corpulentos labradores negros que paseaban por el terreno conducidos por sus amos—. *Roy* y *Wilbur* —dijo—. Los perros se llaman así —añadió—. Los perros son los detectores de bombas más baratos y fiables del mundo. Uno de mis perros es capaz de registrar un aeropuerto entero en un par de horas. Así que recorrerán el parque en un periquete. Encontrarán residuos de explosivos que mis hombres ni siquiera verían a pesar del gran despliegue de tecnología.

—Impresionante —reconoció Chapman.

Garchik continuó, entusiasmado:

—Ni siquiera existen máquinas capaces de medir con precisión el poder del hocico de un perro. Pero tened en cuenta que las personas contamos con alrededor de ciento veinticinco millones de células olfativas en las fosas nasales. Nuestros labradores tienen el doble. Pasaremos todas las pruebas por el Centro de Investigación de Fuego en Maryland. Podemos prender fuego a un edificio de tres plantas y contar con una cubierta lo bastante grande para capturar cada molécula del incendio. Y ser capaces de decir exactamente qué se utilizó.

—¿Ha quedado algo del tipo del agujero? —preguntó Stone.

Garchik asintió.

—Las bombas lanzan escombros a trescientos sesenta grados. Hemos recuperado partes del cuerpo en las copas de los árboles, en los tejados circundantes. A dos, tres manzanas de distancia. Encontré un trozo de pie en el jardín de la Casa Blanca. Un trozo de dedo índice en el tejado de St. John's Church. Luego también tejido, materia gris, lo típico. Hoy es el día del ADN. El tipo que está en la base de datos tendrá la información rápidamente. —Asintió en dirección al camión de la NRT—. Por supuesto, lo primero que hicimos fue cerrar la zona y enviar a nuestros perros.

—Ataque secundario —comentó Chapman.

—Exacto. Esto se ha convertido en todo un arte en Irak y Afganistán. Activan una bomba, todo el mundo se abalanza a ayudar y entonces explosionan el segundo artefacto para cargarse a los primeros en llegar. Pero no hemos encontrado nada. Y nuestros labradores son excepcionales —añadió Garchik con orgullo—. En su mayor parte se trata de perros adiestrados en la escuela capaces de detectar mediante el olfato 19.000 explosivos distintos basándose en cinco grandes grupos de explosivos, entre ellos componentes químicos. Los adiestramos con comida. Los labradores son como tiburones de tierra, hacen cualquier cosa con tal de comer.

—¿Es imposible engañarlos? —preguntó Chapman.

—Te pondré un ejemplo. *Roy*, ese de ahí, encontró un bloque cuadrado de C-4 de diez centímetros tapado con pañales sucios y café, empaquetado en bolsas de Mylar dentro de cajones revestidos con cemento, aislados con espuma y encerrados en un almacén. Y tardó unos treinta segundos en descubrirlo.

—¿Cómo es posible? —preguntó Chapman.

—Los olores se producen a nivel molecular. No se pueden encerrar por mucho que uno se esfuerce. El plástico, el metal y prácticamente cualquier receptáculo o sistema de ocultación no sirven para atrapar las moléculas, porque esos materiales siguen siendo permeables. Son capaces de contener sólidos y líquidos, e incluso gases, pero las moléculas de olor son algo totalmente distinto. Traspasan todas esas sustancias. Si el método de detección es lo bastante sensible, realmente no importa qué hacen los malos. Los caninos entrenados para la detección de bombas presentan una capacidad olfativa que es humanamente imposible de engañar y, creedme, mucha gente lo ha intentado.

—¿Cómo crees que detonaron esta bomba? —preguntó Gross.

El agente de la ATF se encogió de hombros.

—Una regla de tres básica. Para hacer una bomba hacen falta un conmutador, una fuente energética y el explosivo. Básicamente, una bomba es algo capaz de expandirse de forma violenta a una velocidad sumamente rápida mientras está confinada en un espacio limitado. La bomba puede detonarse de muchas formas distintas, pero las dos más básicas son un temporizador y la detonación a distancia.

—Lo cual significa que la persona que activa la explosión está presente, ¿no? —preguntó Chapman.

—Sí, el terrorista u otra persona. Y el «otro» suele estar para evitar que el terrorista se eche atrás. Probablemente ese es el motivo por el que la mitad de las bombas que llevan los terroristas suicidas de Irak las detonen terceras personas.

—Deduzco que has estado allí —comentó Gross.

Garchik asintió.

—Cuatro veces. Y para seros sincero espero no tener que volver.

—Entonces, ¿dónde estaba la bomba? —preguntó Stone—. ¿En el hombre que saltó por los aires?

—No, no lo creo —reconoció Garchik.

—¿Por qué? —preguntó Stone.

—Se acercó a los perros.

—¿Qué? —preguntó Gross.

—Os lo enseñaré. Acompañadme.

17

Garchik los condujo a la unidad de mando de la ATF. Una vez en el interior, puso en marcha un despliegue de equipamiento electrónico. Al cabo de unos instantes estaban mirando parte de la grabación de vídeo de la noche anterior. Paró la imagen cuando apareció una escena en concreto y señaló la pantalla con el dedo.

—Ahí. Como he dicho, se acercó a los perros. O al perro, en este caso.

En la imagen se veía al hombre vestido con el chándal. Entraba en el parque desde el norte. Se le veía de pie justo al lado de dos agentes uniformados, uno de los cuales tenía un perro. El corredor se encontraba a unos treinta centímetros del can.

—¿Es un can de detección de bombas? —preguntó Chapman.

—Sí, del Servicio Secreto. Bueno, no creo que sus perros sean mejores que los nuestros, pero sí sé que cualquier persona que transportara un explosivo y se acercara tanto a un perro detector de bombas entrenado en este país sería descubierta. Me da igual cómo intentara ocultarlo. Ese perro se habría vuelto loco o realizado una alerta pasiva, es decir se habría sentado sobre las patas traseras, pero no hizo ninguna de esas dos cosas.

—Y cabe pensar que si llevaba una bomba encima no se habría acercado al perro, eso para empezar —dijo Stone—. No podía dar por supuesto que no se tratara de un perro detector de bombas.

—Lo cual significa que no era un terrorista suicida —añadió

Gross—. El tipo se lanzó al agujero para evitar los disparos. Parece ser que la bomba estaba en el agujero.

—Bueno, algo es algo —dijo Stone—. Descartemos al del chándal.

—¿Y si fuera un conmutador de presión? —sugirió Chapman—. El tipo del chándal le dio y explotó.

—Podría ser —concedió Garchik, aunque no parecía muy convencido—. ¿Te refieres a una dctonación accidental?

—Tal vez. ¿Habéis encontrado alguna otra prueba de otro tipo de conmutador de detonación?

—Hay un millón de fragmentos desperdigados por aquí y seguimos buscando. Pero, para liar más las cosas, en Lafayette Park hay mucha electricidad estática.

—Y la electricidad estática puede detonar una bomba —dijo Chapman.

—Eso es.

—Pero si uno se toma la molestia de colocar una bomba en Lafayette Park, ¿por qué fabricarla de tal modo que pueda estallar de forma accidental? —planteó Gross.

—Podría ser tan sencillo como que los tipos que consiguieron colocar la bomba aquí fueran mejores que los que hicieron la bomba. No es tan descabellado como parece. O podría haber estado en un conmutador de frecuencia y algo provocó interferencias.

—El del chándal llevaba un iPod —señaló Gross—. Podría haber interferido.

—Es posible, sí.

—¿Pero estás convencido de que la explosión se originó en el agujero del árbol? —preguntó Chapman—. Quizá nos precipitamos al llegar a esa conclusión.

—No hemos terminado el análisis, pero es bastante probable que la bomba estuviera ahí —reconoció Garchik.

—Entonces, ¿la bomba detonó de forma accidental? —dijo Stone.

Todos lo miraron con curiosidad.

—Sin duda —dijo Gross—, porque ¿qué sentido tendría hacer explotar una bomba que no mataría al primer ministro?

—A no ser que funcionara con un temporizador —dijo

Chapman—. El primer ministro tenía que haber estado en el parque anoche. Si estaba programada no se podía cambiar.

—Y fue casualidad que el hombre saltara al agujero y explotara entonces —añadió Garchik—. Tiene sentido.

—No, no tiene sentido —replicó Stone—. Os olvidáis de los disparos. ¿Por qué emplear una bomba y un arma de fuego? Si los disparos no se provocaron de forma remota los tiradores habrían sabido que el primer ministro no estaba en el parque.

—No necesariamente —dijo Chapman—. Os lo enseñaré.

Los condujo otra vez al exterior, donde señaló unos árboles situados delante del hotel Hay-Adams.

—Si estaban en el jardín de la azotea los árboles les impedían ver el parque. Oyen las sirenas y la llegada del séquito de coches. Esperan que paren y que el primer ministro salga y camine hacia el parque. Entonces empiezan a disparar.

Stone no parecía muy convencido.

—¿O sea que crees que urdieron este plan tan complejo y que los tiradores dispararon a ciegas? —Negó con la cabeza—. Si yo lo hubiera hecho, como mínimo habría tenido a un observador que disfrutara de una visión clara de los movimientos del primer ministro apostado en algún sitio cerca del parque con una línea de comunicación segura. No dispararía a ciegas a través de las copas de los árboles. Y si el primer ministro no llegase al parque, abortaría la misión. Pero si ponía un pie en el parque no podría permitirme el lujo de fallar.

—Y fallaron estrepitosamente —señaló Gross.

El agente de la ATF asintió.

—Es todo un enigma.

Stone se giró hacia él.

—Si tuvieras que poner en marcha este atentado, ¿cómo detonarías la bomba, Steve?

—Los conmutadores de presión pueden ser problemáticos, sobre todo en estas condiciones. Me refiero a un árbol en un agujero y la bomba cerca. Tal vez en el cepellón o quizá debajo del árbol. Es mucho peso. Y con gente moviendo cosas, cavando. Es probable que un conmutador de presión acabe saltando. Y si se tapa la bomba con tierra, ¿qué va a accionarla? Tiene que haber algo que presione el conmutador. Por algo se llama conmutador de presión. No, si yo hubiera sido el cerebro de esta operación habría empleado un mando a distancia para detonar la bomba de forma remota. Si hicieron tal cosa, es probable que utilizaran un teléfono móvil, lo cual nos facilitaría mucho el trabajo. Los móviles tienen una tarjeta SIM y todos los componentes tienen un número de serie, por lo que podemos reconstruir el teléfono e incluso rastrear dónde y quién lo compró. Por supuesto, si usaron un móvil en realidad había dos teléfonos. Uno en la bomba que actuaba de interruptor y el otro para llamar a ese teléfono. Encontramos fragmentos de micrófono, de un transistor, carcasa de plástico, cuero...

—¿Cuero? —preguntó Stone.

—Sí, trocitos muy pequeños. Unos doce. Tenían unas marcas negras, por lo que es probable que formaran parte del explosivo. Todavía no hemos determinado de qué se trata. Pero lo conseguiremos. Y luego tenemos que determinar a ciencia cierta si estaba relacionado con la explosión, porque no todos los restos que hemos encontrado por aquí lo están.

—Podrían proceder de las zapatillas del hombre del chándal —sugirió Chapman—. Las zapatillas eran de piel, ¿no?

—Sí, pero el color no coincide. He visto las imágenes de vídeo y eran azules.

—Las marcas negras podrían ser quemaduras de la bomba —señaló Chapman.

—No, el resto del cuero era marrón. Probablemente no guarde ninguna relación con todo esto.

—O sea que ahora mismo —dijo Gross— ¿todavía no puedes decirnos cómo se realizó la detonación?

—Eso mismo.

—¿Por qué piensas que la bomba estaba en el agujero del árbol? —preguntó Gross—. Aparte de por la ubicación de los daños...

—Seguidme —indicó Garchik. Los condujo al lugar de la detonación y señaló el agujero—. A no ser que malinterprete los indicios, esta es la zona cero. El árbol saltó por los aires, y no era precisamente ligerito.

Todos se quedaron observando el enorme agujero causado por la explosión.

—De acuerdo. Entonces, ¿qué estamos buscando? —preguntó Gross.

—Bueno, aquí ya había un agujero. La excavación para el árbol.

—Vale —dijo Gross—. ¿Y?

Garchik cerró el puño y lo blandió hacia abajo.

—Cuando se golpea el agua con el puño parte de la misma sale disparada a ambos lados de la mano. Es un concepto sencillo de desplazamiento de volumen. Lo mismo ocurre con una bomba. Si la bomba está por encima de la tierra, actúa como el puño. Irá hacia abajo, hacia los lados y también hacia arriba. Pero una bomba enterrada en el suelo tiene un efecto distinto. Se propulsa sobre todo hacia arriba porque está cubierta de tierra más suelta. Es la vía que ofrece la menor resistencia. De todos modos hizo más profundo el orificio existente.

—Y formó un cráter. Un cráter mayor que si la bomba hubiera estado por encima de la tierra —dijo Stone lentamente.

—Pero en ese caso la bomba estaba enterrada, ¿verdad? —dijo Gross. Los miró de uno en uno como si esperara una afirmación colectiva.

—Ojalá os lo pudiera decir a ciencia cierta —repuso Garchik—. Determinar esto suele ser una de las partes más fáciles de la ecuación. Pero aquí tenemos un factor que lo complica todo. Ya había un cráter grande antes de que estallara la bomba.

Gross parecía confuso.

—No te acabo de entender.

—Quiere decir que no sabe si la bomba estaba enterrada, en el cepellón o incluso debajo del árbol —repuso Stone. Miró al agente de la ATF—. ¿Cierto?

—Cierto.

—¿Y eso importa? —preguntó Chapman—. En todo caso la bomba estaba en este agujero.

—Exacto —dijo Gross—. La cuestión sigue siendo la misma: ¿cómo lo hicieron? Estamos en Lafayette Park, no en un callejón de Bagdad.

Stone miró a su alrededor. Armas y bombas justo delante de la residencia presidencial. Solo podía haber una respuesta.

—Tenemos a un traidor en algún sitio —declaró.

—Y si el primer ministro no se hubiera torcido el tobillo estaría muerto —añadió Chapman.

Stone la miró.

—Pero lo más increíble es que consiguieron colocar una bomba en Lafayette Park, delante de la Casa Blanca. El lugar más vigilado del mundo. ¿Cómo?

18

Al cabo de un minuto de silencio, mientras todos reflexionaban sobre esa posibilidad, Gross habló.

—No entiendo cómo es posible que alguien lo consiguiera. Este lugar está vigilado constantemente, día y noche.

—Es cierto —reconoció Garchik.

«Es muy cierto», pensó Stone.

—Pero todas las pruebas apuntan a que así fue. Colocaron una bomba en ese agujero.

Gross miró a Chapman y luego a Stone.

—¿Sois conscientes de la cantidad de gente que puede estar implicada en algo como esto?

—Bueno, para empezar necesitamos una lista de todos los que participaron en la excavación del agujero y la plantación del árbol. El Servicio Nacional de Parques se encarga de estas cosas, pero seguro que hubo otras personas implicadas en el asunto —dijo Stone.

Gross sacó el teléfono y se alejó unos metros mientras tecleaba una serie de números.

Stone se dirigió al agente de la ATF.

—En cuanto determinéis de qué tipo de bomba se trató, ¿qué haréis a continuación?

—La introduciremos en el BATS, el Sistema de Rastreo de Bombas e Incendios Provocados. La ATF lo gestiona. Tiene referencias de todo el mundo. A los terroristas no les gusta desviarse de las fórmulas, así que crean una especie de marcas. Por motivos básicamente prácticos. En cuanto encuentran un método que funciona, no lo cambian.

—Porque podrían saltar ellos mismos por los aires con un método nuevo —dijo Chapman con expresión de complicidad.

—Eso mismo. Los terroristas suelen probar sus artilugios por adelantado, y es otra forma que tenemos de pillarles. Hacen explotar un artefacto en un bosque y alguien informa de lo sucedido. No suelen ser conscientes de que pueden comprobar todas las conexiones e interruptores sin detonar. Porque los materiales de la bomba explotarán. Los únicos puntos débiles son las conexiones y la fuente de energía.

—A lo mejor a estos tíos les gustan las explosiones. Para ver el ¡bum! —observó Chapman.

—No creo que sea el caso —repuso Garchik—. Bueno, de todos modos, lo introduciremos en el BATS para ver si aparece la misma marca. Entonces quizá sepamos quién es el terrorista. Conozco un montón de marcas de memoria, pero nada de esta me resulta familiar.

—¿Se te ocurre algo más? —preguntó Stone.

—Ahora mismo, no.

—De acuerdo, gracias. Ya informarás al agente Gross en cuanto tengáis algún dato.

Cuando Garchik se hubo marchado, Gross volvió a reunirse con ellos y se guardó el teléfono en el bolsillo.

—Bueno, acabo de desencadenar una tormenta de narices en la Oficina de Campo de Washington.

Stone contempló el origen de la explosión.

—Volvamos al punto de partida. ¿Quién era el objetivo?

Gross lanzó una mirada a Chapman antes de decir:

—Está bastante claro. El primer ministro británico.

—No estaba en el parque —repuso Stone.

—Pero estaba programado que estuviese a más o menos la hora en que explotó la bomba. Es posible que tuviera un temporizador, a pesar de lo que ha dicho Garchik. Se activó de forma accidental, probablemente cuando ese tipo saltó al agujero.

Stone negó con la cabeza.

—Una misión de este calado exige precisión. Con una detonación, por accidental que sea, mandan al carajo todo el plan. No habrá una segunda oportunidad. Ponen alerta a todo el mundo para nada. Y tu teoría no explica los disparos.

—Dicho así no tiene mucho sentido —reconoció Gross.

Stone miró a Chapman.

—¿Estás convencida de que se había planeado que atravesara el parque? ¿Quién te lo dijo?

—Me informaron desde la oficina del primer ministro.

Stone miró hacia el extremo norte del parque e intentó recrear en su interior lo que había visto exactamente la noche anterior. Pero por algún motivo los detalles más vívidos no se le aparecían. Tal vez fuera por culpa de la conmoción cerebral. O quizá, reconoció para sus adentros, «me estoy haciendo mayor».

Acompañaron a Gross a examinar el jardín de la azotea del hotel Hay-Adams. Los árboles bloqueaban la vista del parque.

—Dispararon a ciegas —dijo Gross—, porque si hubieran tenido a un observador en el parque habrían sabido que el primer ministro no estaba allí.

Habían marcado en el suelo el lugar en el que habían encontrado los cartuchos usados.

—TEC-9, como he dicho antes —dijo Gross—. Más de doscientas balas. Por lo que probablemente hubiera varias armas.

—Estoy de acuerdo —dijo Stone mientras observaba el suelo—. ¿Y nadie oyó ni vio nada abajo o en el hotel?

—Creo que mucha gente oyó y vio muchas cosas, pero que lo recuerden correctamente y nos lo comuniquen de forma eficaz es harina de otro costal.

—Supongo que compararéis los cartuchos con las balas encontradas en el parque —dijo Stone.

—Ya lo hemos hecho —respondió Gross—. No es que tuviéramos muchas dudas al respecto.

—Menos mal, porque hay muchas dudas acerca de prácticamente todo lo demás —comentó Stone.

19

Aquella noche, más tarde, Stone y Chapman regresaron en coche a la pequeña casa del cementerio. Nada más abrir la puerta, Stone miró a su derecha al verla.

Annabelle estaba sentada en una silla junto a la chimenea. Indicó a Chapman que entrara mientras Annabelle se levantaba para saludarle. Tras presentar a las mujeres entre sí, Stone estaba a punto de decir algo cuando Annabelle le tendió el libro escrito en ruso.

—Supongo que quieres que te lo devuelva. ¿Sigues pensando en marcharte de... viaje?

Stone frunció el ceño al mirar el libro.

—Hay límites personales, Annabelle, y yo siempre he respetado los tuyos.

—No vas a conseguir que me sienta culpable por esto, Oliver, así que ni lo intentes. No hace tanto tiempo que te conozco y creo que hemos estado a punto de perderte unas cinco veces, por lo menos según mis cuentas.

Chapman observó a Stone sorprendida.

—Creía que ya no trabajabas.

Annabelle respondió.

—No estaba trabajando, así que imagínate cuál será ahora su riesgo de muerte.

Stone dejó el libro encima del escritorio.

—Creo que soy lo bastante mayor para tomar esa decisión yo solito. Y como respuesta a tu pregunta, he retrasado el viaje.

—¿Qué viaje? —preguntó Chapman.

Stone hizo caso omiso de ella.

—¿Estás trabajando otra vez para el Gobierno? —preguntó Annabelle.

—Como he dicho, soy lo bastante mayor para tomar esa decisión.

—¿Por qué, Oliver, por qué? Después de todo lo que te hicieron.

—Sí, ¿por qué? Creo que merecemos una respuesta —dijo una voz.

Se giraron y se encontraron con Reuben Rhodes, Harry Finn y Caleb Shaw en la puerta de la casa. Reuben era quien había hablado.

—Me siento como si estuviera en la dichosa estación de Waterloo —musitó Chapman cuando los hombres se acercaron.

Stone bajó la mirada.

—No es fácil de explicar.

—Joder, por lo menos dime que no estás trabajando en el caso de la explosión del parque —dijo Annabelle.

—Eso es precisamente lo que está haciendo.

Alex Ford fue quien dio la noticia al entrar en la casa.

—Caray —exclamó Chapman—. Me parece que tienes que cambiar la cerradura.

Alex se colocó al lado de la chimenea.

—¿Se lo cuento yo o se lo cuentas tú?

—¿Contar qué?

—Que hoy Oliver ha recibido un cargo y una insignia. Ahora es miembro de pleno derecho del gobierno federal, que trabaja con la agente Chapman aquí presente, del MI6. Han recibido el encargo de averiguar quién intentó cargarse al primer ministro británico.

Stone miró a su amigo con frialdad.

—Gracias por guardar el secreto, Alex.

—¿Desde cuándo coño hay secretos entre nosotros? ¿Cuántas veces te he cubierto las espaldas, Oliver, y he arriesgado la vida y lo que hiciera falta? ¿Cuántas veces has hecho lo mismo por mí?

—Lo mismo puede decirse de todos nosotros —añadió Annabelle.

—Esto es distinto —replicó Stone.

—¿Por qué? ¿Porque ahora llevas placa? —farfulló Reuben.

—Te has aliado con los tipos que tanto daño te hicieron. ¿No entiendes por qué estamos todos alucinados? Sobre todo después de lo que pasó en Divine. Pensaban dejar que te pudrieras en esa cárcel.

—Y me habría podrido de no ser por vosotros, lo sé —reconoció Stone con parsimonia.

—Entonces, ¿por qué? —insistió Annabelle.

—Como he dicho, es difícil de explicar. De hecho, quizá sea imposible de explicar.

—Todos estamos esperando que lo intentes.

Stone endureció el semblante.

—Dais por supuesto que os debo una explicación. Pues no.

Aquello sentó a Annabelle como un bofetón. Incluso el leal Reuben se quedó de piedra, y Caleb, boquiabierto.

—Bueno, supongo que esa explicación lo dice todo —declaró Annabelle. Se giró y se marchó.

Reuben lanzó una mirada a su viejo amigo.

—Ella no se lo merece, Oliver. Ninguno de nosotros.

—Así son las cosas. Lo siento, Reuben.

—Vale. Me aseguraré de no perderme tu funeral.

Reuben también se marchó. Caleb se dispuso a seguirle, pero se paró y volvió la vista hacia Oliver.

—Es la primera vez que me alivia saber que Milton no está vivo. Para que no oiga esto.

—Espero que sepas lo que estás haciendo —dijo Harry Finn antes de seguir a Caleb al exterior.

En ese momento solo quedaba Alex, aparte de Chapman.

Stone miró fijamente al agente del Servicio Secreto.

—¿Tú también quieres decirme que me equivoco?

—No, supongo que sabes lo que estás haciendo, aunque no me guste especialmente. Pero vuestro planteamiento sobre cómo se colocó la bomba adolece de un problema.

—¿Cómo sabes cuál es nuestra teoría? —preguntó Stone—. Pensaba que no participabas en la investigación.

—En teoría, no. Pero tengo oídos.

—¿Y qué tiene de malo nuestra teoría? —preguntó Chapman.

—La unidad de canes del Servicio Secreto ya había hecho un reconocimiento del parque.

—¿Cuándo exactamente? —preguntó Stone enseguida.

—No sé la hora exacta. Pero ¿no te fijaste en una unidad de canes en el extremo norte del parque?

—Sí, en la grabación —repuso Stone.

—No sacan a los perros para pasear...

—¿Lo normal sería que cubrieran el parque entero? —preguntó Stone.

—Sí. Con un perro no se tarda tanto.

—O sea, que el perro habría detectado la bomba, ¿no? —sugirió Chapman.

—A eso me refería precisamente —respondió Alex.

—Pues resulta que en el parque también explotó una dichosa bomba —espetó ella.

—Me limito a deciros lo que sé. Me parece que me marcho.

—Alex, no quería que se lo tomaran así —reconoció Stone.

—Ya, pero se lo han tomado así, ¿verdad? Espero que lo consigas, Oliver, de verdad que sí.

Se marchó y al cabo de unos segundos oyeron cómo ponía el coche en marcha.

—Tienes un grupo de amigos muy majos. Parece que se preocupan un montón por ti.

—Y yo por ellos.

—¿Quiénes son en realidad?

—No importa.

—¿Quién es ese tal Milton que ha mencionado el bajito?

—Un amigo.

—Pero está muerto. ¿Cómo fue? ¿Un accidente?

—No, por la bala de un rifle de gran calibre.

Chapman estaba a punto de decir algo cuando el móvil de Stone vibró. Era el agente Gross del FBI. Stone escuchó y luego colgó.

—La mujer que estaba anoche en el parque ha aparecido.

—¿Quieres decir que la han detenido? —preguntó Chapman.

—No, se ha presentado ante el FBI motu proprio.

20

—Me llamo Marisa Friedman —dijo la mujer cuando Stone y Chapman tomaron asiento delante de ella y de Tom Gross en un despacho interior de la Oficina de Campo del FBI en Washington.

Stone se dedicó a observarla durante unos instantes. Con buena luz y a escasos metros de distancia pensó que estaba más próxima de los treinta que de los cuarenta. Era igual de alta que Chapman, tal vez más, con el cabello rubio que se le rizaba a la altura del cuello. Stone se dio cuenta de que no era su color natural. Tenía los ojos azules y deslumbrantes, el rostro interesante con una estructura ósea elegante, el mentón anguloso y los dos lados de la mandíbula formaban un marco perfecto para su boca expresiva. Llevaba ropa cara, pero la vestía sin afectación; joyas y maquillaje mínimos completaban su aspecto atractivo.

—La señorita Friedman se ha presentado voluntariamente cuando se ha enterado de que buscábamos a toda persona que hubiera estado en el parque anoche —explicó Gross.

Friedman negó con la cabeza y pareció intranquila.

—Tengo que reconocer que me he quedado de piedra por lo que pasó. Acababa de llegar a la calle H cuando empezaron los disparos. Y luego la explosión. —Temblaba de forma incontrolable.

—¿Cómo se enteró de que el FBI la buscaba? —preguntó Stone.

—Un amigo vio la noticia y me llamó.

Stone miró a Gross.

—En situaciones como esta llamamos a los medios y les pedimos su colaboración para difundir la noticia —dijo Gross—. Suele ser muy eficaz.

—Está claro que en mi caso lo ha sido —convino Friedman.

—Probablemente imaginó que la policía querría hablar con usted —dijo Stone.

—Sí, supongo, aunque no tengo experiencia en este tipo de cosas. Entraron a robar en mi casa hace unos años, en realidad ese es el único contacto que he tenido con la policía en mi vida.

—¿Puede decirnos qué vio? —preguntó Gross.

—Humo y gente corriendo y gritando. —Miró a Stone y le tembló la voz—. Nunca había estado tan asustada.

—Pero antes de todo eso se sentó en un banco del parque, ¿no? —quiso saber Stone.

—Mi despacho está situado en la hilera de casas adosadas del lado oeste del parque.

—¿Jackson Place? —preguntó Stone.

—Sí. La mayoría de esas oficinas están al servicio de la Casa Blanca, pero conseguí agenciarme una de ellas más por suerte que por otra cosa. Trabajé hasta tarde. Salí de la oficina. Hacía tan buena noche que me senté e incluso creo que dormité. No suelo hacerlo, pero anoche lo hice. Había sido un día largo y estaba cansada. Y sé que el parque es una de las zonas más protegidas de la ciudad, así que me sentía muy segura. —Soltó una risa sardónica—. Menuda ironía. La verdad es que no elegí el mejor momento —añadió con otro estremecimiento—. Un momento agradable de relajación en un parque que se convirtió en zona de guerra. Durante unos instantes tuve la impresión de estar en un plató de cine.

—Solo que las balas y las bombas eran de verdad —dijo Stone.

—Sí.

—¿A qué se dedica? —preguntó Gross.

Desplegó una sonrisa radiante.

—En esta ciudad y tan cerca de la Casa Blanca solo se pueden ser dos cosas.

—Abogado o miembro de un *lobby* —respondió Stone.

—Exacto. —Cruzó las piernas y sacudió el dobladillo de la

falda, lo cual dejó entrever brevemente sus muslos pálidos. A juzgar por el modo de hacerlo, Stone dedujo que se trataba de una táctica habitual durante una reunión, por lo menos delante de hombres. Miró a Gross y se dio cuenta de que también se había fijado. Al mirar a Chapman vio que acababa de poner los ojos en blanco ante aquel mismo gesto.

«Marte, Venus», pensó Stone.

—¿Y usted qué es? —preguntó Friedman—. ¿Abogada o miembro de un grupo de presión?

—Pues las dos cosas.

Gross carraspeó.

—¿Y a quién presiona en nombre de qué?

La mirada de la mujer se posó en el agente del FBI.

—Los miembros de los grupos de presión son los animales más regulados de la tierra, o sea que mi lista de clientes es pública. Pero no tiene relevancia con respecto a lo ocurrido. Si no hubiera decidido sentarme en el banco en vez de marcharme directamente a casa, ni siquiera estaría aquí.

—Tenemos que comprobarlo de todos modos —dijo Gross.

—Compruébelo. Toda la información es pública. No tienen nada de especial, son los negocios típicos, asociaciones gremiales. Tengo algunos clientes extranjeros, pero se dedican a negocios convencionales.

—¿A quién llamó anoche? —preguntó Stone. La pregunta pareció sorprenderla—. Anoche estaba en el parque —explicó—. Además, el parque está constantemente vigilado por vídeo. Se la ve hablando por teléfono.

—Vaya, Gran Hermano está vivito y coleando —dijo en tono informal, pero se le formaron varios pliegues en la larga frente—. ¿Puedo preguntar qué relevancia tiene saber con quién hablé?

—Podemos conseguir esa información fácilmente —declaró Gross—. Pero, si coopera, nos ahorrará tiempo. Sin embargo, si no...

Ella lo miró con expresión hastiada.

—Lo sé, lo sé, pensarán que estoy tramando algo. Miren, no es más que un amigo.

Gross apoyó el bolígrafo en el bloc de notas.

—¿Y su amigo se llama...?

—¿De verdad necesitan saberlo? Quiero decir que me parece una tontería. No es más que un amigo.

—Señorita Friedman, una bomba explotó delante de la Casa Blanca. Ningún detalle resulta insignificante en una investigación como esta. Y la pregunta no es ninguna tontería. Así que díganos el nombre de su amigo y el motivo de la conversación.

—No es más que un hombre, que conozco.

—¿Nombre? —insistió Gross, esta vez con cierta dureza en la voz. Quedaba claro que era la última vez que el agente del FBI lo preguntaría educadamente.

La mujer se inclinó hacia delante y bajó la voz.

—Mire, este amigo con el que hablé está casado.

—Vaya —dijo Stone.

—¿Y qué? —instó Chapman con una mirada maliciosa.

—Y no conmigo, obviamente. Y quizá seamos algo más que amigos.

Volvió a cruzar las piernas, sacudió la falda, pero esta vez le temblaron las manos y no pareció ni de lejos tan segura.

Stone vio que Chapman lanzaba una mirada despectiva a la mujer ante aquella estratagema para distraer. Esta vez ni siquiera Gross bajó la mirada hacia las piernas de la mujer.

—No nos importa el... estado civil de su amigo —dijo Gross.

Friedman se recostó en el asiento, aliviada.

—De acuerdo, gracias.

—Pero sigo necesitando que me diga cómo se llama y de qué hablaron.

Exhaló un suspiro de resignación.

—Vale. Willis Kraft. Vive en Potomac. Estuvimos hablando de... asuntos personales.

—¿Y su esposa no le entiende? —espetó Chapman, que seguía mirando a la mujer con desdén.

Friedman endureció la expresión y ella y Chapman se miraron de hito en hito hasta que Friedman apartó la vista.

—No me he presentado aquí de forma voluntaria para ser juzgada sobre mi vida privada —dijo Friedman cuando dejó de mirar a Chapman.

—Y no es eso lo que nos interesa —se apresuró a decir Gross.

—Entonces, ¿tiene que salir todo?

—Como he dicho, el estado civil de su amigo no nos preocupa y podemos ser muy discretos. Deme sus datos de contacto y empezaremos por ahí —dijo Gross.

Ella se los dio y entonces habló Stone.

—¿Y el hombre del chándal que estaba en el parque?

—Sí, lo vi —repuso—. ¿Qué pasa con él?

—¿Lo vio bien?

—No mucho. —Arrugó la nariz—. Estaba tan gordo que pensé que era la última persona que uno se imagina con chándal.

—¿Vio al hombre trajeado con el maletín? —preguntó Stone—. Estaba cerca de la estatua de Von Steuben, en la esquina noroeste.

—No, creo que no. Allí hay varios árboles. Además, a pesar de las farolas del parque, estaba oscuro.

—Sí, es verdad —convino Stone—. Pero usted se marchó más o menos a la misma hora en dirección a la calle H.

—No me fijé en sus movimientos. Estaba rebuscando la tarjeta del metro en el bolso.

—¿McPherson Square? —se apresuró a preguntar Stone—. ¿O la estación de Farragut West?

—McPherson. Está un poco más cerca del parque. Yo vivo en Falls Church. No tengo coche, así que siempre tomo el metro.

—¿Entonces no llegó a ver la explosión? —preguntó Gross.

—No, es obvio que no estaba de cara al parque. Cuando empezaron los disparos, me agaché de forma instintiva y eché a correr. Joder, como todo el mundo.

—¿Sabe de dónde procedían los disparos?

Se quedó pensativa unos instantes.

—Todo ocurrió muy rápido. Yo solo intentaba agacharme y salir de en medio. Procedían de algún lugar por encima de mí, por lo menos esa es la impresión que tuve.

—¿Volvió la vista hacia el parque cuando explotó la bomba? —preguntó Stone.

La mujer asintió.

—¿Qué vio, exactamente?

Friedman se recostó en el asiento, volvió a fruncir el ceño e hizo una mueca de concentración.

—Mucho humo, algunas llamas que subieron alto, muy alto. Fue cerca de la estatua de Jackson, en medio del parque. Era difícil de saber, porque era de noche y porque hay árboles en medio, pero por lo menos eso es lo que me pareció.

—¿Vio a alguien que se alejara corriendo del lugar? —preguntó Chapman.

—Como he dicho, todo el mundo echó a correr en cuanto empezaron los tiros. Y corrieron todavía más rápido cuando explotó la bomba. Recuerdo haber visto a un par de policías y a un perro. El perro estaba ladrando y los polis sacaron la pistola y creo que se dirigieron al parque. No podría jurarlo porque yo iba en la dirección contraria a toda prisa.

—¿Y el hombre del traje? —preguntó Gross—. En aquel momento debía de estar cerca de usted.

—Es posible, pero yo no le vi.

—Bueno, ¿recuerda algo más? —preguntó Stone.

—Noté que el suelo temblaba. Debió de ser una bomba muy potente. Parece ridículo que con la cantidad de policía que hay por ahí nadie advirtiera que había un explosivo en el parque. Es decir, ¿cómo es posible?

Gross se recostó en el asiento.

—¿Qué hizo a continuación?

—Cogí el metro. Tuve suerte. Me dijeron que cerraron la estación al cabo de unos minutos.

Gross se levantó y le tendió una tarjeta.

—Si se acuerda de algo más, infórmenos.

Cuando la mujer se hubo marchado, Gross miró a los otros tres.

—¿Y bien?

—No ha añadido gran cosa a lo que ya sabíamos —declaró Stone.

—Menuda lagarta —espetó Chapman—. Me sorprende que no se haya levantado el vestido por encima del rubio teñido.

Stone hizo caso omiso al comentario.

—Bueno, tenemos unos disparos que no debían haberse producido —dijo—. Una bomba que no tenía que haber explotado y un objetivo que ni siquiera estaba allí.

Sonó el teléfono de Gross. Al cabo de diez segundos, colgó.

—Bueno, este marrón se complica por momentos. Un grupo de Yemen acaba de atribuirse la autoría del atentado.

21

Al día siguiente Stone miraba la tele acompañado de Tom Gross en el despacho de este mientras los medios informaban de que un grupo afincado en Yemen había abierto fuego en Lafayette Park y también había hecho estallar una bomba. El objetivo era demostrar que eran capaces de dar un golpe en el mismísimo centro neurálgico del gobierno de Estados Unidos. Por lo menos es lo que la traducción libre del mensaje del grupo enviada a los medios occidentales venía a decir. A continuación hubo una breve rueda de prensa en la que habló el director del FBI, y luego el ADIC respondió a unas cuantas preguntas de los periodistas, sin decirles realmente nada.

—¿El mensaje de Yemen es verídico? —preguntó Stone.

Gross asintió.

—Quienquiera que llamara disponía de los códigos de autorización adecuados.

—Pero eso solo autentifica al grupo que emite el comunicado. No demuestra que fueran ellos realmente —añadió Stone.

—Es cierto. Y a veces mienten.

—Supongo que no han revelado ningún detalle sobre cómo manejaron las armas y la bomba delante de nuestras narices, ¿no? —preguntó Stone.

—No. Lo que realmente me da miedo es que, si son capaces de cometer un atentado en Lafayette Park, ¿qué será lo próximo? ¿Qué lugar es seguro? Es como si hubieran dicho «es simbólico». Y ya sabes que ahora mismo todos los estadounidenses están pensando lo mismo.

—¿Y si los terroristas pueden dar un salto al otro lado de la calle y atacar la Casa Blanca? —se planteó Stone.

Gross asintió.

—Es lo que se preguntan todas las personas de este edificio.

—De muchos edificios —añadió Stone.

—¿Dónde está tu compinche británica? —preguntó Gross.

—No lo sé seguro —repuso Stone.

—¿Qué opinas de ella? —preguntó Gross.

—Es una de las mejores, de lo contrario no estaría metida en esto.

—Un buen activo para nosotros, ¿no?

—Eso creo. ¿Alguna noticia sobre el tipo del chándal o el hombre trajeado?

—Nada. A diferencia de Marisa Friedman, las imágenes del vídeo del tío trajeado no estaban muy claras. No me extraña que nadie le haya reconocido. No miraba a la cámara. Iba siempre mirando al suelo.

—¿Crees que sabía dónde estaban colocadas las cámaras?

—Ni siquiera yo sé dónde están las cámaras —repuso Gross—, pero hemos emitido un aviso en los medios para que todo aquel que estuviera en el parque aquella noche se presente ante las autoridades. Por eso lo hizo Friedman. Así que me extraña que no hayamos sabido nada de él.

—Bueno, es normal que no sepamos nada de él si está implicado en este asunto —señaló Stone.

Gross se sentó junto al escritorio y jugueteó con la grapadora.

—¿Lo viste de cerca?

Stone se concentró.

—Un metro setenta, calva incipiente, hombros ligeramente encorvados. No llegué a verle la cara. Es probable que tuviera la piel tirando a oscura. Pero no sé decir si era una cuestión de raza, etnia o bronceado. Obviamente no llevaba turbante, *kufi* ni pañuelo palestino. Eso se habría visto claramente en el vídeo.

—Tu descripción encaja con las imágenes del vídeo.

—¿Has tenido noticias del agente Garchik? —preguntó Stone.

—Le doy la lata cada media hora. Ha dicho que hoy iba a volver al parque para continuar la búsqueda.

—¿Cuándo iba a ir exactamente? —preguntó Stone.

—Ha dicho que esta tarde.

Stone se levantó.

Gross lo miró.

—¿Vas a algún sitio?

—Voy a comprobar unas cuantas cosas.

—¿Y compartirás lo que descubras?

—Yo juego limpio.

—Te he buscado en la base de datos oficial, pero no he encontrado nada.

—Lo contrario me habría sorprendido.

—¿Por qué?

—Porque oficialmente no existo.

22

Al cabo de media hora Stone volvía a estar en Lafayette Park. La zona seguía acordonada y las medidas de seguridad eran las más estrictas que había visto jamás, incluso más estrictas que después del 11-S. Alguien había penetrado en el núcleo del liderazgo del país, y Stone intuía ira, bochorno y miedo en el semblante atónito de las fuerzas de seguridad.

Nada más llegar a la zona cero Chapman se reunió con él. Vestía unos pantalones negros y anchos y una americana a juego que le quedaba un poco larga para disimular la pistolera que le colgaba del hombro.

—Todas las agentes que he conocido llevaban la pistolera en el cinturón.

—¿Ah, sí? Bueno, a mí me parece que se saca más rápido desde el hombro. Y así no tengo que guardar la dichosa pistola en los pantis cuando voy al baño. Y llevo una capa adicional de tejido en las blusas justo en ese sitio.

—¿Por qué?

Le dedicó una mirada feroz.

—Porque tengo pechos, Stone, por si no te has dado cuenta.

—En realidad intentaba mantenerme neutral ante cuestiones de género, agente Chapman.

—Muy amable por tu parte. ¿Entonces Yemen? —dijo Chapman.

—¿Te lo crees? —preguntó Stone.

—Muy conveniente para algunos.

—¿Y para tu jefe?

—Ya no se cree casi nada, la verdad.

—Cosas de la edad —observó Stone—. El agente Garchik vendrá aquí más tarde para hacer un seguimiento.

—¿Seguimiento? ¿No tuvo bastante la primera vez con su superanalizador de residuos?

—Creo que lo del seguimiento significa que tiene ciertas preocupaciones.

—¿Oliver?

Stone se giró de inmediato al oír la voz. Era característica, realmente inconfundible. Hacía mucho tiempo que no la oía.

—¿Adelphia?

La mujer estaba detrás de las barricadas en la calle H. Tenía a cuatro agentes de policía y dos agentes del Servicio Secreto delante.

Stone se acercó rápidamente a ella seguido de Chapman.

—La señora dice que le pidió que se reuniera con usted aquí. De lo contrario no habría llegado tan lejos —dijo uno de los agentes.

—¿Adelphia? —repitió mirándola fijamente.

—¿Entonces la conoce, señor? —preguntó el agente.

—Sí, sí que la conozco.

—De todos modos no puedo dejar pasar a ninguna persona que no esté autorizada. La escena todavía está acordonada.

—De acuerdo —dijo Stone—. Saldré y la acompañaré desde aquí.

Pasó por una abertura de las barricadas, tomó a Adelphia del brazo y la condujo en dirección a St. John's Church. Cerca de la entrada había un banco. Stone sabía que ese banco se había utilizado hacía años para enseñar a los agentes de la CIA novatos cómo realizar misiones de señalización para pasar información clandestina. Ahora no era más que un lugar de descanso.

Se sentaron mientras Chapman rondaba por las inmediaciones, lo bastante lejos paro no oírles, por deferencia a la petición apresurada de Adelphia de hablar con Stone a solas.

Oliver Stone y Adelphia compartían una historia común. Ella se había manifestado en Lafayette Park antes incluso que él.

Se habían hecho amigos. Había ayudado a Stone en varios momentos críticos de su vida. Un día no había regresado a su pequeña tienda situada cerca del extremo del parque. Al cabo de unos días, Stone fue a su diminuto apartamento situado encima de una tintorería en Chinatown para ver si le había pasado algo. El sitio estaba vacío. Nadie fue capaz de decirle adónde había ido. No la había visto desde entonces.

Había envejecido, tenía el pelo muy canoso. Su rostro, surcado de arrugas cuando la vio por última vez, estaba incluso más demacrado y apagado, y las ojeras se le habían hinchado. La recordaba combativa y reservada. Pero había sabido lo bastante de sus orígenes para sospechar que había tenido una vida extraordinaria antes de instalarse en Lafayette Park.

—Adelphia, ¿dónde has estado todo este tiempo? Desapareciste, sin más.

—Me vi obligada, Oliver. Llegó el momento.

No tenía un acento tan marcado como en el pasado. Su dominio del idioma inglés, siempre un tanto irregular, había mejorado de forma considerable.

—¿Qué quieres decir con eso de que llegó el momento?

—Tengo que contarte algo.

—¿El qué?

—Antes una pregunta. ¿Estás trabajando para el gobierno otra vez?

—¿Otra vez? ¿Cómo sabes que hubo otras veces?

—Hay muchas cosas que no sé sobre ti, Oliver. Pero otras sí las sé. —Hizo una pausa antes de añadir—: Como que tu nombre verdadero es John Carr.

Stone se recostó y la observó con otros ojos.

—¿Cuánto tiempo hace que lo sabes?

—¿Recuerdas cuando aquel hombre te agredió aquella vez que intenté dar dinero a un sintecho?

—Lo recuerdo.

—Te defendiste empleando una técnica que solo había visto una vez con anterioridad, cuando unos comandos de elite soviéticos vinieron a Polonia a detener a disidentes.

—¿Sospechaste que era espía?

—Se me pasó por la cabeza, pero los acontecimientos me demostraron lo contrario.

—¿Estás al corriente de ciertos acontecimientos?

—Sé que el país te traicionó. Pero ¿vuelves a trabajar para ellos?

—Sí.

—Entonces puedo ayudarte.

—¿Cómo?

—¿El hombre del traje que estuvo aquí hace dos noches?

Él se inclinó más hacia ella.

—¿Sabes dónde está?

—Sí.

—¿Y sabes por qué estaba en el parque esa noche?

—Sí.

—¿Estaba aquí para reunirse con alguien?

—Sí. —Hizo una pausa—. Había quedado conmigo.

23

—Es el doctor Fuat Turkekul —dijo Adelphia antes de que Stone llegara a formular la pregunta.

—¿Doctor en qué?

—No es médico. Es doctor en Ciencias Políticas y Economía. Es un hombre muy conocido en los círculos académicos de elite. Es políglota. Pasó años en Cambridge, en la London School of Economics. En la Sorbona. Ahora es profesor visitante en Georgetown.

—¿Turkekul? ¿De dónde es?

Adelphia se apartó un mechón de pelo de los ojos.

—¿Qué más da?

—Adelphia, ya sabes lo que pasó aquí.

—¿Y el hecho de que Fuat sea extranjero lo coloca en el primer puesto de la lista de sospechosos?

—¿Por qué quedó contigo en el parque esa noche? —Como vio que no respondía, añadió—: Hay muchas cosas que nunca supe de ti. ¿Acaso una de ellas era el verdadero motivo por el que pasaste todos esos años en el parque?

—Yo supe quién eras mientras estaba en el parque —dijo—. ¿Qué te indica eso?

—Que no trabajabas con ni para los americanos. De lo contrario, se me habrían llevado.

—Era leal a otro país, pero un país aliado de Estados Unidos.

—¿Cuál?

—¿Importa?

—Quizá no a mí, pero sí a otros.

—¿A ella? —preguntó, señalando a Chapman.

—No demasiado, no.

—Vuestro mejor aliado en Oriente Próximo —dijo al final—. Era mi señor.

Stone meneó la cabeza lentamente.

—De acuerdo, lo entiendo. Pero volvamos a Turkekul.

—No es solo un erudito, tiene otros intereses. Pero, insisto, dichos intereses están en sintonía con los de los americanos.

—Eso es lo que tú dices, pero lo que sucedió hace dos noches me hace pensar otra cosa.

—No tuvo nada que ver con el atentado —replicó ella con severidad—. Como he dicho, había quedado conmigo. Si no se hubiera marchado cuando lo hizo lo habrían matado.

—Sí, hay que ver la suerte que tuvo —dijo Stone con escepticismo.

—Te digo que no tuvo nada que ver.

—¿Y por qué no te reuniste con él? No estabas aquí, eso lo sé seguro.

Parecía nerviosa.

—No es fácil decir por qué, pero no pude. Pasó la hora en que tenía que llegar y por eso se marchó. Respetamos unos horarios exactos.

—¿Has hablado con él desde entonces?

Ella lo miró con recelo.

—Yo no he dicho eso.

—Adelphia, tengo que hablar con él. De inmediato.

—Estoy segura de que no sabe nada de todo esto.

—Si es verdad entonces no tiene nada que temer.

—Eso lo dices ahora.

—¿No confías en mí?

—Has vuelto al servicio, tú mismo lo has dicho. Confío en ti, pero no en ellos. —Volvió a lanzar una mirada a Chapman como si representara a «ellos».

—Si Turkekul no está implicado en el atentado no tiene por qué preocuparse.

La expresión de ella era claramente escéptica.

—Ayer te vi con el agente del FBI. No los llevaré a Fuat. No lo haré por nada del mundo.

—No puede decirse que tus palabras me hagan pensar que es inocente.

—Hay muchos intereses creados por ahí, Oliver. Y la mayoría no tienen nada que ver con la culpabilidad o inocencia verdaderas. Tú lo sabes.

—De acuerdo, entonces llévame, solo a mí.

Ella asintió hacia Chapman.

—¿Y qué pasa con ella?

—Solo yo, Adelphia, pero tengo que hablar con él de inmediato.

Ella exhaló un largo suspiro.

—No es fácil, Oliver.

—Nos conocemos desde hace mucho tiempo. Soy de fiar. Igual que tú confías en mí. Al fin y al cabo, eres tú quien ha acudido a mí.

—Déjame hacer una llamada —acabó diciendo ella a regañadientes.

24

Por el camino Adelphia contó a Stone que Fuat Turkekul se alojaba en el campus de Georgetown, en la residencia de un profesor titular que estaba pasando un año sabático en el extranjero.

Stone miró hacia donde se dirigían.

—Por aquí no se va a Georgetown —comentó.

—No voy a llevarte donde se aloja —repuso ella—. Por si nos siguen. Se reunirá con nosotros cerca del campus de la Universidad George Washington.

—De acuerdo.

—A tu amiga parece que no le ha hecho gracia quedarse sola —dijo Adelphia mientras caminaban. Stone había pedido a Chapman que esperara en el parque.

—A mí tampoco me habría gustado. Cuéntame más cosas sobre Turkekul.

—¿Qué quieres saber? —preguntó con prudencia. Las bocinas de los coches sonaban en medio del atasco mientras se alejaban por el oeste de la Casa Blanca en dirección a la Universidad George Washington.

—Todo.

—Eso es imposible.

—Has dicho que es un erudito amigo de este país. También has dicho que es mucho más que un académico. Y que había quedado contigo en el parque aquella noche por un motivo que no vas a revelar.

—¿Lo ves? Ya te he contado mucho.

—En realidad no me has dicho nada —replicó él.

—No tenía por qué acudir a ti —espetó ella enojada.

—Pero lo has hecho. Esperemos que no sea en vano.

—Dejaré que sea Fuat quien decida lo que quiere contar. En realidad depende de él.

Se negó a decir nada más. Llegaron al campus de la George Washington y Stone siguió a Adelphia al lugar donde habían quedado con Turkekul.

Entraron en el edificio después de que Adelphia tocara un timbre y se identificara ante una voz masculina que Stone supuso que era la de Turkekul. Subieron un tramo de escaleras. Turkekul les esperaba en la puerta abierta de un apartamento. Llevaba una camisa de vestir blanca con un cárdigan encima y pantalones anchos de color gris. Era más alto de lo que Stone había calculado, un metro ochenta aproximadamente, y calvo, tal como recordaba. De cerca, Stone se dio cuenta de que Turkekul tenía su misma edad o quizá fuera incluso un poco mayor.

Adelphia los presentó y Stone le enseñó la placa. Turkekul observó las credenciales, cerró la puerta y les hizo una seña para que tomaran asiento en el sofá blanco de la estancia principal del apartamento. Cuando Stone miró a su alrededor, se quedó intrigado al ver las pilas de libros y páginas mecanografiadas desperdigadas por doquier. A juzgar por algunos de los títulos cuyo idioma entendía, Turkekul era un hombre con intereses intelectuales muy diversos y que dominaba por lo menos cuatro idiomas.

—Por lo que me ha dicho Adelphia no se aloja aquí, sino en Georgetown.

—También tengo este apartamento. Por si acaso. Ser cuidadoso nunca está de más —declaró Turkekul.

—Y que lo diga.

Les ofreció un té caliente. Adelphia aceptó, aunque no así Stone. Turkekul fue a buscar el té y se acomodó delante de ellos.

—Adelphia me ha hablado de la situación y me ha dado la libertad de tomar la decisión de reunirme con usted. Lo cual le agradezco. —Turkekul hablaba con voz firme, autoritaria. Quedaba claro que estaba acostumbrado a dar conferencias. Stone intentó identificar el acento y la inflexión para determinar el origen del hombre. Aunque solía dársele bien, fue incapaz de llegar a una conclusión definitiva.

—¿Por qué se lo agradece? —preguntó Stone—. Al parecer usted no tenía ningunas ganas de reunirse conmigo.

—Entonces es que la malinterpretó. Me pareció más apropiado aclarar las ideas ahora en vez de dejar lo que ustedes llaman «cabos sueltos».

—Sabía que el parque estaba vigilado —dijo Stone—. ¿Y también dónde estaban las cámaras?

Adelphia sujetó la taza de té con un poco más de fuerza mientras Turkekul terminaba un sorbo de su bebida antes de dejar la taza y limpiarse la boca cuidadosamente con un pañuelo que se sacó del bolsillo del suéter.

—¿Por qué lo dice?

—Se mantuvo de espaldas a ellas. Se encorvó, con la cara hacia abajo. Lo recuerdo. Esa maniobra hizo que calculara mal su estatura. Y fingió leer la placa de la estatua para tener algún motivo por el que no mirar hacia las cámaras. —Lanzó una mirada a Adelphia—. ¿Le dijiste dónde estaban situadas las cámaras?

Antes de que ella tuviera tiempo de responder, Turkekul intervino:

—Tiene parte de razón. Sin embargo, no fingí leer la placa. De hecho la leí. El alemán Von Steuben hace tiempo que me interesa a nivel histórico.

—¿Por qué?

—Mi abuelo materno era alemán. También fue militar.

—¿Alemán y militar?

—El Tercer Reich, sí. Pero con una particularidad.

—¿Qué particularidad?

—Era judío. —Stone no dijo nada—. Y fue espía. Descubrieron su verdadera identidad en 1944. No se molestaron en enviarlo a un campo de concentración para que hiciera compañía a sus amigos judíos. Se limitaron a ejecutarlo en las calles bombardeadas de Berlín. La turba de alemanes enfurecidos y hastiados de la guerra le desmembró el cuerpo, eso es lo que me dijeron. Sin duda fue un final trágico. Al cabo de unos meses la guerra en Europa llegaría a su fin.

—Murió como un héroe —añadió Adelphia mirando a Stone.

—Adelphia me ha dicho que tenía usted una cita con ella en el parque aunque ella no se presentó. También me ha dicho que tiene usted otros intereses aparte del mundo académico.

—Es cierto.

—¿De qué intereses se trata?

—No veo qué relevancia podrían tener con lo que usted investiga.

—Preferiría ser yo quien lo decida.

—Entiendo.

—Pero podemos empezar con lo que vio usted aquella noche en el parque.

Turkekul explicó durante diez minutos y con todo lujo de detalles lo que había visto.

—Había dejado atrás la Decatur House cuando oí que empezaban los disparos —añadió.

—¿Y qué hizo?

—Lo que cualquier persona sensata habría hecho. Corrí en la dirección contraria.

—¿O sea que advirtió de dónde procedían los disparos?

—Vi las balas atravesando los árboles del parque. Por tanto, supuse que procedían de la calle H o por ahí. No me paré a mirar ni a averiguar exactamente el origen de los disparos. Tengo coraje, pero no tanto como para quedarme parado cuando hay tiros.

—¿Y la mujer que se marchó del parque más o menos a la misma hora que usted?

—La vi una vez. Ella también cruzó la calle corriendo.

Stone miró a Adelphia.

—¿Cuál era el motivo de la cita?

—Si nos negamos a decírselo supongo que nos entregará a la policía —dijo Turkekul.

—No.

Turkekul pareció sorprenderse.

—¿Por qué no?

—Porque Adelphia es una vieja amiga mía. Me ha ayudado en otras ocasiones. Guardó secretos sobre mi persona. No traiciono a mis amigos.

—Aun así, tengo entendido que ahora trabaja para el Gobierno.

—No traiciono a mis amigos —insistió Stone.

—Un rasgo admirable —opinó Turkekul. Guardó silencio durante unos segundos mientras tamborileaba con aire ausente sobre el brazo del sillón con el dedo índice. Al final se echó hacia delante en el asiento—. Me han encomendado una misión, agente Stone. Una misión muy difícil. Algo que jamás se ha conseguido.

—¿De qué se trata?

—Tiene que ayudarnos a encontrar a Osama bin Laden.

La voz no era la de Fuat Turkekul.

Stone se volvió y vio a sir James McElroy entrando por la puerta.

25

McElroy se sentó frente a Stone.

—Resulta reconfortante ver que mientes tan bien como siempre —dijo Stone.

—Una habilidad necesaria en nuestro oficio, como bien sabes.

—¿Cuán grande es la mentira, entonces?

—Hace algún tiempo que sé lo de Fuat. En realidad colaboramos con los americanos para que esta misión llegara a buen puerto.

—El hecho de que me hayáis mantenido al margen me ha hecho perder muchísimo tiempo, pero eso ya lo sabías.

—No quiero que parezca una excusa, Oliver, pero yo también tengo que responder ante mis superiores.

—¿Y ellos quieren ocultarme la verdad?

—Sí. Sin embargo, he decidido acabar con esta farsa por dos motivos. Uno, no era justo para ti. Y segundo, resulta ineficiente.

Stone miró a Adelphia.

—Supongo que él te pidió que acudieras a mí.

Adelphia asintió.

—Pero hace tiempo que quería hacerlo. Echo de menos nuestras charlas. Nuestra amistad.

Stone volvió a mirar a McElroy.

—¿Estás aquí solo para decirme que lo sientes y darme una palmadita en la espalda o tienes intención de informarme? ¿Chapman está al corriente de esto?

—No, no lo está.

—De acuerdo —dijo Stone con recelo.

—Volviendo a la pregunta inicial. Decidimos decírtelo porque existía la posibilidad de que lo averiguaras tú solo. Sé lo tenaz que puedes llegar a ser. Fue una casualidad de lo más desafortunada que Fuat estuviera en el parque esa noche.

—¿Y no le ves ninguna relación? —preguntó Stone.

—Ojalá se la viera. Así por lo menos le encontraríamos algún sentido a lo que hasta ahora resulta inexplicable.

—¿Estás seguro?

—¿Que Fuat no era el objetivo? Razonablemente seguro. La misión apenas ha empezado y Fuat no está en primera línea. No tiene mucho sentido pensar que un hombre persigue a Osama bin Laden desde Estados Unidos. No está más que en la fase de planificación, una operación delicada entre varios países de mentalidades similares, pero sí implica un nuevo enfoque con nuevos activos sobre el terreno, de ahí la necesidad de secretismo. Adelphia representa uno de esos entes. Mis intereses resultan obvios.

—¿Y cuáles son sus intereses, señor Turkekul? —Stone miró fijamente al otro hombre.

—Tras el fin de la Segunda Guerra Mundial mi madre, alemana, se marchó a Turquía, donde conoció a mi padre. Creo que él no sabía el origen étnico de ella. La guerra destruyó los registros oficiales de millones de personas. Yo me enteré cuando ya era adulto. Nací en Turquía, a las afueras de Constantinopla. Pero me crie en Pakistán, aunque mi familia vivió en Afganistán durante un tiempo. Soy musulmán como mi padre, pero desprecio a los autores del atentado del 11-S. Han convertido el concepto de yihad en algo repugnante e indefendible para favorecer el odio que sienten hacia los demás.

—Fuat es nuestro as en la manga, por así decirlo —reconoció McElroy—. Tiene relaciones muy profundas no solo con la comunidad islámica, sino también en la zona del mundo donde creemos que está nuestra presa.

—¿Las montañas situadas entre Pakistán y Afganistán? —preguntó Stone.

Turkekul sonrió.

—No pillaremos al hombre con un ataque de aviones teledirigidos Predator. Es demasiado astuto. Además, quizás esté en esas montañas o quizá no.

—¿Y han decidido utilizarle a usted ahora y no antes? —preguntó Stone.

Turkekul estaba a punto de responder algo cuando McElroy intervino.

—No es un tema en el que tengamos que profundizar, Oliver. Te lo aseguro.

—De acuerdo, pero si usted está tan bien conectado, señor Turkekul, algunos sospecharán que pudiera resultar de ayuda a Occidente. Quizás hayan intentado un ataque preventivo.

—¿Con metralletas y bombas y no le dieron a Fuat, que estaba en medio del parque? Cuesta de creer —apuntó McElroy.

—No digo que no. Pero ¿el grupo de Yemen que asume la autoría?

—A mi entender, igual de increíble, pero tengo que reconocer que los yanquis lo ven de un modo distinto.

—¿Por qué una cita en Lafayette Park?

McElroy lanzó una mirada a Adelphia.

—Nadie espera que vayas a un lugar tan visible a mantener un encuentro clandestino —dijo ella.

—Callejones oscuros y pubs todavía más oscuros —coincidió McElroy con un estremecimiento fingido—. Como en el cine. En realidad una tontería. Ahí es donde la poli busca a los espías, entre pintas de cerveza.

—¿Por qué no te presentaste esa noche, Adelphia? —volvió a preguntar Stone.

—Mis superiores desconvocaron la reunión. No me dieron ningún motivo. Sabía que, si a cierta hora no aparecía, Fuat se marcharía tal como habíamos acordado —añadió Adelphia—. ¿Se conoce el origen de la bomba?

—No, todavía no.

—¿Fue un terrorista suicida? —preguntó Turkekul—. Es su forma de ataque preferida, aparte de los artefactos explosivos improvisados. Conozco este grupo de Yemen. Siguen esta norma a pies juntillas.

Stone miró a McElroy, que meneó ligeramente la cabeza. Stone se movió incómodo en el asiento.

—La investigación está en curso.

—¿Tendrá que informar de este contacto a sus superiores? —preguntó Turkekul.

McElroy carraspeó.

—Oliver, oficialmente no puedo decirte qué hacer, pero te pediría que te lo pensaras bien. En esta disyuntiva un informe, aunque fuera censurado, podría suponer el fin de esta misión antes de que siquiera tenga posibilidades de prosperar. —McElroy inclinó la cabeza y dio la impresión de estar esperando una respuesta.

Stone no caviló mucho tiempo. Se giró hacia Turkekul.

—No diré nada por el momento. Sin embargo, a pesar de lo que ha dicho, si queda claro que usted era el objetivo supongo que querrá saberlo, ¿no?

—Supone bien. Y se lo agradezco —dijo Turkekul.

—Informaré a Chapman.

—Ella no tiene por qué estar al corriente —se apresuró a decir McElroy.

Stone negó con la cabeza.

—No pienso ocultarle información a mi compañera. Si yo lo sé, ella también.

McElroy se mostró indeciso.

—Tú mismo.

Stone se levantó.

—Una última pregunta, Adelphia. ¿Cómo os comunicasteis el lugar de encuentro?

—Dejé un mensaje en el tablón de anuncios principal que está en medio del campus de Georgetown —dijo Adelphia—. Estaba cifrado con un código que Fuat y yo inventamos.

—¿El mismo código que utilizábamos cuando tú y yo estábamos en el parque?

—Muy parecido —reconoció.

—¿No confías en las comunicaciones electrónicas seguras? —preguntó Stone.

—Eso no existe, amigo —dijo Turkekul—. Varios de mis colegas lo han descubierto con gran perjuicio para ellos.

—La falta de seguridad de los sistemas electrónicos nos ha obligado a todos a utilizar los viejos recursos de los espías —añadió McElroy—. Son un poco menos eficaces, pero así todos utilizamos el ingenio en vez de confiar en las máquinas. En realidad lo prefiero con diferencia. Pero, claro, soy una vieja reliquia de la Guerra Fría.

McElroy acompañó a Stone al exterior.

—Siento que haya tenido que hacerse así. Habría preferido hacerlo de otra manera, Oliver. No ha sido justo contigo.

—La vida pocas veces es justa.

—Esta investigación es lenta.

—Si es que progresa.

—Debería tener algún sentido. De lo contrario, buena parte de lo que creo en esta vida se va al garete.

—¿Me han reservado otras sorpresas?

—Espero que no. ¿Qué pasará con Chapman?

—Voy a contárselo. Y no me convencerás de lo contrario.

—Probablemente tengas razón.

—Cuídate, sir James.

—Oliver, cúbrete las espaldas. —Hizo una pausa antes de añadir—: Y la parte delantera también.

—¿Me ocultas algo?

—No, pero las antenas de la vieja reliquia tiemblan ante la llegada de algo fuerte.

—Te lo repetiré de nuevo —insistió Stone—. ¿Me ocultas algo?

—Buena suerte, Oliver. Y, por favor, hazme caso.

26

—¿Qué has descubierto? —preguntó Chapman a Stone cuando regresó al Lafayette Park.

Stone se la llevó a un lado, lejos del resto de los investigadores del parque. Le contó todo lo ocurrido, incluida la aparición del jefe de ella y la misión de Fuat Turkekul.

—¡Cielo santo! —exclamó ella—. No me lo puedo creer.

—¿El qué? ¿Los hechos de fondo o que no estuvieras al corriente?

—Las dos cosas, supongo. —Bajó la cabeza con expresión de haber perdido la seguridad.

Al percatarse de lo que pensaba, Stone le dijo:

—McElroy no enseña sus cartas y compartimenta muy bien. Y cuando le parece necesario, oculta información. Espero que seas consciente de ello.

—Lo sé, pero es que...

Él la tomó por el brazo.

—No permitas que esto destruya la confianza que tienes en ti misma. No beneficiaría a nadie, y menos a ti. El hecho de que no te haya informado no es un reflejo de tus capacidades. Más que nada demuestra cómo es él. Todos hemos tenido que pasar por ello.

Ella alzó la mirada, exhaló un suspiro y pareció recuperar su determinación.

—Tienes razón. —Le puso una mano en el hombro—. De todos modos, gracias por decírmelo. —Retiró la mano—. ¿Te lo ha pedido él?

—¿Quieres saber la verdad?

—Sí, por favor —repuso ella con firmeza—. Resultará reconfortante.

—En un principio no quería que lo supieses, pero cuando le he dicho que no oculto información a mi compañera le ha parecido bien que decidiera contártelo.

Chapman lo observó atentamente para tratar de determinar si Stone decía la verdad.

—Vale. Dejemos el tema.

—¿Dónde has estado esta mañana? —preguntó Stone.

Adoptó una expresión avergonzada.

—He ido a descansar un poco. En los últimos dos días he dormido unas dos horas y el *jet lag* me ha dejado destrozada. Estaba un poco hecha polvo. Y me pareció que no sería de gran ayuda si apenas me mantenía despierta.

Stone le lanzó una mirada y vio que el agente Garchik se acercaba a ellos a paso ligero.

—Tal vez él tenga algunas respuestas.

Fueron a su encuentro y le siguieron hasta la zona cero. La expresión del agente de la ATF era una mezcla de curiosidad y preocupación.

—¿Hay alguna novedad? —preguntó Stone.

Garchik asintió mientras observaba el cráter.

—Más o menos. Los fragmentos de cuero que encontramos proceden de una pelota de baloncesto Wilson.

—¡Una pelota de baloncesto! —exclamó Chapman.

—¿Estás seguro de que tiene que ver con la explosión? —inquirió Stone.

—No se me ocurre otro motivo por el que en Lafayette Park pueda haber fragmentos de una pelota de baloncesto. Y las marcas de quemadura ponen de manifiesto que estaba bastante cerca del origen de la explosión. Podría decirse que encima, vamos.

Todos se quedaron contemplando el boquete.

—¿Conclusión? —preguntó Stone.

—Creo que es muy probable que la bomba estuviera en el balón y que lo colocaran en el cepellón del arce. Esta ubicación concordaría con el alcance de los escombros y otros indicadores encontrados.

—¿Una bomba en una pelota de baloncesto? —preguntó extrañada Chapman.

—Funcionaría —dijo Garchik—. Unas cuantas personas, todas muertas ya, lo han hecho con anterioridad. Se le hace un corte, se introduce la bomba, se vuelve a sellar, se infla para que si alguien la coge parezca normal. Aunque yo no aconsejaría driblar a quien la bote.

—¿Cómo la detonaron? —preguntó Stone.

—Ahora mismo diría que por control remoto, no con un temporizador.

—Pero sabemos que los perros detectores de bombas habían patrullado este lugar la noche del atentado. ¿No la habrían olido? Dijiste que era imposible engañarles.

—Es imposible, pero tienen límites.

—¿Cuáles son esos límites exactamente? —preguntó Chapman.

—El típico radio olfativo de los perros es de un metro en todas direcciones en la superficie y son capaces de oler explosivos enterrados a más o menos la misma distancia. —Garchik señaló el cráter—. Antes de que explotara la bomba este boquete tenía más de un metro con veinte de profundidad y más de dos metros y medio de ancho.

—Pero estaba destapado —señaló Stone.

—Sí, pero el cepellón era enorme. Dos metros de ancho por uno y medio de alto.

Stone se percató de una cosa.

—Y había una cinta amarilla que acordonaba esta zona, por lo que es probable que los perros no se acercaran a dos metros de ella.

—Eso es —convino Garchik—. O sea que, independientemente de que la bomba estuviera aquí o no cuando pasaron, es probable que no la detectaran salvo que sus portadores los hicieran cruzar al otro lado de la cinta y subirse encima del cepellón. Lo cual es más que dudoso.

Stone dirigió la mirada inmediatamente hacia la Casa Blanca.

—Entonces tenemos que hablar de inmediato con quienes lo colocaron, pero antes tenemos que ver el vídeo.

—¿El vídeo? —dijo Chapman.

—Las imágenes de vídeo mostrarán cuándo y quién colocó el árbol. También mostrarán si alguien volvió más tarde. Y qué llevaba. Como por ejemplo una bolsa lo bastante grande para meter un balón de baloncesto.

—Sería bastante difícil meter una pelota de baloncesto dentro del cepellón sin que nadie se diera cuenta —dijo Garchik—. Está dentro de un saco de arpillera para contener la tierra y las raíces juntas, pero seguro que sería complicado. Habría que introducir ahí la pelota de algún modo, bajar al agujero, rajar el saco, meter la pelota y volver a cerrar el saco de alguna manera.

—Y no sería precisamente fácil hacer todo eso delante de los guardas de la Casa Blanca —añadió Chapman—. Supongo que los trabajadores tienen que pasar por puestos de control.

—Sí, así es —repuso Stone—. Y me imagino que con una radiografía de la pelota de baloncesto se vería la bomba, ¿no?

—Por supuesto —dijo Garchik.

—Entonces si alguien de la brigada de jardinería participó, no pasó la pelota por los sistemas de seguridad de la Casa Blanca —miró a su alrededor—, sino que vino directamente al parque para empezar a trabajar en el árbol. Es posible que entonces alguien le diera la pelota. La Casa Blanca no habría participado para nada.

—Lo cual aparecería en el vídeo —apuntó Garchik—. Tendremos que comprobar esa hipótesis, pero lo más normal es que lo hubiéramos detectado.

—Lo cual significa que nos falta algo para encajar todas las piezas del rompecabezas. —Bajó la mirada hacia el cráter—. Vayamos a ver el vídeo ahora mismo.

27

Al cabo de unos minutos estaban en el puesto de mando del FBI de Jackson Place. Habían llamado a dos agentes del Servicio Secreto, que se apiñaron con ellos alrededor de una pantalla de televisión grande. Las imágenes que iban a ver procedían de los archivos del Servicio Secreto.

—Guardamos las imágenes un mínimo de quince años —explicó uno de los agentes del Servicio Secreto.

—Pero no sois la única agencia con ojos electrónicos en el parque —comentó Stone.

El mismo agente sonrió.

—Todos tenemos quien nos mira en nuestro pequeño trozo del Infierno. En un mundo ideal, todos compartimos lo que vemos, pero esto no se parece en nada al mundo ideal.

—¿Qué estáis buscando exactamente? —preguntó el otro agente.

Stone explicó lo del árbol que habían plantado y también lo del perro que había pasado cerca del árbol.

El agente Garchik se había quedado en el parque para seguir revisando la escena del atentado, pero Tom Gross les acompañaba porque Stone le había llamado.

—Necesitamos ver la grabación completa desde el momento de la entrega del árbol hasta el momento en que estalló la bomba —indicó el agente del FBI.

Vieron la grabación desde tres ángulos distintos. Les llevó mucho tiempo, aunque el guarda de seguridad consiguió pasar las imágenes a velocidad rápida sin que se perdieran detalles importantes. Al final se quedaron mirando la pantalla con los mismos interrogantes sin resolver.

—Los perros pasaron por ahí, pero permanecieron al otro lado de la zona acordonada. Eso fue un fallo muy grave de seguridad. En el Servicio Secreto rodarán cabezas.

Los dos agentes intercambiaron una mirada e hicieron una mueca, pero no dijeron nada.

—Y no se ve a nadie que coloque algo en el agujero —añadió Chapman.

—¿Estás seguro de que aquí están todas las imágenes? —preguntó Stone.

—Sí —respondió uno de los agentes.

Gross, Stone y Chapman se marcharon del centro de mando. De regreso al parque, Gross se sinceró con ellos.

—No recuerdo el último caso en el que no solo no avanzara nada, sino que también retrocediera.

Stone cerró los ojos y recordó lo que había visto en el vídeo. Una grúa había levantado el enorme árbol en el aire. Luego había aparecido un grupo de trabajadores del Servicio Nacional de Parques con su uniforme verde y caqui y habían ayudado a dirigir la colocación del arce en el agujero.

Abrió los ojos.

—Tuvieron que preparar el árbol en algún sitio. ¿Dónde lo guardaban antes de plantarlo? Eso no aparece en el vídeo.

—Es cierto —dijo Gross con expresión esperanzada.

—Y el indicador de la hora de la grabación muestra que colocaron el árbol el día antes del estallido de la bomba. Así pues, ¿por qué seguía destapado el agujero?

—Creo que debemos averiguar la respuesta a estas preguntas —dijo Gross.

Al cabo de unos instantes le sonó el teléfono. Habló unos momentos.

—Tenemos información sobre el hombre del chándal. Hace unas horas llamaron al servicio de personas desaparecidas. Un familiar. Concuerda con la descripción y estaba en las proximidades del parque.

—¿Por qué han tardado tanto en llamar? —preguntó Stone.

—Eso lo tendremos que averiguar cuando hablemos con ellos.

—Creo que deberíamos dividirnos —propuso Stone—. Tú y tus hombres podéis encargaros de la gente de jardinería, y Chapman y yo hablaremos con los familiares. ¿Tienes la dirección?

Gross se la dio. Cuando ya se estaban separando el agente del FBI añadió:

—Ahora solo nos falta localizar al hombre trajeado.

Stone no se giró.

—Sí —dijo por encima del hombro mientras Chapman caminaba a su lado.

Cuando llegaron al coche ella dijo:

—Sabes que podrían acusarte de ocultar información en una investigación. De obstrucción, incluso.

—Si crees que es el caso, delátame.

Los dos se miraron desde ambos lados del coche de alquiler. Al final, Chapman exhaló un suspiro.

—No creo que el hecho de dejar a mi jefe en la estacada favorezca mi carrera. Así que entremos en el coche de una puta vez.

Arrancó en cuanto cerraron las puertas.

—¿Adónde vamos?

Stone echó un vistazo al trozo de papel que le había dado Gross.

—Anacostia. Asegúrate de tener la pistola a mano.

—¿Es peligrosa la tal Anacostia?

Stone caviló unos instantes antes de responder.

—Supongo que menos peligrosa que Lafayette Park.

28

Carmen Escalante vivía en un dúplex a unas pocas manzanas del río. El barrio quedaba cerca del campo de béisbol de los Washington Nationals, pero no se había beneficiado del aburguesamiento que se estaba produciendo en otras zonas que rodeaban el estadio.

Llegaron a la dirección de Escalante y Stone llamó a una puerta que tenía marcas viejas de al menos tres balas, a ojo. Oyeron unos sonidos curiosos. Pasos y algo más. Algo muy estrepitoso. Cuando se abrió la puerta vieron a una mujer menuda de veintitantos años que llevaba unas muletas en cada brazo para apoyar las piernas torcidas. De ahí los sonidos extraños.

—¿Carmen Escalante? —preguntó Stone.

La mujer asintió.

—Soy Carmen.

Stone primero y Chapman después le enseñaron las insignias.

—Estamos aquí porque ha avisado usted de la desaparición de una persona —dijo Chapman.

—No parece americana —dijo Carmen picada por la curiosidad.

—No lo soy.

Carmen se quedó confundida.

—¿Podemos entrar? —preguntó Stone.

La siguieron por un pasillo corto hasta una habitación diminuta. El mobiliario era de tercera mano y el suelo estaba lleno de trastos. Stone olía a comida en mal estado.

—Últimamente no he podido limpiar —dijo Carmen sin atisbo de disculpa en la voz. Se dejó caer en el sofá y apoyó las muletas en el brazo del sillón. A ambos lados había pilas de lo que, siendo educado, Stone calificaría de porquería.

Stone y Chapman se quedaron de pie porque no había donde sentarse.

—¿Supongo que está preocupada por...? —dijo Stone con la intención de hacerla hablar.

—Mi tío, Alfredo, pero nosotros le llamamos Freddy.

—¿Nosotros?

—La familia.

—¿Están aquí? —Stone miró a su alrededor.

—No, están en México.

—¿Entonces vive usted aquí con él?

Ella asintió.

—¿Y su apellido? —preguntó Stone.

—Padilla.

—¿Cuándo lo vio por última vez? —preguntó Chapman.

—Hace dos noches. Salió a cenar.

—¿Sabe adónde?

—A un sitio de la calle Dieciséis, cerca de F. Mi tío es de España. La familia de mi padre, los Escalante, también es de España, hace mucho tiempo. Buenas paellas en España. A mi tío le gustaban las paellas. Y en este sitio al que va preparan buenas paellas.

Stone y Chapman intercambiaron una mirada porque obviamente estaban pensando lo mismo.

«Eso lo situaría cerca de Lafayette Park.»

—¿Puedo preguntarle por qué tardó tanto en llamar a la policía? —preguntó Stone.

—Aquí no tengo teléfono. Y no me resulta fácil moverme sin el tío Freddy. Pienso que volverá a casa en cualquier momento. Pero no. Entonces le pido a una vecina que llame por mí.

—Vale. ¿Recuerda qué llevaba cuando salió?

—El chándal azul. Se lo ponía aunque no le gustaba hacer deporte. Me parecía curioso.

—¿No estaba en forma? —preguntó Chapman.

Carmen hizo un gesto con ambas manos para indicar una barriga grande.

—Le gustan sus buenas comidas y la cerveza —se limitó a decir.

—¿Cómo volvía a casa normalmente? ¿Tenía coche? —preguntó Stone.

—No tenemos coche. Cogemos el autobús o el tren.

—¿Le dijo que después de cenar igual iba a dar un paseo? —preguntó Chapman.

Carmen empezó a temblar y señaló el pequeño televisor situado encima de un tablero.

—Vi lo que pasó. La bomba. El tío Freddy, ¿está muerto? —Una lágrima le surcó la mejilla.

Stone y Chapman volvieron a intercambiar una mirada.

—¿Tiene aquí alguna foto de su tío?

Carmen señaló una estantería torcida apoyada contra una pared. Había media docena de fotos enmarcadas. Stone se acercó y las miró. Alfredo Padilla, *Freddy*, estaba en la tercera empezando por la derecha. Llevaba vaqueros, pero también la misma sudadera azul con la que había saltado por los aires. Stone la cogió y se la enseñó a Chapman, quien asintió al reconocer al instante al hombre después de haberlo visto tantas veces en el vídeo. Stone dejó la foto donde estaba y se volvió hacia Carmen.

—¿Tiene algún familiar que pueda venir a quedarse con usted?

—¿Entonces es que está muerto?

Stone vaciló.

—Me temo que sí.

Se llevó una mano a la boca y empezó a sollozar en silencio. Stone se arrodilló delante de ella.

—Sé que es muy mal momento, pero ¿se le ocurre algún motivo por el que su tío quisiera ir a dar un paseo al Lafayette Park aquella noche?

La mujer acabó serenándose y encontró una fuerza interna que sorprendió a Stone.

—Amaba este país —dijo—. Habíamos venido aquí recientemente. Yo por los médicos para ayudarme con las piernas. Tío

Freddy vino conmigo. Mis padres están muertos. Él consiguió trabajo. No cobraba mucho, pero hacía todo lo que podía.

—Habla muy bien inglés teniendo en cuenta que lleva poco tiempo aquí —comentó Chapman.

Carmen sonrió.

—Lo estudié en la escuela desde pequeña. Y he viajado a Texas. Soy la que mejor habla inglés de la familia —dijo orgullosa.

—¿Lo de Lafayette Park? —instó Stone.

—Le gustaba ir a mirar la Casa Blanca. Me decía «Carmen, este es el mejor país del mundo. Aquí una persona puede hacer lo que quiera». Una vez me hizo ir. Me llevó a hombros. Miramos la «grande casa blanca». Dijo que su presidente vive allí y que era un gran hombre.

Stone se puso en pie.

—Lo siento mucho, de verdad.

—¿Hay alguien que pueda venir a quedarse con usted? —preguntó Chapman.

—No pasa nada. Ya he estado sola otras veces.

—Pero ¿tiene otros parientes? —insistió Chapman.

Carmen se sorbió los mocos y asintió.

—Tengo parientes que me llevarán de vuelta a México.

—¿A México? Pero ¿y los médicos? —preguntó Stone.

—No sin el tío Freddy —repuso—. Mis padres murieron en un accidente de autobús. Yo iba en el mismo autobús. Por eso tengo las piernas así. Tío Freddy también nos acompañaba. Le quitaron el bazo y otras cosas, pero se recuperó. Y era como un padre para mí. —Se calló—. Yo... yo no quiero vivir aquí sin él. Aunque sea el mejor país del mundo.

—Si necesita ayuda, ¿se pondrá en contacto con nosotros? —Stone le anotó el número de teléfono en un trozo de papel y se lo tendió. Hizo una pausa—. Si pudiera darnos algo de su tío... Un peine o un cepillo de dientes. Para que podamos... —Se le apagó la voz.

Se marcharon con un par de artículos que contenían el ADN de Alfredo Padilla para compararlo con los restos del hombre. Los guardaron precintados en bolsas de pruebas que Chapman había traído. Stone estaba convencido de que era el hombre, pero el ADN resultaría concluyente.

Mientras caminaban de vuelta al coche, Chapman dijo:

—Lo reconozco, soy una vieja cínica, pero tengo ganas de echarme a llorar.

—Está claro que Alfredo Padilla estaba en el lugar equivocado en el momento equivocado —dijo Stone—. Y ella paga el pato.

—Él también pagó un precio muy elevado —le recordó Chapman.

Volvieron al coche.

—¿Y ahora qué? —dijo ella.

—Esperemos que el agente Gross haya tenido más suerte que nosotros, pero algo me dice que mejor que no contemos con ello.

29

Dejaron un mensaje para Gross y compraron comida para llevar en un chino camino de la casa de Stone. Hacía un buen día, así que Stone puso la pequeña mesa redonda de la cocina y dos sillas en el porche delantero. Colocó dos platos y cubiertos y sacó dos cervezas de la neverita que tenía en la cocina.

Se sentaron y Chapman levantó la cerveza y brindó con la de Stone.

—Chin-chin. Sabes cómo tratar a una dama.

—Tú has pagado la comida y no tengo ni idea de cuánto tiempo lleva esta cerveza en la nevera.

Ella tomó una cucharada de sopa *wonton*. Picaba tanto que se le humedecieron los ojos y volvió a dar un sorbo a la cerveza.

—¿Demasiado picante para ti? —preguntó Stone mientras la miraba un tanto divertido.

—De hecho, me va lo de sufrir. Uno de los motivos por los que hago este trabajo, supongo.

—Trabajé con el MI6 en mis tiempos. Entonces no conocí a ninguna agente.

—No abundamos. Es un mundo en el que reina la testosterona pura y dura.

—¿Tenías claro que querías dedicarte a esto o fue por casualidad?

—Un poco de ambas cosas, supongo. —Tomó un pedazo de pollo y arroz—. Mi padre era poli, y mi madre, enfermera.

—Eso no explica la conexión con el MI6.

—Sir James McElroy es mi padrino.

—De acuerdo —dijo Stone lentamente mientras bajaba el tenedor.

—Él y mi abuelo estuvieron juntos en el ejército antes de que sir James entrara en el servicio de inteligencia. Supongo que se encaprichó conmigo. En realidad se convirtió en una figura paterna cuando mi padre perdió la vida.

—¿Cómo murió tu padre? ¿En acto de servicio?

Chapman se encogió de hombros.

—Eso es lo que dijeron. Nunca he sabido los detalles exactos.

—¿Y así es como llegaste a formar parte de las fuerzas del orden?

—Supongo que sir James fue preparándome el terreno. Los colegios adecuados, la formación adecuada, los contactos correctos. Parecía inevitable.

—¿A pesar de tus deseos, quieres decir?

Dio un sorbo a la cerveza y la retuvo en la boca un momento antes de tragársela.

—De vez en cuando me lo pregunto.

—¿Y cuál es la respuesta?

—Varía. Tal vez esté donde tengo que estar. Quizás incluso averigüe qué le pasó a mi pobre padre. —Apartó el plato y se recostó en el asiento, apoyó los pies en la barandilla del porche—. ¿Y tú? Es obvio que conoces a sir James desde hace mucho tiempo. Y que sabe cosas de ti que supongo que yo nunca sabré.

—No significarían nada para ti.

—¿Qué sentiste al cumplir con tu deber?

Stone se levantó y se quedó mirando las lápidas bajo la luz cada vez más tenue. El clima de Washington D.C., terriblemente húmedo y caluroso en verano, y sumamente crudo en invierno, de repente podía variar y quedar así, perfecto, y uno deseaba que el día nunca acabara.

Ella se puso de pie a su lado.

—Mira, no voy a insistir —dijo Chapman con voz queda—. En realidad no es asunto mío.

—Llegó un momento en que ya no sentía nada —reconoció Stone.

—Pero ¿cómo saliste?

—No sé si he salido.

—¿Fue por tu esposa?

Stone se giró hacia ella.

—Pensaba que tu jefe era más discreto.

—No ha sido él —se apresuró a decir—. Me he limitado a suponerlo basándome en mis observaciones.

—¿Qué observaciones? —preguntó Stone abruptamente.

—De ti —se limitó a responder ella—. De las cosas que te importan. Como las amistades.

Stone se giró.

—Has supuesto bien —dijo.

—Entonces, ¿por qué volviste al redil? ¿Después de eso?

—No me quedaba otra opción.

—Creo que alguien como tú siempre tiene otra opción.

Stone guardó silencio un buen rato. Se limitó a observar las tumbas. Corría una ligera brisa y Chapman se rodeó con los brazos.

—Me arrepiento de muchas cosas —reconoció Stone al final.

—¿O sea que ha llegado el momento de resarcirse?

—Creo que no podré resarcirme jamás, agente Chapman.

—Por favor, llámame Mary. Ahora no estamos de servicio.

Él la miró.

—Vale, Mary. ¿Has matado a alguien alguna vez? ¿A propósito?

—Una vez.

Stone asintió.

—¿Y cómo te sentiste?

—Al comienzo, feliz. De que la muerta no fuera yo. Y luego me mareé. Me había preparado para ello, por supuesto, pero...

—Es imposible prepararse para ello.

—Supongo que sí. —Sujetó con fuerza la barandilla del porche—. ¿Y a cuántas personas calculas que has matado?

—¿Qué más te da?

—Supongo que me da igual. Y no es por curiosidad morbosa. Yo... no sé por qué es, exactamente.

Antes de que Stone tuviera tiempo de contestar, le sonó el móvil. Era Tom Gross.

—Volvemos a estar de servicio, «agente Chapman» —dijo Stone.

30

Se reunieron con Gross no en su despacho del FBI, sino en una cafetería cercana al Verizon Center. El agente federal vestía de modo informal, con pantalones caqui, un polo y una chaqueta con cremallera de los Washington Capitals. Pidieron un café y se sentaron a una mesa del fondo. A Gross se le veía pálido y nervioso, iba recorriendo el pequeño espacio con la mirada continuamente, como si sospechara que le hubieran seguido.

—No me gusta cómo está saliendo todo esto —reconoció Gross. Se llevó la mano al bolsillo de la chaqueta y la apartó de inmediato.

—¿Eres ex fumador? —preguntó Stone.

Gross asintió.

—En este preciso instante me arrepiento de haberlo dejado.

—Cuéntanos.

Gross se inclinó hacia delante y agachó la cabeza.

—Primero contadme cómo ha ido con Carmen Escalante.

Stone y Chapman se fueron alternando para informarle sobre la joven lisiada y apesadumbrada.

—Pobrecilla... entonces, ¿es un callejón sin salida?

—De todos modos, nunca hemos albergado grandes esperanzas al respecto —dijo Stone—. Es una víctima, al igual que su tío.

—Lugar equivocado en el momento equivocado. Pobre hombre. Ama América y mira lo que le pasa.

—¿Qué tal te han ido a ti las cosas? —preguntó Chapman.

Gross se removió en el asiento y dio un sorbo de café antes de responder.

—He decidido no andarme por las ramas y he pillado a todo el personal del Servicio Nacional de Parques que trabajó en la instalación, incluido el supervisor, y me los he llevado a la Oficina de Campo de Washington. El supervisor se llama George Sykes. Siempre ha trabajado para el Gobierno; el tío tiene seis nietos. Un historial impecable. Estuvo constantemente con su equipo y juró ante una pila de biblias que ninguno de ellos está implicado. Le creo. Unas siete personas participaron en la entrega y posterior plantación del árbol. Es imposible que los compraran a todos.

—¿Y por qué seguía el agujero sin cubrir? —preguntó Stone.

Gross sonrió.

—Me han dado una buena lección al respecto. El Servicio Nacional de Parques es muy quisquilloso con lo que planta en Lafayette Park. Al parecer solo se instalan ejemplares que existieran durante la época de George Washington. Estos tíos son en realidad historiadores que de vez en cuando excavan un agujero. Hoy he aprendido mucho más de lo que me hacía falta. Pero el motivo por el que dejaron el agujero sin tapar es porque tenían que preparar una tierra especial y un arboricultor analizaría el árbol para asegurarse que el transporte no lo había dañado y tal. Estaba previsto que cubrieran el agujero al día siguiente.

—Entonces la bomba estaba en el cepellón antes incluso de que lo colocaran en el sitio —dijo Chapman—. No hay otra posibilidad. El personal del Servicio Nacional de Parques no está implicado.

Stone la miró a ella y luego a Gross.

—¿Sabemos la cronología del árbol? ¿De dónde vino? ¿Quién lo manipuló?

—Estoy en ello. La cuestión está en que no sé cómo llega un árbol al Lafayette sin que nadie compruebe si hay un puto explosivo. Me refiero a que, como mínimo, un perro debería olisquearlo cuando llega al lugar donde va a plantarse. Ese árbol era enorme. Como visteis en el vídeo hubo que meterlo con una grúa.

—Bueno, ¿hay constancia de que algún perro lo husmeara en busca de explosivos? —preguntó Stone.

—No que yo sepa. Y nadie del equipo de instalación recuerda que pasara.

—Otro agujero de seguridad, si es verdad —dijo Chapman.

—Sí, pero ¿una bomba en el cepellón? —se planteó Gross—. ¿Quién se imagina algo así?

—Sí, igual que un jumbo que se estrella contra dos rascacielos —dijo Stone—. O explosivos en la ropa interior o en los zapatos. Tenemos que dejar de pensar así o morirá más gente inocente.

Gross dio otro sorbo al café con el ceño totalmente fruncido.

—¿Algo más? —preguntó Stone, que le observaba con atención.

Al hablar, Gross bajó tanto la voz que Stone y Chapman tuvieron que inclinarse hacia delante para oírle.

—Me cuesta creer lo que estoy diciendo, pero creo que nuestro bando nos observa. Nos jode, quiero decir. Por eso os he pedido que nos reuniéramos aquí.

—¿Nuestro bando? —preguntó Chapman—. ¿Qué te hace pensar tal cosa?

Gross miró a Stone con recelo.

—Ya sé que perteneces al Consejo de Seguridad Nacional y, francamente, he trabajado demasiados años como para mandar mi carrera al garete pero tampoco pienso quedarme de brazos cruzados y fingir que todo va bien.

Stone se inclinó todavía más.

—Yo estoy con las personas de esta mesa. Ahora dime por qué sospechas que los de tu bando están en tu contra.

Gross parecía molesto y azorado a la vez.

—Para empezar, creo que me han pinchado el puto teléfono. En el despacho y en casa. Cuando hago preguntas hay más huellas dactilares en la línea de las que debería haber. —Observó a Stone y luego a Chapman—. Decidme una cosa y quiero la verdad.

—De acuerdo —dijo Chapman rápidamente mientras Stone guardaba silencio, a la espera.

—¿Las imágenes de vídeo de la noche de la explosión? ¿Después de la detonación? Tengo que deciros que no me trago lo de que la explosión dañó las cámaras de forma permanente. Tal como han dicho hoy los del Servicio Secreto, hay muchos ojos en el parque. Pero no todos comparten lo que ven. —Dejó de hablar y los observó—. Así pues, ¿hay algo más?

Chapman lanzó una mirada a Stone.

Gross frunció el ceño.

—Sí, me lo imaginaba. También vosotros me estáis tomando el pelo. ¿Cómo coño voy a llevar a cabo una investigación si tengo las manos atadas a la espalda? ¿Sabéis qué? La única persona de este mundo en la que confío en estos momentos es mi mujer. Os lo juro por Dios.

—No me extraña.

—¿Y por qué coño estabais vosotros dos enterados del vídeo completo y yo no? —Miró a Chapman enfadado—. Joder, tú ni siquiera eres americana.

—No hay ningún motivo de peso por el que te mantuvieran al margen —reconoció Stone. Miró a Chapman—. ¿Tienes el portátil en el coche? —Chapman asintió—. Ve a buscarlo.

Al cabo de un momento ya estaba de vuelta y con el ordenador en marcha. Al cabo de unos segundos estaban mirando el vídeo. La grabación completa.

Cuando terminaron, Gross se recostó en el asiento, supuestamente apaciguado.

—Bueno, sigo estando cabreado por el hecho de que me dejaran en la estacada, pero no he visto nada ahí que merezca dejar al margen al FBI.

Era cierto, pensó Stone. Pero, a juzgar por lo que había descubierto, ¿había algo que se le escapaba?

—Ponlo otra vez a partir del momento en que todo el mundo empieza a marcharse del parque. A cámara lenta —indicó a Chapman.

Ella hizo lo que le pedía. Al cabo de un momento, Stone dijo:

—Páralo ahí. —Contempló el vídeo en pausa. Se enfadó por no haberlo visto antes, sobre todo después de lo que había descubierto ese mismo día.

—¿Puedes ampliar la imagen?

Pulsó varias teclas y se vio la imagen a mayor tamaño.

—¿Puedes mover el encuadre hacia la izquierda?

Chapman manipuló el ratón y la imagen se desplazó hacia la izquierda.

Stone puso el dedo en un punto de la pantalla.

—¿Lo veis?

Gross y Chapman se acercaron más.

—¿El qué? —preguntaron ambos al unísono.

—Los faros de ese coche iluminaron esa ventana. Se ve una cara reflejada claramente en el cristal tintado.

Los otros dos se inclinaron hacia delante.

—Vale —dijo Chapman—. Ahora lo veo.

Gross asintió.

—Pero ¿quién es?

—Es el hombre del traje. Por eso no te enseñaron esta parte del vídeo.

—Un momento —dijo Gross—. ¿Cómo sabes que es el tío del traje?

—Porque hoy le he conocido.

Gross se enfureció y se levantó.

—¿Sabéis dónde está? Hijo de puta. Estáis continuamente ocultándome la información, joder. A lo mejor sois vosotros quienes me habéis pinchado el teléfono.

Stone lo miró de hito en hito.

—Baja la voz y contrólate. Y siéntate ahora mismo.

El tono de Stone tenía algo que hizo obedecer al agente federal. Se sentó, aunque seguía teniendo una expresión airada.

—El hombre del traje —continuó Stone— estaba en el parque aquella noche para reunirse con alguien acerca de una misión de alta prioridad para este país.

—¿Y cómo lo sabes?

—Te digo que es lo que me ha contado hoy mismo una fuente fidedigna. Como he dicho, he conocido al hombre cuyo rostro está reflejado en esa ventana. Su misión consiste en rastrear a alguien que es enemigo de este país. Tal vez su mayor enemigo —añadió Stone.

La expresión de Gross denotó que iba cayendo en la cuenta.

—Hostia, ¿te refieres a...?

Stone levantó la mano.

—Una misión de alto secreto. Lo bastante secreta como para que el FBI haya recibido un vídeo incompleto de la escena del atentado para que sus facciones no se aprecien. Dejémoslo así.

—¡Pero entonces es posible que el objetivo fuera ese tipo! —exclamó Gross.

—No. Si lo hubiera sido no habrían fallado.

—¿Y dónde está ese hombre?

—Cerca.

—Vale —dijo Gross—. Entonces, ¿qué nos queda?

—Poca cosa —dijo Chapman de mal humor—. Poca cosa, joder.

31

Chapman dejó a Stone en su casa y luego se dirigió a su alojamiento. Stone se paseó por el cementerio recogiendo cosas mientras pensaba en lo acontecido durante el día. Habían llegado a un callejón sin salida. Habían investigado a todas las personas presentes en el parque aquella noche y habían descubierto que no guardaban relación alguna con el estallido de la bomba ni con los disparos. Alfredo Padilla había saltado por los aires por error. Marisa Friedman trabajaba cerca y había llamado a su amante. Fuat Turkekul estaba allí para reunirse con Adelphia y hablar de su importante operación. El policía británico estaba allí por orden del MI6. Cuatro pistas prometedoras que no habían conducido a nada.

Stone entró y se sentó detrás del escritorio. Era tarde y debería dormir, pero no estaba cansado; la mente le funcionaba a demasiada velocidad como para dormir. Intentó leer un libro para ver si se relajaba, pero su mente seguía rememorando lo que había ocurrido en Lafayette Park.

Alguien había llevado a cabo un atentado terrorista que era toda una hazaña en medio de una de las zonas más protegidas del mundo, y lo había hecho sin motivo aparente. No se creía la declaración de la organización yemení. Aquella operación debía de haber llevado mucho tiempo y exigía unos recursos ingentes. Si bien los terroristas islámicos poseían ambos con creces, sus activos no eran infinitos. No podían permitirse el lujo de desperdiciarlos. Por consiguiente, no se realizaba tamaña operación por motivos simbólicos, igual que nadie se tomaría la molestia de secuestrar un jumbo y pilotarlo de forma «simbólica» cerca de un rascacielos en vez de estrellarlo contra el mismo.

Tampoco se tragaba la teoría de la que había visto parlotear a unos cuantos expertos en la tele. Que ahora a la gente le daría miedo ir a Washington D.C. ¿Y qué? El Gobierno no se arruinaría porque los autocares llenos de turistas de Iowa o Maine decidieran cambiar el destino de sus vacaciones. No se trataba de un «atentado repetible», tal como algunos expertos en contraterrorismo solían denominarlo. Aquello no era un centro comercial ni el mostrador de billetes de un aeropuerto. Si una bomba explota en uno de esos sitios, se aterroriza a toda la población y no querrá ir a los centros comerciales ni a los aeropuertos. Eso sí que supondría un descalabro para la economía. Pero solo hay una Casa Blanca. Solo un Lafayette Park.

«Si no tiene sentido del modo en que lo planteo, entonces es que el planteamiento es erróneo. Pero ¿cuál es el correcto?»

Estaba a punto de probar otro enfoque cuando se hundió en el asiento después de apagar con un movimiento de la mano la lámpara del escritorio.

Había alguien en el exterior.

Se dejó caer y golpeó una parte del suelo de tablones situado bajo el hueco del escritorio. El tablero corto giró sobre sí mismo. En el interior de una pistolera sujeta en la parte inferior del tablón había una pistola personalizada que había llevado muchos años para su trabajo. En aquella época la sentía tan próxima a su cuerpo como la mano. Stone la cogió y giró el tablón para recolocarlo.

Se arrastró hasta la ventana trasera y atisbó al exterior. Había luna, pero, aunque los hombres se desplazaban con sigilo por entre la maleza, Stone los vio porque sabía dónde y cómo mirar.

Deslizó el teléfono móvil desde el bolsillo de la camisa y estaba a punto de enviar un sms cuando oyó la voz.

—¿Stone? Me gustaría hablar contigo.

Stone tenía el dedo encima de la tecla de envío. Reconoció la voz. Repasó rápidamente las razones por las que el hombre podría estar allí para verle.

—¿Sobre qué? —respondió.

—Me parece que lo sabes. Estoy seguro de que tienes una pistola y me han dicho lo bien que la manejas. Y estoy seguro de que has visto a mis hombres a pesar de todos mis esfuerzos. Así que, para que nadie resulte herido, propongo entrar en tu casa y hablar contigo. De tú a tú. ¿Te parece bien?

—¿Y si no me lo parece? —espetó Stone.

—Nos iremos.

—¿Por qué será que no me lo creo?

—Estamos los dos en el mismo bando.

—Pues yo no lo siento así ahora mismo.

—Te doy mi palabra. Solo quiero hablar.

—Entonces, ¿por qué vienes a estas horas con un equipo de asalto?

—Es que yo viajo así. No te lo tomes como algo personal. Pero solo quiero hablar.

Stone pensó con rapidez. En realidad no tenía ninguna ventaja. Y la información podía ser una vía de doble sentido.

—Tú solo —respondió—. Y sí que tengo una pistola. Si veo tan siquiera un punto rojo flotando en el aire, la cosa se pondrá muy fea de inmediato. ¿Entendido?

—Entendido. Voy a entrar.

—Despacio.

—Vale. Despacio.

Al cabo de unos momentos, Riley Weaver, el jefe del NIC, apareció en el umbral de la modesta casa de Stone, rodeada por los muertos y ahora también por al menos media docena de hombres armados.

32

—Cierra la puerta tras de ti —ordenó Stone—. Y apártate de la misma, hacia la izquierda.

Se levantó desde detrás del escritorio, manteniéndose fuera de la línea de fuego procedente de la ventana.

—Ábrete la chaqueta.

—No voy armado.

—Ábrete la chaqueta.

Weaver obedeció. Se sorprendió cuando una mano lo registró rápidamente.

—Eres rápido —dijo Weaver. Stone se apartó del hombre mientras le apuntaba con la pistola—. ¿Encendemos una luz? —sugirió—. No veo nada.

—Si no te hubieras presentado aquí con una sección de artillería te habría tratado de forma más educada. —Mientras hablaba, Stone no había dejado de moverse, dando vueltas alrededor del hombre. Supuso que el ex marine poseía una capacidad para la visión nocturna excelente y no se equivocó.

—Bueno, ahora te veo y sé que tú me ves —reconoció Weaver—. ¿Cómo quieres que hagamos esto?

—¿Ves las sillas que hay junto a la chimenea?

—Sí.

—Tú en la de la izquierda.

—¿Y dónde estarás tú?

—En otro sitio.

Weaver avanzó y se sentó en una silla de madera desvencijada. Giró la cabeza ligeramente hacia la derecha.

—Ya no te veo.

—Ya lo sé. ¿Qué quieres?

—Nuestra última reunión acabó de forma demasiado brusca.

—Culpa tuya.

—Lo sé. Lo reconozco. Ahora trabajamos para el NSC. Y el FBI.

—¿Y?

—Pues ¿qué te parecería colaborar con el NIC?

—Ya pertenezco a demasiadas organizaciones con siglas, gracias.

—No habéis avanzando nada desde el momento en que explotó la bomba.

—Bueno, ya tienes a tus espías de entre agencias colocados. El hombre al que sustituiste hacía lo mismo. No siempre con consecuencias positivas.

—Yo no soy Carter Gray. Ya sé que os conocíais desde hacía mucho tiempo y que la relación dejaba mucho que desear.

—Era excelente en su trabajo. Lo que pasa es que no siempre estaba de acuerdo con sus actos.

—He leído más sobre John Carr.

—Me alegro por ti. ¿Por qué estás aquí? No será solo para ofrecerme un trabajo que sabes que no aceptaré.

—Tienes el apoyo del presidente. Sé por qué.

Stone observó al hombre en la oscuridad. Estaba a tres metros de Weaver, detrás y ligeramente a su derecha. Un ángulo para matar perfecto, puesto que la mayoría de las personas eran diestras y para repeler el ataque no era normal que se giraran hacia la derecha, era demasiado incómodo. Lo lógico es que se giraran hacia la izquierda. Y entonces, por supuesto, sería demasiado tarde.

—¿Y adónde nos lleva eso? —preguntó.

—No soy de los que se regodea en el pasado. Ahora me interesan la bomba y las metralletas de Lafayette Park.

—Algunos dicen que es simbólico.

—¿Tú te lo crees? —preguntó Weaver.

—No. A los terroristas les da por el simbolismo siempre y cuando provoquen muchas muertes.

—Estoy de acuerdo. A esto dedicaron demasiado tiempo y recursos. Tiene que haber algún motivo.

—Intentaba pensar en alguno precisamente cuando has aparecido.

—Si trabajamos juntos quizá lleguemos a eso más temprano que tarde.

—Ya te he dicho que tengo a un equipo trabajando en esto.

—Estamos todos en el mismo equipo.

—Me sacaste de la cama del hospital antes de que el FBI pudiera contactar conmigo, te hiciste el matón en el NIC, ridiculizaste mi intento de decirte lo que sabía o pensaba y luego apagaste las luces cuando hice una pregunta. Si esta es tu versión del juego amoroso nunca tendrás suerte.

—De acuerdo, me lo merecía. Me hice el duro contigo y me salió el tiro por la culata. Ahora me doy cuenta.

—¿Y estás aquí para ser amable?

—¿Es tan difícil de creer?

—Pues sí. Esto es Washington, donde se comen a los jóvenes y a los mayores. Así que, una vez más, ¿por qué estás aquí?

Stone contó diez segundos para sus adentros y el silencio persistía. Alineó la silueta de Weaver con la del punto de mira. Trató de oír el sonido de las botas negras avanzando hacia él.

«No puede ser tan imbécil», pensó Stone. Actuar como distracción. A Stone no le importaba que los hombres del exterior trabajaran para el mismo gobierno que él. Tenía experiencia de sobra para saber que la ciudadanía no protegía de nada si uno se interponía en los planes de otro. O de una conspiración, lo cual para Stone era básicamente lo mismo.

—Tengo miedo, Stone.

Ese comentario inesperado hizo que Stone alzara la vista del punto de mira.

—¿Por qué?

—Porque va a pasar algo. Algo grande y no tengo ni idea de qué podría ser. Y si el jefe de inteligencia de la nación no tiene ni idea, pues, vamos, mal asunto. No quiero que se me recuerde por no haberme enterado de una gorda.

Stone se relajó un poco.

—¿Una gorda? ¿Basándote en qué? ¿Habladurías?

—Eso y mi intuición. ¿Cómo colocaron esa bomba en el agujero? ¿Por qué las metralletas no alcanzaron a nadie? Y tengo otro interrogante que creo que tú no te has planteado.

—¿Cuál?

—¿Qué pasó con el arce que ya estaba en el parque? Mis fuentes dicen que se murió de repente. Por eso tuvieron que cambiarlo. Llevaba allí décadas, como una rosa, y entonces se murió y nadie sabe por qué.

Esa información dejó paralizado a Stone. Hacía mucho que no había ido a Lafayette Park. De todos modos, recordaba ese arce, con una copa enorme y alta, un ejemplar hermoso. Que siempre había estado sano.

«Y entonces se murió. Y nadie sabe por qué.»

Se sentó al lado de Weaver y deslizó la pistola en la cinturilla. Cuando Weaver vio el arma, Stone dijo:

—Estoy autorizado para llevarla.

—Por mí no hay inconveniente. Y probablemente la necesites antes de que acabe todo esto.

—¿O sea que crees que sabotearon el árbol a propósito?

—O eso o se trata de la mayor de las coincidencias. Si no hubiera hecho falta otro árbol la bomba no habría llegado a Lafayette Park. Porque llegó en el interior de ese árbol. Creo que a estas alturas todos somos conscientes de ello.

—El agente Gross del FBI dijo que estaban investigando ese supuesto, pero no están descubriendo gran cosa.

—Qué interesante.

—¿Me estás diciendo que todavía no lo sabías?

—El FBI siempre ha ido por libre. Sin embargo, yo me mantengo al corriente. Y creo que lo que descubran por ese lado es una gran nadería.

—¿Por qué? ¿El rastro está bien oculto?

Weaver trató de mirar a Stone en la oscuridad.

—No pasaron el cepellón por el escáner. Iba a ir al parque, a la tierra. No es el árbol de Navidad para la Casa Blanca.

—¿Barrido canino?

—No estoy seguro, pero no lo creo.

—¿Por qué no?

—No tengo una respuesta concluyente al respecto.

—La ATF considera que la detonación se activó de forma remota.

—Humm.

—¿No estás de acuerdo?

—Permíteme que te diga una cosa. No hay ninguna bomba infalible. Una vez casi me quedo sin mano manejando un explosivo «infalible» mientras estaba en los marines.

—Entonces, ¿cuál es tu teoría?

—¿Podemos encender la luz? Me siento como si estuviera otra vez en el instituto birlándole algún licor a mi viejo.

—Prefiero la oscuridad.

—Bueno, como quieras. La bomba estalla mediante un detonador remoto. Probablemente un teléfono móvil. El agujero del árbol se tapa. Y la detonan justo en el momento que quieren. Pero resulta que un tío huye de los disparos, salta dentro del hoyo para salvarse y pum.

—Pero ¿cómo se detonó la bomba?

—Como he dicho, las bombas son peliagudas. Un tío gordo salta y aterriza encima de la misma o quizá le alcanzara una de las balas y detonó.

—Ya nos habíamos planteado esa posibilidad.

—¿O sea que estoy aquí perdiendo el tiempo?

—No, no se me había ocurrido lo de que sacrificaran el árbol. Esa te la debo a ti.

—Se me ha ocurrido esta noche.

—La ATF piensa que la bomba estaba en una pelota de baloncesto que colocaron en el interior del cepellón.

—Da igual. De todos modos podía haber estallado de forma accidental.

—Pero no tiene sentido. El único motivo por el que el tipo saltó al agujero y, según tu teoría, detonó la bomba antes de tiempo, fue porque huía de los disparos. ¿Por qué tomarse la molestia de introducir una bomba allí y luego cagarla disparando las metralletas?

—Tiene todo el sentido del mundo si lo analizas desde otro punto de vista.

Stone tardó unos segundos en caer en la cuenta.

—Te refieres a que los francotiradores y los de la bomba fueran de bandos distintos.

—Exacto. Si fuese así, los terroristas de la bomba están ahora mismo muy cabreados con quienquiera que disparase.

—¿El grupo yemení? —preguntó Stone.

—Esos tipos se atribuyen la autoría de un montón de atentados con los que no tienen nada que ver. Tal vez fueran los de las metralletas. Pero entonces estalla la bomba y dicen: «Joder, pues vamos a reivindicar eso también.» Potencia su imagen frente a otros terroristas. Más credibilidad en las calles implica más financiación. Así funciona la cosa. Se parece a las guerras por el territorio y el presupuesto en Washington D.C.

—Entonces eso significa que la bomba tenía que haber matado a otra persona en el parque a otra hora.

—Eso es. Pero ¿a quién?

33

Dos horas después de que Weaver y sus hombres se marcharan, Stone seguía sin poder conciliar el sueño. Weaver estaba confeccionando una lista de eventos que iban a celebrarse en Lafayette Park en meses venideros y le dijo a Stone que compartiría esa información con él. Por su parte, Stone contó a Weaver todo lo que había descubierto sobre el origen del hombre del chándal y el resto de la información procedente de las investigaciones de la ATF y el FBI. No le habló de Fuat Turkekul. Si se suponía que el jefe del NIC tenía que estar al corriente de la operación para apresar a Osama bin Laden, Stone no era la persona que debía informarle.

Stone yacía en el camastro pensando en todo esto mientras la noche dio paso al amanecer. Al final, se puso a pensar en el Camel Club. Hacía muchos años que Caleb y Reuben eran sus amigos. Habían estado literalmente en el infierno y habían sobrevivido a su lado. Alex Ford era una incorporación más reciente a las filas del club, pero le había salvado la vida a Stone en dos ocasiones y había puesto en peligro su carrera al menos cinco veces para ayudarles a él y a los demás. Annabelle había irrumpido como un huracán en sus vidas hacía poco tiempo, pero había demostrado su lealtad hacia Stone de inmediato. Y Harry Finn había estado luchando codo con codo con Stone en un tiroteo con un equipo de asesinos a sueldo a pesar de que Stone hubiera matado al padre de Finn hacía más de tres décadas.

«Y básicamente les he dicho que no confío en ellos. Que no necesitaba su ayuda. Pero esa no es toda la verdad.»

Solo había un puñado de personas que sabían que Stone había cogido su viejo rifle y matado a dos estadounidenses prominentes que habían destruido su vida, ya que habían matado a su esposa e hija. Stone había matado a muchas personas en nombre de su país. Había obedecido órdenes sin rechistar. Sin embargo, a aquellos dos hombres los había matado por iniciativa propia. Juez, jurado y verdugo. Sentía que sus actos estaban justificados. No había sentido remordimiento alguno al acabar con sus vidas.

De todos modos, tenía conciencia. No había conseguido quitarse de encima todos aquellos años de matanzas. Dado su elevado sentido de la justicia, Stone sabía que algún día tendría que pagar por ello. Era lo justo. Pero tampoco quería arrastrar a sus amigos por ello. No se lo merecían. La vida que le quedaba era un regalo, pero sus amigos no estaban en la misma situación. Era consciente de que el Camel Club estaba llegando al final de su trayecto. Por lo menos con él como líder de facto.

Se duchó, se vistió y salió justo cuando el sol empezaba a despuntar. Se paró en la puerta de entrada cuando vio a Chapman sentada en el capó del coche de alquiler al otro lado de la verja de hierro forjado dando sorbos a un café comprado en Starbucks.

Se subió la cremallera de la chaqueta para combatir el frío matutino y se acercó a ella. Vestía vaqueros, un suéter negro grueso y botas, lo que le otorgaba un aspecto poco propio de una agente del MI6. Llevaba el pelo recogido en una cola, lo cual dejaba al descubierto un pequeño lunar cerca de la sien. Bajó del capó, introdujo la mano por la ventanilla del asiento del conductor, sacó otro café y se lo ofreció.

—Me diste la impresión de ser madrugador —explicó mientras apuraba el café.

—Gracias —dijo él secamente.

—¿Una noche interesante? —preguntó ella.

—¿Por qué lo preguntas?

—Me lo he imaginado.

—¿Te lo has imaginado tanto como para vigilar mi casa por la noche?

—Podría ser. ¿Tuviste una visita a horas intempestivas?

—¿Me lo preguntas o lo confirmas?

—Te lo pregunto.

—Riley Weaver. NIC. Quería charlar conmigo. Tenía unas cuantas teorías interesantes.

—¿Me las cuentas?

—Vayamos al parque.

Chapman encendió el motor y se marcharon. Camino de la calle M Stone le contó lo que Weaver le había dicho.

—No está mal, la verdad —dijo ella—. Weaver parece dominar el juego.

—Si es capaz de determinar quién era el objetivo lo habrá demostrado con creces.

—No debería ser tan difícil. ¿Cuántos eventos se celebran en Lafayette Park?

—Más de los que te imaginas. Y no solo para personalidades del Gobierno como el presidente. Los grupos privados también pueden solicitarlo. Para un acontecimiento especial o para manifestarse. La lista puede llegar a ser larga.

—De todos modos deberíamos acotarla. Y por lo menos la amenaza ya no existe.

—No, no es así.

—¿Qué quieres decir?

—Pues que todavía no sabemos cuál es la amenaza. Tenemos que dar por supuesto que lo volverán a intentar. Meter la bomba en el parque supuso mucho trabajo. El objetivo tiene que justificar tal esfuerzo. No van a quedarse de brazos cruzados.

Se acercaron a la zona y, tras pasar por varios controles de seguridad, llegaron al césped de Lafayette Park. Stone miró en derredor. Todavía era temprano y había pocas personas por allí, todas ellas autorizadas, por supuesto. El parque y sus aledaños seguían cerrados al público.

Stone se sentó en un banco y se acabó el café mientras Chapman rondaba delante de él.

—¿Es verdad que prácticamente viviste en el parque? —preguntó.

—Sí.

—¿Por qué?

—¿Por qué no?

—Vale, así no vamos a ninguna parte.

—Me manifestaba. En este país está permitido.

—¿Y contra qué protestabas?

—Básicamente contra todo.

—¿El qué, los impuestos y cosas así?

—No, nunca gané lo bastante como para pagar impuestos.

—¿Entonces qué?

Stone contempló la Casa Blanca.

—Cosas que no me parecían bien.

—¿Y ahora están bien?

—Lo dudo.

—Pero ¿dejaste de manifestarte?

—El hecho de que ya no esté en el parque a tiempo completo no significa que no siga protestando.

—¿Confías en Weaver? Por lo que has dicho, el hombre se ha sincerado contigo. Parecía verdaderamente preocupado.

—Le preocupa que alguien perpetre otro 11-S estando él al mando. Estoy convencido de que hará todo lo posible para evitar que ocurra tal cosa, intentará atribuirse todo el mérito y nos mantendrá al margen si puede.

—¿No existe el honor entre los ladrones ni los espías?

—Me parece que eso es buscarle tres pies al gato.

Chapman lanzó la taza de café vacía a una papelera y se sentó junto a Stone.

—O sea que estamos esperando que el FBI nos informe sobre el seguimiento del árbol y quién tuvo ocasión de poner una bomba en su interior. Y Weaver averiguará quién era el verdadero objetivo del parque. No nos deja mucho margen de maniobra.

—¿Por qué una pelota de baloncesto? —preguntó Stone de repente.

—¿Qué?

—Si la bomba está en el interior del cepellón, ¿por qué molestarse en ponerla en una pelota de baloncesto? Ocuparía más espacio y cualquier protuberancia que se notase en la tela de arpillera podría levantar sospechas. Así que ¿por qué no encajonar la bomba en el cepellón?

—Eso sí que lo sé, por la humedad.

Él la miró.

—Continúa.

—Es obvio que el árbol lo van a plantar en la tierra. Y que lo van a regar. Probablemente empaparon la tierra cuando lo acabaron de plantar para que arraigara. A no ser que fuera un mecanismo totalmente aislado ideado para uso subacuático, presumiblemente para fines militares, a los artefactos explosivos no les gusta mucho el agua. De hecho, si se filtra un poco de líquido es fácil que un interruptor se estropee o incluso que el material explosivo quede inutilizado. Si se coloca en el interior de un balón de baloncesto queda completamente hermético o, al menos, bastante hermético.

—Vale. Pero ¿una pelota de baloncesto es lo primero que se te ocurriría como contenedor hermético?

—Yo no juego, o sea que para mí no lo sería. —Se irguió más en el asiento—. ¿Piensas que el hecho de elegir lo de la pelota podría dar una pista acerca de la identidad del terrorista?

—Sin duda se trata de una posibilidad. Y dado que en este caso ha sido particularmente difícil encontrar pistas, no podemos permitirnos el lujo de no tenerlo en cuenta.

—¿Entonces te has creído la teoría de Weaver de que los disparos y la bomba fueron obra de dos organizaciones distintas? ¿Los disparos posiblemente por el grupo yemení y la bomba por una persona o personas desconocidas?

—No me atrevería a decir que estoy de acuerdo con él, pero resulta lo bastante intrigante como para investigar esa posibilidad.

—¿Entonces por qué dispararon todos esos tiros y no le dieron a nada?

—Ojalá supiera la respuesta. En mi opinión es crucial.

—El baloncesto no es muy popular en Inglaterra.

—Cierto, aunque no me imagino a un puñado de jugadores millonarios de la NBA aliándose para cargarse a alguien en Lafayette Park.

—Pero los terroristas quizá tengan alguna otra relación con ese deporte.

Stone sacó el teléfono e hizo una llamada.

—Agente Gross, Stone al habla. Estoy en el parque y tengo información para ti y una pregunta. —Le contó a Gross lo de su reunión con Weaver y la teoría del jefe del NIC sobre el caso. Luego le comentó lo de la idea del baloncesto.

—De acuerdo —respondió Gross—. Os recogeré dentro de veinte minutos e iremos a hablar con los tipos de donde salió el árbol.

Stone colgó y miró a Chapman.

—Vendrá a recogernos. Iremos a inspeccionar el sitio de donde salió el árbol.

—Vale. Estoy aburrida de no hacer nada.

Stone se levantó y miró a su alrededor. Empezó a medir a pasos el parque en distintas direcciones mientras Chapman le observaba con curiosidad. Parte de los destrozos de la explosión habían sido retirados. Los pequeños indicadores con forma de tienda seguían allí, lo cual producía el efecto de que había caído nieve blanca y naranja en el parque. Seguramente seguirían encontrando cosas durante semanas. Incluso años. Se imaginó a un turista topándose con un trozo de oreja. Bonito recuerdo de su visita a la capital.

Acabó en el cráter. Chapman se reunió con él en el borde.

—¿Qué está tramando esa cabecita? —preguntó.

—Hay algo con lo que no doy. Algo obvio, pero no sé qué.

34

—No sabía que tú y Riley Weaver fuerais íntimos —dijo Gross mientras el agente del FBI manejaba con destreza el volante de su viejo Crown Vic para salir de Washington D.C.

Stone estaba sentado a su lado; Chapman iba en el asiento trasero.

—Solo le he visto dos veces en mi vida, y nunca de manera voluntaria. Que yo sepa, eso no nos convierte en «íntimos».

Gross lo fulminó con la mirada.

—¿Y por qué acudió a ti? ¿Y no a mí?

—Tú eres la competencia. Yo no soy más que un intermediario.

Gross hizo una mueca.

—Tenemos que olvidarnos de hacernos la competencia como gilipollas si de verdad queremos proteger este país.

—Estoy de acuerdo —intervino Chapman—. Al fin y al cabo estáis en el mismo bando.

—Es un poco más complicado que eso, agente Chapman —dijo Gross mientras le lanzaba una mirada por el retrovisor.

—El hecho de que digas que es complicado no lo convierte en complicado —replicó ella.

—De todos modos, si el NIC cooperara con nosotros nos facilitaría mucho el trabajo.

—¿Y no crees que todas las agencias opinan lo mismo del FBI? —planteó Stone.

Gross soltó una risa de resignación.

—Supongo que sí.

—Weaver todavía está aprendiendo a manejarse —dijo Stone—. No quiere que el golpe se produzca mientras él esté al mando. Probablemente esté trabajando sin tomarse ni un respiro y empleando todos los métodos habidos y por haber. Yo no he sido más que uno de ellos.

—¿Y adónde vamos? —preguntó Chapman tras unos segundos de silencio mientras recorrían a toda velocidad las calles prácticamente desiertas de Washington D.C.

—Pensilvania —respondió Gross—. De ahí procedía el arce, de un vivero de árboles cerca de Gettysburg.

—¿Saben que vamos? —preguntó Stone.

—No.

—Mejor.

—¿No habría que rodear el sitio de agentes? —preguntó Chapman.

—Quienquiera que esté implicado en esto no estará por ahí. Si entramos con la poli los que se han quedado atrás quizá no abran la boca. Quiero unas cuantas respuestas y un poco de finura nunca está de más.

Al cabo de muchos kilómetros traspasaron la verja de la Keystone Tree Farm. La carretera asfaltada conducía a un edificio de una sola planta pintado de blanco con un tejado metálico de color verde. Al fondo se veían varios anexos tanto pequeños como grandes, algunos de los cuales tenían la envergadura suficiente para albergar árboles de quince metros de alto. En el aparcamiento había varias camionetas polvorientas, un utilitario y un todoterreno Escalade negro. Los tres se apearon del Vic y se dirigieron a una puerta en la que rezaba «Oficina».

Una mujer regordeta con unos vaqueros demasiado ajustados les guio hasta una pequeña estancia donde un hombre corpulento estaba sentado a un escritorio metálico con el teléfono pegado a la oreja. Les hizo un gesto para que entraran y señaló dos sillas.

Cuando Gross le enseñó la placa el hombre dijo por el teléfono:

—Ya te llamaré más tarde. —Colgó el auricular, se levantó,

se introdujo la camisa por la cinturilla allí donde se le había caído y preguntó—: ¿Puedo ver otra vez la placa?

Gross se le acercó y le enseñó el rango y la placa durante varios segundos. Incluso después de que el hombre apartara la mirada, Gross continuó mostrando la placa del FBI como si quisiera dar a entender el significado de su presencia.

—¿En qué puedo ayudarles? —preguntó el hombre con incomodidad.

—Para empezar estaría bien que nos dijera su nombre —dijo Gross.

El hombre carraspeó.

—Lloyd, Lloyd Wilder.

—¿Y es el encargado de este lugar?

—Soy el encargado, sí. Desde hace diez años. ¿De qué va esto?

Gross se encaramó al borde del escritorio del hombre mientras Stone se apoyaba en una pared y Chapman se sentaba en una de las sillas. Todos ellos miraban fijamente a Wilder, que tragó saliva nervioso y a punto estuvo de caerse de la silla.

—Miren —empezó a decir Wilder—, esos tíos me dijeron que eran legales. Vale, quizá no tenían todo el papeleo, pero ¿saben cuánta burocracia hay? Me paso todo el día solo para leer la documentación y no encuentro a nadie más que quiera hacer este tipo de trabajo y...

Stone, que captó la información antes que Gross, dijo con frialdad:

—No somos de Inmigración. La placa dice FBI, no ICE.*

Wilder los miró de uno en uno.

—¿FBI?

Gross se inclinó hacia abajo y se colocó bien cerca de Wilder.

—FBI. Ese señor trabaja con los de contraterrorismo y la señora pertenece al MI6 del Reino Unido.

Wilder miró a Chapman con expresión incrédula.

—¿El MI6, como James Bond?

—Mejor que Bond, en realidad —dijo Chapman—. Como nuestro querido James, pero con esteroides.

---

* ICE: Servicio de Inmigración y Control de Aduanas.

—Y sus trabajadores ilegales nos importan una mierda, pero si no coopera seguro que al ICE le interesarán.

Wilder ensombreció el semblante.

—Pero si no están aquí por ellos, ¿por qué están aquí?

—¿Ve las noticias?

—Sí. Veo el canal de deportes todas las noches.

—Me refiero a las noticias de verdad.

—Oh, de vez en cuando. ¿Por qué?

—¿Una explosión en Lafayette Park? —añadió Gross—. ¿Se ha enterado de eso?

—Joder, claro. Está por todas partes.

Todos lo miraron con intención y él les devolvió la mirada, desconcertado.

—Pero ¿qué tiene eso que ver conmigo? —soltó al final.

—Creemos que la bomba estaba en el árbol que salió de este vivero.

—Venga ya, me están tomando el pelo. —Wilder esbozó una débil sonrisa—. Un momento. Ustedes no son agentes federales, ¿verdad? Esto es una broma, ¿no?

Gross se le acercó todavía más.

—Cuando una bomba estalla tan cerca del presidente de Estados Unidos a mí no me hace ni pizca de gracia, señor Wilder, ¿y a usted?

La sonrisa se desvaneció.

—¿O sea que va en serio? ¿Que son polis de verdad?

—De verdad de la buena. Y queremos saber cómo es posible que una bomba llegara a uno de sus árboles.

Cuando por fin fue consciente de la gravedad de lo ocurrido, dio la impresión de que Wilder hiperventilaba.

—Oh, Dios mío, oh, madre mía. —El hombre empezó a mecerse adelante y atrás.

Stone se situó a su lado y le colocó una mano en el hombro para calmarlo.

—No le estamos acusando de nada, señor Wilder —dijo—. Y a juzgar por su reacción, está claro que no sabe nada del tema. Pero de todos modos quizá pueda ayudarnos. Ahora respire hondo un par de veces e intente relajarse. —Le dio un apretón en el hombro.

Al final Wilder se calmó y asintió.

—Haré todo lo posible por ayudarles. En serio. Soy patriota hasta la médula. He sido de la Asociación Nacional del Rifle toda mi vida. Joder, mi padre era unionista.

Gross se sentó delante de él mientras Stone permanecía de pie.

—Háblenos de todos los trabajadores —indicó Stone.

Durante los siguientes veinte minutos Wilder sacó las fichas de los trabajadores y las repasó una a una con ellos.

—Eso es todo —dijo cuando hubo terminado—. Y no hay ninguno lo bastante listo como para hacer algo con una bomba. Ya cuesta bastante conseguir que cojan la pala por el extremo adecuado. Aunque quizá se deba a que mi español no es muy bueno.

Stone puso el dedo encima de uno de los nombres de la lista.

—John Kravitz. No parece hispano.

—No, eso está claro. Pero está meando fuera de tiesto, y perdón por la expresión —se apresuró a añadir.

—¿Por qué? —preguntó Stone.

—Tiene estudios universitarios.

—Creía que había dicho que eran todos cortitos, y no tengo nada contra este negocio, pero ¿qué hace un licenciado arrancando árboles?

—Aquí hacemos más cosas. John estudió paisajismo, horticultura y cosas de esas. Es un buen arborista. Ve cosas que nadie más ve. Por eso lo contratamos.

—¿Cuánto tiempo lleva trabajando aquí? —preguntó Chapman.

—Hace unos siete meses. No esperaba que durara tanto, pero parece contento.

—¿Ha venido a trabajar esta semana?

—Todos los días como un reloj.

—¿Dónde está ahora? ¿Aquí?

Wilder consultó la hora en el reloj de pared.

—Llegará dentro de una media hora. Vive a unos ocho kilómetros de aquí en una pequeña zona de caravanas cerca de la autopista.

—¿Qué más puede decirnos de él? —preguntó Gross.

—Tiene unos treinta años, alto y delgado como usted —dijo, señalando a Stone—. Pelo castaño y perilla.

—¿Se lleva bien con todo el mundo?

—Miren, los demás chicos apenas saben dos palabras en inglés y ni siquiera sé si saben leer en su propio idioma. Como he dicho, John fue a la universidad. Suele pasarse la hora de la comida leyendo.

—¿Sabe algo de su vida privada? ¿Ideas políticas? —preguntó Gross.

—No, pero les digo que John no es ningún terrorista.

—¿Juega al baloncesto por casualidad? —inquirió Gross.

—¿Y eso qué tiene que ver?

—Responda a la pregunta.

—Me dijo que había jugado en el instituto. Allá atrás tenemos una canasta. Los chicos juegan a la hora del almuerzo si no salen a hacer ninguna entrega.

—¿Qué pelota utilizan? —preguntó Stone.

—¿Pelota? Tenemos un par de ellas por aquí. Sé que John tiene una. —Wilder estaba nervioso—. ¿Qué tiene que ver una pelota de baloncesto con la dichosa bomba?

—Esperaremos a John. Cuando llegue, dígale que venga a su despacho, ¿entendido? —dijo Gross.

—¿De verdad tenemos que...?

—¿Entendido? —repitió Gross con firmeza.

—Entendido —dijo Wilder con un susurro.

Mientras esperaban la llegada de John Kravitz, Stone y Chapman inspeccionaron las instalaciones. Unos cuantos trabajadores hispanos les observaban con recelo a lo lejos, probablemente porque temían que fueran del ICE. Stone no les hizo mucho caso, pero una cosa le llamó la atención. En un edificio situado detrás de la oficina había unos agujeros en la madera y el contorno de algo que había estado atornillado allí. Stone lo señaló, pero Chapman no sabía a qué se refería.

—Un aro de baloncesto —dijo Stone—. O donde hubo uno.

—¿O sea que alguien se lo llevó?

—Pero no rellenó los orificios ni pintó encima.

Cuando regresaron al interior y preguntaron a Wilder al respecto, confesó no saber nada del aro desaparecido.

—Sé que ayer estaba puesto. Algunos chicos jugaron.

Al cabo de media hora llegaron media docena de empleados, pero no Kravitz.

—Necesitamos su dirección —dijo Gross.

—Seguro que no es nada —dijo Wilder.

Stone se llevó a Gross a un lado.

—Chapman y yo le haremos una visita mientras tú te quedas aquí con Wilder.

—¿Crees que está metido en esto?

—Yo ya no sé qué pensar, así que tendremos que suponer que sí.

—Puedo llamarle a casa —dijo Wilder—, para ver si está bien. Y decirle que venga.

—No —dijo Stone—. Nada de llamadas. Quédese aquí sentado con el agente Gross.

Stone asintió hacia Gross y la mano del agente del FBI se deslizó hasta la culata de la pistola que llevaba en la pistolera de la cintura, y Wilder, al verlo, empezó a hiperventilar otra vez.

—¿Quieres que llame a algunos LEO para que te cubran?

—Unos cuantos polis locales no irían mal —dijo Stone—. Diles que vengan sin sirenas y que permanezcan al margen hasta que les hagamos una señal.

Gross asintió.

—Buena suerte.

Al cabo de un momento, Stone y Chapman estaban en el Crown Vic camino de la zona de caravanas. Stone iba al volante. El sedán circulaba a toda velocidad por la autopista. Pasaron al lado de un coche patrulla que iba en la misma dirección. El policía que conducía estaba a punto de indicar al vehículo que parara por exceso de velocidad cuando Stone aminoró la marcha, se quedó rezagado y le mostró la placa. El policía del lado del pasajero bajó la ventanilla.

—¿Sois los agentes de refuerzo? —preguntó Stone.

El policía asintió.

—¿Posible sospechoso del atentado de Lafayette Park?

Stone asintió.

—Seguid nuestras indicaciones. ¿Entendido?

—Sí, señor —dijo el joven ayudante del sheriff claramente emocionado.

Stone subió la ventanilla y pisó el acelerador.

Chapman lanzó una mirada y vio la pistola en la pistolera que colgaba del hombro de Stone.

—¿Qué llevas? —preguntó.

—No la reconocerías.

—¿Por qué no?

—Para empezar porque es más vieja que tú.

—Conozco la mayoría de los modelos. Americanos y europeos, chinos, rusos.

—No es de los más conocidos.

—Conozco algunos modelos poco conocidos.

—No se fabricó en serie.

—¿Tirada limitada?

—Podría decirse.

—¿Cuántas se fabricaron?

—Una.

Cuando llegaron a la zona de caravanas, Stone dejó el coche en el arcén y se dirigieron a pie hasta el tráiler de Kravitz. En el recinto, circundado por bosques densos, había unas veinticinco caravanas ancladas al suelo. Los policías estaban a diez pasos y a ambos lados del estrecho camino de grava que constituía la única vía de entrada y de salida.

—Si es el terrorista quizás haya conectado la caravana a una bomba trampa —observó Chapman.

—Eso también se me ha ocurrido.

—¿Entonces llamaremos a la puerta?

—Ya lo veremos sobre la marcha.

Chapman se mostró un tanto contrariada.

—Vale, me encanta ver que ya lo has planeado todo.

—En situaciones como esta los planes no suelen valer una mierda. Hay que reaccionar con profesionalidad ante lo que se nos presente. Es el mejor plan de todos.

La caravana tenía una pequeña zona con gravilla delante. Enfrente había una furgoneta Chevy vieja y desvencijada, con el metal oxidado y la pintura descascarillada. Comprobaron que la furgoneta estuviera vacía y entonces se protegieron detrás de ella.

Stone vio a dos policías y les indicó con la mano dónde quería que se posicionaran. Cuando estuvieron colocados, llamó.

—¿John Kravitz?

No hubo respuesta.

—¿John Kravitz? Agentes federales. Salga con las manos en alto. Ahora mismo.

Nada.

Chapman miró a Stone. Los dos policías también lo miraban de hito en hito.

—¿Y ahora qué? —preguntó ella.

—Lo haremos por las malas —repuso Stone.

—¿Es decir?

Stone se fijó en la bombona blanca conectada delante de la caravana. Sacó la pistola.

—Kravitz, tienes cinco segundos para salir o dispararé a la bombona de propano y saltarás por los aires.

—¿Estás loco? —susurró Chapman.

Los dos policías miraron a Stone como si se estuvieran planteando si debían detenerlo.

—¡Dos segundos, Kravitz! —gritó Stone.

Adoptó la posición de tiro y apuntó a la bombona.

—¡Stone! —exclamó Chapman—. ¡Vas a hacernos saltar por los aires!

—Un segundo, Kravitz.

La puerta de la caravana se abrió y Kravitz apareció con los brazos en alto. Daba la impresión de que se acababa de levantar de la cama.

—No disparen —suplicó—. No disparen, no voy armado. Joder, ¿qué quieren de mí? Me he quedado dormido. ¿Ahora envían a los federales por eso?

Stone vio el destello de luz reflejado en la ventana del tráiler. Se dio cuenta de qué era inmediatamente y gritó:

—¡Todos al suelo! ¡Ya!

Agarró a Chapman por el brazo y la obligó a tirarse al suelo. Con el rabillo del ojo vio que los otros dos policías hacían otro tanto. Kravitz seguía erguido y parecía atónito. Stone soltó a Chapman y se dio la vuelta, apuntó con la pistola hacia el bosque y disparó. En ese instante, alguien abrió fuego desde lo más hondo del bosque. El ruido de los dos disparos fue como el de una pequeña explosión. Chapman sacó su pistola rápidamente y disparó seis tiros con su Walther en la misma dirección.

El disparo procedente del bosque alcanzó a Kravitz en pleno pecho, le salió por detrás y chocó con el lateral de la caravana. Kravitz permaneció inmóvil durante un segundo con los ojos bien abiertos, como si no fuera consciente de que le habían disparado. Y matado. Acto seguido, se desplomó. Stone supo que estaba muerto antes de que llegara a la gravilla. La bala de un rifle de largo alcance era casi siempre mortal si atravesaba el pecho.

Antes de que nadie se moviera Stone se levantó y echó a correr hacia el bosque. Escudriñó el límite superior de la vegetación y gritó por encima del hombro.

—¡Comprobad si todavía respira! Si es así, haced lo que podáis y llamad a una ambulancia. Luego acordonad la escena del crimen y pedid refuerzos. Chapman, ven conmigo, mantente agachada.

Ella corrió tras él mientras se internaba en el bosque.

—Ha sido un rifle de largo alcance —dijo—. Estate atenta a cualquier movimiento, a quinientos metros o más lejos.

—¿Cómo te has dado cuenta de que había alguien?

—He visto la marca de la óptica reflejada en la ventana del tráiler. Era imposible alcanzar al francotirador con la pistola, solo quería que errase el tiro.

Tras varios minutos de búsqueda infructuosa volvieron corriendo al tráiler.

—Probablemente me hayas salvado la vida —reconoció Chapman mientras regresaban.

—Tú no eras el objetivo.

—Da igual.

—De nada.

Cuando llegaron al tráiler Stone dijo a los policías:

—¿Respira?

Uno de los policías negó con la cabeza.

—Está muerto. Hemos pedido refuerzos.

—De acuerdo. Montad controles de carretera y equipos de búsqueda a lo largo de un perímetro de un kilómetro y medio. Probablemente sea demasiado tarde, pero hay que intentarlo.

El policía cogió la radio para dar la orden.

—Camina agachada y sígueme —indicó Stone a Chapman.

Se acercaron sigilosamente al cadáver. Kravitz yacía boca arriba con los brazos y las piernas separados y los ojos abiertos, los cuales contemplaban inertes el cielo azul. Tenía una mancha carmesí en la camisa en el lugar por donde había entrado la bala.

—Una sola bala —observó Stone—. VI.

—¿VI?

—Ventrículo izquierdo. Para los disparos en el torso yo solía preferir la aorta.

—Estás de broma, ¿no?

Stone ni siquiera se dignó mirarle, estaba repasando con la vista a Kravitz.

—Los conocimientos básicos de anatomía forman parte de la formación de un francotirador que se precie.

—Bueno, supongo que ahora queda claro que Kravitz participó en la trama del atentado.

—Y alguien le ha disparado para evitar que hablara con nosotros. Eso está claro. Lo que no está tan claro es cómo sabían que vendríamos a buscarle aquí esta mañana.

Chapman miró en derredor.

—Ya te entiendo. No se lo hemos dicho a nadie. Gross nos recogió en el parque sin pararse a pensar. Wilder no ha podido llamar a nadie porque Gross está con él.

Stone se puso rígido.

—¡Maldita sea!

—¿Qué?

Stone no respondió. Marcó el número del agente del FBI. El teléfono sonó y sonó y luego saltó el buzón de voz. Ordenó a los policías que permanecieran en la escena del crimen y esperaran refuerzos y pisó el acelerador a fondo camino del vivero mientras Chapman se agarraba con tanta fuerza al reposabrazos que se le pusieron los nudillos blancos. Por el camino llamaron a más agentes locales para que se dirigieran también al vivero. Nada más aparcar Stone se dio cuenta de que había pasado algo. Señaló las marcas de rodadura en el asfalto del aparcamiento.

—Cuando nos hemos marchado no estaban. Alguien ha salido de aquí disparado.

Stone no esperó la llegada del resto de los policías. Sacó la pistola y abrió la puerta de la oficina de una patada. La mujer que les había acompañado al despacho de Wilder yacía en el suelo con una herida de bala en medio de la frente. Stone indicó a Chapman que le cubriera mientras se acercaba a la puerta del despacho. Agachado y con la pared como escudo, giró el pomo con la mano libre y empujó la puerta hacia dentro. Entonces se apartó y se colocó allí donde dispuso de una línea de tiro clara dentro del despacho.

Chapman ya lo había visto desde su posición ventajosa. Se quedó boquiabierta cuando Stone se situó a su lado.

Wilder estaba en el suelo junto a la entrada del despacho. A pesar de estar lejos, Stone y Chapman se dieron cuenta de que le faltaba un trozo de cara.

—Escopeta —dijo Stone.

Avanzó con la pistola apuntando hacia delante, preparado para disparar de inmediato en cuanto lo considerara necesario. Al cabo de unos segundos dio la señal de «despejado».

Chapman se colocó a su lado mientras contemplaba el cadáver del agente especial Tom Gross, tirado detrás del escritorio, pistola en mano. Tenía dos entradas de bala en el amplio pecho. Stone se arrodilló y le tomó el pulso. Negó con la cabeza.

—Está muerto. ¡Mierda! ¡Maldita sea!

—¿Qué coño está pasando? —preguntó Chapman mientras bajaba la mirada hacia el difunto.

Stone miró a su alrededor.

—Han hecho que nos dividiéramos y nos han tendido una trampa —dijo—. Es como si supieran lo que vamos a hacer incluso antes que nosotros. —Se arrodilló y tocó el cañón de la pistola—. Está caliente. Ha disparado hace muy poco.

—Tal vez hiriera a alguno de ellos.

—Tal vez. —Escudriñó la estancia para ver si había más sangre, pero no encontró nada. Señaló la pared opuesta, donde había quedado alojada una bala—. Probablemente el único disparo de Gross antes de que lo abatieran. Como mínimo ha muerto luchando.

—¿Qué coño hacemos ahora?

Oyeron las sirenas que se acercaban.

—No lo sé —reconoció Stone—. No lo sé.

36

—¿A quién se le ha ocurrido dejar solo al agente Gross?

Stone y Chapman estaban en la Oficina de Campo del FBI en Washington, sentados en uno de los lados de una larga mesa frente a cuatro hombres con expresión adusta y una mujer de aspecto severo.

—Ha sido idea mía. La agente Chapman y yo hemos ido al tráiler a buscar a John Kravitz y el agente Gross se ha quedado con Lloyd Wilder —explicó Stone.

—¿Sabíais si alguno de los otros trabajadores del vivero estaba implicado en la conspiración terrorista? —preguntó la mujer, que se había identificado como agente especial Laura Ashburn. Vestía un traje negro y llevaba el cabello castaño recogido en una cola de caballo. Rondaba la cuarentena, de estatura media, con unas facciones agradables y una silueta esbelta, pero sus ojos eran como puntos negros que perforaban todo lo que encontraba a su paso. En esos momentos lo único que tenía delante era a Stone.

—No lo sabíamos, y seguimos sin saberlo.

—¿Y aun así lo habéis dejado allí sin refuerzos? —dijo uno de los agentes.

Antes de que Stone tuviera tiempo de responder, otro hombre intervino:

—Te has marchado con la agente Chapman y encima teníais el apoyo de la policía local. Tom Gross no tenía nada de eso. Estaba solo.

—Debería haberle dicho a la agente Chapman que permaneciera junto a Gross y luego haber pedido refuerzos para ellos mientras me dirigía a la zona de caravanas —reconoció Stone.

—No había nada que impidiera al agente Gross hacer tal cosa —intervino Chapman.

Los cinco agentes del FBI se la quedaron mirando.

—Cuando se intenta controlar una posible situación hostil y se está en presencia de un posible terrorista no se tiene mucho tiempo para charlar por teléfono —dijo uno de ellos.

Este mismo hombre se dirigió a Stone.

—Tengo entendido que eres una incorporación reciente a la agencia anexa al NSC.

—Sí.

—Pero eres un poco mayorcito para entrar en juego, ¿no?

Stone no dijo nada, porque ¿qué iba a decir?

Ashburn abrió una carpeta.

—No encuentro gran cosa sobre ti, Oliver Stone —comentó—, aparte de una carrera cinematográfica ilustre. —El tono burlón del comentario equivalía a la expresión de sus cuatro colegas.

—Menuda cagada de novato para un hombre de tu edad —añadió el agente del extremo izquierdo de la mesa—. Dejar a un agente en una situación vulnerable. —Se inclinó hacia delante—. ¿Qué sugieres que le digamos a su esposa? ¿A sus cuatro hijos? ¿Se te ocurre algo? Me encantaría saberlo, «agente» Stone.

—Les diría que su esposo y padre ha muerto luchando. Como un héroe. Eso es lo que les diría.

—Estoy convencido de que así se quedarán tranquilos —dijo Ashburn con desprecio.

—¿Alguna vez te han dejado solo en una misión? Lo dudo, puesto que un tipo como tú probablemente esté cubierto en todo momento. Con toda la artillería a la espalda —dijo otro agente.

—No tenéis ni idea de lo que estáis diciendo —saltó Chapman—. Nos ha salvado la vida a mí y a dos agentes de policía. Se ha dado cuenta de que había un francotirador en el bosque mientras nosotros nos chupábamos el dedo. Y si supierais la mitad de la historia de este hombre, no estaríais aquí acribillándole a preguntas por...

—Su historia me importa un bledo. Lo único que me importa es el presente —espetó Ashburn.

—Pues entonces igual tendrás que consultar a tus superiores, porque...

Stone le puso una mano en el brazo.

—No sigas —le instó con voz queda.

Ashburn cerró la carpeta.

—Vamos a presentar un informe detallado sobre lo sucedido y la recomendación principal será que te aparten del caso y se inicie una investigación completa para ver si ha habido delito o te mereces algún tipo de sanción.

—Esto es totalmente ridículo —espetó Chapman.

Ashburn le dirigió una mirada fulminante; las pupilas negras parecían puntos huecos a punto de salir disparados.

—No sé cómo se hace al otro lado del Atlántico, pero esto es América. Aquí somos responsables de nuestros actos. —Miró a Stone—. O de la falta de ellos, como bien podría ser el caso. —Volvió a mirar a Chapman—. ¿Quieres un consejo? Yo de ti me buscaría a otro compañero.

Todos los agentes se levantaron a la vez y salieron de la sala.

Chapman lanzó una mirada a Stone.

—¿Es normal que os machaquéis los unos a los otros así?

—Normalmente solo cuando nos lo merecemos.

—¿Y crees que es el caso?

—Un hombre bueno ha muerto y no debería haber ocurrido. Hay que echarle la culpa a alguien, y yo soy un candidato tan bueno como otro cualquiera. —Se levantó—. Y tal vez tengan razón. Tal vez sea demasiado mayor para esto.

—No lo dices en serio, ¿verdad?

Stone no respondió. Abandonó la sala, se marchó de la Oficina de Campo, salió a la calle y se puso a caminar. El aire nocturno era frío y seco, el cielo estaba despejado. El tráfico era denso y se oían muchos cláxones cerca del Verizon Center porque se estaba celebrando algún evento.

Mientras caminaba Stone pensó en los últimos momentos que había pasado con Gross. No había tenido en cuenta su seguridad. Su principal deseo era ir a por John Kravitz. En realidad, le había parecido que Gross estaría más seguro si era él quien iba a por el supuesto terrorista a su casa. En ningún momento se planteó que atacaran el vivero y encima mataran a Kravitz. Quedaba claro que los terroristas contaban con efectivos, información privilegiada y agallas. Una combinación formidable.

De repente tuvo una idea y marcó el número que Riley Weaver le había dejado. Quería saber si Weaver tenía la lista de los eventos programados en Lafayette Park. Si había alguna pista en esa lista, Stone deseaba investigarla. Alguien respondió al teléfono. Stone se identificó y preguntó por Weaver. El hombre le dijo que esperara y volvió a contestar al cabo de diez segundos.

—No vuelva a llamar a este número, por favor.

La línea enmudeció y Stone se guardó lentamente el móvil en el bolsillo. La explicación de aquel corte abrupto era sencilla. Weaver sabía que Stone la había cagado y que un agente del FBI había perdido la vida. Stone ya no constaba en la lista de cooperación del NIC. Con carácter indefinido.

Dejaba atrás manzana tras manzana con su actitud introspectiva mientras la vida nocturna de Washington D.C. se desarrollaba a su alrededor. Corredores por el Mall, turistas con planos en la mano, grupos de juerguistas que se dirigían al siguiente local y ejecutivos y ejecutivas trajeados armados con pesados maletines y con expresión de agobio que volvían a casa caminando fatigosamente para seguir trabajando.

Cargarse a Kravitz era de lo más comprensible si estaba implicado en el atentado. Una boca menos que podía traicionar a quienes estuvieran detrás. Debían de tener vigilada la zona de caravanas y estaban allí para matar a Kravitz cuando apareció Stone. Pero había una teoría alternativa que resultaba mucho más inquietante.

«Sabían que íbamos a presentarnos.»

O bien les habían seguido o bien se les habían adelantado. Ambos supuestos tenían implicaciones graves, además de la posibilidad de que hubiera un topo en sus filas. Pero ¿por qué el vivero? ¿Acaso Lloyd Wilder también estaba implicado? Si así fuera, era un actor consumado. ¿La mujer de la oficina? Poco probable.

¿Tom Gross? Pero ¿por qué eliminarlo? Era el investigador principal y se limitarían a sustituirlo por otro. Y el asesinato de un agente del FBI no haría más que triplicar el esfuerzo ya de por sí ingente del FBI para encontrar a los autores del incidente de Lafayette Park. No tenía ningún sentido. Ninguno.

Llegó a su destino, enseñó la placa para que le permitieran el acceso y entró en Lafayette Park. Por lo menos no le habían quitado las credenciales. Todavía. Se sentó en un banco e inspeccionó los alrededores, donde seguían las labores de investigación. Los sucesos recientes se agolpaban en su mente, pero nada tenía suficiente sustancia como para resultar útil. No era más que neblina, vapor. En cuanto se centraba en algo prometedor, se desvanecía.

Desvió la mirada hacia la Casa Blanca, al otro lado de la calle. Sin duda, el estallido de la bomba había reventado la burbuja de seguridad que el presidente creía tener. El ego profesional de todas las fuerzas de seguridad encargadas de defender aquel trozo de tierra había sufrido un duro revés.

El Infierno estaba a la altura de su nombre, pensó Stone.

Al levantar la vista vio al hombre que se le acercaba. En parte se sorprendió y en parte no. Exhaló un largo suspiro y aguardó.

37

El Camel Club al completo, con excepción de su líder, estaba en el apartamento de Caleb Shaw en Alexandria, Virginia, con vistas al río Potomac. Caleb justo acababa de servir té y café a todo el mundo con excepción de Reuben, quien se había llevado su petaca con algo más fuerte que un Earl Grey o Maxwell House.

Annabelle vestía una falda negra, mocasines y una cazadora vaquera. Fue la primera en hablar y con contundencia.

—¿Cómo de grave es la situación, Alex?

Alex Ford, vestido todavía con el traje y la corbata del trabajo, se apoyó en el almohadón y dio un sorbo al café antes de hablar.

—Bastante grave. Un agente del FBI ha muerto junto con tres personas más, incluido un sospechoso del atentado con bomba.

—¿Y culpan a Oliver? —preguntó Caleb indignado.

—Sí —reconoció Alex—. Con razón o sin ella. Ya le dije a Oliver que había mucha gente descontenta con su implicación en este caso, y ahora está sufriendo las consecuencias de ello.

Harry Finn estaba apoyado contra la pared. Se había terminado el café y había dejado la taza.

—¿Te refieres a que convertir a Oliver en el chivo expiatorio es una forma infalible de apartarlo del caso?

—Eso mismo. Aunque, conociendo a Oliver, probablemente se culpe por lo que pasó.

—Si persigues a terroristas puedes acabar mal parado —bramó Reuben—. Y fueron ellos quienes le pidieron que volviera al redil, no al revés.

—Eso es lo que resulta exasperante, Alex —convino Annabelle—. No tenía por qué hacer nada de todo esto. Encima ahora pone su vida en peligro y le echan la culpa de que hayan matado a otro.

Alex abrió las manos.

—Annabelle, no seas ilusa. Esto es Washington. La justicia no tiene nada que ver.

Se apartó la larga melena de la cara.

—Vaya, me alivia saberlo.

—Pero ¿ahora qué va a pasar? —intervino Caleb.

—Están llevando a cabo una investigación. Dos, en realidad. La búsqueda de los terroristas continúa, obviamente. Pero ahora habrá una segunda investigación sobre la muerte del agente Gross y los demás para determinar si hay indicio de negligencia o acción incorrecta.

—Con respecto a Oliver, quieres decir —puntualizó Annabelle.

—Sí.

—¿Qué podría pasarle en el peor de los casos? —preguntó Caleb.

—¿En el peor de los casos? Podría acabar en prisión, pero es poco probable. Podrían apartarlo del caso. Eso es mucho más probable. Incluso a pesar de las amistades que tiene en las altas esferas, nadie es capaz de soportar tanta presión durante tanto tiempo. Sobre todo si los medios de comunicación empiezan a hablar del caso.

—Esto es una pesadilla —dijo Caleb—. Si los periodistas entran en liza, entonces empezarán a investigar a Oliver y su pasado.

—Oliver no tiene pasado, por lo menos oficialmente —observó Reuben con un retumbo profundo.

—Exacto —convino Caleb—. A eso iba. Serán implacables para intentar descubrir quién es exactamente.

—Al gobierno no le interesa —dijo Alex.

Reuben asintió con complicidad.

—Sabe demasiado, joder. Un montón de información que resultaría bochornosa si saliera a la luz.

—¿Te refieres a lo de la Triple Seis?

—Exacto.

—¿No... no estarás pensando que el gobierno... quizás intente silenciarlo? —dijo ella con voz entrecortada.

Caleb adoptó una expresión de incredulidad.

—Esto no es la Unión Soviética, Annabelle. No asesinamos a los nuestros.

Annabelle lanzó una mirada a Alex, que rápidamente miró hacia otro sitio.

—De acuerdo —dijo ella—. Oliver nos ha ayudado a todos de un modo u otro, lo cual hace que me pregunte si realmente es necesario ayudarle o no.

—Esa no es la cuestión —dijo Alex—. La cuestión es: ¿empeoraremos su situación si le ayudamos?

—Imposible —respondió ella—. Ahora mismo todo el mundo está contra él. Nos necesita. Somos lo único que le queda.

—Dejó muy clara su postura al respecto —dijo Alex—. No quiere nuestra ayuda.

—Porque no quiere que corramos peligro —espetó ella—, pero para mí eso no es motivo suficiente. —Se levantó—. Así pues, voy a ayudarle, lo quiera o no.

38

James McElroy estaba sentado al lado de Stone en el banco mientras el equipo de seguridad del británico pululaba por los alrededores. Apoyó el bastón en el borde del reposabrazos metálico.

—Chapman me ha informado de los detalles —dijo McElroy.

—Ya.

—Me ha dicho que le salvaste la vida. —Stone no respondió—. De todos modos, no es un día especialmente bueno para ninguno de nosotros.

—Y que lo digas.

—¿Y te sientes culpable?

Stone lo miró.

—¿Por qué no?

McElroy se lo repensó.

—Supongo que me habría decepcionado que contestases otra cosa. Me he acostumbrado a señalar con el dedo con los años, aceptándolo porque ahora el mundo funciona así. Pero sé que para ti no funciona así ni ahora ni nunca. Ni tampoco para mí.

—Entonces, ¿me van a apartar del caso?

—¿Es lo que deseas?

—No me gustan las asignaturas pendientes.

—Ojalá pudiera darte una respuesta definitiva, pero no puedo.

—¿Que el presidente vacile sobre mí? No sería la primera vez.

—Es un político. Nunca es fácil. Es el principal motivo por el que nunca me he lanzado al ruedo. En ese sentido, la vida de un espía es mucho más sencilla.

—¿O sea que hasta que no se me indique lo contrario tengo libertad para proseguir con la investigación?

—La respuesta sería que sí.

—Es todo lo que necesito saber.

—Tengo entendido que Riley Weaver te fue a ver.

—Sí.

—Creo que está asustado. Ve que se acerca algo gordo por el horizonte.

—¿Y cree que lo que sucedió aquí forma parte de ello? ¿Que no fue más que un primer paso?

—Creo que eso es lo que piensa, sí.

—¿Y tú?

—Dado que el atentado del parque no tiene sentido es probable que forme parte de algo más.

—¿Algo peor que explotar una bomba y disparar con metralleta delante de la humilde morada de vuestro presidente? Cielo santo, tenemos un problema realmente grave.

Lo dijo con sorna, pero, a juzgar por su expresión preocupada, resultaba evidente que también le parecía una idea desasosegante.

—¿Se te ocurre qué podría ser ese «algo más»?

Stone se volvió hacia él.

—Fuat Turkekul.

—¿Qué pasa con él?

—No creo en las coincidencias.

—¿Te refieres al hecho de que estuviera en el parque en el momento del atentado?

—Creo que alguien de tu cadena trófica sabe algo al respecto.

—¿Y entonces por qué no lo mataron?

—Eso facilitaría la respuesta. Esto no tiene nada de fácil. —Lanzó una mirada al equipo de seguridad—. ¿Te apetece dar un paseíto?

—Si me echas una mano, sí. Mis rodillas ya no son lo que eran y me temo que nunca fueron gran cosa.

Los dos viejos aliados caminaron por el sendero de ladrillo. Stone sujetaba a McElroy con brazo firme bajo el codo mientras el jefe de espías avanzaba lentamente ayudándose con el bastón.

—¿Teorías? —preguntó McElroy.

—Están enterados de todo antes que nosotros. Y lo que resulta más preocupante es que da la impresión de que saben lo que vamos a hacer casi antes que nosotros.

—¿O sea que solo puede ser un traidor?

Stone asintió.

—¿Se te ocurre quién podría ser?

—Le he dado la vuelta a este tema desde todos los ángulos posibles y no encuentro a ningún sospechoso viable. Es algo sumamente exasperante.

—¿O sea que también sospechabas algo así?

—Yo siempre sospecho algo así. Y suele resultar cierto. Estoy de acuerdo contigo en que el otro bando parece ir siempre por delante de nosotros. Pero no sé cómo se lo montan.

—Podríamos tender una trampa. Canalizar información a través de una única fuente y ver si acaba en las manos equivocadas.

—No creo que quienquiera que sea muerda el anzuelo.

—¿No crees que valga la pena probarlo?

—Les daremos a entender que sospechamos.

—Si son tan buenos como creo que son ya saben que sospechamos.

—Me temo que voy a tener que sentarme, Oliver.

Stone ayudó a su amigo a llegar a otro banco y entonces se sentó a su lado.

—Dime una cosa —dijo Stone—. ¿Lo que ocurrió en el parque hizo que Turkekul cambiara de planes de algún modo? ¿Se llegó a alterar la misión?

McElroy no respondió de inmediato.

—Se habría alterado completamente si hubieran matado a Turkekul —señaló—. Alterado hasta el punto de anularlo. Podría pensarse que ese era el objetivo del atentado.

—Puesto que Turkekul no murió tenemos que pensar en otros motivos.

—No se me ocurre ninguno.

—Por el momento, tendremos que seguir intentándolo.

—No te resultará fácil. El FBI quiere machacarte. El director ya se ha reunido con tu presidente. También he gozado del placer de la compañía de tu líder, y he hecho todo lo posible para disuadirle de ceder a las presiones para apartarte del caso.

—Continuaré hasta que me obliguen a dejarlo.

—Esto resume en gran medida nuestras respectivas vidas profesionales, Oliver.

—Sí, cierto.

—Que tengas suerte.

—La necesitaré.

—También necesitarás esto.

McElroy se sacó un lápiz de memoria del bolsillo y se lo tendió a Stone.

—¿Qué es?

—El informe preliminar del FBI sobre el ataque en el vivero. —Mientras Stone miraba dubitativo el lápiz USB, McElroy añadió—: Por cierto, hace un rato he hecho que llevaran un ordenador a tu casa. —Hizo una pausa—. Sabes utilizar un ordenador, ¿no?

—Más o menos. Gracias.

—De nada.

McElroy se levantó con sus piernas rígidas y se marchó lentamente.

39

Stone se recostó en el asiento, se restregó los ojos y bostezó. Se sirvió la última taza de café y contempló el minúsculo interior de su casa antes de que su mirada volviera a posarse en su nuevo y reluciente ordenador portátil. Parecía tan fuera de lugar en aquel entorno deslustrado como lo habría sido un picasso colgado de la pared.

Lo que contenía el lápiz de memoria que McElroy le había dado era mucho más interesante que el ordenador en sí. El FBI, sin duda motivado por el asesinato de uno de los suyos, había llevado a cabo una investigación exhaustiva del vivero de árboles y el tráiler. Lo que habían encontrado resultaba incriminador, por no decir totalmente sorprendente.

Stone fue marcando los puntos en su interior.

Un agente con vista de lince se había fijado en que una parte estrecha de los bloques de cemento sobre los que se asentaba el tráiler de Kravitz era de un color ligeramente más claro. Habían retirado aquella pila y entrado en el espacio subterráneo abierto, donde habían encontrado material para fabricar explosivos junto con dos pelotas de baloncesto, ambas cortadas por la mitad.

Al repasar la historia personal de John Kravitz habían descubierto que sí se había licenciado en la universidad tal como había informado su jefe Lloyd Wilder. Pero lo que Wilder no les había dicho, porque probablemente no lo supiera, era que a Kravitz lo habían detenido dos veces durante concentraciones de protesta contra el Gobierno por temas que iban desde el antibelicismo hasta la investigación con células madre. En su teléfono móvil también encontraron nombres y direcciones de ciertas personas incluidas en listas de ciudadanos vigilados por el Gobierno.

Los vecinos informaron de que Kravitz se había comportado de un modo sospechoso durante las últimas semanas, aunque Stone lo atribuyó al típico sesgo de los testigos, puesto que ninguno de ellos había sido capaz de dar ningún ejemplo concreto aparte del hecho de que la policía y el FBI habían llamado a su puerta.

A juzgar por los registros del vivero y las declaraciones de sus trabajadores, Kravitz tuvo acceso total al arce antes de que lo cargaran en el camión y lo enviaran a Washington D.C. Incluso fuera de las horas de trabajo, porque tenía la llave del almacén especial donde preparaban el árbol para el envío. Según el informe, introducir una bomba en el cepellón de un árbol de tal envergadura, aun alojándola en el interior de una pelota de baloncesto, no habría resultado difícil para una mano experta como la de Kravitz. Habría podido cubrir cualquier desperfecto en el punto de abertura y luego disimularlo todavía más con la arpillera.

Kravitz había recibido un disparo que le había atravesado el corazón, provocándole una muerte instantánea. A Stone no le quedaba más remedio que admirar la habilidad del francotirador, puesto que había tenido que efectuar el disparo mientras Stone y Chapman le disparaban. La secretaria del vivero había sucumbido a una bala de calibre 45 procedente de una pistola Lloyd Wilder, de un disparo de escopeta en la cara, y, por último, Tom Gross se había llevado dos balas del 45 en el pecho. Había disparado su arma una vez y le había dado a la pared.

El hecho de que se hubieran utilizado dos armas distintas implicaba que había habido por lo menos dos atacantes. La escopeta resultaba problemática. A bocajarro era indefectiblemente mortífera, pero muy ruidosa. La pistola podía utilizarse con silenciador. De todos modos, según el informe, nadie había oído nada. Aquello no resultaba tan improbable como parecía. Cuando Stone había ido hasta allí con Gross y Chapman, se había fijado en que el vivero se encontraba muy apartado de la carretera. Así que era probable que los coches que pasaran no oyeran los disparos. Y el resto de los trabajadores estaban lejos, en los campos. El edificio de oficinas era alargado y bajo. Habría obstaculizado la vista del vehículo de quienquiera que se hallara trabajando en el campo o en otros edificios. Y los viveros de árboles eran lugares ruidosos a causa de la maquinaria que estaba en marcha la mayor parte del tiempo. De todos modos, habían interrogado a todo el mundo y nadie había visto ni oído nada. Solo había tres personas en la oficina y estaban todas muertas.

Stone se recostó en el asiento y se tomó el café mientras empezaba a amanecer.

O sea que Kravitz formaba parte del complot y lo habían matado en cuanto había aparecido la policía. Claro y conciso, tenía sentido. Las pruebas estaban ahí. Firmadas, selladas y entregadas. Comprobado. Pero ¿por qué atacar primero el vivero? ¿Acaso Lloyd Wilder estaba implicado en la conspiración? No había pruebas que lo demostraran. Stone le había visto la cara cuando le habían informado del motivo de su visita. Stone había visto a muchos mentirosos. No le pareció que Wilder mintiera. ¿La secretaria? No guardaba ninguna relación. Ninguna prueba de haber hecho algo malo.

Stone oyó las pisadas en el exterior de la casa. Cerró el portátil rápidamente y la habitación quedó a oscuras. Al igual que hiciera con Riley Weaver, sacó la pistola del cajón del escritorio y se arrodilló en el hueco entre las patas con los ojos asomando apenas por encima. Estaba empezando a hartarse de las visitas inesperadas a horas intempestivas.

Vio una silueta femenina en la puerta. Lo intuyó por el pelo, el contorno de la cara y el torso.

¿La agente Chapman? Demasiado alta y el pelo demasiado largo.

—¿Oliver?

Apartó el dedo del gatillo y se levantó.

Al cabo de unos instantes se encontró de frente con Annabelle Conroy, que entró en su casa y se dejó caer en una silla junto a la chimenea, se cruzó de brazos y lo miró con el ceño fruncido.

—Annabelle, ¿qué estás haciendo aquí?

—Tenemos que hablar.

—¿Sobre qué?

—Sobre todo. Pero empecemos por el hecho de que estás metido en un lío y necesitas ayuda.

—Ya me apañaré. No quiero que vosotros os... —dijo con voz cansina.

—¡Qué! —exclamó—. ¿No quieres que nosotros qué? ¿Nos preocupemos por lo que te pasa? ¿Pretendes que vayamos a tu funeral y nos preguntemos «¿y si?»? ¿De verdad pensabas que iba a funcionar?

Stone se sentó a su lado y se guardó la pistola en la cinturilla.

—No, supongo que no.

—Menos mal, porque he venido a decirte que vamos a ayudarte, te guste o no.

—¿Cómo? ¡No podéis inmiscuiros en una investigación del FBI!

—Yo no lo llamaría «inmiscuirse». ¿Y desde cuándo estás en contra de implicarte en investigaciones oficiales? Que yo sepa, te dedicas precisamente a eso.

—Esta vez es distinto.

—¿Por qué? ¿Porque ahora trabajas para el Gobierno? No veo la diferencia. Y puesto que el Gobierno no está muy contento contigo en estos momentos, yo diría que necesitas un poco de ayuda extraoficial.

—De todos modos sigo preguntándome qué podéis hacer vosotros.

—Eso nunca nos ha impedido actuar. —Se volvió hacia él y adoptó un tono menos agresivo—. Lo único que digo es que queremos ayudarte. Igual que hiciste tú conmigo y con todos los demás en nuestro querido Camel Club.

—Pero ya me habéis pagado con creces lo que hice por vosotros. De no ser por vosotros, habría muerto en Divine.

—Esto no es un concurso, Oliver. Soy tu amiga. Siempre podrás contar conmigo.

Stone exhaló un suspiro.

—¿Dónde están los demás?

—Fuera, en el coche.

—Me lo imaginaba. ¿Quieres ir a buscarlos? Pondré más café al fuego.

—No te molestes. También hemos traído el desayuno.

Annabelle se levantó mientras él la miraba ligeramente divertido.

—Larga vida al Camel Club —dijo ella.

40

Tardó casi tres horas, pero Stone acabó poniéndoles al corriente del caso. Finn, Reuben y Caleb se sentaron en sillas alrededor del escritorio de Stone mientras que Annabelle se encaramó a él. Alex Ford no les había acompañado porque estaba de servicio.

—O sea que han pillado a uno de los terroristas —dijo Caleb.

—Eso parece —respondió Stone.

—No te veo muy convencido —dijo Finn. Llevaba una cazadora azul oscuro, vaqueros, botas polvorientas y su Glock.

—Todas las pruebas están ahí —dijo Stone—. De hecho, hay demasiadas.

—¿El FBI lo ve así? —preguntó Reuben.

—No lo sé, ahora mismo no gozo precisamente de su aprecio.

—Si no fue el tío de los árboles, ¿quién fue? —interrumpió Annabelle—. Si lo que insinúas es que le tendieron una trampa, menuda trampa.

—Totalmente de acuerdo. —Stone estaba a punto de decir algo cuando llamaron a la puerta.

Era Chapman. Entró y vio a los demás.

—Al final he entrado en razón y he pedido a mis amigos que nos ayuden.

Chapman los repasó con la mirada.

—¿Que nos ayuden cómo? —preguntó con tono escéptico.

—En la investigación.

—¿Y a qué agencia pertenecen?

—Yo trabajo en la Biblioteca del Congreso —se atrevió a decir Caleb.

Chapman se lo quedó mirando boquiabierta.

—Y que lo jures.

Caleb se quedó pasmado.

—¿Cómo dices?

Chapman se dirigió a Stone.

—¿Qué coño pasa aquí?

—Anoche hablé con McElroy. Me dio el archivo del FBI sobre el incidente de Pensilvania. Lo he repasado. Con ellos.

—¿Con tus amigos? ¿Que van a ayudarnos? —dijo lentamente, como si no se creyera sus propias palabras—. ¡Un puto bibliotecario!

—En realidad soy especialista en libros raros. En mi campo, eso es como ser James Bond —replicó Caleb con dignidad.

Chapman sacó la pistola a una velocidad envidiable y se la presionó a Caleb en la frente.

—Pues en mi campo, hombrecito, eso no significa una mierda.

Apartó la pistola cuando Caleb parecía estar a punto de sufrir un ataque al corazón.

—¿Puedo elegir? —preguntó Chapman.

—¿Sobre qué? —preguntó Stone.

—Sobre lo de trabajar con ellos.

—Si quieres seguir trabajando conmigo tendrás que trabajar con ellos.

—La verdad es que tenéis una forma muy original de hacer las cosas.

—Pues sí —convino Stone—. Entonces, ¿quieres que te ponga al corriente del informe del FBI? A no ser que McElroy ya te haya hecho los honores.

Al cabo de veinte minutos, Chapman estaba al corriente del contenido del informe y del escepticismo de Stone con respecto a sus conclusiones.

—Y si no fue Kravitz, ¿quién fue? —preguntó.

—Eso es lo que tenemos que averiguar. Pero quizá me equivoque y el FBI esté en lo cierto.

—¿Y esto cómo lo vamos a hacer? ¿Con el conocimiento y la cooperación del FBI?

—Yo diría que sin su conocimiento ni su cooperación —repuso Stone.

Chapman apartó a Caleb de la silla y se dejó caer en ella.

—Vale. ¿Tienes un poco de whisky?

—¿Por qué?

—Porque ya que voy a infringir la ley y el juramento que hice al incorporarme al cuerpo, preferiría hacerlo con un talante más relajado, si no te importa.

—No tienes por qué hacerlo, agente Chapman —dijo Stone—. Este plan es responsabilidad mía. Tu jefe lo entenderá a la perfección si se lo explico. Entonces podrás retirarte tranquilamente.

—¿Y entonces qué? ¿Me embarcan de vuelta a mi querida Gran Bretaña?

—Algo así.

—Pues va a ser que no. Los asuntos pendientes me sacan de quicio.

Stone sonrió.

—Lo entiendo.

Chapman se inclinó hacia delante.

—¿Qué hacemos ahora?

—Un plan, que irá cambiando, en el que nadie salga malparado —declaró Stone con firmeza.

—Ni tú ni nadie puede garantizar tal cosa, Oliver —apuntó Annabelle.

—Entonces un plan que permita la máxima protección para todos vosotros.

—No suena muy divertido que digamos, la verdad —dijo Reuben.

Chapman lo miró interesada.

—¿Entonces estás dispuesto a morir por la causa?

Él la miró con expresión desafiante.

—Estoy dispuesto a morir por mis amigos.

—Me gusta tu forma de pensar, Reuben —reconoció Chapman, que le hizo un guiño.

—Pues tengo muchas más cosas que podrían gustarte, MI6.

Caleb había observado este intercambio con una sensación de frustración creciente. Se volvió hacia Stone.

—¿Podemos hacer algo ahora?

—Sí —contestó Stone—. Lo cierto es que tengo algo para cada uno de vosotros que pondrá en práctica vuestras fortalezas.

Caleb miró a Chapman.

—A mí me suele tocar lo peligroso.

—¿Ah, sí? —dijo ella, confundida.

—Es mi sino, supongo. Algún día tendrías que venir en coche conmigo. Creo que eso lo explica todo. Soy temerario de verdad. Pregúntale a Annabelle.

—Oh, sí —reconoció Annabelle—. Si quieres volverte loca, pásate un par de días yendo a toda pastilla por carreteras comarcales con Don Veloz mientras parlotea sin cesar sobre algún escritor muerto del que solo él ha oído hablar.

—Qué tentador —dijo Chapman—. Algo así como roerse el brazo para pasar el rato.

—Caleb —dijo Stone—, quiero que investigues en la biblioteca todos los eventos que se celebrarán en Lafayette Park a lo largo del próximo mes.

Chapman frunció los labios mientras observaba a Caleb, que se había sonrojado.

—Para eso yo iría por lo menos con dos metralletas, colega.

Stone comunicó el resto de encargos a los demás. Antes de marcharse, Annabelle le dio un abrazo.

—Me alegro de volver a nuestras raíces.

Chapman fue la última en marcharse.

—Me reuniré contigo en el parque dentro de tres horas.

—¿De verdad te fías de esta gente?

—Les confiaría mi vida.

—¿Quiénes son? Dime la verdad.

—El Camel Club.

—¿El Camel Club? ¿Qué coño es eso?

—Lo más importante de mi vida —repuso Stone—, aunque se me olvidó temporalmente.

41

—Pareces desconcertado, agente Garchik.

Stone y Chapman se acercaban al agente de la ATF mientras este inspeccionaba la zona de Lafayette Park.

Sobresaltado, se volvió hacia ellos.

—Lamento la pérdida de Tom Gross —dijo en cuanto se reunieron—. Parecía una buena persona.

Stone asintió, mientras Chapman se limitó a fruncir el ceño. Llevaba el pelo revuelto y daba la impresión de haber dormido con la ropa puesta. Y así había sido, apenas dos horas. Stone, por el contrario, se había afeitado, duchado y planchado los pantalones y la camisa.

—También creía que los de su bando le vigilaban. ¿Tienes la misma impresión?

Garchik miró nervioso a su alrededor.

—¿Cómo lo has sabido?

—Pienso en lo altamente improbable, luego lo llevo hasta lo prácticamente imposible y a menudo suelo llegar a la verdad, sobre todo en esta ciudad. —Observó al hombre. Garchik tenía los ojos inyectados en sangre y llevaba la ropa tan arrugada como la de Chapman—. Pero eso no es lo único que te preocupa, ¿verdad?

—Antes fardabas de saber de qué tipo de bomba se trataba rápidamente —añadió Chapman—. Desde entonces no hemos tenido noticias tuyas. ¿Acaso las instalaciones ultramodernas te han fallado?

—¿Podemos hablar en otro sitio? Este lugar empieza a producirme escalofríos.

Los tres fueron caminando hasta una tienda de *bagels*. Stone y Chapman pidieron sendas tazas grandes de café. Garchik se limitó a retorcer cucharillas de plástico y no le hizo ningún caso a la botella de zumo de naranja que había comprado.

Tras dar un sorbo al café, Stone habló:

—¿Te sientes cómodo hablando aquí?

—¿Qué? Sí, supongo que sí.

—Puedes confiar en nosotros, agente Garchik —añadió Chapman.

El hombre soltó una risa apática.

—Me alegro. Pensaba que se me había agotado la lista de personas en quienes puedo confiar.

—¿Qué ha ocurrido para que te sientas así? —preguntó Stone.

—Cosillas. Informes que no vuelven. Pruebas que no están donde deberían. Clics en el teléfono cuando lo descuelgo. Cosas raras en el ordenador del trabajo.

—¿Nada más? —preguntó Stone.

—¿Te parece poco? —espetó Garchik.

—No, no me parece poco. Solo me pregunto si eso es todo.

Garchik tomó un poco de zumo. Dejó la botella y respiró hondo.

—La bomba.

—¿Qué pasa?

—Algunos de los elementos no son habituales en los artefactos explosivos.

—¿A qué te refieres?

—Ciertas combinaciones especiales que supusieron una sorpresa.

—¿Quieres decir que eran indetectables? —preguntó Chapman enseguida.

—No, eso sería imposible. Las bombas necesitan ciertos elementos. Capuchones explosivos, para empezar. Esta bomba tenía todo eso, por lo menos encontramos fragmentos que lo demostraban.

—¿Entonces qué?

—También encontramos otras cosas.

—¿Qué cosas? —preguntó Chapman cada vez más mosqueada.

—Cosas que nadie ha averiguado todavía qué coño son, por eso las llamo «cosas».

—¿Quieres decir que encontrasteis escombros del explosivo que sois incapaces de identificar?

—Más o menos es lo que quiero decir, sí.

—¿Cuál es la postura oficial de la ATF al respecto? —preguntó.

—¿Postura oficial? —Garchik se rio entre dientes—. La postura oficial es que están oficialmente desconcertados y cagados de miedo. Incluso hemos pedido ayuda a la NASA para ver si encuentran una explicación.

—¿La NASA? Entonces, ¿qué implica todo esto? —preguntó Chapman.

—No lo sé. Nadie lo sabe. Por eso hay tanto secretismo al respecto. Probablemente ni siquiera debería habéroslo dicho. Rectifico: no debería habéroslo dicho.

Stone cavilaba al respecto mientras jugueteaba con la taza de café.

—¿El agente Gross lo sabía?

Garchik lo miró con desconfianza.

—Sí, lo sabía. Yo mismo se lo dije. Era el investigador jefe, al fin y al cabo, tenía derecho a saberlo.

—¿Y cómo reaccionó?

—Me dijo que lo mantuviera informado. Creo que tenía otras cosas en mente.

—¿Le dijiste a alguien que se lo habías contado?

Garchik entendió qué insinuaba.

—¿Crees que lo mataron por lo que yo le conté?

—Es posible.

—Pero ¿quién se enteró?

—Es difícil de decir, porque no sabemos si se lo contó a alguien o no. Así pues, ¿le contaste a alguien que le habías informado?

—Se lo expliqué a un par de personas de la ATF. Tengo que

rendir cuentas ante mis superiores —añadió con aire desafiante.

—Por supuesto. ¿Has estado en el tráiler en el que vivía John Kravitz?

—Sí. Analizamos el material para explosivos que encontramos allí.

—¿Y concordaba con los restos del parque?

—Sí. Aunque era un sitio raro para guardar el material.

—¿Quieres decir debajo del tráiler? —preguntó Stone.

—Sí.

—Humedad —dijo Chapman—. No es buena para ese tipo de material.

—Cierto —convino Garchik—. Además era difícil acceder a él. —Se movió incómodo en el asiento—. Mirad, no soy ningún gallina. Me he infiltrado en milicias y bandas y he sobrevivido. Pero a lo que no estoy acostumbrado es a vigilar a los de mi bando. Eso hace que me cague en los pantalones.

—A mí me pasaría lo mismo —reconoció Stone.

—¿Qué crees que está pasando aquí?

—Hay algún traidor en algún sitio —respondió Stone—. Y la gente lo sabe. Así que intentan dar con él.

—O sea que básicamente nos tienen a todos vigilados.

—Exacto. El único problema es que uno de los vigilantes sea el traidor.

—Que Dios se apiade de nosotros si es el caso —sentenció Garchik—. Entonces, ¿qué debo hacer?

—Mantén la cabeza gacha, limita las conversaciones telefónicas y con tus colegas y si cualquier otra agencia se cuela en tu camino, hazte el tonto.

—En la ATF somos muchos. No soy el único que está al corriente de esto.

Stone se levantó.

—Dadas las circunstancias, yo no contaría con que eso sea positivo.

Dejaron a Garchik en la tienda de *bagels* con aspecto atribulado y se encaminaron de nuevo al parque.

—¿Y qué me dices de tu legendario Camel Club? ¿Ya han empezado a trabajar? —preguntó Chapman.

Stone consultó la hora.

—Pues de hecho más o menos ahora mismo.

Harry Finn caminaba como si no tuviera ninguna preocupación en el mundo. Gafas de sol envolventes, vaqueros, sudadera, zapatillas de deporte, medio despeinado... parecía un estudiante universitario. Que es precisamente lo que deseaba, puesto que se encontraba en el campus de la Universidad de Georgetown. Había edificios de piedra que parecían haber sido trasladados de Cambridge u Oxford, bonitas zonas verdes, estudiantes que correteaban de un lado a otro u holgazaneaban entre clase y clase. Finn caminaba con seguridad entre ellos. Daba sorbos a un vaso de Starbucks y se recolocó la mochila en el hombro izquierdo.

Localizó a Fuat Turkekul en cinco minutos. Lo consiguió gracias a la labor de preparación previa, que había consistido en piratear la base de datos de la facultad, dos preguntas formuladas con discreción y un reconocimiento exhaustivo del campus.

El académico de origen turco iba caminando, con unos libros bajo el brazo, enfrascado en una conversación con otro profesor, seguido de varios alumnos. Entraron en un edificio cercano al extremo occidental del campus. Finn también.

Stone le había dado instrucciones claras. «Vigila a ese hombre.» Y no era precisamente para proteger a Turkekul. Stone le había dicho claramente que no sabía con exactitud al servicio de quién estaba.

—En estos momentos podría pasar cualquier cosa, Harry —le había dicho—. Si alguien intenta abordarle, impídeselo. Pero si hace algo que sugiera que trabaja para el otro bando, documéntalo e infórmame de inmediato.

Turkekul impartía una clase en la segunda planta del edificio. Tenía treinta y dos alumnos. Finn se hizo pasar por el trigésimo tercero, activó la grabadora como muchos otros alumnos, sacó su libro y su portátil, y se acomodó. Si Turkekul se fijó en él, no lo demostró. A diferencia de algunos de los alumnos, Finn prestó atención a cada palabra que pronunciaba el profesor, y también a la forma de pronunciarla, lo cual solía ser incluso más importante que las palabras en sí.

Y a diferencia de los demás alumnos, Finn escudriñó la clase en busca de amenazas y no se quedó demasiado satisfecho. Una única puerta de entrada y de salida. Poca protección. Turkekul sería un blanco fácil en la parte delantera del aula.

Finn se palpó el pecho y notó la Glock en la pistolera. Si hubiera sido un asesino, Turkekul ya estaría muerto. Se preguntó cómo era posible que un hombre a quien se le había encomendado encontrar a Osama bin Laden viviera de forma tan despreocupada. No tenía ningún sentido. Y las cosas que no tenían sentido preocupaban a Finn. Le preocupaban mucho.

Caleb se acomodó en su escritorio de la sala de lectura de libros raros y observó a sus colegas mientras acometían tareas varias. Asintió y sonrió en dirección a distintas personas.

—Buenos días, Avery —dijo a un tipo corpulento.

—Caleb. Enhorabuena por la adquisición del Fitzgerald.

—Gracias —respondió Caleb radiante.

Estaba realmente orgulloso de ese ejemplar. Cuando la situación se normalizó, se acercó las gafas a los ojos, pulsó varias teclas en el ordenador y visitó varias bases de datos del Gobierno con la esperanza de no encontrar ninguna interferencia insalvable a su paso. Su querido amigo Milton Farb habría accedido a la base de datos necesaria en cuestión de segundos, pero es que Milton era único. Sin embargo, con los años Caleb había ido mejorando su dominio de la tecnología y abordó la tarea que Stone le había encomendado con tranquilidad y resolución. Además era empleado del gobierno federal, por lo que tenía contraseñas y autorizaciones. Y tampoco es que los eventos que se celebraban en Lafayette Park fueran secretos. Por lo menos esperaba que no lo fueran.

Al cabo de media hora exhaló un suspiro de alivio. Pulsó el botón de imprimir y el documento de dos páginas a espacio simple se deslizó hasta la bandeja de su impresora. Lo cogió y lo leyó. Había muchos eventos. Y algunos de ellos contarían con la presencia de verdaderos peces gordos de Washington. Caleb se percató de que a Stone no le resultaría fácil limitar la búsqueda consultando esa lista.

Se guardó los papeles en el maletín y prosiguió con su trabajo.

42

Annabelle y Reuben llegaron a Pensilvania alrededor de las tres de la tarde. Primero se dirigieron a Keystone Tree Farm, el vivero de árboles. Por motivos obvios, seguía acordonado por el FBI. Había todoterrenos y barricadas por todas partes. Y la policía estatal de Pensilvania estaba allí para dar apoyo a los agentes federales.

—No me sorprende —dijo Annabelle, que iba al volante—. Este sitio va a quedar fuera de circulación durante mucho tiempo. Sigamos adelante.

—¿Quieres que probemos en el campamento de tráileres? —sugirió Reuben.

—Por probar que no quede, pero yo diría que nos vamos a encontrar con el mismo panorama de «escena del crimen».

Y así era. Agentes de policía y federales por todos lados. La carretera de entrada al campamento de tráileres estaba totalmente cerrada.

—¿Quieres que entremos marcándonos un farol? —propuso Reuben—. ¿Diciendo que vivimos ahí?

—Creo que es demasiado arriesgado para lo que podríamos sacar. Pero se me ocurre otra idea.

—Vale, porque Oliver quiere información y no sé cómo se supone que vamos a obtenerla.

—Siempre existe una manera, Reuben, solo hay que encontrarla.

A las cuatro y media de la tarde, Annabelle la encontró. Mientras estaban estacionados en el exterior del vivero vieron una furgoneta saliendo con cuatro trabajadores hispanos.

—Hora de salir —dijo Reuben.

—No. Dudo que haya mucho que hacer. Probablemente los federales los hayan interrogado a todos y luego les hayan dejado marchar. Si intentan abandonar la zona, seguro que acaban arrepintiéndose. Vamos a ver si los tienen vigilados.

La furgoneta entró en la carretera y aceleró. Aguardaron treinta segundos para ver si les seguía otro vehículo.

Annabelle puso el coche en marcha.

—Bueno, los federales son muy confiados, pero nosotros no.

—¿Adónde crees que van? —preguntó Reuben.

—En esa dirección hay un bar. Esperemos que se paren a tomar un trago después de tanta pregunta.

Se detuvieron en el bar, y Annabelle y Reuben esperaron a que entraran antes de apearse del coche y dirigirse al interior.

—¿Hablas español? —preguntó Reuben.

—Pasé mucho tiempo en Los Ángeles, o sea que sí, lo hablo bastante bien. ¿Y tú?

—Hablo más vietnamita que español.

—Entonces pide la cerveza en inglés y déjame hablar a mí.

—¿Y yo qué hago?

—Si un tío que no nos interesa intenta ligar conmigo, sácamelo de encima.

—Perfecto, gracias. Me alegro de poder utilizar mis mejores bazas.

Dentro, los cuatro hispanos estaban apiñados en torno a una mesa, cerveza en mano. Hablaban en voz baja y lanzaban miradas furtivas a los escasos clientes del bar.

Annabelle y Reuben se sentaron a una mesa cerca de ellos y entonces Annabelle puso unas monedas en la máquina de discos. Al volver, dejó caer las llaves del coche cerca de la mesa. Uno de los hombres se agachó para recogerlas. Cuando se las tendió, ella le dio las gracias en español. Entonces se sacó un mapa del bolsillo y les pidió indicaciones, arguyendo que ella y su amigo buscaban un vivero. El hombre le dijo que él y sus amigos trabajaban en ese mismo vivero.

Annabelle sonrió y acercó una silla, al tiempo que indicaba a Reuben que se quedara donde estaba. Se sentó.

—Queremos comprar una docena de cipreses y nos dijeron que en vuestro vivero tienen unos ejemplares magníficos. Trabajo para una empresa de paisajismo en Delaware —explicó. Dijo todo eso rápidamente en español, lo cual pareció tranquilizar a los hombres.

El primer hombre le dijo a Annabelle que por supuesto que tenían esos árboles, pero que no podía comprarlos.

—¿Por qué no? —preguntó ella.

El hombre le explicó lo sucedido.

—¡Oh, Dios mío! —exclamó Annabelle—. Qué horror. Lo leí en el periódico, por supuesto, pero no dijeron el nombre del vivero, así que nunca lo relacioné con el vuestro. Espero que hayan encontrado a los culpables.

Los hombres negaron con la cabeza.

—¿Y el tal John Kravitz era amigo vuestro? De hecho me dieron su nombre cuando me recomendaron este vivero.

No eran amigos íntimos de Kravitz y los hombres se quedaron pasmados al enterarse de que estaba implicado en el atentado de Washington.

—Es una vergüenza —dijo Annabelle.

Uno de los hombres dijo que le parecía que John Kravitz era inocente.

—Pero oí en las noticias que encontraron materiales para fabricar explosivos en su casa. Eso son palabras mayores.

No quedó claro si el hombre la había oído, porque insistió en la inocencia de Kravitz.

—¿Y estabais todos en el vivero cuando se produjeron los asesinatos?

Los hombres asintieron.

—Debió de ser horrible. Supongo que tuvisteis suerte de que no os mataran también.

En aquel momento se encontraban en los campos, le dijeron. No habían visto ni oído nada.

—Supongo que la policía os ha interrogado —dijo Annabelle.

La expresión arisca de los hombres lo confirmó.

—Bueno, parece que quienquiera que fuera quedará impune. Qué lástima —dijo. Annabelle esperó para ver qué reacción producía el comentario.çUno de los hombres le susurró algo al primero. Miró a Annabelle.

—La policía no preguntó por la canasta —dijo.

—¿La canasta? —Annabelle fingió no saber nada, aunque Stone le había hablado de la canasta desaparecida.

—Teníamos una canasta en uno de los anexos. Jugábamos al baloncesto al mediodía. John jugaba a veces. Era bueno.

—¿Y qué pasó con la canasta?

El primer hombre lanzó una mirada al compañero que le había susurrado algo.

—¿Qué pasa? —preguntó Annabelle inocentemente.

—Miguel vio algo esa noche.

—¿Qué noche?

—La noche antes de que mataran a esas personas. Volvió porque se había dejado el jersey.

—¿Qué vio?

—Vio a alguien quitando la canasta.

—¿Quitando la canasta? ¿Vio quién era?

—No, pero no era John. Era un hombre menos corpulento y mayor. Entonces apareció otro hombre. Otro desconocido. Y hablaron.

—Miguel, ¿oíste lo que decían?

Miguel negó con la cabeza.

—Hablaban un idioma raro. No entendía nada.

—¿Intentaste hablar con ellos?

—No. Tenía miedo. Me escondí detrás de otro edificio.

—¿Le has contado esto a la policía?

—No me lo han preguntado.

—Vale —dijo Annabelle—. Bueno, supongo que tendremos que ir a buscar los árboles a otro sitio. Gracias.

Regresó a la mesa donde estaba Reuben y le informó de las partes que no había alcanzado a oír.

—Se llevaron el aro de la canasta y hablaban un idioma raro, ¿no?

—Es obvio que no hablaban español.

Cuando salieron del bar un hombre que había estado sentado cerca de la máquina de discos sorbiendo una cerveza les siguió. Cuando su coche arrancó, el del hombre también lo hizo.
Y entonces marcó un número en el teléfono y habló. A unos
ochocientos metros de distancia, otro vehículo se puso en marcha y aceleró en la dirección hacia la que viajaban Annabelle y
Reuben.

43

Stone estaba sentado junto a un escritorio en la habitación de Chapman en la embajada británica escuchando el sonido de una ducha en marcha. Al cabo de unos instantes Chapman salió del baño enfundada en un albornoz blanco y descalza. Se estaba secando el pelo con una toalla.

—Dormir una noche entera y bañarse con regularidad es un poco difícil en vuestra compañía —declaró.

—Estoy convencido de que se debe a la diferencia horaria —dijo. Stone estaba repasando unos documentos que había en la mesa y de vez en cuando echaba una mirada al portátil colocado en el escritorio. Hizo una pausa para observar la habitación—. El MI6 cuida bien a sus agentes.

—La embajada británica es famosa por su servicio de alojamiento de lujo —comentó Chapman mientras se sentaba en el sofá—. Y un hotel no es lo más apropiado cuando se examinan documentos confidenciales y se lleva un portátil con información de alto secreto. —Se levantó—. Me visto en un momento y tomamos un té.

Salió de la estancia y Stone oyó cajones y puertas que se abrían y cerraban. Al cabo de unos minutos apareció vestida con una falda y una blusa, sin medias ni zapatos. Estaba acabando de abotonarse la blusa. Él apartó la mirada cuando ella alzó la vista hacia él.

—¿Te sientes mejor? —preguntó Stone con aire despreocupado.

—Mucho mejor, gracias. Estoy muerta de hambre. —Descolgó el teléfono, pidió té y algo de comida y se colocó junto a Stone en el escritorio.

—¿Has tenido noticias de tus amigos del Camel Club?

—Caleb ha llamado a la hora de comer. Me ha enviado por fax la lista de los eventos que se celebrarán próximamente en el parque. —Stone cogió dos folios—. Aquí está. Por desgracia hay un montón de posibles blancos.

Chapman repasó la lista con la mirada.

—Ya te entiendo. ¿Hay alguno que destaque más que los demás?

—Unos cuantos. Dos a los que va a asistir el presidente. Otros jefes de Estado, congresistas, celebridades. Pero será difícil hacer una criba.

—Pero mi primer ministro no está en el grueso. —Dejó los papeles y adoptó una expresión pensativa—. ¿Sabes? Hay muchas posibilidades de que me retiren de este lío.

—¿Porque no existe una amenaza demostrada contra el primer ministro?

—Eso mismo. Los recursos del MI6 no son ilimitados.

—Pero las implicaciones de lo que se está planeando aquí podrían tener repercusiones globales que alcanzan al Reino Unido.

—Es lo que diré en mi próximo informe, porque me gustaría ver qué pasa. Pero no me extrañaría que tuvieras que continuar sin mí.

Stone permaneció callado durante unos instantes.

—Espero que no sea el caso —dijo.

Ella lo miró fijamente.

—Lo tomo como un cumplido.

—Así es.

Cuando les trajeron el té y la comida comieron y bebieron mientras repasaban las pruebas una vez más.

—¿No se ha sabido nada más de Garchik y sus escombros misteriosos? —preguntó Chapman mientras le daba un mordisco a un típico bollo inglés caliente.

—No. Weaver, del NIC, ya no me mantiene informado. Y

el FBI tampoco, por supuesto. La ATF quizá sea la próxima. —La miró—. Culpable por asociación, me temo. Tú tampoco serás muy popular.

—He estado en situaciones peores. Una vez la reina se puso en mi contra.

Stone se mostró intrigado.

—¿Y eso?

—Un malentendido que fue más culpa de ella que mío. Pero es la reina, así que ya ves. Aunque al final se solucionó. —Dio otro mordisco al bollo—. Pero por lo que sé de ti, estás acostumbrado a complicarte la vida.

—Nunca ha sido mi intención —reconoció Stone con voz queda.

Chapman se recostó en el asiento.

—¿Pretendes que me lo crea?

—Cumplí con mi deber, incluso cuando no estaba de acuerdo con lo que tenía que hacer. Fui débil en ese sentido.

—Estabas preparado para obedecer órdenes. Todos lo estamos.

—Nunca es tan sencillo.

—Si no fuera tan sencillo nuestro mundo se iría al carajo rápidamente.

—Bueno, a veces tendría que irse al carajo.

—Supongo que es lo que te pasó a ti.

—¿Has estado casada alguna vez?

—No.

—¿Quieres estarlo?

Chapman bajó la mirada.

—Supongo que la mayoría de las mujeres quieren estarlo, ¿no?

—Creo que la mayoría de los hombres también. Yo me casé. Tenía una mujer a la que amaba y una niña que lo eran todo para mí.

Stone se quedó callado.

Al final Chapman rompió el silencio.

—¿Y las perdiste?

—Y toda la culpa fue mía.

—Tú no apretaste el puto gatillo, Oliver.

—Como si lo hubiera hecho. Un trabajo como el mío no se deja por voluntad propia. Y no tenía que haberme casado. No tenía que haber tenido una hija.

—A veces esas cosas no pueden controlarse. El amor no se puede controlar. —Stone la miró. Chapman lo miraba de hito en hito—. No se puede, ni siquiera nosotros podemos.

—Pero, teniendo en cuenta cómo acabó la cosa, debería haberlo intentado.

—¿O sea que piensas culparte para siempre?

La pregunta le pilló por sorpresa.

—Por supuesto que sí. ¿Por qué?

—Solo preguntaba. —Dejó lo que le quedaba del bollo y se centró en los informes que tenía delante.

Stone puso en marcha el televisor con el mando a distancia y sintonizó las noticias. Justo entonces apareció una periodista retransmitiendo desde las proximidades de Lafayette Park.

—Y los últimos informes apuntan a que Alfredo Padilla, de origen mexicano, murió en la explosión. Según parece, había una bomba en el agujero de un árbol en Lafayatte Park, y el señor Padilla, que huía de los disparos que asolaban el parque, cayó en el agujero y la bomba estalló. Se está preparando un funeral para el señor Padilla, que murió como un héroe aunque fuera de forma involuntaria. El agente especial del FBI, Thomas Gross, veterano dentro del cuerpo, murió durante un tiroteo en el vivero donde se había adquirido el árbol con la bomba. Recibirá los honores en el mismo funeral en lo que algunos califican de estratagema política para mejorar las relaciones entre los dos países. Otro hombre, John Kravitz, que trabajaba en el vivero y supuestamente estaba implicado en esta conspiración con bomba, fue asesinado por una persona desconocida en su casa de Pensilvania cuando la policía lo abordó. Seguiremos informando.

Stone apagó el televisor.

—Por ahí hay algún bocazas —dijo—. En mis tiempos nunca habríamos revelado tanto sobre una investigación inconclusa.

—Eso era antes de la época de Internet y el periodismo banal que se ve obligado a ofrecer contenido cada segundo del día —comentó Chapman.

—No sé si me dejarán asistir al funeral de Gross.

—Yo en tu lugar no contaría con ello.

Al cabo de cinco minutos, Chapman habló:

—Un momento.

—¿Qué? —preguntó Stone, mirándola.

Alzó una hoja de papel.

—La lista de pruebas de la escena del crimen correspondiente al parque.

Stone la miró.

—Bueno, ¿qué ves?

—Lee esa columna —indicó, señalando una lista de números y las categorías correspondientes en la parte izquierda de la hoja.

Stone la leyó.

—Vale. ¿Qué pasa?

Le enseñó otra hoja.

—Ahora lee esto.

Stone así lo hizo. Se estremeció y volvió a mirar la primera hoja.

—¿Por qué nadie lo ha comparado hasta ahora?

—Probablemente porque estaba en dos informes distintos.

Stone comparó ambos documentos.

—Doscientas cuarenta y seis balas en el parque y alrededores que concuerdan con las TEC-9 —dijo.

—Cierto.

Miró el otro papel.

—Pero los cartuchos que encontraron en el hotel Hay-Adams solo ascendían a doscientas cuarenta —dijo.

—También es cierto.

—Cabría esperar más cartuchos que balas, porque algunas balas quizá no se encuentren —empezó a decir Stone.

—Pero nunca se tienen menos cartuchos que balas encontradas —dijo Chapman para rematar la idea de Stone—. A no ser que los malos cogieran unos cuantos y dejaran el resto. Lo cual nunca harían. O se los llevan todos o ninguno.

Stone alzó la mirada.

—¿Sabes qué significa eso?

Chapman asintió.

—Los cartuchos se colocaron en el hotel y alguien se equivocó al contarlos. Los disparos procedieron de otro lugar.

44

—Tenemos compañía, Annabelle —anunció Reuben.

Ella miró por el retrovisor.

—¿El todoterreno negro con las ventanas tintadas?

—Ajá.

—Estaba estacionado en el bar donde hemos parado —dijo ella.

—Ya lo sé. Creo que a alguien le interesa nuestra conversación con los hispanos.

—¿Qué hacemos? —preguntó ella—. Estamos en el quinto pino, y no quiero llamar a la policía, porque entonces tendremos que dar explicaciones y no me apetece.

—Sigue conduciendo. Ahora viene una curva. Entonces se pondrán en evidencia.

—¿Y qué haremos nosotros? —preguntó Annabelle.

—Todavía lo estoy pensando. Sigue conduciendo. Y entra en la curva rápido. Quiero que el piloto preste atención a la carretera, no a mí.

Annabelle aceleró y tomó la curva a gran velocidad.

—Pisa más fuerte —ordenó Reuben.

Eso es lo que hizo, esforzándose por mantener el coche en la carretera.

Reuben se había girado en el asiento y miraba hacia atrás. Se sacó una pistola grande del bolsillo y apuntó fuera de la ventana.

—No sabía que ibas armado —dijo Annabelle.

—Pues ahora ya lo sabes.

—¿Tienes permiso para llevar eso?

—Sí, pero caducó hace quince años.

—Un momento, ¿y si esos tipos son policías?

—Estamos a punto de descubrirlo.

Entonces apareció el todoterreno. Había un hombre colgado de un lado del vehículo armado con una metralleta.

—Me parece que no es la poli —dijo Reuben—. Continúa.

El hombre disparó con la metralleta a la vez que Reuben. La metralleta apuntaba al coche. Reuben apuntaba al neumático delantero. La metralleta dio en el blanco y les destrozó la ventanilla trasera. Annabelle se inclinó hacia delante y hacia abajo y acabó con la cabeza casi en el volante.

Reuben disparó una, dos y luego una tercera vez mientras el tipo de la ametralladora la cargaba. Los neumáticos delanteros del todoterreno quedaron destrozados. El coche salió disparado de la carretera, chocó contra el arcén y volcó.

Annabelle se incorporó.

—Cielo santo.

Reuben se dio la vuelta.

—¡Cuidado! —gritó.

Un segundo todoterreno se les acercaba en la dirección contraria e iba directamente a por ellos. Annabelle dio un volantazo y el coche dio un bandazo hacia el otro lado de la carretera, sorteó el arcén y acabó en la tierra. Dio un acelerón y dirigió el coche hacia una arboleda. Al llegar a las inmediaciones, paró el coche con brusquedad, salieron del mismo y corrieron hacia los árboles mientras el todoterreno se abalanzaba sobre ellos.

Reuben se giró y lanzó unos cuantos disparos en dirección al vehículo, lo cual le hizo desviarse. En cuanto llegaron a la arboleda, recibieron una ráfaga de fuego procedente de una ametralladora. Reuben tomó a Annabelle del brazo y la hizo protegerse con la vegetación.

Él no tuvo tanta suerte. Una bala le alcanzó el brazo.

—¡Mierda!

—¡Reuben!

Se dio la vuelta y disparó al vehículo, que estaba parado. El parabrisas se astilló y los hombres que estaban dentro intentaron cobijarse.

Reuben giró sobre sus talones y se internó a trompicones en el bosque junto con Annabelle. Ella le ayudaba a caminar sujetándole por el otro hombro.

Reuben consiguió hablar con los dientes apretados.

—Ahora quizá sea un buen momento para llamar a la poli, Annabelle. Prefiero dar explicaciones que yacer en un ataúd cuando estos tíos acaben con nosotros.

Sacó el móvil del bolso y marcó el 911. Nada.

—Mierda. No tengo cobertura.

—Perfecto.

—Pero otras veces sí que tenía cobertura en esta zona.

—A lo mejor han provocado interferencias en la señal.

—¿Quiénes son, joder?

—Tipos con los que no queremos vernos las caras.

Se refugiaron detrás de un árbol. Reuben disparó el resto de la munición en dirección a sus perseguidores. Una ráfaga de fuego automático cayó sobre ellos.

—Cárgame la pistola —pidió Reuben con los dientes apretados—. Tengo otro cargador en el bolsillo derecho. —Ella hizo lo que le indicaba y le devolvió la pistola. Reuben inspeccionó el terreno que les rodeaba—. Varias ametralladoras contra una única pistola solo puede acabar de una manera —declaró.

—¿O sea que estamos condenados a morir?

—Yo no he dicho eso.

—¿Qué haría Oliver?

—Algo impredecible.

—¿Y qué significa exactamente en esta situación?

Reuben lanzó tres disparos más y luego se cobijaron detrás de un gran roble mientras la lluvia de fuego de metralleta caía a su alrededor.

—Cuando dejen de disparar, corre hacia allí —dijo Reuben. Señaló detrás de ellos—. Corta hacia la izquierda y vuelve a la carretera. Allí podrás hacer una llamada o parar algún coche.

—¿Y tú qué? —exclamó enfurecida.

Los disparos se interrumpieron mientras los hombres recargaban las armas.

Reuben agarró a Annabelle por el brazo y la empujó.

—Márchate.

—Tiene que haber otra manera.

—No la hay. No podemos salir airosos de esta.

—Reuben, no puedo dejarte...

Le apretó el brazo con tanta fuerza que Annabelle hizo una mueca de dolor.

—Haz lo que te digo. Uno de los dos tiene que salir de aquí.

—Pero...

Al cabo de un instante Reuben corría a toda velocidad hacia sus perseguidores.

Pasmada, Annabelle se giró y corrió en la dirección contraria. Las lágrimas le resbalaban por las mejillas cuando oyó que volvían a abrir fuego.

Annabelle corría, pero no lograba contener las lágrimas mientras oía los disparos de la metralleta.

45

En la ciudad había oscurecido. Stone observaba detenidamente desde el punto que había escogido en Lafayette Park. Consultó la hora. Faltaban diez segundos. Los contó mentalmente. La luz empezó a parpadear a lo lejos. Se trataba de una pequeña comprobación que se les había ocurrido a él y a Chapman. Estaba encendiendo y apagando un láser de luz roja de alta intensidad para simular los destellos de la boca de un arma.

Ella estaba en el jardín de la azotea del Hay-Adams. La luz apenas resultaba visible desde su ubicación. Y los árboles no le permitían ver más allá. Llamó a Chapman y le contó los resultados de sus observaciones. Ella se trasladó al siguiente lugar del experimento, un edificio situado detrás y a la izquierda del hotel.

Stone había elegido el edificio empleando el hotel como punto de referencia debido al rastro de las balas en el parque y también porque las ventanas de ese edificio se podían abrir. Recordaba que todas las señales que marcaban las balas encontradas estaban en la zona izquierda u occidental del parque. Al comienzo no les había extrañado, pero ahora, sabiendo que los disparos no se habían efectuado desde el Hay-Adams, no es que no fuera extraño, sino que resultaba esclarecedor.

Mientras Stone esperaba que Chapman llegara a su siguiente ubicación, notó una presencia detrás de él. Se volvió. Era Laura Ashburn, la agente del FBI que le había interrogado acerca del asesinato de Tom Gross. Iba toda vestida de negro salvo por la chaqueta azul del FBI con las letras doradas en la espalda. Llevaba una gorra de béisbol del FBI y observaba a Stone.

—Agente Ashburn —dijo—. ¿Puedo ayudarte en algo?

—Quiero hablar contigo —dijo ella.

—De acuerdo.

—Hemos presentado nuestro informe.

—Vale.

—No ha sido muy halagador contigo.

—Después de la reunión que mantuvimos no me esperaba que lo fuera. ¿Es todo lo que querías decirme?

—No estoy segura —respondió ella con vacilación. Stone sonrió—. ¿Te parece gracioso?

—Voy a decirte lo que me parece gracioso. Después de todos los efectivos que se han asignado a este caso, nadie sabe qué coño pasó realmente ni por qué. Vais todos señalando con el dedo por ahí, ocultando información, espiando a los vuestros.

—Pero qué coño estás...

Stone no le dejó hablar.

—Espiando a los vuestros y haciendo todo lo posible para llevarles la delantera a los demás. Mientras tanto el problema no se resuelve y se pierden algunas vidas.

—Bueno, eso no ayudará a Tom Gross.

—Tienes razón, no le ayudará. Lo que quizás hubiera salvado a Tom Gross es un poco de confianza y cooperación por parte de su propia agencia.

—¿Qué te dijo exactamente? —preguntó Ashburn con expresión confundida.

—Básicamente que, si no podía confiar en los suyos, ¿cómo demonios iba a resolver el caso?

Ashburn bajó la vista y luego lanzó miradas furtivas alrededor del parque, donde continuaba la investigación, aunque a un ritmo más pausado.

—Por fin he sabido más de tu historial —dijo sin mirarle a la cara.

—Estoy convencido de que figurará en el informe retocado.

—¿De verdad rechazaste la Medalla de Honor?

Stone la miró.

—¿Por qué lo quieres saber?

—Mi hijo está en Afganistán, con los marines.

—Seguro que servirá bien a su país, igual que su madre.

—Mira, entiendo que estés enfadado conmigo, pero deja a mi hijo...

—A mí no me van esos jueguecitos. Lo he dicho muy en serio. Haces tu trabajo. No te critico. Si estuviera en tu lugar, también estaría disgustado. Querría contraatacar. Y si quieres utilizarme de blanco, adelante. Tengo muchas cosas de las que culparme. No lo negaré.

Tras aquel cruel juicio personal la mujer suavizó las facciones.

—Lo cierto es que lo he vuelto a revisar, me refiero a lo que ocurrió en Pensilvania. En realidad ese es el motivo por el que he venido a verte.

—¿Y por qué revisar los hechos? Por lo que parece ya has presentado el informe.

—Mira, estoy cabreada. Tom era amigo mío. Necesitaba un objetivo y te pusiste a tiro.

—Ya —dijo Stone con tranquilidad.

—La cuestión es que no estoy convencida de que hicieras algo mal. Entrevisté a los agentes estatales. Dijeron que probablemente les salvaras la vida, que actuaste antes de que ellos siquiera se dieran cuenta de lo que pasaba, que disparaste al tirador y que fuiste a por él mientras ellos intentaban enterarse de qué pasaba.

—Tengo un poco más de experiencia que ellos para lidiar con esas situaciones.

—Eso creo —repuso ella con franqueza—. Y Tom podía haber pedido refuerzos cuando contactó con la policía local. De hecho, es lo que debería haber hecho.

—Pensé que el peligro estaba en la casa de Kravitz, no en el vivero.

Ashburn exhaló un suspiro de resignación.

—Te creo.

—Y espero que me creas cuando digo que no descansaré hasta encontrar al culpable.

Ella se lo quedó mirando durante un buen rato.

—Te creo.

Los dos agentes se estrecharon la mano con fuerza y luego Ashburn desapareció en la oscuridad. Al cabo de unos instantes Stone miró hacia la luz roja parpadeante y luego hacia unos puntos imaginarios en la hierba, donde calculó que impactarían las balas basándose en una trayectoria estimada. Marcó el número de Chapman.

—Sube una planta —indicó.

Al cabo de unos instantes, las luces volvieron a aparecer.

La llamó.

—Creo que es ahí. ¿Ves algún indicio de que dispararan desde ahí?

—No hay cartuchos, pero hay una zona manchada de aceite o grasa. Tomaré una muestra para analizar. Cuando he abierto la ventana no he oído ni un crujido ni nada.

—Como si la hubieran abierto recientemente.

—Sí, pero, Oliver, no me habías dicho que este sitio es un edificio del gobierno de Estados Unidos en el que están haciendo reformas.

—Deseaba no estar en lo cierto.

46

Stone y Chapman regresaron a la casita del cementerio. Acababan de acomodarse para charlar sobre el último descubrimiento cuando Chapman apagó la luz del escritorio de Stone y la estancia quedó sumida en la oscuridad.

—¿Qué pasa? —susurró Stone.

Chapman no tuvo tiempo de responder.

La puerta se abrió de golpe y Stone contó que al menos tres hombres habían entrado.

Iban enmascarados, vestidos de negro y llevaban MP-5. Se movían como uno solo, como una fuerza imparable.

Chapman atacó al primer hombre asestándole un golpe demoledor en la rodilla y se la dislocó. Cayó al suelo gritando y agarrándose la extremidad destrozada. Stone cogió la pistola del cajón del escritorio, pero ni siquiera tuvo tiempo de apuntar, porque Chapman dio unas cuantas volteretas laterales por el suelo con el objetivo de esquivar una ráfaga de disparos procedente de la metralleta de los otros dos hombres de la unidad.

Pronto solo quedaría uno.

Chapman alzó el puño contra la garganta del hombre al tiempo que suspendía el cuerpo formando un ángulo que parecía imposible, moviéndose alrededor de él como si fuera una barra y ella una bailarina. Le dio una patada en las piernas y le asestó un golpe demoledor en la nuca. Tosió una vez y se quedó quieto.

Sin perder un segundo, Chapman se abalanzó sobre el hombre que quedaba, que ya estaba camino de la puerta, batiéndose en retirada.

—¡Cuidado! —gritó Stone cuando vio lo que el hombre había tirado. Disparó. Las balas atravesaron madera y yeso pero, por desgracia, no al intruso.

La explosión hizo añicos el lugar. La granada aturdidora cumplió la mitad de su objetivo, el destello cegador. Stone se había tapado los ojos justo a tiempo.

A Chapman le estalló justo delante de la cara y gritó de dolor.

Stone se metió el cuello de la camisa en las orejas y luego se las tapó con los brazos. Al cabo de un instante se produjo la explosión. «Ahora se reagruparán con los refuerzos y regresarán para acabar el trabajo», pensó Stone.

Con lo que no habían contado era con que Stone no se quedara paralizado. Rodó hacia la derecha, le quitó la Walther a Chapman y la sostuvo en la mano izquierda. Agarró a Chapman por el brazo y la arrastró hasta detrás del escritorio. Sujetó su pistola personalizada con la mano derecha y aguardó.

El primer hombre entró por la puerta con la metralleta en automático. Stone se agachó, se deslizó lateralmente y disparó por la abertura de debajo del escritorio. Las balas alcanzaron su objetivo: las rodillas del tirador. No llevaba *kevlar* en las piernas. El hombre se vino abajo gritando. El segundo hombre empezó a aparecer por la abertura, pero Stone lanzó tres disparos por el hueco.

Varios segundos de silencio. Luego una sirena a lo lejos.

—¡Hagamos un trato antes de que llegue la policía! —gritó Stone—. Os dejo que saquéis de aquí a vuestros colegas heridos. Tenéis cinco segundos. Si no os parece bien volvemos a enfrentarnos, pero aunque sois buenos yo soy mejor.

La sirena sonó más cerca.

—De acuerdo —dijo una voz.

Sacaron a los hombres a rastras. Al cabo de unos segundos Stone oyó que un vehículo se ponía en marcha. Luego otra vez silencio. La sirena también fue desvaneciéndose a lo lejos. Al parecer iba a otro sitio.

Le dio la vuelta a Chapman, le comprobó el pulso. Estaba viva. La acunó en sus brazos.

Al cabo de un momento abrió los ojos y lo miró fijamente.

—Joder —exclamó. Miró a su alrededor—. Sé que he pillado a dos de ellos. Creo que a uno lo he matado. ¿Dónde coño están?

—Hemos hecho un trato.

Los dos se sobresaltaron cuando algo chocó contra lo que quedaba de la puerta delantera.

Stone apuntó al umbral con la pistola y Chapman se puso en pie de un salto mientras Stone le lanzaba la Walther.

—¿Oliver?

—¿Annabelle? —preguntó cuando la vio aparecer en el umbral.

Al cabo de unos instantes Reuben se desplomó en el suelo de madera de la estancia.

—¡Reuben! —exclamó Stone.

Annabelle ayudó a Stone a levantar al hombretón y a colocarlo en una silla. La sangre le resbalaba por el antebrazo y estaba pálido.

—¿Qué ha ocurrido? —preguntó Stone.

—Nos han seguido en Pensilvania. Se ha producido un tiroteo. Reuben ha recibido un disparo. Necesita un médico.

Reuben le puso una mano a Stone en el brazo y tiró de él hacia abajo.

—Me pondré bien —dijo Reuben con un hilo de voz—. Una me ha atravesado el brazo limpiamente, pero me duele horrores. La otra me ha hecho un corte en la pierna.

Stone miró el agujero que Reuben tenía en la pernera del pantalón.

—Tienes que ir al hospital ahora mismo. —Miró enfadado a Annabelle—. ¿Por qué no lo has llevado todavía?

—Ha insistido en venir aquí. Reuben quería que me marchara a pedir ayuda, pero cuando he oído los disparos he vuelto para cerciorarme de que estaba bien.

Stone lanzó una mirada a Chapman antes de observar de nuevo a Reuben.

—¿Has visto algo que sirva para identificar a los hombres?

—Eran buenos, Oliver —reconoció—. Estaban muy bien

preparados. Eso es lo que quería decirte. No sé cómo me he librado de ellos. Debe de ser mi día de suerte. Les he arrebatado un arma, he abierto fuego y se han ido todos corriendo.

—¿Muy bien preparados? ¿Qué quieres decir? —preguntó Stone.

Se volvió hacia Annabelle.

—Ve a buscarla al coche.

—Pero, Reuben, tenemos que llevarte al...

—Ve a buscarla y luego iré sin rechistar.

Annabelle corrió al coche y regresó en cuestión de segundos. Llevaba algo en la mano y se lo tendió a Stone.

Stone le echó un vistazo y luego lanzó una mirada a Reuben.

—¿Sabes qué es esto?

Reuben asintió.

—Me imaginaba que tú también lo sabrías.

Chapman lo observó por encima del hombro de Stone.

—Es una ametralladora Kashtan de 9 mm.

—Sí —convino Stone—. De fabricación rusa.

Reuben hizo una mueca y se agarró el brazo.

—Eso es, de fabricación rusa. —Alzó la vista hacia Annabelle—. ¿El idioma raro que hablaban esos tíos cuando descolgaron la canasta?

—¿Crees que hablaban ruso?

—Apuesto el salario de un año a que sí. No es que sea mucho dinero, pero de todos modos... —Hizo otra mueca.

—¿Idioma raro?

Annabelle empezó a explicar lo ocurrido, pero Stone la interrumpió.

—Ya me lo contarás luego. Tenemos que llevarlo a un hospital. —Stone le pasó un brazo a Reuben por debajo del hombro y le ayudó a incorporarse. Se dirigió a Annabelle—: Quédate aquí y llama a Harry para asegurarte de que está bien, y lo mismo con Caleb. Luego reúnete con nosotros en el Georgetown Hospital.

—Vale.

Chapman se colocó al otro lado de Reuben y los tres se dirigieron lentamente hacia el coche de ella. El trayecto hasta el hospital fue rápido y, mientras examinaban a Reuben, Stone se quedó en la sala de espera con Chapman y Annabelle, que acababa de llegar.

—¿Has conseguido localizarlos? —preguntó Stone.

Ella asintió.

—Los dos están bien. Finn sigue en la misión. Caleb está en su apartamento. Le he dicho a Harry que vaya con sumo cuidado y a Caleb que no salga.

—Vale, ahora cuéntanos qué ha sucedido en Pensilvania.

Les resumió lo que había pasado en el bar y en la arboleda. Cuando le dio la ubicación exacta del ataque, Stone salió corriendo a hacer una llamada. Al poco, regresó y Annabelle prosiguió relatando los hechos.

—Después de encontrar a Reuben, hemos vuelto a la autopista dando un rodeo. Un camionero nos ha parado, no ha hecho preguntas y nos ha dejado montarnos detrás. He conseguido detener la hemorragia, pero me daba miedo que Reuben se me quedara inconsciente en los brazos. El camionero nos ha dejado en una empresa de alquiler de vehículos. He conseguido otro coche y hemos regresado a Washington D.C. lo más rápido posible. Quería parar para que recibiera cuidados médicos, pero se ha negado. Decía que teníamos que verte antes y enseñarte esa arma.

—¿Has visto bien a alguno de los hombres?

Annabelle respiró hondo.

—La verdad es que no, pero uno de sus vehículos ha volcado. Alguno tiene que estar herido o incluso muerto. Podrías enviar a alguien a comprobarlo. Ya te he dicho dónde fue.

—Ya he hecho la llamada —dijo Stone—. Ahora mismo están yendo hacia allí.

Al cabo de veinte minutos Stone recibió una respuesta. Escuchó, formuló unas cuantas preguntas y se guardó el teléfono.

—El coche ya no está allí.

—Es imposible. Volcó. Yo lo he visto. Tiene que haber heridos o muertos.

—Todo eso se puede limpiar en menos de media hora. Han encontrado cartuchos y una muesca en la tierra donde el coche ha volcado y unos cuantos restos del estropicio, pero eso es todo.

—Son buenos de verdad —dijo Annabelle.

Stone miró a Chapman.

—Sí, así es. Lo dejan todo muy bien recogido.

—Ametralladoras —dijo Chapman—. Una potencia de fuego increíble. ¿Y qué tenía Reuben, una pistola?

—Sí, pero ha dicho que iba a hacer lo que harías tú, Oliver. Ser impredecible. Así que ha esperado a que empezaran a recargar y entonces ha cargado contra ellos. Supongo que no se lo esperaban. —Se estremeció y soltó un grito ahogado—. Estaba segura de que lo habían matado.

Stone le apretó la mano.

—Pues no. Los médicos han dicho que se recuperará. Solo estará una temporada fuera de circulación.

—Pero, teniendo en cuenta que se trata de una herida de bala, ¿el hospital no tendrá que informar a las autoridades? —preguntó Annabelle.

Stone sacó la placa y se la mostró.

—No después de que les haya enseñado esto y les haya dicho que Reuben trabaja conmigo.

—Oh.

—Pero si esos tipos eran rusos, ¿qué relación guarda con lo que hemos descubierto esta noche? —inquirió Chapman.

Annabelle la miró con los ojos bien abiertos.

—¿Qué habéis descubierto esta noche?

Stone le contó lo de que era posible que los disparos procedieran de un edificio del gobierno de Estados Unidos.

—Lo están reformando, o sea que está vacío, pero se supone que hay medidas de seguridad. Hemos hablado con los guardas. No recordaban a nadie que hubiera entrado en el edificio aquella noche y, por supuesto, a nadie que llevara armas automáticas.

—¿El edificio solo tiene una entrada? —preguntó Annabelle.

—Eso mismo les he preguntado. Han dicho que hay una tarjeta magnética y que, con las autorizaciones necesarias, se puede acceder a las otras entradas.

—¿Sabes si alguien lo hizo?

—Lo están comprobando —dijo Stone—, pero no albergo grandes esperanzas.

—¿Por qué?

—Porque la tarjeta será robada o clonada o algo así. Pero de todos modos la otra duda que me asalta es: ¿por qué tomarse la molestia de dejar pruebas en el Hay-Adams y no efectuar los disparos desde allí? ¿Qué tenía el edificio de oficinas de lo que el hotel carecía?

—Bueno, el edificio estaba vacío. El hotel no —señaló Annabelle.

—Pero de todos modos tuvieron que acceder al jardín de la azotea, y esa noche estaba vacío. No, querían que pensáramos que habían estado en el hotel. Necesitaban ese edificio, ¿por qué?

—Añádelo al resto de los interrogantes sin respuesta —dijo Chapman.

—Pero es importante —dijo Stone.

—¿Por qué? —preguntó Annabelle.

—Porque justo antes de que Reuben y tú llegarais a mi casa alguien ha enviado a un equipo para matarnos. Lo habrían conseguido de no haber sido por mi amiga, aquí presente. —Señaló a Chapman—. ¿Cómo aprendiste a moverte así? —le preguntó.

—De niña estudié ballet. Entonces lo odiaba, pero reconozco que resulta útil cuando alguien intenta matarte.

—¿Creéis que el ataque tiene que ver con lo que habéis descubierto? —preguntó Annabelle.

—Creo que está íntimamente ligado al hecho de que descubrimos que los disparos procedían de un edificio federal provisto de sistemas de seguridad.

47

A las siete en punto de la mañana siguiente Chapman se presentó en casa de Stone con James McElroy, quien entró en la casita lentamente y se sentó frente a la chimenea. Se había cambiado de americana e iba sin corbata. Llevaba una camisa de cuadros con el cuello abierto. Iba bien peinado y con los pantalones planchados, pero los ojos enrojecidos y la expresión hundida reflejaban la tensión a la que estaba sometido.

—Chapman me ha contado lo de vuestra aventura anoche. —Contempló la puerta dañada y vio los orificios de bala—. Parece que fue más animada que tomarse una copa antes de acostarse —señaló.

—Y que lo digas —convino Stone.

—Edificio del gobierno de Estados Unidos, ¿no?

—Sí.

—Lo cual complica una situación ya de por sí muy complicada.

—Pero es la primera vez que nos hemos metido bajo su ala, por así decirlo.

—Bueno, algo es algo, supongo. —Le cambió la expresión—. Esta mañana he hablado con el primer ministro, Oliver —empezó a decir.

—¿Y?

—Y no está contento.

—Vaya, por la cuenta que me trae, yo tampoco. Pero hace pocos días que trabajamos en el caso y ya han muerto cuatro personas y, de haberles pasado algo a mis amigos, habrían sido seis.

—Sí, la agente Chapman me ha informado de tu decisión de recurrir a... ¿cómo se llamaba?

—El Camel Club —dijo Chapman.

—Sí, el Camel Club ese para que os ayude. Un nombre de lo más original.

—¿No te parece bien que recurra a ellos?

—Creo que el uso de fuerzas irregulares es ingenioso, sobre todo cuando las tropas a sueldo escasean. Si fuese el caso, pues no sabría decir. Pero esa no es la cuestión.

—Entonces, ¿cuál es el problema exactamente?

—Tengo entendido que has asignado a un hombre a Fuat Turkekul.

—Sí. Harry Finn. Ex SEAL* de la Armada. Ahora trabaja para un equipo de operaciones especializado que comprueba la seguridad de instalaciones sensibles en este país y en el extranjero. Pero se ha tomado unas vacaciones y ha decidido ayudarme.

—Estoy al corriente de la identidad de su madre, Lesya, y de la suerte que corrió su padre, Rayfield Solomon.

Stone se quedó anonadado.

—No sabía que fuese del dominio público.

—Por supuesto que no —repuso McElroy—. No lo sabría de no ser porque Solomon fue amigo mío hace años. Llevamos a cabo varias operaciones conjuntas tanto en Asia como en América del Sur. Y conocía a Lesya de su época en la ex Unión Soviética. De hecho fui uno de los primeros oficiales de inteligencia occidentales que se enteró de que era agente doble.

—Entonces, ¿estás al tanto de toda la historia? Me refiero a lo mío. ¿Lo que le hice a Rayfield Solomon?

—Las órdenes son órdenes, Oliver. Tú obedecías. Si no lo hubieras hecho habrías acabado en chirona por insubordinación. Te habrían ejecutado por traición. Sé cómo se las gastan los yanquis en ese sentido, parecido a lo que hacemos nosotros, por cierto.

* SEAL: Fuerza de operaciones especiales de la armada de Estados Unidos.

—Podía haberme negado de todos modos.

—Pero ahora no puedes cambiar los hechos, por mucho que quieras.

—Entonces, ¿también sabes todo sobre Harry?

—No todo. —Intercambiaron una larga mirada—. Pero ¿confías en él? —preguntó McElroy.

—Siempre me ha sido leal, sin el más mínimo atisbo de duda.

—¿Cómo lo has conseguido teniendo en cuenta lo que pasó entre su padre y tú?

—Lo arreglamos entre nosotros. Es todo lo que puedo decir sobre este asunto.

—Entiendo. —McElroy no parecía muy convencido—. De todos modos, ¿no te parece demasiado ponerle al corriente de la presencia y la misión de Fuat? Estoy sorprendido.

—No puedo pedirle que arriesgue su vida sin decirle por qué. Harry sabe lo que Fuat Turkekul significa para este país. Hará todo lo posible para protegerle.

—Lo cual me lleva a que pregunte por qué piensas que Fuat necesita protección adicional.

—El agente Gross creía que su gente le espiaba. El agente Garchik opina lo mismo. Anoche descubrimos que los tiradores del parque no estaban en el hotel, sino en un edificio propiedad del Gobierno para cuyo acceso se necesitaba una tarjeta de seguridad especial.

—Entiendo —dijo McElroy asintiendo con la cabeza.

—¿Sabías que la ATF encontró algo en los escombros de la bomba que no pueden identificar y que han tenido que recurrir a la NASA?

—Sí, Chapman me lo contó. ¿Bombas al espacio exterior? De todas las agencias que tenéis, ¿por qué esa?

—Tal vez la sustancia parezca sacada de algún programa espacial. Aparte de eso, ni idea.

—Vosotros y los rusos sois los únicos con un programa espacial digno de mención aparte de unos cuantos empresarios privados con mucho dinero.

Chapman y Stone intercambiaron una mirada. Si McElroy se percató, no lo demostró.

—Que yo sepa, la NASA tampoco sabrá determinar de qué se trata —dijo Stone.

—O quizá lo sepan pero no lo digan —dijo Chapman—, o no se les permita decirlo —corrigió.

McElroy miró al uno y al otro.

—Bueno, da la impresión de que nos encontramos en un atolladero espantoso. En otras ocasiones he tenido que andarme con cuidado para protegerme de mis enemigos, pero ahora mismo tengo la impresión de que ya nada es seguro.

—¿Qué quiere tu primer ministro?

—La garantía de que una situación ya de por sí mala no empeore.

—¿Puede empeorar? —dijo Chapman.

—Todo puede empeorar —afirmó McElroy—. ¿De Oklahoma City al 11-S? ¿De la bomba en el metro de Londres al atentado de Bombay? Esto podría ser la punta del iceberg, tal como te insinuara el director Weaver.

—Y desde entonces no he sabido nada de él. Supongo que lo que ocurrió con el agente Gross desencadenó todo esto.

—Puestos a especular, creo que nuestro querido señor Weaver está muerto de miedo. No sabe a quién recurrir. Así que no te lo tomes como algo personal.

—Pues no es un panorama nada halagüeño para el jefe de los servicios de inteligencia.

—Pero es exactamente la situación en la que nos encontramos. Es como cuando se produjo la crisis económica global. Los mercados crediticios se quedaron paralizados. Nadie confiaba en nadie. Esa es la situación que vivimos ahora mismo con los servicios de inteligencia.

—Y los malos siguen trabajando con tesón —dijo Chapman acaloradamente.

—Eso mismo.

—Y no podemos controlar lo que hacen los malos —dijo Stone.

—Depende de quiénes sean —repuso McElroy.

Stone caviló al respecto durante unos instantes.

—¿Insinúas lo que creo que insinúas?

—¿Qué crees que insinúo, Oliver?

—¿Que nos echemos atrás porque a ciertas personas quizá no les guste lo que encontremos?

—Creo que eso resume la situación, sí.

—¿Y es lo que quieres que hagamos?

McElroy se levantó con piernas temblorosas. Chapman se incorporó para ofrecerle ayuda, pero él la rechazó.

—Estoy bien. —Se alisó la americana y se dirigió a Stone—. Yo no he dicho eso. Por lo que a mí respecta, vayamos a toda máquina. Y malditos torpedos, eso es lo que dijo vuestro almirante Farragut, ¿no?

—Pero ¿y el primer ministro? —preguntó Stone.

—Es un hombre afable, pero el mundo de los servicios de inteligencia le va grande. Y mientras considere conveniente encomendarme la seguridad del pueblo británico actuaré como crea apropiado. Me niego a quedarme parado. Confío en ti y doy por supuesto que confías en mí. Ya me basta.

—Desafiar a los mandos tiene un precio.

—Soy demasiado viejo para que me importe, la verdad. Pero no olvides la advertencia que te he hecho antes. Casi todo lo que hemos visto hasta ahora no es realmente lo que parece.

—Lo cual significa que todas nuestras conclusiones son erróneas.

—Quizá no todas, pero las importantes probablemente sí.

Miró a Chapman.

—A no ser que la intuición me falle formáis un buen equipo. Cuidad el uno del otro. —Se giró para marcharse—. Oh, ¿y Oliver?

—¿Sí?

—De hecho me alegro de que tengas al Camel Club de tu lado.

—Yo también.

—Recuerda, todos los caballos del rey y todos los hombres del rey.

—Lo recuerdo.

—Otra cosa. Hay un coche fuera esperando para llevaros a la Oficina de Campo de Washington. El FBI quiere hablar con vosotros. —McElroy dio vueltas al bastón en el aire—. Buena suerte.

48

El trayecto hasta la Oficina de Campo en Washington transcurrió en silencio; los dos agentes de la parte delantera no los miraron ni tampoco hablaron con ellos. Los acompañaron hasta un ascensor en cuanto llegaron y subieron al piso más alto. Salieron y siguieron a otros dos agentes hasta una gran sala de reuniones con una mesa para doce personas, aunque solo había tres personas sentadas a la misma. Una era el director del FBI, la otra su segundo al mando y la tercera era la agente Laura Ashburn, que había abordado a Stone en el parque la noche anterior después de acribillarlo a preguntas acerca de la muerte de Tom Gross.

El director era un hombre bajito de rostro pugnaz y actitud enérgica. De todos los burócratas de Washington, el director del FBI era el que gozaba de verdadera independencia. Su mandato no terminaba con el resultado de unas elecciones. Se alargaba durante un período de diez años independientemente de quién ocupara el Despacho Oval.

Les pidió que se sentaran, movió unos papeles delante de ellos, se ajustó las gafas y alzó la vista hacia ellos.

—Agente Stone. Agente Chapman. Estoy intentando ponerme al día lo más rápidamente posible, pero cuanto más me meto en este asunto, más confuso me resulta. Me gustaría que empezaran por el comienzo y me contaran todo lo que han descubierto, todo lo que han deducido y todo lo que es motivo de especulación en estos momentos.

—¿Significa eso que no me van a apartar del caso, señor? —preguntó Stone.

El director lanzó una mirada a Ashburn y volvió a mirar a Stone.

—He leído el informe. El informe enmendado que redactó la agente Ashburn, aquí presente. Huelga decir que no se le apartará de esta investigación. Ahora me gustaría oír el informe de ambos.

—Tardaremos un buen rato —advirtió Stone.

—Este asunto es mi mayor prioridad. —Se acomodó en el asiento.

Acabaron de hablar al cabo de tres horas. Ashburn y el ADIC no habían parado de tomar notas en los portátiles e incluso el director había anotado algunos aspectos clave.

—Cielo santo —exclamó Ashburn—. ¿Te atacaron en tu casa? ¿Por qué no lo denunciaste?

—No me pareció buena idea hacerlo, porque no sé quién ordenó el ataque.

El director hizo una mueca.

—Puedes confiar en el FBI, Stone.

Stone miró a Chapman con expresión incómoda. Ella le dedicó un leve asentimiento de cabeza.

Stone se volvió hacia el director.

—Hay algo más, señor.

Los agentes le prestaron atención.

—¿De qué se trata? —preguntó el director.

—El amigo al que atacaron en Pensilvania consiguió recuperar una prueba de la escena del crimen.

—¿Aparte de las que encontraron nuestros hombres?

—Sí. Una metralleta de fabricación rusa. —Los tres agentes se recostaron como si les hubiera dado una descarga eléctrica—. Los trabajadores hispanos con los que hablaron en el bar antes de que les atacaran vieron a dos hombres descolgando el aro de la canasta en el vivero. Según ellos, hablaban un idioma extraño, tal vez ruso.

El director miró a sus dos colegas, dejó el boli y se frotó el mentón. Como no dijo nada, Stone continuó:

—Mantuve una conversación con alguien a quien conoce muy bien.

—¿De quién se trata?

—Vive en una casa blanca.

—Vale. Continúe.

—Me dijo que los rusos eran los amos del narcotráfico en el hemisferio occidental, que se lo habían arrebatado a los mexicanos.

—Es cierto, es lo que han hecho. Carlos Montoya y los demás se han quedado, básicamente, sin negocio en su propio país.

—Pero ¿qué motivación podrían tener los cárteles rusos para detonar una bomba en Lafayette Park? —intervino Ashburn.

—El presidente me dijo que, por la cuenta que le trae a este país, el gobierno ruso y los cárteles rusos eran lo mismo. ¿Está de acuerdo con esa valoración? —Stone miró expectante al director.

Vaciló, pero acabó dando su opinión.

—No estoy en desacuerdo. —Dio un golpecito en la mesa con el boli—. Entonces, ¿cuál podría ser su motivación para detonar esa bomba y luego hacer todo lo demás?

—Demostrar de lo que son capaces, quizá —dijo Stone.

—No me lo creo. ¿Y la banda terrorista yemení que se atribuyó la autoría?

—Fácil de manipular. Y no me creo que los rusos lo hicieran solo para demostrar de lo que son capaces.

—Entonces, ¿por qué?

—Hace varias décadas pasé bastante tiempo en Rusia. Una de las cosas que aprendí es que los rusos son muy sagaces. Nunca hacen nada sin un muy buen motivo. El hecho de que ya no sean una superpotencia no significa que no quieran volver a serlo. El presidente opina lo mismo.

—O sea que es un complot de los rusos para volver a disfrutar de prominencia a escala global —dijo el director.

—Está claro que no podemos descartar esa posibilidad. —Stone se cruzó de brazos y añadió—: ¿Por qué tengo la impresión de que nada de esto le sorprende?

El director ni se inmutó ante aquel comentario tan franco. Tomó otro trozo de papel.

—Hemos recibido los resultados de algunas pruebas forenses. La sustancia que la agente Chapman encontró en el suelo del edificio de oficinas del Gobierno coincide con cierta arma.

—Es el aceite lubricante de la ametralladora TEC-9, ¿verdad? —dijo Chapman.

—Sí.

—O sea que dispararon desde allí.

—Eso parece.

Transcurrieron varios segundos.

—¿Algo más? —preguntó Stone.

El director había apartado la mirada y daba la impresión de haber olvidado la presencia de otras personas en la sala.

—John Kravitz.

—¿Qué pasa con él?

—También pasó una temporada en Rusia.

—¿Cuándo?

—Cuando estudiaba en la universidad. Ya figuraba en una de nuestras listas de vigilancia. Creemos que fue allí para entablar contacto con un grupo especializado en campañas de desinformación masivas por Internet.

—Pero ¿era algo violento? —preguntó Chapman.

—No, pero los no violentos pueden dejar de serlo rápidamente. Hay ejemplos de sobra.

—El edificio del gobierno de Estados Unidos —añadió Stone—. Alguien tuvo acceso al mismo y no creo que fuera John Kravitz.

El director asintió con aire pensativo.

—¿Y es verdad que el agente especial Gross os dijo que temía que los suyos le espiaban?

—Sí, señor —replicó Chapman asintiendo.

—Un agente de la ATF nos dijo lo mismo —añadió Stone.

—Garchik —dijo el director.

—Sí. ¿Han descubierto ya cuál es el componente misterioso de la bomba?

—Que yo sepa, no.

Stone abrió la boca ligeramente y se echó hacia delante.

—¿Que usted sepa, señor?

El director mostró cierto nerviosismo por primera vez desde que llegaran a la sala. Lanzó una mirada al ADIC y asintió hacia la puerta. Al hombre no pareció agradarle aquella orden velada y se mostró claramente contrariado cuando el director impidió que Ashburn se marchara con él. Después de que la puerta se cerrara, el director se inclinó hacia delante.

—Aquí está pasando algo que no había visto nunca.

—Hay un traidor entre los nuestros —afirmó Stone.

—Me temo que es peor que eso.

Stone se disponía a preguntarle qué podría ser peor que contar con un traidor entre ellos, pero entonces recordó lo que McElroy le había dicho.

«Todo puede empeorar.»

El director se aclaró la garganta.

—En nuestro gobierno está pasando algo que... que no encaja demasiado bien con nuestra forma de hacer las cosas.

—¿A qué se refiere exactamente, señor? —preguntó Stone.

El director se frotó las manos.

—Algunos de los nuestros trabajan con propósitos opuestos.

—¿Algunos? —preguntó Chapman sin comprender.

—El agente Garchik ha desaparecido.

—¿Qué? —dijo Stone abruptamente.

—Y el componente misterioso de los escombros que encontramos en el parque también ha desaparecido.

—¿Cómo es posible? —preguntó Chapman.

—No lo sé. Queda fuera de nuestra estructura de mando.

—Pero el FBI es la principal agencia que lleva el caso —señaló Stone.

—Sí, pero la ATF se hizo cargo del análisis de la bomba.

—Es muy raro que desaparezcan pruebas y un agente —dijo Stone.

—Sí, claro que lo es —replicó el director con contundencia.

—¿Alguna pista? —preguntó Chapman.

—No, lo cierto es que nos acabamos de enterar. Tenemos a varios equipos trabajando en la escena.

—¿De dónde se lo llevaron?

—No se sabe exactamente. Está divorciado, vive solo. Su coche ha desaparecido.

—¿Signos de violencia?

—Nada definitivo.

—¿Hay algún comunicado?

—Ni de Garchik ni de quienquiera que pudiera habérselo llevado.

—¿Pudiera habérselo llevado? —preguntó Chapman.

—No podemos descartar que se marchara de forma voluntaria.

—¿Quién informó de su desaparición?

—Su supervisor.

—¿Quién informó de la desaparición de las pruebas?

—Su supervisor también. Al ver que Garchik no fichaba como de costumbre, se preocupó. Lo primero que hizo fue examinar la taquilla de las pruebas.

—Garchik nos dijo que se había recurrido a la NASA para que intentaran identificar los escombros.

—No estaba al corriente de ello.

Stone se recostó en el asiento.

—¡Esto es realmente increíble! —exclamó Ashburn.

—Los medios no pueden enterarse de nada de esto —declaró el director con firmeza—. Todos los comunicados pasarán por mi oficina. ¿Está claro?

—No hablo con los periodistas —dijo Stone mientras Chapman asentía.

El director le hizo una seña a Ashburn.

—La agente Ashburn se hará cargo de la investigación. Trabajaréis directamente con ella.

Ashburn y Stone intercambiaron una mirada. A Stone le pareció que Ashburn esbozaba una sonrisa.

—De acuerdo —dijo Stone—. Será un placer.

—La agente Ashburn me dijo que te concedieron la Medalla de Honor por tu labor en Vietnam.

—Me la ofrecieron, es cierto.

—Pero la rechazaste, ¿por qué?

—No me creía merecedor de ella.

—Pero tu país sí. ¿No te bastaba?

—No, señor, no me bastaba.

49

—¿Reuben?

El hombretón abrió los ojos y alzó la vista.

Stone bajó la mirada hacia él.

—Los médicos dicen que saldrás pronto.

—Perfecto. No tengo cobertura médica, así que me declararé en quiebra ya mismo. Oh, claro. Solo se declaran en quiebra quienes tienen patrimonio.

—Ya veo que te encuentras mejor —dijo Annabelle, instalada en la silla desde que habían ingresado a Reuben. Se levantó y se colocó al lado de la cama.

—Ya te pagarán la factura —dijo Stone.

—¿Quién?

—El tío Sam.

—¿Por qué? ¿También han sacado de apuros al muelle de carga en el que trabajo?

—Descansa un poco.

—¿Encontrasteis a esos tipos?

Stone negó con la cabeza.

—Esterilizaron la zona bastante bien.

—¿O sea que sigues en esto? —preguntó Annabelle.

—Por ahora sí.

—¿Podemos hacer algo más?

—Creo que ya habéis colaborado de sobra.

—No es que nos enteráramos de gran cosa —dijo ella.

—No, lo cierto es que ayudasteis a mirarlo todo desde otra perspectiva.

—¿Los rusos? —dijo Reuben—. ¿De verdad que esos cabrones están detrás de esto?

—Eso parece.

—¿Por qué? —preguntó Annabelle—. Creía que ahora eran nuestros aliados.

—Los aliados vienen y van. Y quizá no sea el gobierno ruso propiamente dicho.

—He llamado a Harry y a Caleb. Vendrán más tarde a visitar a Reuben. Bueno, Harry ha dicho que vendría si te parece bien que se tome un rato libre.

—Me parece buena idea. Díselo, por favor.

Annabelle le pasó un brazo por los hombros cuando se giraba para marcharse.

—Cuídate, hazme el favor —dijo con voz queda—. Hemos estado a punto de perder a Reuben. —Los ojos le brillaban y Stone le tocó la mejilla.

—Descuida, Annabelle.

Chapman esperaba a Stone en el vestíbulo del hospital. Fueron caminando hasta el coche y se marcharon.

—Lo cierto es que la reunión con el FBI me ha dejado flipada —reconoció ella.

—¿El que sigamos en el caso u otra cosa?

—El hecho de que tu director no parecía estar al tanto de nada.

—Me pregunto por qué.

—¿Qué crees que ha sido de Garchik y esas pruebas?

—No lo sé, pero creo que cuando demos con una cosa, daremos con la otra.

—¿Crees que es un poli malo?

Stone no respondió de inmediato.

—No, no lo creo. Creo que quizás estuvo en el lugar equivocado en el momento equivocado.

—Empieza a ser la norma. Fíjate en Alfredo Padilla y en el agente Gross.

—Cierto.

—Teniendo en cuenta la situación, si alguien oculta información al director del FBI, ¿quién puede tener tanta influencia?

Stone la miró.

—Hoy tengo que ver a una persona.

—¿A quién?

—A alguien.

—¿Es importante?

—Sí.

—¿Dónde está ese alguien?

—Vive justo enfrente de Lafayette Park.

50

No era fácil ver al presidente de Estados Unidos sin cita previa. De hecho, era prácticamente imposible. La agenda de trabajo del presidente avergonzaría a cualquier otra persona del mundo. A bordo del Air Force One podía cubrir distintos países el mismo día y regresar a casa a tiempo para una cena de Estado y luego ejercer presiones políticas por teléfono a altas horas de la noche con sus acólitos en el Capitolio.

Así pues, a Stone le sorprendió estar sentado en un helicóptero mientras sobrevolaba la campiña de Maryland. Aterrizó en un llano de las Catoctin Mountains, donde una caravana formada por tres coches le condujo hasta Camp David, tal vez la parcela de tierra mejor protegida del mundo.

A Stone le parecía sensato. Reunirse en Camp David era mucho más privado que caminar por los pasillos de la Casa Blanca. Cuando la caravana de coches entró en los confines de Camp David y un marine más tieso que un palo vestido de azul le saludó, Stone se planteó cómo abordaría exactamente aquel tema. Y cómo reaccionaría el presidente.

«Bueno, en breve sabré la respuesta a esas preguntas.»

Permaneció solo en una sala revestida de paneles de madera, pero no por mucho tiempo. La puerta se abrió y apareció el presidente vestido de modo informal, con pantalones de pana y camisa a cuadros y con unos mocasines. Llevaba unas gafas en una mano y una Blackberry pegada a la oreja en la otra.

Miró a Stone y le indicó que tomara asiento con un gesto. El presidente terminó la llamada en voz baja, se introdujo el teléfono en el bolsillo de la camisa, se sirvió una taza de café de una cafetera situada en una mesita auxiliar y le sirvió otra a Stone. Le tendió la taza y se sentó al tiempo que se ponía las gafas.

—He perdido una lentilla —dijo Brennan—. Tengo unas gafas de repuesto hasta que me hagan otro par. No puedo presentarme ante el público con gafas. No les gusta.

Stone caviló al respecto y lo cierto es que no recordaba haber visto a ningún presidente con gafas durante un acto público.

—Le agradezco que se tome la molestia de recibirme sin haber avisado de antemano, señor.

El presidente se recostó y lo escudriñó con la mirada.

—Estoy seguro de que sabes por qué. No hay tiempo que perder. Da la impresión de que este asunto se nos escapa de las manos. Cada día se produce una crisis nueva. ¿Le has encontrado alguna explicación a todo esto?

—En parte, pero hay muchos interrogantes nuevos.

—Ponme al día rápidamente.

Stone hizo lo que le pedía, sin pasar nada por alto, incluido el ataque a su casa y la existencia de Fuat Turkekul.

—Sé que no le estoy contando nada nuevo —dijo.

El presidente asintió.

—El primer ministro y yo estamos muy unidos.

—James McElroy también respeta las reglas del juego.

—Un hombre excepcional. Siempre da la impresión de que sabe más que nadie, incluyéndome a mí y a su primer ministro, creo yo.

—La característica inequívoca de un buen oficial de inteligencia —comentó Stone—, pero no informarme al respecto nos hizo perder tiempo.

—Soy consciente de ello, pero no pudo evitarse —dijo con brusquedad.

—Lo entiendo.

—Algo bueno ha salido de esto —declaró Brennan.

—¿Señor? —preguntó Stone con una mirada inquisidora.

A modo de respuesta, el presidente cogió un mando a distancia y pulsó un botón. Una parte de la pared se abrió y apareció un televisor de pantalla plana. El presidente pulsó otro botón y puso en marcha el aparato.

—Han grabado esto hace un rato —explicó.

Stone vio a Carmen Escalante en la pantalla. Se la veía incluso más menuda y las muletas incluso mayores que en persona. La entrevistaban sobre la muerte de su querido tío y acerca de su calvario personal por sus problemas médicos.

—Se ha corrido la voz al respecto y han pasado dos cosas. Vamos a celebrar un funeral conjunto por el señor Padilla y el agente Gross. El presidente de México va a acudir a la ceremonia. Y, en segundo lugar, han aparecido donantes privados que pagarán las operaciones que la señorita Escalante necesita para las piernas.

—Eso está muy bien.

—Como bien sabes, las relaciones con México están un poco tensas debido al tema de la inmigración, entre otros motivos. Sin embargo, la situación se ha distendido un poco por lo que le ocurrió a Padilla. Sé que es un héroe accidental, pero de todos modos perdió la vida. Necesitamos héroes a toda costa. Lo sucedido ha beneficiado a ambos países. Los ciudadanos se sienten más unidos. Es positivo, o al menos es lo que dicen mis asesores. Algo que siente las bases del futuro. Es uno de los principales motivos por los que celebramos un funeral conjunto.

Pulsó más botones, apagó el televisor y la pared volvió a ocultarlo. Dejó el mando a distancia y se recostó en el asiento, sorbiendo el café.

—Lo cual nos lleva hasta el presente inmediato.

—Sí, señor.

—Bueno, creo que ha llegado el momento de preguntarte por qué querías que nos reuniésemos.

—Sé que es usted un hombre ocupado, así que iré al grano. —Stone hizo una pausa breve—. ¿Podría decirme dónde está el agente Garchik? ¿Y qué ha sido de las pruebas que han desaparecido? Estoy seguro de que sabe la respuesta a ambas preguntas.

51

El presidente Brennan y Oliver Stone se miraron de hito en hito durante tanto rato que cualquier otra persona se habría incomodado. Stone había practicado tales batallas de resistencia con anterioridad con sus superiores. La clave consistía en no renunciar nunca al contacto visual, porque eso se interpretaba como signo de debilidad, momento idóneo para atacar. Todos contaban con esa capacidad, por eso ocupaban cargos de liderazgo.

—¿Cómo dices? —preguntó el presidente con un tono ligeramente contrariado que revelaba lo que pensaba de veras.

Stone no respondió. No apartó la mirada, como si fuera capaz de ver el contenido de cada sinapsis lanzando descargas. Stone tenía que valerse del silencio para transmitir que lo sabía todo, aunque ciertas cosas no fueran más que pura especulación.

Esperó.

Brennan no dijo nada más, su mirada se tornó más intensa por momentos, pero luego se aplacó. Se levantó.

—Vayamos a dar un paseo, Stone. Creo que debemos llegar a un acuerdo y necesito estirar las piernas.

Stone le siguió al exterior después de que el presidente se pusiera una chaqueta. Los guardaespaldas les acompañaron, manteniendo a ambos hombres en un círculo en el centro de un diamante duro formado por los agentes del Servicio Secreto. Los hombres y mujeres del cuerpo de seguridad vestían de modo informal como deferencia hacia el atuendo de su jefe y el entorno campestre.

El presidente hablaba en voz baja mientras caminaban por un sendero del bosque que muchos otros presidentes habían transitado.

—Me encanta estar aquí. Recargo las pilas. Me olvido de los problemas, por así decirlo, al menos durante un rato.

Stone dirigió la mirada a derecha e izquierda y hacia arriba mientras los agentes se mantenían en sus puestos con precisión. Camp David estaba incluso mejor protegido que la Casa Blanca. Se encontraba en medio de un terreno accidentado y los defensores del perímetro, un gran destacamento de marines con una preparación de elite, serían capaces de atisbar a cualquier adversario mucho antes de su llegada.

El presidente se acercó tanto a Stone que sus codos se tocaban. Stone miró a su alrededor de forma automática para ver si eso suponía un problema para los agentes del Servicio Secreto. Sin embargo, como era su jefe quien había realizado aquel movimiento, los agentes de seguridad siguieron caminando fatigosamente.

—Stone, tenemos un problema.

—Los escombros. ¿Sabemos ya de qué se trata?

—¿Has oído hablar alguna vez de los nanobots?

—¿La nanotecnología? He leído sobre el tema en los periódicos, pero es cuanto sé.

—Una cosa rarísima. Está presente en la ropa, la comida, los cosméticos, los electrodomésticos, en un montón de cosas. Y la mayoría de la gente ni siquiera sabe que está ahí. La mitad de los científicos creen que es totalmente segura y la otra mitad dice que no sabemos lo bastante y que podría tener consecuencias a largo plazo imprevistas y posiblemente desastrosas.

—¿O sea que encontraron nanobots en los escombros? Pensaba que eran microscópicos.

—Lo son, no los detectaron hasta que los analizaron con el microscopio.

—¿Por qué estaban allí? ¿Cuál sería el objetivo en el contexto de una bomba?

El presidente sonrió con resignación.

—Ese es el problema, Stone. No lo sabemos. Creemos que

alguien ha descubierto una nueva aplicación que utiliza la nanotecnología para fines nunca antes contemplados.

—¿Se refiere a fines criminales o terroristas?

—Sí.

—¿Qué posibilidades se barajan? Me refiero a por qué se usaron los nanobots. Seguro que hay varias teorías.

—Las hay. La que tiene más adeptos es también la más escalofriante: se supone que el explosivo llevaba injertado una especie de contagio y, al estallar la bomba, lo liberó y ahora circula por el organismo de todos aquellos que estuvieron en el parque, quienes lo han transmitido a otras personas sin saberlo.

Stone se estremeció y se apartó del presidente.

—Estaba en el parque y la explosión me derribó. Podría estar infectado. No debería acercarse a mí.

—Ya me he expuesto, Stone. A través del agente Gross, Garchik y otros. Cielos, el director del FBI también estuvo allí. Me han hecho todas las pruebas habidas y por haber y los médicos dicen que estoy perfectamente.

—¿Existe alguna prueba de la existencia de tal plaga en los escombros?

—No que se sepa. Pero ¿sabes qué me dicen ahora? Que los dichosos nanobots tienen la capacidad de invadir y cambiar ciertas estructuras moleculares de otras sustancias. Esa «transformación» puede dejar las sustancias en su forma original, pero puede cambiarlas de manera tan sutil que identificarlas resulte mucho más difícil. Ahora mismo no creemos que haya un problema de contagio, pero lo cierto es que no lo sabemos a ciencia cierta. Ni siquiera sabemos qué tipo de pruebas llevar a cabo. O sea que todas las pruebas que me han hecho los médicos hasta ahora a lo mejor no sirven para nada. Además, podrían haber utilizado nanobots para provocar un contagio nuevo. Es como jugar a darle al topo con un martillo. Golpeas un agujero y el topo sale por otro sitio.

—¿Y el agente Garchik? —preguntó.

—Nos pareció conveniente apartarlo de la investigación de forma temporal. Se encuentra en un piso franco de la ATF en...

Stone levantó una mano.

—Preferiría no saber la ubicación exacta.

—¿Qué quieres decir?

—Por si acaso alguien intenta sonsacármela. Sí.

—Tiempos peligrosos, Stone. Tiempos inciertos.

—Los enemigos más cerca que nunca.

—Exacto. Ojalá supiésemos quiénes son. En ese sentido la situación es cada vez más compleja.

—Creo que todos y cada uno de los soldados desplegados en Irak y Afganistán estarían de acuerdo con usted.

—Lo cierto es que resulta irónico —dijo Brennan.

—¿El qué?

—En un principio te encomendé que lucharas contra los rusos en México. Ahora resulta que están mucho más cerca de casa. Probablemente al otro lado de la calle, enfrente de la Casa Blanca.

—¿Supongo que está al corriente del arma encontrada y de los vínculos de Kravitz con Moscú?

—Sí, sí, de todo eso, pero eso no es todo. —Stone aguardó expectante—. Cuando la Unión Soviética era una potencia mundial tenía un programa de descubrimiento científico descomunal. Laboratorios por todas partes y decenas de miles de millones de dólares para subvencionar tales investigaciones.

—¿Como los nanobots?

—Como los nanobots. Hay pocos países u organizaciones con los medios suficientes para llevar adelante algo así. Los rusos casi encabezan la lista.

—¿Qué quiere que haga ahora, señor?

—Tu trabajo, Stone. Si sobrevives, borrón y cuenta nueva. Tienes mi palabra. Las consecuencias no deseadas serán cosa del pasado. —Le tendió la mano. Stone se la estrechó—. ¿Por qué los hombres como tú hacen este trabajo? —añadió Brennan—. Seguro que no es por las medallas ni por el dinero. —Stone no dijo nada—. ¿Por qué entonces? ¿Por Dios y la patria?

—Es por algo más complejo y más sencillo, señor presidente.

—¿El qué?

—Para poder mirarme al espejo.

52

Trasladaron a Stone de vuelta a Washington D.C. por aire, donde se reunió con Chapman en Lafayette Park tal como habían acordado.

—¿Qué tal el encuentro? —preguntó ella ansiosa.

—Informativo.

—Pero ¿será útil?

—Eso está por ver.

—¡Venga ya! ¿Te ha revelado algo? Por el amor de Dios, te acabas de reunir con el presidente.

Stone le explicó que los fragmentos de escombros desconocidos quizás estuvieran relacionados con la nanotecnología. También la puso al corriente sobre el paradero del agente Garchik.

—¿Sabías todo eso cuando pediste reunirte con el presidente?

—Digamos que lo sospechaba.

—¿Y le planteaste tus sospechas?

—Me pareció que lo mejor era ser directo.

—Vaya huevos. ¿O sea que nanobots? Joder. ¿Adónde vamos a ir a parar cuando meten cosas en cosas que ni siquiera vemos y que podrían volver y matarnos a todos?

—Creo que para ciertas personas eso es el progreso —dijo Stone lacónicamente.

—O sea que los rusos vuelven a jugar a los laboratorios. No presagia nada bueno.

—El narcotráfico genera cientos de miles de millones de dólares. Esa es una motivación. Si se combina con los conocimientos científicos capaces de dejar yermos a los países enemigos, entonces se trata de algo que no tiene precio.

—Los enemigos de Rusia, o sea mi país y el tuyo.

—A pesar de la distensión, Gorbachov y Yeltsin, las cosas nunca han sido de color de rosa entre los tres países.

—Pero ¿por qué detonar una bomba en Lafayette Park que no mata a nadie?

—Ni idea.

Stone se acercó a la zona cero y miró el cráter.

—Las preguntas de Riley Weaver siguen sin respuesta —dijo.

—¿A qué te refieres?

—¿Cómo es que el árbol murió de repente? ¿Y por qué se dejó el agujero descubierto después de que lo plantaran?

—Lo del arborista y tal. El agente Gross nos lo contó.

—Pues supongo que tendremos que comprobarlo por nosotros mismos.

—¿Y qué me dices de Ashburn? ¿No es ahora ella la responsable del caso?

—Preferiría averiguarlo por mis propios medios.

—¿Por si perdemos otro agente? —preguntó con voz queda.

Stone no respondió.

Al cabo de una hora se encontraban delante de George Sykes, vestido con el uniforme del Servicio Nacional de Parques. Era el supervisor del que Tom Gross había hablado y que había dirigido la plantación del árbol. Sykes era un hombre esbelto que apretaba la mano con fuerza. Chapman se frotó discretamente los dedos doloridos después de estrecharle la mano.

—El arce no había dado muestras de estar enfermo ni de sufrir ningún otro problema —declaró—, pero una mañana repasamos el parque y descubrimos que estaba moribundo. No había manera de salvarlo. Se me partió el corazón. Ese árbol llevaba allí mucho tiempo.

—¿O sea que lo sacasteis, pedisteis uno nuevo y lo plantasteis?

—Eso es —repuso Sykes—. Somos muy cuidadosos con los materiales que introducimos en el parque. Tienen que ser históricamente adecuados.

—Eso tenemos entendido. ¿Y el vivero de árboles de Pensilvania era uno de vuestros proveedores contrastados? —preguntó Stone.

—Sí. Ya se lo dije al agente Gross.

—Ya, pero teniendo en cuenta lo sucedido teníamos que revisar de nuevo esa información.

—Por supuesto —se apresuró a decir Sykes—. Menuda pesadilla. ¿Creen que uno de los hombres del vivero está implicado?

—Eso parece —dijo Chapman con vaguedad—. ¿Qué puede decirnos del momento en que recibieron el árbol?

—Lo guardamos en una zona de montaje segura a pocas manzanas de la Casa Blanca.

—¿Y luego lo desplazaron con una grúa hasta aquí? —preguntó Stone.

—Eso es —dijo Sykes.

—¿Y el árbol se plantó pero el agujero no se tapó? —preguntó Chapman.

—Eso es —respondió Sykes.

—¿Por qué no se tapó enseguida? —inquirió Stone—. De hecho era un peligro, ¿no? Hubo que acordonar la zona para evitar que la gente se acercara.

«Y evitar que los perros detectores de bombas se acercaran», pensó Stone sin llegar a decirlo.

—Trasplantar un árbol de esa envergadura provoca un montón de estrés al ejemplar. Hay que hacerlo por etapas y comprobar la salud del árbol en todo momento. Colocarlo con la grúa e introducirlo en el agujero no fue más que un paso de un proceso que se inició cuando fue excavado en el vivero de Pensilvania. La clave reside en hacerlo lenta y cuidadosamente. Lo colocamos en el agujero y no lo cubrimos para comprobar su salud. Nuestro arborista tenía intención de examinar el arce a la mañana siguiente. Haría un informe y nos diría cuál era la mezcla correcta de tierra de relleno y abono que el árbol necesitaría para ese período de transición.

—Parece complicado —reconoció Chapman.

—Puede llegar a serlo. Se trata de un ser vivo que pesa varias toneladas y para que arraigue hay que regarlo como es debido.

—De acuerdo —dijo Stone lentamente—. ¿Pero siguen sin saber qué mató al primer árbol?

Sykes se encogió de hombros.

—Podrían ser varias cosas. Aunque resulte extraño que muera tan rápido, no es inusitado.

—¿Podrían haberlo hecho a propósito? —preguntó Chapman.

Sykes la miró asombrado.

—¿Por qué querría alguien matar ese árbol?

—Bueno, si el árbol no hubiera muerto no habría habido necesidad de sustituirlo —explicó Stone—. Si no hay un árbol nuevo, no hay bomba que valga.

—Oh —dijo Sykes con aspecto totalmente consternado—. ¿Quieres decir que mataron el primer árbol y luego hicieron explotar el otro? Qué cabrones.

Stone veía que le afectaba mucho más la pérdida de los árboles que la del ser humano que había saltado por los aires.

—Bueno, gracias por tu ayuda —dijo Stone.

Chapman y Stone volvieron al coche.

—Está claro que la bomba estaba en el cepellón antes de llegar aquí. El hecho de que no se cubriera el hoyo no es tan importante. Incluso con tierra encima, la detonación remota habría funcionado. Las señales de radio pueden atravesar varios metros de tierra.

—A pesar de mis dudas, todo apunta a que el vivero es la clave y toda conexión con el mismo se perdió cuando Kravitz murió.

—Lo cierto es que han eliminado todos los rastros —observó Chapman—. Un momento, ¿encontraron los nanobots esos en el tráiler de Kravitz?

—Que yo sepa, no.

—¿No se supone que tendrían que estar allí?

—No lo sé, pero tendremos que averiguarlo.

Chapman comprobó la hora.

—Tengo que preparar un informe y poner al corriente a sir James.

—Yo me voy a la Biblioteca del Congreso a hablar con Caleb.

—¿Tu intrépido investigador?

Stone sonrió.

—Si conoces sus puntos fuertes, es bastante bueno.

—¿Qué te parece si cenamos juntos esta noche? —sugirió ella de repente.

Stone se volvió para mirarla.

—De acuerdo —dijo lentamente—. ¿Dónde?

—En un restaurante de la calle Catorce que se llama Ceiba. Hace tiempo que quiero ir. Podemos comparar notas. ¿Pongamos que a eso de las siete?

Stone asintió y se marchó caminando mientras Chapman regresaba a su coche a toda prisa y se dirigía no a la embajada británica, sino a un hotel en Tysons Corner, Virginia. Subió en ascensor a la sexta planta. Abrió la puerta de una habitación y entró. Se trataba de una suite espaciosa formada por una sala de estar grande, dormitorio y comedor. Contempló la vista desde la ventana, se quitó la chaqueta y los zapatos y se frotó los pies mientras se sentaba en el sofá. Sacó la pistola y la observó. Cuando oyó que llamaban a la puerta, guardó la Walther.

Recorrió la habitación sin prisas y abrió la puerta.

Entró un hombre, Chapman volvió a sentarse y alzó la vista hacia él.

—Esto no me gusta, joder —espetó—. Nada de nada.

Quien la miraba no era otro que el director del NIC, Riley Weaver.

—Da igual lo que te guste o no. La autorización viene desde lo más alto por ambas partes.

—¿Cómo lo sé seguro? —gruñó.

—Porque es verdad, Mary —dijo James McElroy mientras entraba cojeando desde el dormitorio.

53

Stone pasó primero por el hospital para ver cómo estaba Reuben. Oyó la voz de su amigo mucho antes de entrar en la habitación. Al parecer, Reuben quería marcharse, pero los médicos no querían darle el alta hasta al cabo de unos días.

Annabelle se topó con Stone en el umbral de la puerta de la habitación de Reuben.

—¡A lo mejor consigues hacerle entrar en razón! —le gritó.

—Lo dudo —dijo Stone—, pero lo intentaré.

—Estoy bien —bramó Reuben en cuanto vio a Stone—. No es precisamente la primera vez que me disparan. Pero le pegaré un tiro a la enfermera Ratchet como siga clavándome tantas agujas.

La enfermera que le estaba tomando las constantes vitales se limitó a poner los ojos en blanco ante el comentario de Reuben.

—Buena suerte —le susurró ésta a Stone cuando se giró para marcharse.

Stone bajó la mirada hacia Reuben.

—Deduzco que te quieres ir.

—Lo que quiero es pillar a los cabrones que me hicieron esto.

Stone acercó una silla y se sentó justo en el momento en que Caleb aparecía con un ramo de flores.

—¿Qué coño es eso? —espetó Reuben.

Caleb frunció el ceño ante la actitud desagradecida de su amigo.

—Son peonías y no es fácil conseguirlas en esta época del año.

Reuben estaba mortificado.

—¿Me estás diciendo que me has traído flores?

—Sí, para alegrar esta habitación tan deprimente. Mira, es todo gris y tal. Nunca te recuperarás, porque estarás demasiado deprimido.

—Qué bonitas —dijo Annabelle mientras cogía el ramo de Caleb y lo olía.

—Es normal que te gusten, eres una mujer —dijo Reuben—, pero los hombres no compran flores a otros hombres. —De repente dedicó una mirada furibunda a Caleb—. ¿Alguien te ha visto traerlas?

—¿Qué? Yo... Pues supongo. Unas cuantas personas. La gente que estaba en el puesto de enfermería las ha admirado.

Reuben, que estaba incorporado en la cama, se dejó caer hacia atrás.

—Oh, fantástico. Probablemente piensen que salimos juntos.

—Yo no soy homosexual —exclamó Caleb.

—Ya, pero lo pareces —espetó Reuben.

Caleb frunció el ceño.

—¿Que lo parezco? ¿Qué pinta tienen exactamente los homosexuales, Don Neanderthal Estereotipador?

Reuben gimió y se tapó la cara con una almohada. Aun así, le oyeron refunfuñar:

—Por el amor de Dios, la próxima vez tráeme una cerveza. O mejor aún, un ejemplar de *Playboy*.

Mientras Annabelle iba en busca de un jarrón para las flores, Stone se dirigió a Caleb:

—He recibido la lista de los eventos que se celebrarán en Lafayette Park próximamente. Quería verte para hablar del tema.

Reuben se apartó la almohada de la cara y dijo:

—¿Adónde quieres ir a parar con eso?

Stone le explicó varias cosas rápidamente y añadió:

—Pero hay demasiados eventos.

—Es verdad —convino Caleb—, aunque he rebuscado un poco y he reducido la lista. —Se sacó unos cuantos trozos de papel del bolsillo y los dispuso en el extremo de la cama mientras Stone se inclinaba hacia delante para observarlos.

—Empecé por el supuesto de que debe de ser algo realmente importante. De lo contrario, ¿para qué tomarse la molestia de ir a Lafayette Park?

—Estoy de acuerdo —declaró Stone.

Annabelle regresó a la habitación con las flores en un jarrón, lo dejó en una encimera y se acercó a sus amigos.

—Creo que hay cinco eventos que encajan en esa categoría —continuó Caleb—. Todos se celebrarán el mes que viene. Primero hay una concentración en contra del cambio climático. Luego una protesta contra los impuestos. Habrá mucha gente y la posibilidad de causar bajas en ambos es elevada. Luego el presidente, junto con el presidente francés, pronunciará un discurso en honor de los soldados muertos en las guerras de Oriente Medio.

—Yo voto por ese —intervino Reuben—. Dos líderes de una vez. Y todo eso pasó en el parque cuando estaba ahí el primer ministro británico. A lo mejor van a por la Unión Europea.

—Continúa, Caleb —dijo Stone—, y acaba la lista.

—En cuarto lugar, hay una protesta contra la hambruna en el mundo. Y por último una manifestación en contra de las armas nucleares —continuó Caleb.

—Os digo que los terroristas prefieren calidad a cantidad —dijo Reuben—. Mejor cargarse a un par de jefes de Estado que a un montón de ciudadanos de a pie.

Annabelle negó con la cabeza.

—No necesariamente. Depende de quién esté detrás del complot. Si es algún grupo antibelicista o gente que cree que el cambio climático es una gilipollez, esos eventos podrían ser el objetivo.

—Dudo que a los rusos les interese mucho nuestra política fiscal —dijo Stone.

—¡Los rusos! —exclamó Caleb—. ¿Están detrás de esto?

Stone hizo caso omiso de la pregunta de su amigo y habló con aire pensativo.

—Me gustaría saber a qué distancia hay que estar para detonar una bomba enterrada por control remoto. Y segundo, ¿cómo sabrían los terroristas dónde estaría situado el podio con los jefes de Estado? Sé que colocan las tarimas en lugares distintos.

A veces incluso en la acera. De ser el caso, la bomba no les habría causado ningún daño.

—Yo se lo preguntaría a Alex —sugirió Reuben—. Si resulta que la tarima iba a instalarse cerca de la estatua de Jackson, entonces eso confirma que hay un espía.

—Creo que tienes razón —repuso Stone.

—Le llamaré. Luego nos vamos a ver de todos modos —dijo Annabelle.

—Yo tengo que volver al trabajo —añadió Caleb.

—Yo también —dijo Stone.

—¿Y yo qué? —se quejó Reuben—. Vosotros os lo pasáis en grande mientras estoy aquí encerrado.

En ese momento apareció una auxiliar con el almuerzo de Reuben. Le dejó la bandeja delante y, al levantar la tapa, vieron una masa oscura y esponjosa que se suponía que era un trozo de carne, unas verduras con muchas hebras, un panecillo blando y una taza que contenía algo con pinta de pis.

—Por favor, sacadme de este lugar inmundo —gimoteó Reuben.

—Lo antes posible, Reuben, te lo prometo —dijo Stone mientras se marchaba a toda prisa.

—Disfruta de las flores —espetó Caleb—. Y la próxima vez me encargaré de traer mi colección de grandes éxitos de Village People para que la oiga todo el mundo. Y a lo mejor me pongo una bufanda bien vistosa y los vaqueros apretados. —Se marchó enfadado.

Annabelle se inclinó, besó a Reuben en la mejilla y le retiró el pelo apelmazado.

—Aguanta un poco más, grandullón. Recuerda que estuvimos a punto de perderte. ¿Qué haría yo sin mi Reuben?

Reuben sonrió y la observó mientras se marchaba. Esperó unos instantes para asegurarse de que todos se habían ido y entonces cogió el jarrón. Olió las peonías y se recostó con expresión satisfecha.

54

Mary Chapman dejó que el agua le discurriera por el cuerpo mientras el vapor de la ducha se alzaba cual niebla matutina por encima de un lago. Golpeó la pared de la ducha presa de la frustración, agachó la cabeza bajo la cascada de agua y respiró hondo y de forma controlada. Cerró el grifo, salió de la ducha, se secó con una toalla y se sentó en la cama.

La reunión con el director Weaver y sir James había resultado productiva y había cubierto los puntos clave. Formaba parte del trabajo. Eso no debería suponerle ningún problema. Era el motivo por el que la habían llevado allí. Pero sí que se lo suponía y no sabía qué hacer al respecto.

Se secó el pelo, se tomó su tiempo para decidir qué ponerse, se puso tacones y joyas, cogió el bolso y la pistola, y bajó a la parte delantera del hotel después de pedir su coche. Condujo hasta Washington D.C. en plena hora punta. Stone ya la esperaba.

Le dedicó una sonrisa a Stone, que se había cambiado y llevaba unos pantalones anchos y una camisa blanca de manga larga que hacía juego con el color de su pelo cortado al rape y resaltaba el bronceado intenso de su rostro de mandíbula cuadrada. Se había arremangado y se le veían los antebrazos fibrosos. Si bien medía un metro ochenta y cinco, parecía incluso más alto debido a su delgadez. No obstante, cuando le había sujetado el brazo en el exterior del tráiler de John Kravitz, había sentido su fuerza. Incluso a su edad, Stone seguía siendo de hierro y supuso que lo seguiría siendo hasta el día de su muerte... la cual podría producirse en cualquier momento.

Al pensarlo, Chapman dejó de sonreír.

—Todavía no te he dado las gracias por salvarme la vida en tu casa —dijo ella—. El destello me alcanzó a mí, pero no a ti.

—Bueno, estaríamos los dos muertos de no haber sido por ti. Nunca he visto a nadie moverse tan rápido.

—Menuda alabanza viniendo de ti.

Le puso la mano brevemente en la parte baja de la espalda mientras los conducían a una mesa con vistas a la calle Catorce. Aunque era más de veinte años mayor que ella, tenía algo que lo diferenciaba de los otros hombres que había conocido: haber sobrevivido tanto tiempo haciendo lo que hacía. Y nunca había visto una mirada tan intensa.

El ligero contacto de su mano hizo que Chapman se sintiera protegida y reconfortada, pero cuando la retiró volvió a sentirse deprimida. Pidió un mojito y él una cerveza. Estudiaron las cartas.

—¿Ha sido productiva la tarde? —preguntó Stone mirándola por encima de la carta.

Chapman notó cierto acaloramiento cuando lo miró.

—Un poco aburrida, la verdad. Los informes y las reuniones no son mi fuerte. ¿Y tú qué tal?

El móvil de Stone vibró. Miró el número y respondió.

Moviendo los labios le dijo que era la agente Ashburn.

Stone escuchó. Parpadeó con nerviosismo. Lanzó una mirada a Chapman.

—Vale, gracias por avisarme.

—¿Qué pasa? —preguntó Chapman en cuanto Stone se guardó el teléfono.

—Acaban de encontrar a los hispanos del vivero de Pensilvania.

—¿Qué quieres decir con eso de que los han encontrado?

—Muertos. Los han ejecutado y han arrojado los cadáveres a un barranco.

Chapman se recostó con el rostro pálido.

—Pero ¿por qué los habrán matado?

—Uno de los hombres vio a alguien quitando la canasta. No se lo contó a la policía. Se lo contó a Annabelle. Y ahora están todos muertos.

Chapman asintió.

—Están eliminando los cabos sueltos.

—Eso parece. Probablemente no mataron a todo el mundo en el vivero junto con Gross y el supervisor porque sabían que íbamos a volver.

—¿Cómo?

—El francotirador que mató a Kravitz llamó y les dijo que nos habíamos marchado a toda prisa. ¿A qué otro sitio íbamos a ir si no?

—Cierto. —Chapman se mostró disgustada por no haber caído en algo tan obvio—. Pero, de todos modos, vio a alguien descolgando la canasta. ¿Y qué? Tampoco es que fuera a identificarlo en una rueda de reconocimiento, ¿no?

—A lo mejor sí.

—¿A qué te refieres? No es lo que le dijo a Annabelle.

—No conocía a Annabelle de nada y sabemos que en el bar había alguien escuchando.

Chapman dio un sorbo a la bebida.

—Es verdad, luego fueron a por ellos.

—O sea que a lo mejor estaba guardándose la información. ¿Chantaje?

—Pues se llevó una buena tanda de disparos en vez de dinero. ¿A quién crees que pudo haber visto?

—A lo mejor a Lloyd Wilder.

Chapman se quedó boquiabierta.

—¿Lloyd Wilder?

—Puede ser. Si lo matan a él y a los demás sería como matar dos pájaros de un tiro.

—¿O sea que también participó en el atentado?

—No estoy seguro de qué función podría haber desempeñado, la verdad, pero el hecho de que lo liquidaran en cuanto aparecimos me hace pensar que era prescindible desde el primer día.

—¿Investigamos entonces el historial de Wilder? —Chapman negó con la cabeza con expresión frustrada—. Esto se complica cada vez más.

—Dejaremos que Ashburn y el FBI investiguen a Wilder. Probablemente encuentren dinero en alguna cuenta en el extranjero.

—Y yo que pensaba que las conspiraciones eran cosa de las películas de Hollywood.

—Washington no es más que una gran conspiración, ya lo verás.

—Resulta de lo más reconfortante.

—También he hablado con Harry acerca de Turkekul. —Stone se calló cuando el camarero se acercó para tomarles nota. Continuó cuando se hubo marchado—: Nada del otro mundo.

—Supongo que eso es bueno.

—Vete a saber.

—No te entiendo.

—Le han encomendado que elimine al terrorista más buscado del mundo y da clases en Georgetown, ¿te parece normal?

—Es una tapadera. —Stone no se mostró muy convencido—. Pero sir James está al corriente. Confías en él, ¿no? —preguntó aun a pesar de notar cómo se le encogía el estómago y se le enfriaba la piel.

—Confío en ti —repuso Stone.

—¿Por qué?

—Porque sí. Dejémoslo así.

55

Mientras comían Chapman no paraba de lanzar miradas a Stone, quien no demostró haberse dado cuenta. Antes de que la cena terminara ya se había tomado unos cuantos mojitos más y una copa de oporto.

—¿Tienes coche? —preguntó Stone después de que pagaran la factura.

—Sí, pero ¿por qué no caminamos un poco? Hace una noche agradable.

—Buena idea.

—¿De veras? —dijo ella sonriendo.

—Sí. Has bebido mucho. Dar un paseo te ayudará a despejarte —añadió con voz rara.

Pasaron junto a varios restaurantes atestados de clientes hambrientos y escandalosos. Los coches pitaban y los peatones pasaban por el lado.

—¿Estás preocupada? —preguntó Stone.

Ella lo miró con severidad.

—Pienso en cosas, ¿por qué?

—Por nada. Hay mucho en que pensar.

—¿O sea que Weaver no ha vuelto a ponerse en contacto contigo?

—Supongo que no lo hará. Por eso le pedí a Caleb que me ayudara a investigar.

—Y una vez visto el resultado de sus investigaciones, ¿a qué conclusiones has llegado?

—A ninguna —reconoció—. Solo tengo más interrogantes. —Hizo una pausa—. Weaver dijo algo interesante antes de cortar el contacto conmigo.

—¿El qué? —se apresuró a preguntar Chapman.

—Dijo que tal vez las cosas no sean lo que parecen. Creo que se refería a que estamos investigando desde una perspectiva equivocada y que si diéramos con la adecuada quizá todo cobraría sentido.

—¿Tú te lo crees? —preguntó ella.

—No digo que no. Por lo menos no todavía.

Chapman se paró ante un vendedor callejero y se compró una gorra de béisbol con las letras «FBI» impresas. Stone la miró asombrado y Chapman se excusó.

—Tengo un sobrino en Londres al que le gustan estas cosas.

—¿Sabe que trabajas para el MI6?

—No, cree que me dedico a la informática. Le parecería mucho más enrollada si supiera la verdad.

»Bueno, repasemos lo que sabemos —dijo ella al retomar el paseo—. Disparos y bomba. Tal vez no guarden relación. El hotel Hay-Adams fue una distracción y en realidad los disparos procedían de un edificio del gobierno de Estados Unidos que está en obras. Padilla sale corriendo y activa la bomba, que seguramente estaba alojada en una pelota de baloncesto en el cepellón del árbol. Eso nos lleva al árbol y de ahí al vivero.

Stone prosiguió con el razonamiento:

—El vivero nos lleva a John Kravitz, que tenía material para fabricar explosivos debajo del tráiler. Lo matan para evitar que hable con nosotros. El agente Gross y las otras dos personas son asesinadas por motivos que desconocemos, pero quizá Wilder estuviera implicado. La bomba contenía ciertos elementos extraños que, de momento, se han identificado como nanobots. No se sabe por qué estaban en la bomba. El agente Garchik ha sido «liberado» de sus labores de campo a la espera de novedades. Disponemos de varias pruebas que indican que el gobierno ruso o los cárteles de drogas rusos, o quizás ambos, podrían estar detrás de esto.

—Y a los hispanos los mataron porque quizá vieron algo o porque tal vez formaran parte del complot.

—Sí. Seguimos sin saber quién era el objetivo real de la bomba. Barajamos distintas posibilidades, pero ninguna definitiva.

Chapman se paró y lo miró.

—Bueno, esa es la lista. La hemos repasado un par de veces.

—Nos hemos dejado algo. Fuat Turkekul.

—Pero su presencia ha quedado clara.

—¿Tú crees?

—Sir James la aclaró. Sé que confías en él, a pesar de lo que has dicho antes.

—No, he dicho que confiaba en ti.

Chapman se sonrojó ligeramente. Stone la miró durante unos instantes y luego apartó la vista. Comprobó la hora.

—¿Tienes otra cita? —preguntó ella intentando esbozar una sonrisa.

—No. Me preguntaba cuánto vas a tardar en contármelo.

—¿Contarte qué?

—Lo que sea que me ocultas.

56

Chapman se giró y dio unos cuantos pasos vacilantes para alejarse de Stone. Cuando se volvió, Stone no se había movido. Seguía mirándola.

Se acercó de nuevo a él.

—¿Qué quieres de mí?

—La verdad.

—Pensaba que habías dicho que confiabas en mí.

—Toda confianza tiene límites y hay que ganársela constantemente.

—Eso no me lo has dicho.

—No creía que hiciera falta.

—Me estás poniendo en un brete.

—Lo sé.

—Necesito una copa.

Stone enarcó las cejas al oír eso.

—Vale, pero estaría bien que te mantuvieras sobria.

—Tenías que haberme visto haciendo la ronda de pubs en mi época universitaria. Tengo mucho aguante.

Se giró y se puso a caminar.

—¿Agente Chapman?

Se giró hacia él.

—¡Qué! —espetó.

Stone señaló detrás de él.

—Hay un bar justo ahí.

Ella miró donde señalaba.

—Vale. Bien hecho. —Le tomó la delantera y entró en el bar.

Al cabo de cinco minutos se había tomado dos vodkas con tónica mientras Stone daba sorbos a una botella de *ginger-ale* y la miraba de hito en hito.

—¿Estás segura de que podrás volver a casa conduciendo?

—Conducir aquí está chupado comparado con Londres.

—No si estás borracha. ¿Una agente británica arrestada por conducir bajo los efectos del alcohol?

—¡No estoy borracha!

—Vale, entonces vamos. —Se la quedó mirando, expectante.

—No puedo contártelo todo. Espero que lo entiendas —dijo ella.

—No lo entiendo.

—Pues peor para ti, así son las cosas.

Stone se levantó.

—Que te vaya bien.

Ella alzó la vista sorprendida.

—¿Así, sin más?

—Así, sin más.

—¡Stone!

Se giró y se marchó.

Recorrió manzana tras manzana, comiéndose la acera a grandes bocados con sus largas piernas mientras la adrenalina le inundaba el organismo. Pensaba que Chapman era distinta. Se había equivocado.

«La misma mierda de siempre —pensó—. La misma mierda de siempre.»

Pasó junto al Capitolio y siguió caminando hasta que reconoció la zona en la que se encontraba. No estaba seguro de si sus pasos le habían conducido allí expresamente, pero casi siempre se dejaba guiar por el instinto. Pasó junto a montones de jóvenes que estaban en la calle. Al percatarse de que varios mostraban excesivo interés en él, se colocó la placa en el cinturón y les dejó ver la pistola. Se apartaron de inmediato.

—Mola —dijo uno.

—Oye, abuelete —dijo otro con una amplia sonrisa—, ¿has matado a alguien con esa pistola?

—No —mintió Stone. Levantó un dedo—. Pero sí con esto.

Los jóvenes se mostraron escépticos.

—¿Has matado a alguien solo con el meñique? —dijo uno—. Ya.

Volvió a enseñarles el dedo.

—Con el meñique, no. Este es el índice. Hace mucha mejor palanca contra la carótida y es más fácil aplastarla.

Los jóvenes se marcharon arrastrando los pies.

Stone siguió caminando.

Llegó a la puerta y llamó.

Oyó ruidos metálicos mientras la mujer se acercaba a la puerta. Se abrió y Carmen Escalante lo miró con ojos grandes y tristes.

—¿Sí? —preguntó.

—Ya he estado aquí —le dijo al tiempo que le enseñaba la placa.

—Sí, me acuerdo. ¿Qué quiere?

—Saber cómo estás.

—Eso mismo —dijo una voz.

Stone se giró y vio a Chapman de pie a escasos metros detrás de él. Se le acercó. Jadeaba un poco y llevaba los tacones en la mano izquierda.

—Queríamos asegurarnos de que estás bien —dijo controlando la respiración y poniéndose los zapatos.

—¿Podemos pasar? —preguntó Stone sin dejar de mirar fijamente a Chapman.

—Sí, claro.

57

Siguieron a Carmen por el pasillo. Se percataron de que la casa estaba limpia y de que el olor a podredumbre se había desvanecido. Cuando entraron en el pequeño salón, vieron muebles y un gran televisor de pantalla plana que no estaban allí la vez anterior.

—¿Qué ha pasado? —preguntó Chapman mirando a su alrededor.

Carmen sonrió entristecida.

—Cuando la gente vio en la tele lo que le había pasado a tío Freddy, vinieron a ayudar. Limpiaron la casa, me compraron cosas. Son muy amables.

—¿Qué gente? —preguntó Stone.

—La gente de la cadena de televisión.

—¿La cadena de televisión? —preguntó Stone.

—Bueno, dijeron que la gente donó dinero. La gente de la calle. Y me han dado muchas cosas. —Señaló el televisor—. Como esto. A tío Freddy le habría gustado mucho esa tele. Le gustaba ver el fútbol, pero no el americano.

—Yo también prefiero el fútbol de verdad —dijo Chapman.

—Sí, ese. Y me limpian la casa y vienen todos los días a ver cómo estoy. —Dio un golpecito con las muletas en el suelo—. Dicen que también me ayudarán con las facturas médicas y que me comprarán unas nuevas.

—Qué bien, Carmen —dijo Chapman.

—¿Les apetece tomar algo? —preguntó—. Ahora tengo muchas bebidas —añadió orgullosa.

Declinaron la invitación.

—¿Entonces te quedas aquí? —preguntó Stone.

Carmen se sentó y ellos hicieron otro tanto.

—No lo sé. Me lo pensaré. Hay un funeral por tío Freddy. Tengo que asistir. Vuestro presidente también estará. Y el mío. De México. Aunque no me gusta demasiado. Pero iré de todos modos. Luego decidiré qué hacer. —Contempló sus nuevas posesiones—. Este sitio me gusta mucho. Y mis cosas nuevas. Mucho.

—¿O sea que a lo mejor te quedas? —preguntó Stone.

—Es posible, sí. —Se quedó callada unos instantes—. Puedo volver a estudiar. En México trabajaba en la consulta de un médico. Sé informática. Hablo bien inglés. Sé escribir a máquina y archivar. Puedo conseguir trabajo. Puedo tener amigos.

—Claro que puedes —dijo Stone alentándola.

—Mi familia cree que debería volver a casa. Dicen que no vivo en una zona bonita.

—Pero tienes que pensar en lo que tú quieres, eres tú quien debe decidir sobre tu vida —dijo Chapman—. Y siempre puedes mudarte a otro lugar.

No parecía muy convencida.

—¿Y me puedo llevar las cosas nuevas?

—Por supuesto —dijo Stone—. Te ayudaría gustoso.

—¿Lo haría por mí? —preguntó mientras lo miraba asombrada.

—Sí.

—Para ser del Gobierno son raros.

Chapman lanzó una mirada a Stone.

—Sí, supongo que sí —reconoció ella.

Se marcharon no sin antes prometerle que volverían para ver cómo estaba.

—¿Por dónde has venido? —preguntó Stone mientras caminaban por la calle.

—Te he seguido. Mira que es difícil con tacones, joder. Caminas muy rápido.

—¿Por qué me has seguido?

—Porque tenías razón y quería decírtelo.

—¿O sea que ahora me contarás la verdad?

Chapman introdujo las manos en los bolsillos.

—Riley Weaver y sir James trabajan juntos. —Respiró hondo y añadió—: Cielos, no me puedo creer que te esté contando esto. He infringido prácticamente todas las normas profesionales del MI6.

—No pasa nada. La mayoría de las agencias tienen demasiadas normas.

—Para ti es muy fácil decirlo —repuso enfadada.

—¿Por qué trabajan juntos? ¿Con qué fin?

—No fue idea de sir James, a eso llego.

—¿Le convencieron?

—Como dijo sir James, tu presidente y nuestro primer ministro se llevan bastante bien. Estados Unidos es una superpotencia y todo el mundo sigue sus pasos.

—¿Y por qué me lo ocultaste?

—Weaver te tiene miedo. Me queda claro por lo que he visto y oído.

«Si sabe lo que le hice a su predecesor, yo también me tendría miedo», pensó Stone.

—¿Cuál es exactamente tu papel en todo esto?

—Se me ha encomendado que investigue y resuelva este crimen.

—¿Aunque está claro que el primer ministro no era el objetivo? ¿Acaso al MI6 le sobra tanto tiempo como para permitir que una de sus mejores agentes se quede aquí y colabore en las investigaciones? —Chapman no dijo nada. Se limitó a observar la acera. Stone se dio la vuelta—. No te molestes en seguirme esta vez.

Ella le agarró del brazo.

—Vale, vale. —Stone se giró y la miró expectante—. También me han encomendado que te vigile.

—¿El gobierno americano encarga al MI6 que me vigile? —preguntó escéptico.

—El mundo es cada vez más complejo, Oliver. Los activos ya no son lo que eran, ni siquiera para vosotros, los estadounidenses. La cooperación global, eso es lo que se lleva. Les hacemos favores a los yanquis y ellos nos corresponden. No es del dominio público, por supuesto, todo se hace bajo cuerda.

Inclinó la cabeza.

—¿Vigilarme? ¿Por qué? ¿Creen que estoy implicado en lo sucedido?

—No, pero Weaver tiene otros planes en mente.

—¿Los ha compartido con McElroy?

—Creo que no, o por lo menos no del todo, pero sir James tiene las manos atadas. —Lo miró pensativa—. ¿Qué hay en tu pasado que provoca tanta atención?

—Tengo respuestas para tres décadas y muy poco tiempo para explicarlas incluso aunque estuviera predispuesto a ello, que no es el caso.

—Si me cuentas lo que pasa a lo mejor puedo ayudar.

—¿Tú? ¿La persona encargada de espiarme?

—Pensaba que éramos compañeros.

—Lo somos, pero solo en este caso, en nada más.

—¿Quién oculta información ahora? —espetó ella.

—Tú me ocultabas cosas relacionadas con el aquí y el ahora. Nunca te he preguntado por misiones pasadas y espero la misma cortesía por tu parte.

—Entonces, ¿cómo quedan las cosas entre nosotros? —preguntó Chapman con voz queda.

—Pues como estaban al comienzo —respondió Stone con sequedad—. Y dejémoslo así.

58

Tomaron un taxi para regresar al coche de Chapman, que estaba en el aparcamiento.

—Puedo dejarte en tu casa —dijo ella.

—Me apetece caminar un poco más —repuso.

—Mira, siento no haberte dicho lo de Weaver, pero yo también tengo que obedecer órdenes.

Stone se acercó más a Chapman.

—Si así es como quieres hacer las cosas, adelante.

—¿Y cómo haces tú las cosas exactamente en ese sentido?

—No oculto información a las personas con quienes trabajo. Ahí reside mi lealtad. Por eso te conté lo de Fuat Turkekul aunque tu jefe no quería que te lo dijera.

Chapman se sonrojó.

—Vale, vale, entiendo. Y lo siento.

—Hasta mañana. —Se paró—. ¿Seguro que estás en condiciones de conducir?

—Ahora estoy bien despierta. Un buen azote verbal hace milagros.

Tras un paseo muy largo, Stone llegó al campus de Georgetown, en silencio a aquella hora. Encontró el tablón de anuncios de la comunidad, sacó un trozo de papel y un boli, escribió una nota y la clavó en el corcho con unas chinchetas. Camino de su casa, llamó a Harry Finn con el móvil.

—Me alegro de que Reuben esté bien —fueron las primeras palabras que pronunció.

—Yo también —dijo Stone—. Quiere salir del hospital, pero allí estará más seguro.

—¿Crees que intentarán cargárselo de nuevo?

—Aunque nos contó lo que sabe, igual que Annabelle, mejor ir con cuidado. Ahora dime lo que sepas sobre Fuat.

Stone se paró y se apoyó en un árbol mientras hablaba.

—Si es cierto que va tras Bin Laden, se lo toma con filosofía. Se levanta, come, da clase. Almuerza. Da unas clases más. Tiene horas de tutoría. Pasea. Cena, va a su apartamento, lee y se acuesta.

—¿Nada de comunicaciones secretas ni reuniones clandestinas?

—Yo no he visto nada de eso. Me habría enterado.

—Lo sé, Harry.

—Quizá le han ordenado que se comporte con discreción porque saben que lo vigilamos.

—También lo había pensado, pero es difícil saber qué hacer al respecto. Mira, ve a casa a descansar.

—¿Y Turkekul?

—Probaré otra fórmula. Te mantendré informado.

Stone continuó caminando en dirección a su casita. Al llegar a la siguiente manzana su antena interior empezó a vibrar. Las seis en punto y las nueve en punto. Los notaba antes incluso de verlos. Un hombre detrás. Una mujer a su izquierda. Parecían inocuos, desinteresados en él. Es decir, para el observador profano. Hacía más de cuarenta años que Stone había dejado de ser un observador profano. Se llevó la mano a la pistolera. Aceleró un poco el paso porque quería llegar a la siguiente intersección unos segundos más rápido. Había ideado un plan basado en lo mucho que conocía esa zona.

En cuanto llegó a la intersección, giró bruscamente a la derecha. En la acera había un contenedor de escombros porque en la casa de enfrente estaban haciendo reformas. Adoptó una postura defensiva detrás del mismo, sacó la pistola y apuntó a la mujer.

—¿Agente Stone? —llamó la mujer.

Stone la mantuvo en el punto de mira y no dijo nada.

—Al director Weaver le gustaría hablar con usted.

—No me extraña.

—Nos han encomendado que le llevemos ante él.

—Prefiero que venga a verme él.

El hombre se colocó junto a la mujer.

—Señor, el director es un hombre muy ocupado.

—Yo también.

Pasó un coche y la mujer mayor del interior observó al hombre y a la mujer antes de seguir adelante. Había otras personas por la calle, no lo bastante cerca para oír la conversación, pero pronto lo estarían.

—Solo quiere hablar —dijo la mujer con cierta desesperación en la voz.

—Estaré encantado de recibirle.

—Vale, ¿dónde? —preguntó el hombre.

—El aparcamiento al aire libre que hay junto al río. Dentro de una hora.

—Señor, el director... —empezó a decir la mujer mientras miraba nerviosa por encima del hombro a la gente que se le acercaba.

—El «director» estará encantado de reunirse conmigo a esa hora. Ahora seguid caminando para que pueda guardar el arma.

—Esto va contra las normas —espetó la mujer.

—Sí, cierto.

—Nosotros también somos agentes federales —añadió el hombre—. Estamos en el mismo bando que usted.

—Me creo lo de la primera parte, aunque no la segunda. ¡Largo!

Se marcharon. Stone se guardó la pistola en la funda y se encaminó hacia el río. Quería llegar antes que Weaver. Tenía cosas que preparar. Aceleró el paso aun a pesar del nudo que se le estaba formando en el estómago. Una cosa era arriesgar la vida intentando solucionar un caso complicado y otra muy distinta tener que hacerlo cubriéndose las espaldas. Pero, por lo que parecía, así estaban las cosas.

«¿Y por qué me sorprende?»

59

Los tres vehículos llegaron al aparcamiento vacío y se detuvieron. Era la una de la madrugada y entre semana, por lo que la población trabajadora de Washington hacía rato que había dado por concluido su tiempo de ocio nocturno y se había ido a dormir. El equipo de seguridad fue el primero en salir para comprobar posibles puntos de ataque y enviar al personal necesario a los recovecos antes de indicar que el lugar era seguro para que Riley Weaver se bajara del coche. Iba con traje y corbata de rayas, con un aspecto más apropiado para situarse ante las cámaras y desempeñar el papel de experto o anfitrión de un congreso internacional sobre el terrorismo que para una escaramuza con un ex asesino en un aparcamiento vacío a orillas del Potomac. El pecho abultado indicaba que llevaba chaleco antibalas. Miró a su alrededor con vacilación antes de dar unos cuantos pasos hacia la orilla.

—¿Stone? —llamó.

Sonó un teléfono. Todos cogieron los móviles.

—Señor —dijo uno de los agentes al descolgar el teléfono que sonaba desde lo alto de un pilar del embarcadero, justo donde Stone lo había dejado hacía un rato. Se lo tendió a Weaver.

—¿Diga?

—Hola, director —dijo Stone—. ¿En qué puedo ayudarte?

El altavoz del teléfono estaba activado. Weaver intentó apagarlo en vano.

—¿Qué coño estás haciendo? —exclamó—. No puedo quitar el altavoz.

—Quiero que todo el mundo nos oiga. Así que repito: ¿en qué puedo ayudarte?

—Puedes empezar por dejarte ver. —Weaver miraba nervioso por entre la penumbra.

—No me parece necesario. Pensaba que querías hablar. Para eso basta con la voz.

—Quería que nos reuniésemos en el NIC —espetó Weaver.

—Pues yo he elegido este sitio.

—¿Por qué?

—Sinceramente, el NIC me produce escalofríos. Nunca sé a ciencia cierta si saldré de allí o no.

—¿Qué te pasa? Eres empleado federal.

—De una agencia no afiliada a la tuya.

—¿De qué tienes miedo?

—Has venido acompañado del equipo de SWAT.* ¡Otra vez! Y llevas un chaleco antibalas. ¿De qué tienes miedo tú?

Weaver giró sobre sus talones para ver dónde estaba Stone acechándole.

—Tengo vista de largo alcance, director, así que ni te molestes.

—No me gusta que tú me veas y yo no.

—Pues a mí ya me va bien. Tal como han dicho tus mensajeros, estamos todos en el mismo bando.

—Por eso me planteo por qué tenemos que reunirnos de un modo tan estúpido —vociferó Weaver por el teléfono.

—Depende de lo que quieras.

—¿Has hablado con la agente Chapman esta noche?

—Lo sabes perfectamente. De lo contrario no estarías aquí.

—¿Qué te ha contado?

—Me ha contado un montón de cosas. Tendrás que ser más concreto.

—Sobre nuestro acuerdo.

—¿Te refieres al de ella contigo?

—Venga ya, Stone, no te hagas el tonto.

—Fuiste marine, Weaver.

* SWAT: Equipo de Asalto de Armas Especiales.

—Lo sigo siendo. Nunca se deja el cuerpo independientemente del uniforme que se lleve.

—Es la respuesta que esperaba. ¿Y en el combate en quién confías?

—En el marine que tienes al lado.

—Exacto. ¿Y alguna vez ocultaste información sobre el combate al marine que tenías al lado?

Weaver no respondió de inmediato. Lanzó una mirada a sus guardaespaldas. Varios de ellos lo miraban fijamente.

—Esto no es exactamente un combate, Stone. Lo sabes mejor que nadie. Luchaste por tu país.

—Pues a mí cada vez me recuerda más a un campo de batalla.

—¿O sea que Chapman te lo ha dicho?

—Lo que digo es que los compañeros no tienen secretos. Si eso te supone un problema, entonces el problema soy yo, no ella.

—Podría meterse en un buen lío por esto.

—Pero no le pasará nada.

—¿Cómo demonios lo sabes?

—Pulsa el botón del altavoz dos veces, Weaver.

—¿Qué?

—Haz lo que te digo.

Weaver lo hizo y desactivó la función de altavoz. Weaver se acercó el teléfono a la oreja.

—¿A qué coño estás jugando?

—Nanobots. —Weaver se puso visiblemente tenso—. Puesto que no me proporcionaste la lista de eventos de Lafayette Park, pedí que me la consiguieran. Hay varios acontecimientos que podrían haber sido el objetivo de la bomba, pero intuyo que la respuesta no se encuentra en esa lista.

—¿Dónde, entonces?

—¿Estás al corriente de la aventura que vivieron mis amigos en Pensilvania? ¿Y de la ejecución de los hispanos?

—Por supuesto. Soy el director del NIC.

—Demasiadas molestias para que se trate de un encubrimiento. Junto con el hecho de que los disparos en el parque procedían de un edificio de oficinas del gobierno situado detrás del Hay-Adams, para cuyo acceso se necesita un nivel de autorización de los más altos, todo indica que tenemos a un traidor entre los nuestros.

—Nada nuevo bajo el sol. Estamos investigando esa posibilidad.

—Vuestra «investigación» mostrará que la persona que accedió al edificio empleó una tarjeta de seguridad robada o clonada mientras el verdadero propietario de la tarjeta estaba en la otra punta del mundo.

Weaver frunció los labios.

—Clonada. El propietario estaba en Tokio.

—¿Y esa persona trabaja para el departamento de Estado?

—Joder, Stone, ¿eres vidente o qué?

—No. El personal de ese departamento siempre ha sido descuidado con la seguridad. Hace treinta años la mitad de mis misiones eran porque la habían cagado de algún modo, y veo que no han cambiado.

—¿Se te ocurre quién podría ser el topo?

—Todavía no. Tengo que seguir ahondando en el tema. Pero, Weaver, si tengo que pasarme el día mirando por encima del hombro a ver si tus chicos me siguen, me voy a distraer mucho.

—Ya veo por qué tus superiores lo pasaron fatal cuando estabas en el ejército. No cooperas.

—Por supuesto que coopero. El problema era que mis superiores decían una cosa y hacían otra, y veo que eso tampoco ha cambiado.

—Y cuando pasa eso, ¿qué haces? ¿Te cargas al culpable?

Stone, sentado en la ventana de un edificio situado enfrente del aparcamiento al que había accedido por una puerta trasera que nunca cerraban, observaba al director del NIC.

«Vale, ya ha respondido a la siguiente pregunta. Sabe que maté a Gray y a Simpson.»

—Lo pasado pasado está.

—No creo.

—Entonces eres un idiota y, lo que es peor, estás haciendo un flaco favor al país que juraste proteger.

—¿De qué coño estás hablando? —gritó Weaver airado—. He luchado y matado por mi país.

—Yo también —replicó Stone.

—¿Qué quieres exactamente?

—Quiero que dejes de joderme. Si quieres ayudar, te lo agradeceré. Si no, limítate a apartarte de mi camino.

—Soy el jefe del servicio de inteligencia del país.

—Sí, ya lo sé. Pues empieza a comportarte como tal, marine. —Weaver se estremeció, pero Stone habló antes de que replicara—. La próxima vez que nos veamos quizá sea tomándonos una cerveza y hablando de los viejos tiempos, porque espero que, para entonces, el traidor que está intentando provocar una catástrofe esté muerto o en espera de juicio. Supongo que te parecerá bien.

Weaver asintió lentamente y se fue tranquilizando.

—De acuerdo, Stone. Tú pones las normas del juego. Por el momento. Ahora entiendo cómo has sobrevivido todos estos años.

—Eso parece.

—¿Stone?

—¿Sí?

—¿Qué crees que está pasando?

Stone permaneció en la oscuridad cavilando al respecto.

—Te equivocaste. Los disparos y la bomba son obra del mismo grupo.

—¿Cómo demonios lo sabes?

—Ni por asomo me creo que pudiera darse tal coincidencia.

—Vale. ¿Por qué?

—Se avecina algo gordo, Weaver. Mantente alerta. Tenías razón, hay motivos para estar preocupado.

—¿Cómo de gordo? —preguntó Weaver nervioso.

—Lo bastante gordo como para hacernos olvidar las balas y la bomba.

—Tenemos que impedirlo, Stone.

—Sin duda.

Al cabo de unos instantes Weaver y su cuerpo de seguridad se habían marchado. Stone bajó de su escondrijo. Oyó el ruido y se giró a tiempo de ver a Chapman, que salía de detrás de otro edificio. Guardó la pistola y fue a su encuentro.

—¿Qué haces aquí? —preguntó él.

—He visto lo que ha sucedido en la calle con los dos agentes y te he seguido hasta aquí.

—¿Por qué?

—Eres mi compañero. Tenía que asegurarme de que estabas bien.

Después de mirarse de hito en hito durante un buen rato, Stone dijo:

—Te lo agradezco.

—He oído lo fundamental. Te agradezco que me hayas defendido ante Weaver.

—Es propio de compañeros.

—Vamos. Te llevo a casa.

Esta vez Stone aceptó.

—Duerme en mi camastro y yo dormiré en el sillón —dijo cuando llegaron a la casa.

—¿Qué?

—Tú en el camastro y yo en el sillón.

—Ya te he oído la primera vez, pero estoy bien para conducir.

—No, no es verdad. Has estado a punto de atropellar a dos peatones y de darle a tres coches aparcados por el camino.

—No pasará nada —dijo ella con un poco menos de seguridad.

—No quiero quedarme sin compañera por que te arresten por conducir ebria.

—Pues entonces déjame a mí el sillón.

Señaló el camastro.

—Ve. —Le dio un empujón en la espalda.

Desconcertada, Chapman se quitó los tacones, caminó con suavidad hacia el camastro y corrió la cortina que la separaba del resto de la estancia.

60

A la mañana siguiente Chapman se despertó lentamente, se dio la vuelta hacia un lado, se cayó del camastro y se golpeó con fuerza contra el suelo.

—¡Hostia puta!

Se frotó la cabeza.

Alzó la vista y se encontró a Stone de pie delante de ella con dos tazas de café.

—Buenos días —saludó Stone con amabilidad.

Champan se sentó en la cama y tomó la taza que le tendía. Hizo una mueca de dolor y volvió a frotarse la cabeza mientras bebía un poco de café.

—Tengo la impresión de que la cabeza me va a estallar.

—Cuatro mojitos, dos vodkas con tónica y una copa de oporto. Y eso no es más que lo que vi. Me alucina que todavía tengas cabeza.

—Ya te dije que tengo mucho aguante.

—¿Por qué no te duchas y luego nos vamos a desayunar?

—Perfecto. Tengo un hambre canina. Conozco un buen restaurante.

—Yo conozco uno mejor.

—Estaré lista en diez minutos.

Al cabo de cuarenta minutos estaban en el centro de Washington D.C. haciendo cola con un grupo de obreros de la construcción para pedir el desayuno en un camión de comidas a pocas manzanas del Capitolio. Llevaron los sándwiches de huevo y la fritura de patata y cebolla al coche de Chapman y se sentaron en el capó a comer con avidez.

Chapman gimió con la boca llena de huevos revueltos.

—Cielos, qué bueno está esto.

—Es la manteca de cerdo, creo —dijo Stone mientras masticaba las patatas con cebolla ruidosamente—, y el hecho de que nunca lavan la sartén.

Cuando acabaron, entraron en el coche de Chapman y se marcharon.

—¿Adónde vamos?

—Al parque.

—El Infierno. Empieza a hacerle honor a su nombre.

—Me gustaría saber qué tal le va al NIC esta mañana.

—Teniendo en cuenta lo que sucedió anoche, probablemente no demasiado bien. —Rozaba el volante con los dedos—. Mira, sé lo que hiciste anoche. Impediste que Weaver emprendiera acciones contra mí por haberte contado lo de mi otra misión. Te salió de fábula.

—Llevo en este oficio lo bastante como para saber cómo funciona. Necesitaba que se echara atrás, pero tiene muchos activos. O sea que también necesito su ayuda y enfoque.

—¿Cuánto piensas contarle sobre lo que has descubierto?

—Mucho. Insisto, tiene recursos de los que yo carezco y ambos compartimos el mismo objetivo primario. Evitar lo que se nos avecina.

—¿De verdad crees que está en fase de planificación?

—Está más allá de la fase de planificación, está en la de ejecución.

—¿Y los rusos? Con menudo enemigo nos hemos topado.

—Sí.

—He tenido unos cuantos encontronazos con ellos. La cosa puede ponerse muy fea. —Stone no dijo nada—. Pasaste una temporada en Rusia. Al menos es lo que pone en tu historial.

—Sí.

—¿En la época de la Guerra Fría?

—Sí.

—¿Qué tal fue?

—Fue lo que fue.

—¿Tu misión tuvo éxito?

—Salí con vida, o sea que diría que sí.

Chapman siguió conduciendo.

Al cabo de veinte minutos ella y Stone estaban en el edificio de oficinas desde el que dedujeron que se habían producido los disparos. Stone abrió una ventana.

—¿Qué buscamos? —preguntó ella—. La altura de este edificio permite gozar de una visión directa del parque. Pero eso ya lo sabíamos.

—Sí, aunque creo que hay algo más.

—¿Como qué?

—Si lo supiera no estaría aquí mirando por la ventana.

Siguió bajando la mirada hacia el parque y luego hacia el sur de la Casa Blanca. Si bien sabía que había algo importante en lo más recóndito de su mente, no lo recordaba. Lo había visto, estaba seguro. De hecho, lo había visto en el parque, pero no le venía a la cabeza. Se había estrujado el cerebro toda la mañana y de poco le había servido.

Chapman se apoyó contra una ventana y se lo quedó mirando.

—Solo de ver cómo le das vueltas al asunto me duele la cabeza.

—Vamos. Necesito echar un vistazo al tablón de anuncios de la Universidad de Georgetown.

—¿Ahora te relacionas con los estudiantes universitarios?

—No. Mi objetivo es un poco mayor.

61

—¿Hay algo interesante? —preguntó Chapman mientras observaba a Stone consultando el tablón de anuncios.

Se fijó en un trozo de papel situado a unos cinco centímetros de donde había colocado el suyo la noche anterior. Lo leyó y tradujo rápidamente la respuesta en código.

—Sí. Vamos.

El viaje fue corto y enseguida llegaron al apartamento situado encima de la tintorería. Adelphia respondió a la llamada y les hizo una seña para que entraran. Se sentaron. Stone miró lentamente a su alrededor.

—No sabía que habías vuelto aquí.

—No he vuelto —dijo Adelphia. Llevaba una falda larga, una túnica blanca y un collar de cuentas verdes. Se había recogido el pelo entrecano en un moño bajo—. Es temporal. —Hizo una pausa—. Me sorprendió ver tu nota.

—Me alegra ver que el código que inventamos sigue resultando eficaz.

—¿En qué puedo ayudarte? —instó ella.

—¿Qué tal está Fuat Turkekul?

—¿Para eso has venido, para conseguir información sobre él?

—¿Y eso es un problema?

—Ya sé que alguien le sigue. Podría resultar muy peligroso para Fuat.

—Los disparos del parque procedían de un edificio de oficinas del gobierno. ¿No te parece peligroso?

Adelphia se recostó con expresión inescrutable para una desconocida como Chapman, pero Stone veía que estaba intrigada y preocupada a partes iguales.

—¿Eso está confirmado?

—Por mi parte, sí.

—¿Y por qué me lo dices? No colaboro en la investigación. Mi misión está relacionada con Fuat, nada más.

—¿Y si una cosa está relacionada con la otra?

—No lo creo probable.

Chapman, que había estado sentada en silencio, intervino:

—Pero ¿lo puedes descartar así como así? Tienes que plantearte esa posibilidad. De lo contrario, no estás haciendo el trabajo que te toca.

Adelphia ni siquiera se molestó en mirarla.

—No me esperaba que te asociaras con una persona tan impulsiva, Oliver.

—¿Descartas esa posibilidad? —preguntó él—. ¿Hasta tal punto que no te preparas para la misma?

Adelphia se encorvó hacia delante.

—Fuat está preparado para cualquier cosa.

—Come, da clases, lee. Supongo que en algún momento se dedica a buscar a Bin Laden, aunque esté a diez mil kilómetros de distancia.

—Como te dijeron, los planes están en una fase preliminar.

—Muy preliminar. Desde que mi colega le sigue, apenas se ha preparado.

—No siempre resulta tan obvio.

—Para un ojo experto es bastante obvio, Adelphia.

—¿Qué insinúas exactamente?

—Que lo que se me dijo sobre Fuat quizá no sea cierto.

—¿En qué sentido?

—Que no va a por Osama bin Laden. —Adelphia se recostó. Stone se fijó en que los dedos de la mano izquierda le temblaban un poco—. Es lógico, ¿no? —continuó—. Para deshacerte de mí me dices que Fuat va a por el terrorista más buscado desde Hitler. Probablemente creías que el nombre bastaría para no tener que dar más explicaciones.

—¿Te refieres a que no va a por Bin Laden?

Stone siguió mirando fijamente a Adelphia.

—¿Y bien?

Se levantó, se acercó a la ventana y miró al exterior.

—Ahí fuera no hay nadie —dijo él—. Por lo menos nadie relacionado conmigo, pero quizá no sea eso lo que te preocupa.

Se giró hacia él.

—En este tema mejor que no te metas, Oliver. De verdad que no. Te lo digo como vieja amiga.

—Ya estoy metido. —Stone se levantó—. Me gustaría hacerte otra pregunta.

—No prometo que vaya a responder.

—Turkekul no estaba en el parque para reunirse contigo esa noche. ¿Con quién había quedado en realidad?

62

Se marcharon del apartamento de Adelphia sin respuesta a la pregunta.

—¿Cómo llegaste a la conclusión de que no iban a por Bin Laden y de que Fuat Turkekul había quedado con otra persona aquella noche? —preguntó Chapman.

—Sospechaba que ambas cosas eran ciertas. Adelphia me acaba de confirmar los dos supuestos.

—Pero si no ha dicho nada.

—Eso es lo que lo ha confirmado.

—Pero ¿por qué empezaste a sospechar? —insistió Chapman.

—No se encomienda a un hombre que vaya a por Osama bin Laden y luego lo dejas de profesor en una universidad occidental, a no ser que creas que Bin Laden se oculta en algún lugar de la Costa Este. No tiene sentido. Por eso le dije a Harry que lo siguiera. No para protegerlo, sino para ver a qué se dedica. O, mejor dicho, a qué no se dedica.

—¿Y el hecho de que Adelphia no fuera al parque a reunirse con él?

—No se concierta una cita como esa para luego no presentarse. Se comunicaban mediante mensajes en el tablón de anuncios. La reunión iba a ser por la noche. Desde Georgetown se tardan diez minutos en taxi hasta el parque. Turkekul podía haber consultado el tablón justo antes de marcharse. Si Adelphia no podía asistir a la cita, podía haberle dejado un mensaje unos minutos antes de que saliera hacia el punto de encuentro. Respondió rápido a mi mensaje, lo cual me hace pensar que lo inspecciona con frecuencia. Turkekul no tenía por qué vagar por el parque mientras la esperaba. Es ineficiente y estúpido, aparte de potencialmente letal.

—Pero, si no era ella, ¿quién, entonces? ¿Llegó Turkekul a encontrarse con alguien?

—Que yo viera, no.

—¿Cómo interpretas eso?

—Que el encuentro tuvo lugar en otro momento y que sus superiores no estaban al corriente —añadió.

—Si fuera el caso, ¿por qué protegerlo?

—Si Turkekul es valioso, lo protegerían después del suceso. Incluso aunque la reunión se celebrara en otro momento, eso no significa que no tuviera que ver con la misión y, por tanto, es posible que fuera importante para sus superiores.

—¿Entonces es posible que le tendieran una trampa?

—No lo mataron. Podían haberlo matado fácilmente disparando unos minutos antes. No, no era el objetivo.

Chapman se palpó las sienes.

—Las infinitas posibilidades están dando vueltas en mi pobre cabeza y, por desgracia, ninguna de ellas tiene sentido.

Regresaron al parque. Stone lo recorrió de norte a sur y de este a oeste mientras Chapman le seguía diligentemente con expresión curiosa unas veces y aburrida otras.

—¿Crees que si recorres la escena del crimen te llegará la inspiración? —preguntó Chapman finalmente.

—No busco inspiración, sino respuestas. —Volvió a mirar el edificio desde donde se suponía que se habían producido los disparos—. Disparos. Todo el mundo echa a correr. Padilla salta al agujero del árbol. La bomba explota.

—La bomba explotó antes de tiempo. Tenemos que averiguar quién era el objetivo. Seguimos sin saberlo. Esa bomba tenía que estallar cuando el parque estuviera repleto de autoridades. Si somos capaces de determinar el objetivo, entonces podremos identificar a los artífices del complot. O eso espero.

Stone negó con la cabeza.

—Seguimos perdiéndonos algo. La imagen todavía está desenfocada. Mucho. —Hizo una pausa—. Bueno, cambiemos de dirección durante unos instantes y sigamos un proceso sencillo de eliminación.

—¿Cómo? —preguntó ella.

—Si Turkekul no había quedado con Adelphia, ¿a quién pensaba ver? —Stone miró alrededor—. No a vuestro hombre de seguridad. Ni a Alfredo Padilla ni tampoco a mí.

—Un momento. —Chapman emitió un grito ahogado—. ¿Te refieres a la mujer?

Stone asintió.

—Marisa Friedman.

63

—¿Por qué Friedman? —preguntó Chapman mientras caminaban por la calle H.

—Estaba en el parque. Como he dicho, se trata de un simple proceso de eliminación.

—Pero ella ya explicó qué hacía allí. De hecho, se presentó voluntariamente ante las autoridades.

—Yo también lo haría si fuera culpable de algo. Su rostro aparecía en la grabación de vídeo. Resultaría muy sospechoso si no se presentaba. Así apaciguó la sospecha y dio la impresión de ser una ciudadana honrada y respetuosa de la ley.

—Una ciudadana honrada y adúltera, pero tiene un despacho justo ahí. —Chapman señaló la línea de casas adosadas en Jackson Place—. Era de lo más lógico que estuviera en el parque.

—Por favor, baja la mano por si está mirando. Han permitido que los propietarios regresen.

Chapman bajó la mano y adoptó una expresión disgustada por la indiscreción de su gesto.

—Perdón.

—Dijo pertenecer a un grupo de presión y quizá sea cierto, pero a lo mejor esa no es toda la verdad.

—¿O sea que podría haber quedado con Turkekul?

—Si Turkekul había planificado un encuentro, Friedman era la única persona del parque con quien podría tener una cita —dijo Stone.

—Pero se lo habría contado a sir James y a los demás.

—Entonces quizá también la estén encubriendo.

—¿Porque forma parte de su misión, sea la que sea?

Stone asintió.

—Entonces, ¿estaba en el parque por Turkekul?

—Si mi teoría es cierta, sí —repuso Stone.

—¿Pero se reunieron?

—Se marcharon a la misma hora. No vi ningún tipo de interacción entre ellos mientras estaban en el parque. Ella habló por teléfono, pero él no.

—Quizá fueran a reunirse, pero...

—Pero entonces se produjeron los disparos y explotó la bomba.

—¿Cuál podría ser el objetivo de su cita?

—No tengo ni idea, pero dudo mucho que fuera sobre cómo encontrar a Bin Laden.

—¿Cómo abordamos la investigación desde esta nueva perspectiva?

—Si intentamos ir a por Friedman y resulta que la encubren los peces gordos, a lo mejor nos pelan.

—¿O sea que no podemos tocarla?

—Oficialmente no, pero quizás haya otro método.

—¿Cuál?

Stone hizo una llamada con el móvil.

—¿Annabelle? Tengo otro encargo para ti. Si te apetece.

Al día siguiente Annabelle y Caleb entraron en la oficina de Marisa Friedman. Habían concertado una cita y Friedman les esperaba. El aspecto de Annabelle había sufrido un cambio considerable. Llevaba el pelo rubio y corto, iba maquillada, vestía al estilo europeo y tenía un acento que era una mezcla de alemán y holandés. Caleb iba totalmente vestido de negro con el pelo ralo alisado hacia atrás. Llevaba unas gafas cuadradas, una barba incipiente y un cigarrillo apagado. Le explicó a Friedman que era lo único que le funcionaba para intentar dejar de fumar.

Ella se arremangó y le enseñó un parche de Nicorette en el brazo.

—Pues yo estoy en una situación parecida.

Friedman les condujo a su amplio despacho de la última planta con vistas a Lafayette Park. Estaba decorado de forma que indicaba que Friedman había viajado mucho, tenía buen gusto y el dinero necesario para ejercitar tal sensibilidad.

—Acabamos de volver al despacho —dijo ella.

—¿Y eso? —preguntó Annabelle.

—Una bomba estalló en el parque. Y hubo disparos.

—¡Dios mío! —exclamó Caleb.

—¿No se han enterado? —preguntó Friedman con expresión sorprendida.

—Como habrá deducido por mi acento, no soy de este país —declaró Annabelle.

—Y yo soy expatriado —añadió Caleb desenfadadamente.

—Pero a los americanos les gustan las pistolas y las bombas —dijo Annabelle—. Por lo menos es lo que cuentan por ahí. —Se encogió de hombros—. O sea que es normal, ¿no?

—No, no es normal, gracias a Dios. —Friedman se inclinó hacia delante—. Debo reconocer que su llamada de teléfono me ha dejado intrigada. ¿Quieren importar trabajos ecologistas desde Europa? ¿Puedo preguntar por qué, dado que lo ecologista ya ha despegado en Europa?

Annabelle hizo una mueca.

—Es la burocracia. Lo que ustedes llaman «papeleo». Nos está matando. Nuestros negocios abarcan muchos límites geográficos distintos. La Unión Europea hace pasar por el aro a todas las empresas y a menudo es imposible y totalmente ridículo. Nuestro modelo de negocio es bueno. Nuestra tecnología competitiva. Pero ¿y si no podemos ponerla en práctica? —Volvió a encogerse de hombros.

—Yo tengo experiencia aquí aunque haya estado fuera mucho tiempo —añadió Caleb—. Mis amigos me dicen que América es el lugar idóneo, que queréis trabajos ecologistas, que la burocracia no es tan exagerada, que se pueden hacer las cosas con rapidez y que también hay incentivos gubernamentales para hacerlas.

—Eso es cierto. ¿En qué país se instaló? —preguntó de repente.

—En Francia.

Ella le hizo una larga pregunta en francés. Caleb respondió de inmediato y al final incluso le soltó un chiste que la hizo reír.

Annabelle dijo algo en alemán y Caleb respondió en alemán.

—Me temo que mi alemán es muy malo —dijo Friedman.

—Discúlpenos —dijo Annabelle—. No ha sido muy educado por nuestra parte.

—Los europeos hablan un montón de idiomas, lo cual hace que los estadounidenses nos sintamos torpes.

—Su país es grande, los nuestros son pequeños —dijo Annabelle—. Hablar idiomas es una necesidad, pero habla usted muy bien francés.

—¿En qué puedo ayudarles?

—Necesitamos una presencia, una zona de cobertura, creo que la llaman así, aquí en Washington. Queremos construir una fábrica que produzca nuestros artículos en Estados Unidos. También tenemos una patente IP y temas de licencia que habría que abordar a nivel político. —Annabelle hizo una pausa—. ¿Es así como se dice? ¿Abordaje político?

—Grupo de presión, creo —comentó Caleb—. Y amigos en las altas esferas.

—Por supuesto que puedo encargarme de esos asuntos —dijo Friedman—. Tengo muchos contactos en el Gobierno, y la energía es una de mis especialidades. ¿Puedo preguntarles cómo me han encontrado?

Caleb se mostró incómodo.

—Me temo que no tiene nada que ver con su reputación, por estelar que sea.

—Nos hemos basado en la proximidad —añadió Annabelle—. Señaló hacia la ventana.

Friedman siguió el movimiento.

—¿La Casa Blanca? —Sonrió—. Interesante auditoría. Pero supongo que es uno de los motivos por los que me instalé en este lugar.

—Aunque también hemos consultado su lista de clientes. Es

impresionante y se ajusta muy bien a nuestras necesidades —comentó Annabelle.

Caleb se inclinó hacia delante y dio un golpecito con el cigarrillo en la madera tallada del escritorio de Friedman.

—Nos resultaría útil que nos explicara un poco su experiencia. Queremos hacerlo bien. Nuestro modelo de negocio muestra una vía clara hacia unos ingresos de miles de millones de euros o, más bien, dólares. Tenemos que empezar con buen pie. Es imprescindible.

—Por supuesto. —Friedman les explicó su origen, estudios y experiencia laboral y aspectos en los que podría ayudarles. Cuando la reunión estaba a punto de concluir, Friedman añadió—: Para el tipo de trabajo que requieren, calculo que bastará una cuota de diez mil dólares al mes. Esa cuota se limita al trabajo realizado de acuerdo con el marco de honorarios normal. Para encargos que vayan más allá de este ámbito, el precio será mayor. Todo está explicado en nuestro acuerdo estándar sobre honorarios.

—Por supuesto —dijo Annabelle—, parece lógico.

—¿De qué parte de Alemania es usted?

—De Berlín, pero me crie en otro lugar.

—¿Ah, sí? ¿Dónde?

—En muchos sitios —dijo Annabelle bruscamente.

—Es muy cosmopolita —añadió Caleb—, y reservada.

—No tiene nada de malo en un mundo en que todos vigilan al prójimo —dijo Friedman con tono desenfadado.

—Seguiremos en contacto —dijo Annabelle—. *Auf Wiedersehen.*

—*Ciao* —añadió Caleb.

64

Por si les seguían, Annabelle y Caleb condujeron primero a un restaurante y luego a un hotel. Subieron en el ascensor y Annabelle abrió la puerta de su habitación. Stone y Chapman les esperaban allí sentados.

Les relataron con pelos y señales su encuentro con Friedman.

—¿Creéis que sospecha algo? —preguntó Chapman.

—Si de verdad es tan buena, sospecha de todo —respondió Annabelle mientras Stone asentía—. Está claro que tiene un negocio de grupos de presión que funciona —añadió Annabelle.

—Por su lista de clientes y por su historial sabíamos que era cierto —dijo Stone—, pero eso no le impide tener un segundo empleo.

—O que los grupos de presión sean su tapadera y su principal actividad sea el espionaje —añadió Chapman.

Annabelle se pasó una mano por el pelo y se quitó la peluca.

—¿A alguien se le ocurre cuál podría ser su enfoque?

—Como os he dicho, sospecho que está implicada en algún plan dirigido por la inteligencia de Estados Unidos.

—¿Y por eso estaba en el parque aquella noche? —preguntó Caleb.

Stone asintió.

—Exactamente. El hombre al que Harry está siguiendo podría ser su contacto. Es mi teoría. Todavía no hay nada confirmado.

—¿Y el hombre al que Harry sigue? ¿Qué pasa con él?

—Nosotros somos quienes tenemos que descubrirlo.

—¿A través de Friedman?

—Sí, pero sin que Friedman lo sepa. No me fío de ella.

—Pero ¿qué relación tiene todo esto con la bomba? —preguntó Caleb.

—No sé si la tiene —reconoció Stone—. Podría darse el caso de que fuese una coincidencia que los dos estuvieran allí aquella noche. ¿Cómo habéis quedado con ella?

—Que seguiríamos en contacto —dijo Annabelle.

—Entonces, ¿qué habéis conseguido? —preguntó Chapman—. Chicos, ya sé que sois buenos, pero no sabemos nada más sobre ella.

—Lo cierto es que sí —afirmó Annabelle. Abrió el bolso, sacó una cajita de plástico y vieron la impresión de una llave en un molde—. Le saqué la llave del despacho del bolso cuando Caleb le pidió que le enseñara un cuadro del vestíbulo y yo me excusé para ir al baño. Puedo conseguir una copia de la llave rápidamente.

—Tiene un sistema de seguridad —dijo Caleb.

—Pero el teclado está en la puerta delantera —dijo Annabelle—. Anoche observamos la oficina. Friedman fue la última en marcharse a las siete y tecleó el número. Lo grabé con mi cámara desde el parque mientras fingía hacerles fotos a las estatuas.

Chapman miró a Stone.

—Entonces ¿vamos a entrar en su oficina?

—Yo sí, tú no.

—¿Por qué yo no?

—Eres demasiado oficial.

—Tú también tienes placa.

—Siempre he considerado que esa situación era temporal. Tú, por el contrario, aspiras a ascender.

—¿Cuándo vas a hacerlo? —preguntó Chapman.

—¿Por qué?

—Para decirle a la poli que te espere.

Annabelle la miró con cara de enfado.

—¿Tú de qué lado estás?

—Pero si me dejas ir no se lo diré a nadie —sugirió Chapman.

—No me gusta la idea —dijo Stone.

—No paras de sermonearme sobre el compañerismo y la lealtad.

—De acuerdo —accedió Stone finalmente—. Tú y yo.

Annabelle empezó a quejarse.

—Pero...

Stone le puso una mano en el hombro.

—Por favor, Annabelle, déjalo estar.

—Pero nosotros hicimos el trabajo duro y resulta que vosotros os lo pasáis en grande desvalijando el lugar —dijo Caleb.

A Annabelle le hizo gracia el comentario.

—Has llegado muy lejos, señor bibliotecario. Y, por cierto, me ha gustado un montón tu pinta de metrosexual cuando hemos ido a ver a Friedman.

Caleb se alegró.

—Gracias. Siempre he pensado que... —Empezó a hablar y la miró—. ¿Metro qué?

—Buena suerte —dijo Annabelle a Stone. Se giró hacia Chapman—. Cúbrele las espaldas, y lo digo en serio.

—Lo haré —prometió Chapman.

Stone y Chapman caminaban a paso ligero por la calle. Stone llevaba traje y un maletín. Chapman vestía falda y tacones con un chal alrededor de los hombros. Llevaba un bolso grande. Cruzaron el parque y llegaron a Jackson Place y Stone introdujo la llave en la puerta de la oficina de Marisa Friedman. Entraron y Chapman marcó el código en el teclado de seguridad y dejó de oírse el pitido. Stone cerró la puerta detrás de ellos y se internó en el edificio.

Había suficiente luz de ambiente procedente del exterior para que vieran por dónde iban, aunque Chapman se golpeó la pierna con un escritorio.

—Según Annabelle, el despacho de Friedman está en la planta de arriba, en la parte de atrás —dijo mientras se frotaba el muslo.

Al cabo de una hora estaban el uno frente al otro, con una sensación de fracaso evidente en la expresión.

Stone se encaramó al borde del escritorio de Friedman y miró en derredor. Habían repasado todos los archivos en papel, pero Stone se imaginaba que habría mucha información en los ordenadores. El sistema estaba protegido con una contraseña y, aunque probaron unas cuantas, no dieron con la correcta.

—¿Se te ocurre alguna idea brillante? —preguntó Chapman.

—No. Tendríamos que haberle dicho a Harry que nos acompañara. Probablemente habría podido entrar en el ordenador.

—Deberíamos largarnos.

Bajaron las escaleras. Stone lo vio primero, al otro lado de la ventana. Corrió hasta el teclado numérico, activó el sistema y entonces tiró de Chapman para que entrara en un despacho interior de la primera planta.

Al cabo de unos instantes la puerta se abrió y sonó el pitido del sistema de seguridad. Marisa Friedman pulsó las teclas adecuadas y el pitido cesó. Cerró la puerta tras de sí y subió las escaleras.

Stone abrió un poco la puerta y se asomó, con Chapman a su espalda.

—¿Nos marchamos mientras está ocupada? —sugirió Chapman.

—No, esperamos.

Pasaron veinte minutos y entonces él y Chapman oyeron unos pasos que bajaban y Stone cerró la puerta lentamente. Oyeron que el sistema de seguridad volvía a activarse y al cabo de unos segundos la puerta se cerró.

Stone contó hasta cinco y luego miró hacia el exterior.

—Despejado. Vamos.

Consiguieron abrir y cerrar la puerta en el intervalo durante el cual se armaba el sistema de seguridad.

—¡Allí! —gritó Chapman señalando hacia el norte, donde Friedman estaba a punto de doblar la esquina en Decatur House.

—¿Oliver? ¿Agente Chapman?

Se giraron y vieron a Alex Ford observándoles.

—¿Qué estáis haciendo aquí?

—¿Qué estás haciendo tú aquí? —espetó Chapman.

—Vigilando el perímetro de seguridad, aunque no es asunto tuyo —replicó Alex. Miró a Stone—. ¿Oliver?

—Lo siento, Alex. No hay tiempo. Te lo explicaré luego.

Stone agarró a Chapman del brazo y se marcharon rápidamente, y Alex se quedó boquiabierto mirándoles.

—Está entrando en un taxi —dijo Chapman al cabo de un momento.

—No hay problema. —Stone paró otro taxi que pasó al cabo de unos instantes. Subieron al mismo, Stone le enseñó la placa al taxista y le ordenó que siguiera al otro vehículo.

El taxi giró por una calle y luego otra en dirección oeste.

—Me resulta familiar —dijo Stone.

—¿El qué? —preguntó Chapman.

—La Universidad George Washington. Podía haber ido andando. Hace una tarde agradable.

—¿Sabes adónde va? —preguntó Chapman.

—Creo que sí.

—Pues desembucha —dijo Chapman exasperada.

El taxi se detuvo junto a la acera. Observaron cómo bajaba Friedman.

—Va a ver a Fuat Turkekul —dijo Stone.

—¿Cómo lo sabes? —preguntó Chapman.

—Porque es el edificio en el que le conocí.

—Pues vamos a ver qué están tramando.

En ese preciso instante un todoterreno dio un frenazo delante de su taxi, y otros dos, detrás. Les rodearon hombres armados antes de que tuvieran tiempo de reaccionar. Les obligaron a salir del vehículo y a entrar a empujones en uno de los todoterrenos, que se puso en marcha antes de que recobraran el aliento. Stone miró hacia atrás y vio que Marisa Friedman les observaba. Resultaba obvio que había interpretado su papel a la perfección para tenderles una trampa. Sin embargo, su expresión no era triunfante. En realidad se la veía un poco triste, pensó Stone.

Al cabo de veinte minutos les hicieron entrar en un edificio de aspecto abandonado. Subieron una escalera apenas iluminada hasta llegar a una puerta. Cruzaron esa puerta y luego otra. Les obligaron a sentarse y los hombres armados se marcharon cerrando la puerta detrás de ellos. Se encendió la luz y alguien se movió en la parte delantera de la sala.

Adelphia estaba allí sentada con las manos en el regazo.

A Riley Weaver se le veía sumamente contrariado.

Sir James McElroy parecía más que nada intrigado.

65

—¿Qué coño vamos a hacer con vosotros? Estáis en todas partes —dijo Weaver.

McElroy apoyó los codos en la mesa y formó una tienda con las manos.

—¿Cómo es que os habéis interesado por Marisa Friedman?

—Era la única que quedaba —dijo Stone.

—¿Y habéis deducido adónde se dirigía?

—A ver a Turkekul.

McElroy miró a Weaver y luego a Adelphia.

Stone se dirigió a McElroy.

—¿O sea que por eso, cuando me enteré de tu relación con Turkekul, no quisiste responder a mi pregunta?

—¿Te refieres a si te ocultaba algo más? Debo decir en mi defensa que entré en el juego cuando ya había empezado, y cuanto más profundizábamos en el mismo, más enrevesado se volvía. Reconozco que es la partida de ajedrez más intensa de mi carrera, Oliver. De verdad que sí. Espero estar a la altura de las circunstancias.

Stone se volvió hacia Weaver.

—¿Y tú estás a la altura de las circunstancias?

Weaver se sonrojó.

—Estamos haciendo lo que podemos en unas circunstancias sumamente adversas. Un pequeño paso en falso y se va todo al garete. Eso es lo que habéis estado a punto de conseguir esta noche.

—¿Cómo nos habéis localizado? —preguntó Chapman.

—Fácil. Hemos seguido a Friedman y hemos visto que la seguíais.

—¿Por qué seguís a vuestra propia agente? —inquirió Stone.

—Porque es sumamente valiosa y porque nos preocupamos de los nuestros.

—He visto que nos miraba cuando nos habéis detenido. No parecía sorprendida.

—La hemos telefoneado e informado nada más veros.

—¿O sea que no lo ha sabido hasta entonces? —preguntó Stone.

—¿A ti qué más te da? —bramó Weaver.

—¿Cuál es el verdadero objetivo de Fuat Turkekul? —preguntó Chapman—. No va a por Bin Laden, ¿verdad?

—¿Desde cuándo sospecháis que es un traidor? —dijo Stone.

Weaver pareció sorprenderse, Chapman se quedó conmocionada, pero McElroy asintió con aire pensativo.

—Me imaginaba que lo descubrirías.

—He tardado lo mío —reconoció Stone—. Demasiado tiempo, en realidad.

—Nos abordó con grandes promesas —explicó McElroy—. Con tantas promesas, de hecho, que a Adelphia, aquí presente, una de nuestras mejores bazas, se le encomendó que trabajara con él antes de que lo pusiéramos en manos de Friedman.

Adelphia asintió.

—Es uno de los motivos por las que tuve que marcharme, Oliver —dijo—. Para trabajar con Fuat.

—¿En qué exactamente? —preguntó Chapman.

Weaver soltó una risotada.

—Vino a vendernos la moto. Primero podía conducirnos hasta Bin Laden. Luego dijo que había un topo en nuestras filas y que nos ayudaría a descubrirlo.

—¿Y resultó que el topo era él? —dijo Stone.

—Más bien un troyano —observó McElroy—. Vino a nosotros disfrazado, por así decirlo, y ahora ha soltado un virus entre nosotros.

—¿Un virus? ¿Cómo? —preguntó Chapman.

—Le dejamos entrar —se lamentó Weaver— y trajo otros elementos consigo. Elementos desconocidos.

—Ahora nuestra única solución es hacerle pensar que confiamos en él, trabajar con él y entonces seguirle hasta sus otros contactos. No es nuestro método preferido, pero se nos acaban las opciones.

—¿Por eso no hacía gran cosa? —preguntó Stone.

Weaver asintió.

—Exacto. Fuat se lo toma con mucha filosofía. Quiso mudarse a Washington D.C. Se preparó a conciencia, creó su red y acto seguido se va todo a la mierda.

—¿El incidente del parque? —preguntó Chapman—. ¿Fue él?

—Sin duda —afirmó Weaver—. Creemos que no fue más que el preludio de algo mucho mayor.

—¿Y Friedman? ¿Qué papel desempeña? —preguntó Stone.

—Es una de nuestras agentes más encubiertas. Miembro de un grupo de presión y abogada de día con una plétora de clientes internacionales, muchos de ellos frentes de nuestro gobierno y sus aliados. Eso le permite viajar mucho. Nos informa de lo que ve. Sus conocimientos lingüísticos sobre Oriente Medio son apabullantes. Pasó muchos años allí para la CIA y luego en misiones conjuntas con el NIC. Tiene contactos importantes en la región. Era una elección lógica para la misión con Fuat y así complementar la labor de Adelphia.

—¿Cómo explicáis esa relación? ¿Grupo de presión y académico?

—Es fácil. Friedman representa a varias organizaciones de Oriente Medio que tienen relaciones con Turkekul. Oficialmente trabajan en una serie de iniciativas para reforzar los vínculos comerciales entre Pakistán y Estados Unidos.

—¿Y la llamada telefónica que Friedman realizó en el parque?

—A otro agente que le ofreció una tapadera cuando el FBI investigó el asunto —respondió Weaver.

—¿Cuándo empezasteis a sospechar de Turkekul?

McElroy jugueteaba con la corbata.

—Demasiado tarde, por supuesto. Era muy bueno. Friedman fue la primera que sospechó algo. Seguimos la pista de esas sospechas y las confirmamos. Friedman asumió un gran riesgo al hacerlo.

—¿Me estás diciendo que no sabe que sospecháis de él? —dijo Stone.

—Es demasiado astuto como para no sospechar, pero no le hemos dado motivos para que sospeche, ya me entiendes. Le hemos dado manga ancha. Le hemos encubierto en varias ocasiones, como bien sabéis.

—¿Qué plan creéis que tiene?

—¿Colocar residuos de nanobot en una bomba? —sugirió Weaver—. Me da un miedo atroz, y a ti también debería dártelo. Sé que hablaste con el presidente en Camp David. Fue sobre eso, ¿verdad?

—Entre otras cosas. El presidente me explicó lo del potencial biológico y químico. Pero en realidad no entró en detalles. ¿Puede hacer también que la bomba sea más potente, por ejemplo?

—No, sigue siendo un explosivo tradicional —dijo McElroy—. Creemos que simplemente es una forma de utilizar armas biológicas y químicas a una escala mucho mayor de la que ha sido posible hasta ahora.

—¿Cómo pueden hacer eso los nanobots? —preguntó Chapman—. Que quede claro que en la universidad suspendí ciencias.

McElroy asintió hacia Weaver.

—Dejo las nociones básicas para mi colega, aquí presente.

Weaver se aclaró la garganta.

—Los nanobots son la siguiente generación de nanorobótica. Se producen a nivel molecular y tienen muchos usos potenciales beneficiosos, como la liberación de fármacos en el organismo. Se cree que en un futuro muy próximo los nanobots podrán liberarse en enfermos de cáncer y programarse para que ataquen y destruyan las células cancerígenas sin dañar las células sanas. Las posibilidades son infinitas.

—¿Y el sistema de liberación de armas biológicas? —preguntó Stone—. Un terrorista puede poner ántrax en una bomba ahora mismo. Así que ¿por qué el tema de la nanotecnología lo hace más peligroso?

—A nivel molecular cualquier cosa es posible, Stone —dijo Weaver con cierta irritación—. Básicamente se puede construir algo átomo a átomo fuera de las configuraciones normales.

—Te refieres a las configuraciones normales para las que disponemos de sistema de detección —puntualizó Stone.

—Efectivamente, Oliver —dijo McElroy—. Ahí radica la clave del asunto. La detección. Si lo cambian de forma que no podamos encontrarlo, el otro bando nos aventajaría de manera considerable. De hecho, se trataría de una ventaja insalvable.

—¿El otro bando? ¿Te refieres a los rusos? —dijo Stone.

—¿Qué me decís de los chinos? —sugirió Chapman—. Tienen más dinero que nadie y su nivel científico no está nada mal.

—La metralleta Kashtan. Y hablaban un idioma raro —le recordó Stone—. Apunta hacia Moscú, no hacia Beijing.

—Tenemos motivos de peso para pensar que los chinos no están implicados en esto —dijo McElroy—. No necesitan recurrir a esas tácticas para ser una superpotencia. Económicamente ya lo son. Hoy día no se trata de ver quién tiene un ejército mayor, sino quién tiene la cuenta bancaria más abultada, y la cartera de los chinos está más llena que la de cualquier otro. Los rusos, por el contrario, no se encuentran en la misma situación.

—¿Y el incidente del parque fue una forma de comprobar el sistema de liberación? —preguntó Chapman.

—Eso creemos, sí —dijo Weaver—. Los nanobots estaban esparcidos por todas partes. No había armas biológicas o químicas injertadas o cultivadas en ellos. Lo hemos confirmado. Al menos las que conocemos. ¿Pero si las hubiera habido? Habría sido catastrófico.

—¿O sea que los nanobots son una forma de cultivar o construir armas biológicas o químicas a nivel microscópico y con una configuración indetectable? ¿Se cargan en una bomba y se hacen explotar?

—Así es —dijo McElroy—, y si se hace de la forma correcta las fuerzas de seguridad convencionales no tendrían posibilidad de impedirlo. Así que estamos esperando que Fuat cometa un error y nos conduzca a quienquiera que esté trabajando con él. Y pronto. No basta con arrestarle. Necesitamos a los demás y él es el único contacto que tenemos para llegar a ellos.

—Estamos intentando que Friedman le presione un poco. De ahí el encuentro de esta noche. Encuentro que habéis estado a punto de mandar al garete —señaló Weaver.

Stone no hizo caso del comentario.

—¿Cómo acabó Turkekul en contacto con los rusos? —preguntó Stone.

—¿Te contó que había vivido en Afganistán cuando fuiste a verle? —dijo McElroy.

—Sí.

—Esa época resulta interesante.

—A ver si lo adivino. Finales de los setenta, comienzos de los ochenta, cuando los rusos intentaban acabar con los revolucionarios afganos, ¿no?

—Así es. Estoy seguro de que Fuat fingió haber estado de parte de los revolucionarios afganos.

—Pero los rusos se lo habían metido en el bolsillo —dijo Stone.

—Por supuesto eso es lo que pensamos ahora —reconoció Weaver—. Cuando nos abordó por primera vez creímos que era trigo limpio. Si hubiéramos sabido que le era leal a Moscú ahora mismo estaría en la cárcel. Pero no lo sabíamos.

—¿Entonces el descubrimiento del arma rusa en Pensilvania no fue una sorpresa? —dijo Stone.

—No, solo confirmó lo que ya sabíamos —repuso Weaver.

—Pero ¿por qué hacer un ensayo en el parque, nada más y nada menos? —planteó Chapman—. Nos permitió analizar los escombros y descubrir esas nano-cosas.

—Creo que pone de manifiesto que tienen una gran seguridad en su tecnología —respondió Weaver—. Son unos cabrones arrogantes. La Guerra Fría nunca ha acabado de verdad.

—Quizás esa sea su perdición, por supuesto. Esperemos que así sea —comentó McElroy—. Por lo menos nos ha brindado la oportunidad de darle la vuelta a la tortilla.

—¿Creéis entonces que Turkekul estaba allí para detonar la

bomba a distancia después de marcharse del parque? —preguntó Stone.

—Estaba previsto que se reuniera con Friedman, por eso se marcharon juntos —dijo McElroy.

—Habría estado bien haberlo sabido antes —dijo Stone.

—El secretismo es necesario en ocasiones, Stone —farfulló Weaver.

—Vale —espetó Stone—. Me estoy hartando de oír esa excusa para justificar que nos ocultáis información.

—Como respuesta a tu pregunta, Oliver —dijo McElroy—, sí, creemos que la detonó a distancia. La excusa de reunirse allí con Friedman era una tapadera perfecta. A Friedman le sorprendió mucho que no estableciera contacto mientras estaba sentada en el banco.

Weaver miró a Stone y a Chapman.

—Y lo único que necesitamos es que vosotros dos no la caguéis.

—Si nos lo hubierais contado ni nos habríamos acercado —dijo Stone con razón.

—No hacía falta que estuvierais al tanto hasta ahora, y no me entusiasma lo más mínimo que lo sepáis. Así que, a partir de ahora, manteneos al margen, ¿entendido?

McElroy se levantó apoyándose en la mesa.

—Creo que lo entienden a la perfección, director.

—Una última pregunta —dijo Stone. Los dos hombres lo miraron expectantes—. El presidente sabe lo de los nanobots. Pero ¿sabe que sospecháis que Turkekul es un traidor? —McElroy y Weaver intercambiaron una mirada rápida—. ¿Se lo ocultáis porque habéis permitido que un espía se infiltrara entre los nuestros sin daros cuenta? —Stone miraba directamente a Weaver—. Porque, si es el caso, esto podría saliros muy caro.

El director del NIC se sonrojó.

—Yo en tu lugar me guardaría esa opinión absurda. Para empezar, todavía no entiendo por qué te llamaron para investigar en este caso. Llevas más de treinta años alejado de todo esto y, sinceramente, se nota. Repito, se te ordena que te mantengas alejado de Fuat Turkekul, ¿entendido?

—Como he dicho antes, director, estoy seguro de que el agente Stone lo entiende perfectamente —respondió McElroy.

McElroy miró a Stone de hito en hito y le guiñó el ojo.

Los dejaron en el coche de Chapman. Mientras llevaba a Stone a casa, dijo:

—Bueno, por lo menos tenemos unas cuantas explicaciones. Los rusos están otra vez a la greña. ¡Ay, mi madre!

—¿Por qué los disparos? —dijo Stone de repente.

—¿Qué?

Stone cerró los ojos.

—Piquetas —dijo.

—¿Piquetas? ¿De qué coño estás hablando? ¿Tienes pensado irte de acampada?

—Piquetas blancas. Todas en un lado.

Aquella misma observación les había llevado con anterioridad a deducir que los disparos se habían originado en el edificio del gobierno y no en el hotel Hay-Adams. Pero ¿podría haber otro motivo?

—¿Stone? —dijo Chapman—. ¿A qué te refieres?

Stone no respondió.

66

A la mañana siguiente, tras recibir una llamada, Stone y Chapman se reunieron con la agente Ashburn en la unidad de mando móvil del FBI. A Ashburn se la veía emocionada cuando les hizo pasar.

—Ya sabemos cómo envenenaron el árbol —anunció mientras les señalaba la cafetera y las tazas situadas en una mesa cerca de la puerta.

Se sentaron, café en mano, y contemplaron cómo se encendía la pantalla.

—¿Qué es eso? —preguntó Stone.

Ashburn pausó la grabación.

—Es el vídeo del DHS con las imágenes de Lafayette Park. La fecha en pantalla indica que se grabó tres semanas antes del estallido de la bomba.

—¿Qué os hizo comprobar el vídeo del DHS? —preguntó Chapman.

—En el FBI lo miramos todo —repuso con aires de suficiencia, aunque luego añadió con un tono más humilde—: Y básicamente no estábamos obteniendo nada por otras vías. Así que lo miramos y descubrimos algo interesante. —Pulsó el botón de reproducción y la pantalla volvió a cobrar vida.

Mientras Stone miraba, era como si estuviera a escasos metros del parque; las imágenes eran tan claras, tan cercanas, que cada píxel resultaba vívido y nítido. Se inclinó hacia delante cuando una mujer apareció en pantalla. Llevaba varias capas de ropa raída y sucia, y tenía las manos y el rostro negros de la mugre de vivir en la calle. El pelo era una maraña de rizos y mechones irregulares que le colgaban por debajo de los hombros.

—Una mendiga —observó Chapman.

—Una sintecho, sí —dijo Ashburn—. Por lo menos de aspecto, pero mirad lo que hace.

La mujer avanzó lentamente por el parque y Stone vio que los agentes del Servicio Secreto se le acercaban. El parque era un espacio público y abierto a todo el mundo, pero estaba enfrente de la Casa Blanca y lo visitaban muchos turistas, por lo que se tomaban las medidas necesarias para mantenerlo seguro y presentable. Stone había visto a los agentes del Servicio Secreto expulsando del parque a mendigos de aspecto perturbador o por comportarse de forma demasiado agresiva. Los agentes siempre se mostraban respetuosos y discretos. Incluso había visto que en ocasiones compraban comida y café a algunos vagabundos desdichados tras alejarlos del parque.

Sin embargo, la mujer de la pantalla no quería que le prestaran atención. Aceleró el paso, tropezó y el pie izquierdo se le fue quedando atrás. Entonces Stone se fijó en la botella de plástico que llevaba en la mano. Llegó al arce y cayó al suelo gimiendo y retorciéndose.

Ashburn paró la imagen.

—¿Lo veis? —Utilizó un puntero de láser para señalar la botella de agua. Estaba boca abajo y no tenía tapón. En el vídeo se veía un líquido que caía de la botella e iba a parar a la base del árbol. Ashburn reprodujo el resto del vídeo y Stone y Chapman observaron que la botella se vaciaba por completo y el mantillo que rodeaba el árbol absorbía el líquido rápidamente.

Al cabo de unos instantes los agentes uniformados ayudaron a la mujer a levantarse y se la llevaron.

—¿Los policías notaron algún olor extraño procedente de la botella? —preguntó Stone.

Ashburn negó con la cabeza.

—Ayer convocamos a esos agentes. Recuerdan a la mujer, pero digamos que su olor corporal era lo bastante fuerte como para encubrir cualquier otro olor. Además, imaginaron que se le había caído el agua de la botella y ya está. No les pareció nada extraño. Cuando al cabo de un tiempo el árbol se murió, nadie relacionó los hechos. Pero tomamos muestras de la tierra que rodeaba el árbol original e incluso encontramos fragmentos de la corteza en el Servicio de Parques. Los resultados de las pruebas confirman que fue envenenado con un producto que evita que el árbol absorba el agua y los nutrientes. Su muerte era inevitable.

Stone la miró.

—Buen trabajo, agente Ashburn. Creo que has desentrañado el misterio de la muerte del árbol.

—Pero nos falta mucho para averiguar el resto —reconoció con resignación.

La dejaron y volvieron caminando al parque. Chapman señaló delante de ellos.

—Están haciendo los preparativos para plantar otro árbol —dijo. El personal del Servicio Nacional de Parques trabajaba alrededor de otro cráter.

—Esperemos que esta vez utilicen a otro proveedor —dijo Stone— y comprueben si hay bombas.

El equipo de jardineros era prácticamente el mismo al que habían interrogado. George Sykes dirigía a la tropa uniformada mientras retiraban los restos y volvían a dar forma al cráter llenándolo con tierra nueva.

—Supongo que la ATF ha terminado su investigación aquí —comentó Chapman.

—Supongo.

—¿Cuál fue tu momento de iluminación anoche? —preguntó Chapman—. Dijiste algo sobre unas piquetas blancas y luego te callaste.

—Hoy habría venido aquí aunque Ashburn no nos hubiera llamado. —Señaló hacia el norte, hacia el edificio de oficinas desde donde se habían producido los disparos—. Calibra la línea de visión.

—Ya lo hice, gracias.

—¿Recuerdas lo que representaban las piquetas de colores del parque?

—Naranja para los escombros y blanco para las balas.

—¿Recuerdas la distribución de cada color?

Chapman miró por la hierba.

—Había piquetas de color naranja por todas partes, lo cual es de esperar con una bomba. Los explosivos distribuyen los restos de forma aleatoria.

—¿Y las piquetas blancas?

Chapman vaciló.

—Si no recuerdo mal estaban concentradas en el lado occidental del parque.

—«Concentradas», esa es la palabra clave.

Chapman volvió a mirar hacia el edificio de oficinas y luego al parque.

—Pero me dijiste que la distribución de las balas era el motivo por el que me has hecho mirar en ese edificio.

—El huevo o la gallina. Abordé la ecuación desde el lado equivocado.

—¿Qué?

—Creí que habían utilizado ese edificio, en parte al menos, porque era más alto que el jardín de la azotea del hotel y podían ver por encima de los árboles. Así no tenían que disparar a ciegas. Pensé como un francotirador, pero fue un enfoque incorrecto.

Chapman parecía confusa, pero le duró poco.

—¿Quieres decir que como no había un objetivo real en el parque, como por ejemplo el primer ministro, qué más daba disparar a ciegas?

—Eso mismo. Podían disparar con la metralleta a través de las copas de los árboles. Daba igual. Pero el edificio de oficinas les permitía ver por encima de los árboles. En la oscuridad era necesario porque las cosas se ven distintas a oscuras y la capacidad espacial se deteriora. Quizás utilizaran objetivos nocturnos, pero aquí por la noche hay mucha luz de ambiente, y los objetivos nocturnos resultan visibles para otras personas que también los empleen, y aquí hay muchos debido a la presencia de las fuerzas de seguridad.

—Vale —dijo Chapman lentamente—. ¿Y eso qué significa?

—Los tiradores delimitaron el campo de tiro al lado oeste.

—Tú estabas en la zona oeste del parque, junto con nuestro hombre.

—Y las balas cayeron peligrosamente cerca de nosotros. Creo que fue más por casualidad que por premeditación. Si nos hubieran alcanzado no creo que les hubiera importado.

—¿Y por qué limitaron los disparos a la zona oeste? —se preguntó Chapman. —Stone estaba a punto de responder cuando Chapman se lo impidió—. No mires ahora, pero una de las jardineras nos está mirando con expresión extraña.

—¿Cuál?

—La mujer joven. Espera, voy a intentar una cosa.

—¿El qué?

—Espera.

Stone fingió examinar una zona del césped con sumo interés. Chapman regresó al cabo de dos minutos.

—Bueno, esperamos cinco minutos, vamos en dirección norte y entramos en esa iglesia de ahí.

—¿Por qué?

—Para reunirnos con la mujer.

—¿Cómo lo has conseguido?

—Digamos que ha sido un intercambio de señas femeninas que son imposibles de captar y traducir por la mente masculina.

67

Al cabo de cinco minutos estaban en St. John Church admirando los cojines bordados del «banco presidencial» de la casa del Señor.

—James Madison. John Quincy Adams —leyó Chapman mientras bajaba la mirada hacia los cojines—. Una lista de personajes de lo más ilustre.

—Pues en aquella época a tu país no se lo parecía —repuso Stone—. Los llamaban revolucionarios e incluso terroristas.

—Bueno, después de doscientos años hasta las diferencias más espinosas suelen reconciliarse.

La mujer, vestida con el uniforme verde y caqui, entró en la iglesia y se quitó el sombrero. Los vio y se les acercó rápidamente.

—He visto que intentabas que nos fijáramos en ti —dijo Chapman—. Gracias por venir a vernos.

—La verdad es que no sé si es importante. Y aunque sea nuestro descanso no puedo ausentarme mucho rato.

—¿Cómo te llamas? —preguntó Chapman.

—Judy Donohue.

—Bien, señorita Donohue, ¿qué te preocupa? —preguntó Stone.

—Una cosa que dijo el señor Sykes cuando le interrogaron.

—¿Cómo sabes que le interrogamos? —preguntó Chapman—. Estaba solo.

Donohue se mostró avergonzada y tensa.

Stone se dio cuenta.

—¿Cuánto tiempo hace que trabajas en el Servicio de Parques?

—Diez años. Me encanta.

—¿Eres de por aquí? —preguntó Stone.

Sonrió irónicamente.

—No, del lugar más lejano imaginable.

—¿Dónde está eso? —preguntó Chapman.

—Crecí en un lugar remoto de Montana, en una región dejada de la mano de Dios. Siempre me ha gustado estar en contacto con la naturaleza. —Levantó una mano. En el dorso llevaba un pájaro tatuado—. Es el *Sturnella neglecta*, también llamado pradero occidental. Es el pájaro representativo de Montana. Me lo hice a los dieciséis años. Mis amigas se tatuaban corazones y nombres de chicos. Yo opté por la fauna.

—¿Y qué pasa con lo que dijo el señor Sykes? ¿Estabas cerca?

Donohue bajó la cabeza.

—Mi intención no era escuchar la conversación —dijo enseguida—. Estaba cerca trabajando en un proyecto y...

—Y oíste cosas —dijo Chapman con amabilidad—. Es perfectamente comprensible.

—¿Y qué oíste que te hizo plantearte algo?

—Dijo que estábamos esperando que un arborista inspeccionara el árbol y que le estábamos poniendo tierra especial y nutrientes y cosas así.

—Correcto —dijo Stone—. ¿Y no es cierto?

—No.

—Vale —dijo Stone lentamente—. Entonces, ¿cuál es el problema?

—Ya sé que no me explico muy bien. Por eso trabajo con las manos y no con la cabeza, supongo.

—No hay prisa, Judy —dijo Chapman para tranquilizarla.

—Pues resulta que el arborista ya había inspeccionado el árbol y había certificado que estaba sano. Volvió a echarle un vistazo cuando lo introdujimos en el agujero, pero nada más que para asegurarse de que el transporte con una grúa no lo había dañado. La tierra y los nutrientes ya estaban en su sitio.

—Es decir, que no hacía falta dejar el agujero sin tapar —dijo Stone.

—Eso mismo. Recuerdo poner los postes y la cinta y pensar que era una tontería dejar el agujero de ese modo porque alguien podría caerse.

—Es lo que pasó —dijo Chapman.

—Bueno, de todos modos me pareció extraño.

—¿Qué explicación dio Sykes para dejar el agujero sin tapar? —preguntó Stone.

—No nos dio ninguna explicación. Es el jefe de brigada. Hacemos lo que nos dice.

—Cuando el agente Gross vino, ¿estabais todos presentes cuando hizo las preguntas?

—Durante un rato sí, pero luego se marchó con el señor Sykes.

—Supongo que la pregunta sobre el agujero sin tapar no se formuló mientras estabais todos allí.

—Recuerdo que el agente del FBI planteó ese tema, pero entonces el señor Sykes dijo que era hora de volver a trabajar y que él contestaría el resto de las preguntas.

—¿Alguno de los otros miembros del equipo tiene las mismas reservas sobre el hecho de que el agujero se dejara sin tapar? —preguntó Chapman.

—Son buena gente, muy dedicados. Pero también obedecen órdenes y no les dan muchas vueltas a las cosas. Supongo que yo soy un poco más independiente. Y después de oír por casualidad lo que el señor Sykes les dijo, pensé que tenían que saberlo.

—Has hecho bien, Judy —la tranquilizó Chapman.

—Tengo que volver.

—Vale —dijo Stone—. Nos has sido de gran ayuda. No se lo cuentes a nadie.

Donohue asintió con expresión nerviosa.

—¿Creen que el señor Sykes hizo algo malo?

—Seguro que lo averiguaremos —declaró Stone.

68

Salieron de la iglesia y regresaron al parque caminando.

—O sea que ahora George Sykes es un sospechoso —dijo Chapman—. ¿Hay alguien que no esté implicado en este asunto?

—En las conspiraciones suelen participar unas cuantas personas —observó Stone.

—¿Oliver?

Se giraron y vieron a Alex Ford, que se les acercaba dando grandes zancadas.

—Déjame hablar a mí —dijo Stone rápidamente a Chapman—. Hola, Alex —dijo girándose hacia su amigo.

—¿Piensas contarme algo que se asemeje a la verdad sobre lo que está pasando? —preguntó Alex con voz estridente.

—Sé que soy reservado y críptico, pero lo cierto es que no estoy convencido de que sea buena idea que estés al corriente de esto.

—¿En este plan vamos? ¿Soy miembro del Camel Club solo de nombre?

—No, no quería decir eso, pero ahora tengo un encargo y una placa y...

—Eso no te ha impedido implicar a Annabelle, Harry y Reuben, ¿verdad? Ellos no tienen placa ni encargo, pero yo sí.

—Ya sé que esto no es nada sencillo.

—Oh, es muy sencillo. Me mantienes totalmente al margen.

Creía que éramos amigos y que nuestra amistad estaba por encima de todo lo demás.

Stone se dispuso a decir algo, pero se calló. Miró a Chapman y luego a Alex.

—Tienes razón.

Aquella constatación tan sincera pareció aplacar la ira del agente del Servicio Secreto.

—De acuerdo.

—Vamos progresando —dijo Stone—, pero no lo suficiente y tengo la sensación de que se nos está acabando el tiempo. Si no he sido lo bastante sincero contigo se debe en parte a que te encuentras en una posición muy delicada.

—¿En parte?

—Sí, el resto se debe a la torpeza con la que manejo nuestra amistad. Lo siento.

—¿Puedes contármelo? ¿Debería estar preocupado? Me refiero por el presidente.

—No estoy al corriente de ninguna amenaza concreta contra el presidente, si es a lo que te refieres. Y si lo estuviera, lo sabríais los dos. Eso te lo juro.

—He oído decir que te reuniste con él en Camp David.

—Sí. Necesitaba hablar con él con sinceridad.

—¿Y él te respondió con la misma sinceridad?

—Sí. De hecho, me sorprendió lo sincero que fue.

—Tengo entendido que Reuben sigue en el hospital.

—Sí, le fue por los pelos. Alex, por los pelos.

—Te presionamos para que nos dejaras ayudarte, Oliver. Ya somos todos mayorcitos.

—De todos modos, me siento responsable. No volveré a cometer ese error.

—No puedes proteger a tus amigos de todo.

—Al menos podría ahorrarles las situaciones peligrosas.

—Has dicho que ibais progresando. ¿Os falta menos para descubrir qué está pasando?

—Pues sí, la verdad.

—¿Y es malo?

Stone lanzó una mirada a Chapman antes de responder.

—Creo que es muy malo, sí.

—Pues entonces ten cuidado. Si puedo ayudarte en algo, cuenta conmigo. —Alex se giró y se marchó.

—Es un buen tipo —dijo Chapman mientras se situaba al lado de Stone.

—Sí, es verdad. Cada vez que hablo con Alex me acuerdo de lo afortunado que soy por tener a amigos como él y también de lo poco que me merezco a amigos como él.

—Bueno, probablemente ellos sientan lo mismo con respecto a ti.

—¿Tú crees? Yo no.

—¿Y qué hacemos con el señor Sykes? ¿Le abordamos de manera directa o sutil?

—Sutil y directa a la vez.

—¿Cómo nos lo montamos?

—Estoy pensando en ello. Se me acaba de ocurrir otra cosa. ¿Te acuerdas de los hispanos a los que mataron?

—¿Sí?

—Lloyd Wilder no estaba implicado. Los hispanos sí.

—¿Qué?

—El hombre que le dijo a Annabelle que había visto a los hombres llevándose la canasta mintió.

—Pero tú pensabas que Lloyd Wilder también estaba implicado. ¿Qué te ha hecho cambiar de opinión?

—Sospechaba que estaba implicado. No estaba convencido. Pero después de pensar en el tema, sé que mis sospechas eran infundadas.

—¿Por qué?

—Annabelle y Reuben eran desconocidos en un bar que buscaban un vivero de árboles. ¿Y esos hombres les soltaron a bote pronto que uno de ellos había visto a alguien, no a John Kravitz, llevándose la canasta?

—¿Y?

—Estaba todo preparado. El hombre dijo haberse ocultado detrás de un edificio. Tal como constatamos cuando estuvimos allí, el edificio con la canasta estaba a más de ciento cincuenta metros de la estructura más próxima. Y en una escalera y a oscuras es prácticamente imposible identificar o incluso distinguir la envergadura y la edad de una persona. O sea que ¿cómo supo que no era John Kravitz?

—Es verdad. Y el tipo dijo que se marchó antes incluso de que el hombre bajara de la escalera.

—¿Y justo después de recibir esta información «crítica» atacan a Annabelle y a Reuben?

—¿Crees entonces que les tendieron una trampa?

—Creo que sabían quiénes eran Annabelle y Reuben antes de que entraran en el bar.

—¿E intentaron matarles?

—La palabra clave es «intentaron». Sé que Reuben recibió dos disparos, pero no le causaron heridas mortales. Creo que fue deliberado. Es valiente como el que más, pero no hay forma de atravesar una posición fortificada con metralletas atacando con una pistola. Y no se habrían batido en retirada. Si nos atenemos a la lógica del combate, Reuben debería estar muerto.

—¿O sea que le dejaron vivir? ¿Por qué?

—Para que Annabelle y Reuben nos contaran lo que les habían dicho. Otra pista falsa, otro callejón sin salida por el que correr y perder el tiempo. Y a los hispanos se los cargan poco después. Más estratagemas de despiste, más pistas que nos alejan cada vez más de la verdad.

—Y alguien está haciendo limpieza —dijo Chapman—. Matándoles.

—Eso también.

—Si estás en lo cierto, tu país está dando gran libertad de movimientos a Turkekul. Acabará matando a todo el mundo antes de ahorcarse.

—Puede ser.

—¿Y ahora a por Sykes? —preguntó Chapman.

—Sí, ahora a por Sykes.

69

El problema era que no encontraban a Sykes. No había vuelto del descanso y nadie de su equipo sabía dónde estaba. Buscaron por el parque y zonas contiguas.

Stone llamó a Ashburn para explicarle lo sucedido así como lo que les había contado Judy Donohue.

—Emitiré una orden de búsqueda enseguida. No puede haber ido muy lejos.

Stone guardó el teléfono y miró a Chapman.

—Esto no me gusta nada.

—¿Te refieres a que parece que siempre van un paso por delante?

—Me refiero a que vuelvo a sentirme manipulado.

—Quizás haya visto que Donohue se ha escabullido para hablar con nosotros y le ha entrado el pánico. ¿Por qué no iniciamos una búsqueda calle por calle en coche? A lo mejor se ha ido a pie.

Se subieron al coche y giraron en Pennsylvania Avenue por el lado este de la Casa Blanca. Habían recorrido dos manzanas cuando lo oyeron.

El sonido del disparo se oyó con claridad por encima de los ruidos habituales de la ciudad. La gente empezó a gritar y a correr por la calle para protegerse.

El tráfico se detuvo y los cláxones comenzaron a sonar.

Stone y Chapman se apearon del coche y corrieron hacia delante.

Oyeron que una sirena se acercaba.

Corrieron de coche en coche, asomándose al interior.

La sirena ganó fuerza. Se oyó otra a continuación.

Chapman miró detrás de ella. Dos coches de policía atajaban por entre el tráfico en dirección a ellos. Stone también los vio y aceleró el paso. Sacó el arma del interior de su chaqueta. Chapman aceleró al otro lado de la hilera de coches parados e imitó sus movimientos. Al final llegaron al obstáculo de la carretera, dos coches que habían chocado, aunque Stone intuía que eso no era todo. Un hombre mayor estaba apoyado en el coche de delante con aspecto consternado y asustado. Stone bajó la mirada y vio que el hombre había vomitado en la calle.

Stone se le acercó y le mostró la placa.

—Señor, ¿qué ocurre? —preguntó.

El señor mayor señaló hacia el coche que tenía detrás, donde los dos guardabarros habían chocado. Stone observó la matrícula del coche. Era gubernamental. Se le cayó el alma a los pies. Echó un vistazo al interior del coche.

—Maldita sea.

Chapman estaba mirando desde la ventanilla del pasajero.

—Cielo santo.

Los dos coches de policía frenaron de golpe y unos hombres vestidos de azul saltaron del interior. Vieron a Stone y a Chapman empuñando las armas y sacaron las suyas.

—¡Policía! —gritaron apuntándoles con las pistolas.

Stone y Chapman alzaron bien las placas para que los policías las vieran.

—Agentes federales. Ha habido un homicidio —gritó Stone—. El FBI acaba de publicar una orden de búsqueda para este hombre, pero alguien se les ha adelantado.

Los policías avanzaron lentamente, comprobaron las credenciales de Stone y miraron en el coche.

Sykes estaba recostado en el asiento del conductor. El parabrisas estaba rajado. El disparo le había dejado un orificio en la frente. Había sangre y sesos desparramos por el interior del coche.

No era de extrañar que el otro conductor hubiera vomitado después de ver aquello, pensó Stone.

Chapman vio el móvil en el asiento delantero. Ayudándose de un pañuelo, lo cogió como pudo y consultó el registro de llamadas.

—Ha recibido una llamada hace diez minutos. De un número privado. Quizá los técnicos puedan identificarlo.

Stone asintió y miró a su alrededor.

—Cierto. Bueno, recibió la llamada y salió a toda prisa.

—Le tendieron una trampa —añadió Chapman—. Sabían que tomaría esta ruta. Alinearon el tiro.

En esos momentos Stone estaba mirando hacia delante en línea recta para intentar averiguar la procedencia del disparo.

—¿Qué necesitáis que hagamos? —preguntó uno de los policías.

Stone siguió mirando mientras hablaba.

—Pedid refuerzos y acordonad la escena del crimen.

Sacó el teléfono y llamó a Ashburn para informarla.

Ashburn soltó una buena ristra de tacos por el teléfono. Cuando se hubo desahogado, añadió:

—Voy a mandar refuerzos ahora mismo. Nos coordinaremos con la policía metropolitana.

Stone colgó.

—Se acerca la caballería.

—¿Cómo quieres repartir la búsqueda? —preguntó Chapman.

Una mujer que había estado en la acera se les acercó corriendo. Tenía unos veinte años, llevaba vaqueros con la zona de las rodillas agujereada y sujetaba un iPhone con la mano derecha y una bolsa de la compra con la izquierda.

—¿Señor? ¿Señora? —Se volvieron hacia ella. Señaló un edificio que estaba calle abajo—. Estaba mirando ese edificio mientras caminaba y he visto un destello. Luego he oído el choque de coches. Creo que de ahí... que ha venido de ahí.

—¿Recuerdas de qué planta? —preguntó Stone rápidamente.

La mujer miró el edificio y contó para sus adentros.

—La sexta. Por lo menos.

Oyeron otras sirenas a medida que los refuerzos llegaban a toda prisa. Stone gritó a los dos policías que habían llegado primero a la escena que les siguieran a él y a Chapman. Mientras corrían hacia el edificio, sacó el teléfono e informó a Ashburn de la situación. Le dio la dirección del lugar.

Stone se guardó la pistola y corrió lo más rápido posible sin apartar la mirada de la sexta planta, a la espera de que apareciera otro destello.

70

—¿No pensarás que el tirador sigue en el edificio, no? —dijo Chapman cuando llegaron a la entrada y abrieron las puertas. Stone había ordenado a un policía que vigilase la parte delantera del edificio y a otro la trasera.

Stone no respondió. Mostró la placa al guarda de seguridad que los abordó.

—Es posible que haya un francotirador en este edificio. ¿Has visto entrar a alguien hoy con aspecto sospechoso o que llevara una maleta con una forma rara?

El guarda negó con la cabeza.

—No, pero acabo de terminar la ronda y alguien podría haber entrado sin ser visto.

—El FBI está de camino —anunció Stone—. ¿Qué otras salidas hay aparte del vestíbulo?

—Por aquí. —Les condujo a una puerta que daba al vestíbulo—. Por ese pasillo y a la derecha. Se llega al muelle de carga de la parte posterior.

—¿Queréis que os acompañe? —propuso el hombre en cuanto se dispusieron a tomar ese camino.

—No, quédate aquí. Hay un agente de policía apostado en la parte delantera. Si pasa algo, ve a su encuentro.

—De acuerdo, buena suerte.

Stone y Chapman salieron disparados por la puerta y pasillo abajo. No habían recorrido más de seis metros cuando Chapman lo sujetó por el brazo.

—¿Qué? —dijo Stone.

—¿El guarda de seguridad?

—¿Qué le pasa?

—¿Suelen llevar guantes?

Stone se estremeció, dio media vuelta y corrió por donde habían venido.

La puerta estaba cerrada con llave. Chapman disparó a la manija y la abrió de una patada. Entraron corriendo en el vestíbulo. No había ni rastro del guarda.

El policía de fuera les dijo que el hombre había salido y se había internado en el callejón.

—Me ha dicho que le habíais ordenado que fuera a proteger la parte trasera del edificio y...

Chapman y Stone salieron corriendo antes de que acabara la frase.

Encontraron el uniforme del guarda de seguridad junto a un contenedor. Stone y Chapman miraron a su alrededor.

—No nos lleva más que unos segundos de ventaja —susurró ella.

—Gracias a ti —dijo Stone—, si no te hubieras dado cuenta...

Chapman le golpeó con fuerza y lo derribó antes de que la bala impactara en el lateral del contenedor en el preciso lugar en que había estado la cabeza de Stone. Chapman rodó, apuntó y abrió fuego. Los disparos desportillaron el cemento del lateral del edificio, pero el tirador ya se había ido.

Stone se había colocado boca abajo y apuntaba con la pistola al mismo sitio.

—¿Ves algo? —susurró él.

Ella negó con la cabeza.

—Se ha ido.

El policía de la parte delantera, que había oído los disparos, apareció corriendo.

—¡Mantente agachado! —exclamó Chapman.

El policía se puso de rodillas y correteó hacia delante hasta situarse también detrás del contenedor.

—Han llegado los refuerzos —dijo—. ¿Estáis bien, chicos?

Stone se incorporó y miró a Chapman.

—Estoy bien gracias a ella.

Chapman se encogió de hombros.

—La verdad es que ha sido más cuestión de suerte que de habilidad.

—Bienvenida sea. Esa bala iba directa a mi cabeza.

Los tres recorrieron el callejón con cautela. Aceleraron el paso al oír el coche que se marchaba a toda velocidad. Para cuando llegaron a la siguiente intersección, no había ni rastro del vehículo ni del tirador. Stone y Chapman corrieron por el callejón y luego aminoraron un poco el paso.

Los dos se pararon al llegar a la altura del policía.

Estaba agachado junto a su compañero, que yacía degollado detrás de unos cubos de basura, con los ojos inertes mirando hacia arriba.

—Debía de haber más de un tipo —dijo Chapman cuando se arrodillaron junto al cadáver—. No habría tenido tiempo de dispararnos a nosotros y matar a este policía.

—Tenía sus propios refuerzos —dijo Stone con voz queda mientras el policía se sentaba en cuclillas y se secaba las lágrimas que derramaba por la muerte de su compañero.

—Estos tíos están superbien organizados —dijo Chapman—. A ver... ¿quién coño son?

Stone le puso una mano en el hombro al policía.

—Lo siento.

El agente alzó la vista y asintió y volvió a bajar la mirada hacia su compañero muerto.

Stone se enderezó, se giró y regresó por el callejón mientras el aullido de las sirenas alcanzaba su apogeo.

George Sykes, un agente de la policía local y un guarda de seguridad estaban muertos. Habían encontrado al guarda de seguridad verdadero en un trastero del vestíbulo con una única herida de bala en la frente.

El francotirador había desaparecido.

Stone le había facilitado la descripción a Ashburn y habían

emitido una orden de búsqueda, pero ninguno de los dos albergaba grandes esperanzas. Lo más probable era que el asesino se ocultara en algún lugar o estuviera a bordo de un avión privado con destino al extranjero.

En aquellos momentos, Stone y Chapman se hallaban sentados en un coche en el exterior de la modesta residencia de George Sykes, situada en Silver Spring, Maryland. Estaba en medio de un barrio normal y corriente con niños que iban en bici, mamás que charlaban en los patios delanteros y papás que cortaban el césped. O lo habría sido si el FBI no hubiera evacuado y acordonado la calle.

La agente Ashburn se encontraba en el asiento del copiloto mientras que otro iba al volante.

—¿Qué sabemos sobre Sykes? —preguntó Stone.

—Su mujer murió hace tres años. Los hijos ya son mayores y no viven con él. Ha trabajado toda su vida para el Servicio Nacional de Parques. Nunca ha dado problemas.

—Y seis nietos —dijo Stone. Bajó la mirada hacia el archivo del hombre—. No es mucho mayor que yo. Debió de empezar pronto.

—¿Tenía problemas económicos? —preguntó Chapman.

Ashburn asintió.

—Fue lo primero que comprobamos. No encontramos nada, pero investigamos un poco más y encontramos una cuenta vinculada a Sykes. Había un depósito reciente de cien mil pavos.

—O sea que alguien le pagó para que se aviniera a hacer lo que hizo.

—¿Para qué le pagaron exactamente? —preguntó Stone.

—Había una bomba en el cepellón. ¿Y si alguien empezaba a fisgonear? Él lo evitaría. Se aseguraría de que mientras la bomba estuviera en la tierra nadie se acercase.

—¿O sea que traicionó a su país por cien mil dólares? —dijo Stone—. ¿Un hombre con seis nietos?

—Tal vez no fuera más que el primer pago —añadió Chapman.

—Cierto —dijo Ashburn—, pero se aseguraron de que fuera el único. El modus operandi resulta coherente. Están eliminando a su equipo, cerrando el túnel. Así no nos dejan pistas.

—El francotirador asumió un gran riesgo al hacerse pasar por guarda —observó Stone—. Le vimos la cara.

—Pero ya se ha esfumado y dentro de seis meses tendrá una cara nueva.

—Detrás de esto hay mucho dinero en juego —dijo Chapman—. Eso está claro.

Ashburn enarcó las cejas.

—¿Como la tesorería de un país?

—Rusia —dijo Chapman.

—Es la teoría que más oigo una y otra vez —reconoció Ashburn—. El cártel y el gobierno quizás estén trabajando codo con codo. Menuda competencia.

Stone asintió hacia la casa de Sykes.

—¿Y a qué esperamos? No necesitamos ninguna orden judicial. Le han disparado. Podemos entrar en su casa a investigar. Era trabajador federal.

—Es cierto, pero teniendo en cuenta que estos tipos usan bombas, he solicitado la ayuda de un perro detector de explosivos antes de entrar. Por eso también hemos evacuado el vecindario.

La unidad canina apareció y Stone observó al perro peinando el patio y luego entrando en la casa por una puerta trasera que le abrió un agente del FBI. Al cabo de diez minutos la búsqueda había concluido y les dieron el visto bueno para que entraran.

No tardaron en registrar la casa, pero no encontraron gran cosa.

—Mandaremos a un equipo de la policía científica para que investiguen a fondo —dijo Ashburn mientras regresaban al coche—, pero dudo que obtengan algo.

—De todos modos hay que hacerlo —dijo Stone.

—Sí, hay que hacerlo —convino Ashburn.

—¿Han informado a la familia? —preguntó Chapman.

—Estamos en ello. Tal vez averigüemos algo por esa vía.

—Quizá se le escapara algo hablando con un familiar, ¿te refieres a eso? —dijo Chapman.

—Si estamos de suerte...

—No veo que la suerte nos sonría mucho —dijo Stone.

Ashburn los dejó en su coche y se marcharon. Chapman conducía mientras Stone parecía ensimismado.

—¿En qué piensas?

—En hasta cuándo va a continuar la matanza para que pesquen a Fuat Turkekul y le hagan hablar.

—¿Crees entonces que es culpable?

—No tengo información suficiente para hacer esa aseveración, pero el statu quo no nos favorece.

—¿Qué alternativa nos queda?

—Todavía no se me ha ocurrido.

—¿Y quién podría ser el siguiente objetivo de la lista?

—¿Si Turkekul está implicado? —Stone la miró.

—Estaba pensando lo mismo. Sé que es amiga tuya —dijo Chapman—, pero y...

—Adelphia no está metida en esto.

—¿Estás completamente seguro? Hacía mucho tiempo que no la veías.

Stone se la quedó mirando y luego le puso una mano en el hombro.

—¿Qué te parece si infringimos unas cuantas leyes?

—Antes de conocerte no era muy partidaria, pero ahora creo que empieza a dárseme bien. Entonces, ¿vamos a por Turkekul?

—No —dijo Stone.

—¿A por quién?

—Noto que el otro bando vuelve a manipularnos. Esperan que vayamos a la izquierda. Pues esta vez iremos a la derecha.

71

Stone hizo una parada para conseguir cierta información que necesitaba mientras Chapman esperaba en el coche. Cuando volvió a entrar le indicó el camino a seguir.

—Han hablado con uno de los compañeros de Sykes —dijo Stone durante el trayecto—. Dicen que cuando Sykes contestó a la llamada se puso muy pálido y se fue corriendo al coche.

—¿Qué crees que pasó?

—No lo sé exactamente, pero tengo una idea bastante aproximada.

Llegaron a la dirección, una comunidad de casas adosadas en Chantilly, Virginia. Chapman estacionó donde Stone le indicó, pero no salió del coche.

—Esperemos —dijo.

Al cabo de media hora una furgoneta paró delante de una casa pequeña a cien metros de donde habían aparcado y una mujer se bajó.

Chapman la reconoció de inmediato.

—Es...

—Sí, es ella —afirmó Stone al tiempo que abría la puerta del coche.

Llegaron a la puerta delantera un segundo antes de que la cerrara. Stone introdujo el pie en el hueco. La mujer se giró, asustada. Stone había sacado la placa.

—¿Te acuerdas de nosotros?

Judy Donohue, que todavía llevaba el uniforme del Servicio Nacional de Parques, lo miró a él y luego a Chapman.

—Yo... sí, sí que me acuerdo. ¿Están aquí por lo del pobre señor Sykes? Me he enterado. Ha sido horrible.

—¿Podemos entrar?

—¿Por qué?

—Para hacerte unas cuantas preguntas más.

—Pero si les he dicho todo lo que sabía.

—En vista de los últimos acontecimientos se nos han ocurrido otras preguntas. —Stone abrió la puerta de par en par y Donohue se vio obligada a retroceder mientras él cruzaba el umbral.

—¡Oye! —dijo enfadada—. No puedes hacer eso.

—Pues acabo de hacerlo —dijo Stone. Chapman cerró la puerta tras de sí y Stone se internó en la casa.

—Esto es ilegal, ¿no? —dijo Donohue.

Stone lanzó una mirada a Chapman y luego se quedó mirando a Donohue.

—Me parece que no, pero, de todos modos, no soy abogado.

—Quiero que os marchéis ahora mismo.

—¿Por qué? ¿Tienes algo que ocultar?

Donohue estaba nerviosa.

—Por supuesto que no —repuso.

—Me he enterado de que te vas del Servicio de Parques. ¿Y eso? Pensaba que como te gusta tanto la naturaleza era el trabajo perfecto para ti.

—No es asunto tuyo, pero hace meses que me lo estaba planteando. Después de lo que ha pasado y de que hayan matado al señor Sykes, ha llegado el momento.

Stone se le acercó.

—¿Cuál es el destino de tu billete de avión? ¿Un lugar que no tiene leyes de extradición con este país?

—¿Qué?

—Vayamos al grano. ¿Adónde huyes? ¿Y cuánto te han pagado? Ingresaron cien mil dólares en la cuenta de Sykes. ¿Te han pagado lo mismo?

—No sé de qué coño estás hablando —exclamó Donohue.

—¿O sea que no te importa que echemos un vistazo para buscarlo?

—Sí, sí que me importa. Largaos.

Stone no le hizo ni caso y se le acercó más.

—¿Qué le han dicho a Sykes por el móvil para que se marchara conduciendo de esa manera? ¿Que habían tomado como rehén a uno de sus seis nietos? ¿Que no podía ponerse en contacto con nadie o matarían al niño? ¿Que tenía que conducir por una ruta determinada, una ruta que lo llevaba directo al francotirador? ¿Y luego bang, se acabó George Sykes?

—Largaos o llamo a la policía.

—Sykes no tenía nada que ver con todo esto —declaró Stone—. ¿El dinero en una cuenta secreta? Un montaje de lo más sencillo. ¿La conversación que supuestamente oíste sin querer entre Sykes y el agente Gross? Nunca se produjo. Ahora que Sykes y Gross están muertos nadie puede llevarte la contraria, pero se te escapó una cosa. Una cosa obvia. —Miró a Donohue de arriba abajo—. ¿Quieres saber de qué se trata?

A Donohue le empezaron a temblar los labios, pero no respondió.

—Voy a decírtelo de todos modos. Podemos verificar la información sobre el arborista y los motivos por los que el agujero se dejó sin tapar. ¿Por qué crees que descubriremos que todo lo que Sykes le contó al FBI es cierto? ¿Que el agujero no se podía rellenar por los motivos que dijo? ¿Y por qué crees que si cavamos tan hondo como el agujero para el árbol encontraremos agujeros incluso mayores en tu versión?

A Donohue comenzaron a flaquearle las piernas.

Stone se le acercó más.

—La bala de un rifle de largo alcance le ha atravesado la cabeza. —Le presionó la frente con el dedo—. Justo aquí.

—Para, por favor.

—Ahora que Sykes está muerto la investigación tendría que centrarse en ti. Nos pondríamos en contacto con el arborista y no habría por dónde coger tu mentira. Pero para entonces esperabas haberte marchado muy lejos, ¿no? ¿Por eso has vuelto temprano a casa? Para recoger tus cosas y emplear la documentación falsa que te han proporcionado. Te habrías esfumado en un abrir y cerrar de ojos.

—Bueno, es vuestra última oportunidad. Largo. —Donohue blandía el teléfono como si fuera un arma—. O llamaré a la policía.

Chapman dio un paso adelante.

—Ten en cuenta, Judy, que la gente con la que estás colaborando ha matado a todos los que les han ayudado. ¿Por qué crees que contigo será distinto? —Miró hacia la puerta—. De hecho, no me extrañaría que estuvieran esperando fuera a que nos marchemos para entrar y acabar con este cabo suelto.

Donohue parecía estar a punto de romper a llorar, pero recuperó la compostura.

—Por última vez, largo —espetó.

Stone y Chapman se marcharon.

—¿Y ahora qué? —preguntó Chapman.

—Una parte de mí cree que la hemos amedrentado, así que vamos a ver qué pasa.

—¿Y la otra parte?

—Me preocupa que muera antes de que consigamos que nos diga la verdad. Venga, pon el coche en marcha. Que piense que nos marchamos. Sé que nos está mirando por la ventana.

Chapman arrancó y se marcharon.

Stone le dijo que parara en un lugar alejado desde donde podían ver la casa de Donohue. Sacó el teléfono y llamó a Ashburn. Se lo explicó en un par de minutos y Stone asintió con la cabeza.

—Hazlo lo antes posible. —Colgó y guardó el teléfono.

—¿Y bien? —preguntó Chapman.

—Va a conseguir la orden para interrogarla.

—¿Y si se va de la casa?

—Tendremos que impedírselo y retenerla hasta que aparezcan los agentes del FBI.

Chapman apenas había empezado a relajarse en el asiento cuando dio un respingo.

Stone también lo había visto.

Donohue había salido de la casa. Llevaba una maleta y tenía prisa.

—Rápido, vamos a por ella antes de que se nos adelanten.

Para cuando Chapman hubo puesto la marcha, Donohue había abierto la puerta de su furgoneta.

—Impídele el paso —ordenó Stone.

—Vale. —Chapman aceleró.

El coche se encontraba a siete metros del de Donohue cuando esta arrancó.

La explosión hizo que el vehículo saltase por los aires y la onda expansiva procedente del estallido volcó el coche de Chapman. Stone y Chapman se quedaron inconscientes con la cabeza ensangrentada tras el impacto contra el metal y el cristal del coche, con los cinturones de seguridad todavía ceñidos.

72

Stone se despertó. Estaba conmocionado, aunque poco a poco fue recobrando el conocimiento. Intentó incorporarse, pero una mano se lo impidió. Vio a la agente Ashburn mirándole.

—¿Qué? —empezó a decir.

—No pasa nada. Tómatelo con calma —dijo con voz tranquilizadora.

Stone miró en derredor. Volvía a estar en una habitación de hospital. Se dispuso a cerrar los ojos, pero los abrió de golpe al recordar algo.

—¿Chapman?

—Se pondrá bien. Tiene unos cuantos chichones y morados. Igual que tú.

—Donohue está muerta —dijo en voz baja.

—Sí. ¿Habéis visto cómo estallaba la bomba?

Stone asintió.

—Ella estaba en la furgoneta.

—¿Tienes idea de dónde ha salido la bomba?

Se tocó la cabeza e hizo una mueca.

—O ya estaba en el vehículo cuando ha llegado a casa o alguien la ha colocado mientras estábamos dentro con ella.

—¿No habéis visto a nadie? —Stone meneó la cabeza lentamente. Ashburn se acomodó en una silla junto a la cama—. Me ha sorprendido recibir tu llamada sobre Donohue. ¿Qué te ha hecho apuntar en esa dirección?

—Una corazonada.

—¿Sobre ella?

—Más bien sobre negarme a dejar que me lleven de la oreja.

—¿Te refieres a que crees que eso es lo que está pasando? Stone se incorporó en la cama.

—Me refiero a que creo que nos manipulan, sí.

—¿Se te ocurre quién podría ser el artífice?

—Quizás alguien que está entre los nuestros. Acuérdate de lo que dijo el agente Gross, que alguien le vigilaba.

—¿Cuál era la función de Donohue? ¿Fue ella la que estaba implicada en lo del árbol y la bomba y no George Sykes?

—Eso creo. Ha intentado que sospecháramos de él. ¿Habéis encontrado algo en casa de Donohue?

—No, pero si tenía documentación de viaje preparada para huir, estará en los restos de la explosión y todavía los estamos analizando. Aunque no suele quedar rastro de documentos tras una explosión.

—Pero llevaba una maleta. No cabe duda que la hemos asustado. Creo que pensaba huir.

—No te digo que no. —Ashburn se levantó—. Has tenido un día ajetreado. El guardia de seguridad/francotirador impostor casi te da y ahora saltas por los aires.

—¿Sabe alguien que estoy aquí?

—¿Te refieres a tus amigos? No, nos ha parecido mejor mantenerlo en secreto.

—¿Y Chapman está bien? ¿No me tomas el pelo?

—No te tomo el pelo.

—¿Puedo verla?

—Voy a preguntar. Vuelvo enseguida.

La puerta se abrió al cabo de menos de un minuto. No era Ashburn. Era Chapman impulsándose en una silla de ruedas. Llevaba una gasa en la mejilla derecha y otra en la frente.

Stone se sobresaltó y se incorporó un poco más. Se fijó rápidamente en la silla de ruedas y luego la miró.

—No te preocupes. —Chapman sonrió—. Puedo caminar, pero es la norma del hospital para los pacientes que han saltado por los aires. ¡Mira que tenéis normas los americanos!

Stone se recostó con expresión aliviada.

Chapman se paró junto a la cama.

—¿Y tú qué? ¿Estás entero?

Stone estiró los brazos y el cuello.

—Que yo sepa, sí. Dolorido pero operativo.

—Casi los pillamos.

—«Casi» no sirve de nada en nuestra profesión.

—¿Qué te ha dicho Ashburn?

—Lo básico. No hay pistas. Lo más importante que me ha dicho es que estabas bien —añadió con una sonrisa.

Chapman le devolvió la sonrisa.

—Me alegra saber que tienes claras las prioridades.

—Me has salvado la vida.

—Eso solo significa que estamos en paz.

—Supongo que es cierto.

—Pero Donohue era la última baza. No nos queda nadie más con quien hablar.

—Te equivocas. Nos queda Fuat Turkekul.

—Pero es intocable.

—Después de haber saltado por los aires dos veces, para mí no hay nada intocable.

Más tarde, Marisa Friedman entró y Stone intentó disimular su sorpresa, pero no lo consiguió.

Friedman llevaba una falda blanca, una blusa de seda azul y zapatos planos. Maquillaje impecable, el pelo brillante y suelto hasta los hombros. Llevaba un bolso en una mano y unas gafas de sol en la otra. Miró a Stone con ojos penetrantes y se sentó en la única silla de la habitación.

—Veo que te has llevado una sorpresa al verme —dijo.

—La última vez que me acerqué a ti me dejaron bien claro que no volviera a hacerlo.

—¿Qué sabes sobre mí?

—Weaver fue contundente pero informativo.

—En nuestra profesión eso es a veces bueno y otras veces no tanto.

Stone se incorporó.

—Entonces, ¿por qué estás aquí?

—Me he enterado de lo que te había pasado. Quería cerciorarme de que estabas bien.

—No te hacía falta venir aquí para saberlo. Bastaba con llamar.

Ella lo miró y luego apartó la vista rápidamente. Se levantó y se acercó a la ventana.

—Bonito día.

—Supongo. Ni lo había pensado.

Ella continuó mirando hacia el exterior.

—De niña me fascinaba el tiempo. Quería ser meteoróloga de mayor.

—¿Qué pasó?

Se giró hacia él.

—No estoy segura, la verdad. Hice todo lo que debía. Fui a las escuelas adecuadas. Luego me desvié hacia la facultad de Derecho de Harvard. Después de licenciarme tenía la intención de tomarme un año sabático, viajar a Europa, y luego acabar trabajando en un bufete de Nueva York. Pero tuve el capricho de asistir a un seminario sobre la CIA y para cuando me di cuenta ya habían pasado un montón de años. —Se volvió para mirar otra vez por la ventana—. He vivido mucho. —Se giró de nuevo hacia él—. Pero no tanto como tú, por lo que parece.

—¿Has hablado con Weaver sobre mí?

Se acercó a la cama.

—John Carr. Impresionante.

Stone se encogió de hombros con resignación.

—No había oído ese nombre en treinta años y ahora lo oigo continuamente.

Arrastró la silla más cerca de la cama y se sentó.

—Me sorprendió que me pillaras. No tenía ni idea de que me estabais siguiendo la noche que fui a ver a Fuat hasta que recibí un mensaje de los agentes de Weaver. ¿Cómo te lo montaste?

—¿Estás aquí realmente por eso? ¿Para asegurarte de que tu tapadera no tiene agujeros permanentes?

—¿Acaso no harías lo mismo?

—La verdad es que sí —reconoció.

—¿Y bien?

—Fue un proceso de eliminación. Aquella noche estabas en el parque. La historia de Adelphia no era creíble de ninguna de las maneras. Turkekul estaba allí porque había quedado con alguien. —La señaló con un dedo—. Tú eras la elección lógica. De hecho tardé más de la cuenta en caer, pero debo argüir en mi defensa que me han despistado con muchas estratagemas.

A Friedman se la notaba nerviosa y Stone enseguida se percató del motivo.

—¿Te preocupa que alguien más pudiera llegar a las mismas conclusiones que yo?

—Así es mi vida, agente Stone. Intentar descubrirlo antes de que me pillen.

—¿Cómo descubriste lo de Turkekul?

—Una docena de cosas nimias que no significaban nada por separado pero que resultaban muy significativas en cuanto se asociaban. Aunque me costó creerlo, la verdad, y, al comienzo, también al NIC. Pero empezaron a investigar y resultó ser verdad. La conexión afgana de Fuat selló su perdición. Rastreamos esa historia y encontramos vínculos con la ex Unión Soviética. Su principal contacto de entonces está ahora muy cerca de la cima del poder allí.

—¿Y la relación con los cárteles de la droga rusos?

—Cártel. Solo hay uno, si bien tiene muchas manifestaciones y el gobierno ruso está asociado con el mismo. No solo el flujo de capital es enorme, sino que el daño que el narcotráfico podría causar a un país entero es mucho más mortífero que atacarle con el ejército. En una guerra los soldados mueren junto con algunos civiles. La mayoría de los habitantes no se ven afectados. En la guerra del narcotráfico todo el mundo sufre de un modo u otro.

—Entiendo.

—Entonces la cuestión se reducía a qué hacer con Turkekul.

—¿Y la solución fue darle cuerda hasta que se ahorcara?

—No es solo eso, no. Necesitamos a los demás, a los puestos altos de la cadena de mando. El hecho de que Fuat fuera un troyano supuso un duro revés. Pero si podemos darle la vuelta a la situación para que nos beneficie, entonces le causaremos un grave perjuicio al otro bando.

—Pues mucha suerte.

Marisa se levantó y le puso una mano en el hombro.

—Sé que trabajas duro para resolver este caso y sé que Fuat entra en todo esto.

—¿Pero no quieres que insista demasiado para así no echar por tierra tu trabajo?

—Sí.

—Lo tendré en cuenta. Puedes marcharte y decirle a Weaver que hoy has cumplido tu misión.

—No sabe que estoy aquí.

—Ya. —Stone lo dijo con tanta fiereza que hasta él mismo se sorprendió.

—No lo sabe —insistió ella.

—Entonces, ¿a qué has venido realmente? No será para comprobar tu tapadera ni para ver si estoy bien.

Ella lo miró con curiosidad.

—¿En qué basas esa deducción?

—La baso en que creo que eres una persona que hace varias cosas a la vez.

Ella suspiró.

—Solo quería volverte a ver. Asegurarme de que estabas bien, a pesar de lo que me han dicho. Al fin y al cabo, has sido víctima de una explosión.

—¿Y por qué te importa?

—Porque me importa.

—No lo capto.

Ella se le acercó.

—Bueno, permíteme que sea más sincera de lo normal. En realidad somos muy parecidos, John Carr. Muy pocos hacen lo mismo que nosotros. —Suavizó la expresión y dio la impresión de que miraba más allá de él—. He vivido muchos años aparentando ser quien no era. —Volvió a centrar su mirada en él—. Sé que tú lo has hecho durante mucho más tiempo. Nunca he conocido a nadie como yo. Es decir, hasta que te conocí. —Le tocó el brazo—. Así que estoy aquí por eso. Supongo que es para convencerme de que no estoy sola, de que existen otras personas como yo. Sé que probablemente te parezca ilógico.

—No, la verdad es que no. De hecho tiene mucho sentido.

Se le acercó todavía más.

—Es una vida muy solitaria.

—Puede serlo, sí.

—Se nota que hace mucho tiempo que estás solo.

—¿Cómo?

Ella levantó la mano lentamente y le tocó la mejilla.

—Se te nota en la cara. Si se sabe mirar, el rostro no miente. —Hizo una pausa—. Y los dos sabemos mirar, ¿verdad? —Retiró la mano y Stone apartó la mirada—. Siento haberte incomodado —dijo ella—. Ojalá...

—¿Qué?

—Nos hubiésemos conocido hace tiempo.

—Hace tiempo no habría funcionado.

—¿Quieres decir que ahora sí podría funcionar?

Stone volvió a apartar la mirada.

—Conmigo no funciona nada.

—¿Eres muy exigente?

—No es eso. Aunque fuera exigente, tú serías... Bueno, qué importa.

—Siempre importa. Incluso para dos viejos guerreros como nosotros.

—Yo soy viejo, tú no.

—En esta profesión todos somos viejos. —Hizo una pausa—. Si seguimos con vida. —Se levantó, le acarició la mejilla y le besó en la cara—. Cuídate —dijo. Al cabo de unos instantes se había marchado.

73

Stone y Chapman recibieron el alta del hospital al día siguiente después de haber estado en observación. Stone reconoció que aquel descanso le había venido bien. Haber quedado inconsciente dos veces en tan poco tiempo habría pasado factura a una persona joven, y mucho más a un hombre de su edad. Pero tenía motivos para levantarse de la cama y retomar la cacería una vez más. La situación estaba llegando a un punto crítico. Faltaba poco para el gran acontecimiento. Lo notaba en todo el cuerpo.

Mientras Chapman conducía en el nuevo vehículo que le había proporcionado el FBI, Stone la miró.

—¿Cuántos puntos?

Se tocó el vendaje de la frente.

—Seis aquí y dos más en la mejilla. El médico me ha dicho que habrán cicatrizado de sobra para las fotos de las vacaciones. —Lanzó una mirada hacia él—. ¿Cómo es que no tienes ninguno? Recuerdo perfectamente verte todo lleno de sangre antes de perder el conocimiento.

—Probablemente pensaran que ya no tengo remedio. El corte mayor estaba en el cuero cabelludo. Llevo un vendaje, pero no se ve.

—Supongo que hemos tenido mucha suerte.

—Más suerte que Judy Donohue.

—O sea que la liaron en todo este asunto. ¿Cómo? ¿Con dinero?

—Supongo que sí. Dinero que nunca tuvieron intención de pagar.

—¿Te refieres a que pensaban matarla de todas formas?

—Claramente. La tapadera que se inventaron para ella no resultaba creíble. Pretendían darnos largas un día o dos. En cuanto habló con nosotros en la iglesia y nos contó todas esas mentiras ya era mujer muerta.

—O sea que seguramente el FBI encontrará un depósito en una cuenta en el extranjero a nombre de Donohue que se ha cancelado. Qué curioso, no me pareció la clase de mujer que se metería en una conspiración.

—¿Qué clase es esa? ¿A la que no le gusta el dinero? Me he encontrado con muy pocas personas de esas.

—¿Hasta el punto de participar en un atentado contra tu país?

—No seas ingenua. Además, nadie resultó herido en ese atentado, salvo el pobre Alfredo Padilla.

—Pero ¿y cuando empezaron a morir otras personas? Tuvo que darse cuenta.

—Por supuesto que sí, pero para entonces era demasiado tarde. Si decidía confesar, reconocería que había sido cómplice de asesinato, de muchos asesinatos. Probablemente decidiera que era más seguro cumplir el plan acordado y huir con lo que pensó sería mucho dinero.

—Y George Sykes acaba con una bala en la cabeza por no haber hecho nada malo.

—Sí, por eso no me siento tan mal por Judy Donohue.

—Tu teoría sobre cómo hicieron que Sykes se largara presa del pánico seguro que se aproxima bastante a la realidad.

—Amenazaron a su familia. Le dijeron dónde se reunirían. Una ruta que lo llevaría directo a la zona mortífera. Lo planearon con meticulosidad. Lo cual resulta informativo y desalentador.

—Podrían matarnos cuando les dé la gana.

—Intentaron matarme y lo impediste.

—Un punto para los buenos.

—Lo cual demuestra que no son infalibles.

—¿Significa eso que lo del vivero, el cepellón y el Servicio Nacional de Parques fue otra pista falsa?

—Creo que a Kravitz le tendieron una trampa y que Lloyd Wilder también era inocente.

—¿Y los hispanos a los que ejecutaron?

—Los equivalentes de Judy Donohue. Estaban implicados en la trama, pero solo en parte. Desempeñaron su papel, cobraron la pasta y se los cargaron.

—Vale. ¿Investigamos de nuevo a Fuat Turkekul? ¿Cómo quieres hacerlo? Weaver se nos echará encima si nos pilla dándole la vara a nuestro amigo turco.

—Tal como te he dicho, sir James me guiñó el ojo.

—¿Y qué? Sabes perfectamente que eso no te protegerá de Riley Weaver.

—Pues evitaremos a Turkekul y tomaremos la ruta menos transitada.

—¿Cuál es? ¿Adelphia?

—No.

—¿Quién, entonces? —Stone no dijo nada—. Solo nos queda Marisa Friedman.

—Sí, cierto.

—Pero la última vez que intentamos acceder a ella nos pillaron.

—Eso fue la última vez. Ahora ya nos han advertido. Y vino a verme.

—¿Qué? ¿Cuándo?

—Ayer, al hospital.

—¿Qué quería?

—Si te soy sincero no estoy seguro. Está muy sola.

—¿Ah, sí? —Chapman lo miró con expresión inquisidora.

—Supongo que todos estamos solos de un modo u otro.

—Bueno —dijo Chapman de forma vacilante—. ¿Cómo vamos a hacerlo?

A modo de respuesta, Stone sacó el teléfono y marcó un número.

—¿Annabelle? Creo que ha llegado el momento de que Caleb y tú os reunáis de nuevo con la señorita Friedman.

74

—Me alegro de verles —dijo Friedman en cuanto se sentó a la mesa del restaurante. Annabelle y Caleb ya estaban sentados delante de ella.

—Dijimos que seguiríamos en contacto —dijo Annabelle sin rodeos.

—Estamos emocionados ante la perspectiva de llevar esto adelante con su ayuda —dijo Caleb.

Friedman se colocó la servilleta encima de la falda.

—A mí también me emociona la idea —dijo—. He hecho algunas consultas preliminares y el momento es definitivamente propicio para su modelo de proyecto.

Comieron y continuaron hablando sobre el negocio. En cuanto salieron del restaurante, una limusina Mercedes dobló la esquina.

—Podemos llevarla a casa —dijo Caleb.

—No hace falta —dijo Friedman—. Vivo en Virginia.

Caleb la tomó de la mano y se la besó.

—No es molestia. De hecho, será un placer para mí.

Annabelle le abrió la puerta. Friedman subió al vehículo. Annabelle cerró la puerta detrás de ella y la limusina salió disparada.

Friedman se sobresaltó y probó la manija. La puerta estaba bloqueada. Notó una presencia a su izquierda y se giró rápidamente en esa dirección.

Un hombre la miraba de hito en hito.

—¿Qué demonios pasa aquí? —exclamó Friedman. Se quedó quieta, recobró el aliento y vio quién era—. ¿Stone?

—Esta es mi compañera, Mary Chapman. Seguro que también te han informado sobre ella —dijo Stone. Señaló a la conductora. Chapman hizo un gesto con la mano antes de girar en la siguiente calle.

—¿Me estáis... me estáis secuestrando?

—No, se trata de una simple reunión.

Frunció el ceño.

—Cuando la gente quiere reunirse conmigo suele concertar una cita.

—Necesitamos tu ayuda y queríamos pedírtela discretamente.

—Pensaba que el director Weaver te había prohibido que te me acercaras.

—Por eso te lo pedimos con discreción.

Friedman se recostó en el asiento para asimilar la situación. No había temor en su mirada.

—¿O sea que Weaver no sabe nada de esto?

—El secretismo es necesario en ocasiones.

—Interesante teoría teniendo en cuenta que dirige los servicios de inteligencia del país.

—Como bien sabes, estamos muy interesados en Turkekul.

—No sois los únicos.

—Me dijiste que habías descubierto que era un traidor, pero ¿cuándo averiguaste exactamente que era agente doble?

—Aunque digas que Riley Weaver te ha informado eso no significa que tenga que creérmelo.

—No paran de morir personas —señaló.

Ella se encogió de hombros.

—Es una profesión peligrosa.

—Creemos que Turkekul está en el epicentro de esta profesión.

Friedman vaciló.

—No digo que no, pero...

—Y él sigue tan pancho, como si nada —intervino Chapman.

Friedman la miró y luego a Stone.

—Yo obedezco órdenes. Quizá no siempre esté de acuerdo con ellas, pero las obedezco.

—¿Siempre? —preguntó Stone.

—No duraría mucho en este trabajo si no lo hiciera.

—¿No has aprendido a practicar cierta independencia para sacar un trabajo adelante?

Friedman se cruzó de brazos y piernas.

—¿Vamos a algún sitio en concreto?

—Vamos de paseo por la ciudad mientras mantenemos una agradable charla.

—¿Qué tienes en mente?

—¿Te preocupa?

—¿Cómo coño no voy a estar preocupada? Si mis cálculos no me fallan, por lo menos han muerto doce personas. Francotiradores, terroristas, ejecuciones. Todo ello en suelo estadounidense.

—¿Entonces nos ayudarás?

—No puedo prometer nada —dijo con franqueza— hasta que sepa qué plan tenéis. Ya lo sabes.

—Necesitamos que Turkekul hable con nosotros.

—Estoy segura de que hablará con vosotros. Sobre todo lo que no os interesa. Es la persona más reservada y fastidiosamente parca en palabras que he conocido en mi vida, lo cual no es poco.

—Solo intenta sobrevivir, y eso se consigue no fiándose de nadie —dijo Stone.

—Pues te ruego que me digas cómo piensas hacerle hablar. Yo no lo he conseguido.

—Creo que con tu ayuda lo lograremos.

—Yo no he accedido a nada. Según las normas, debería informar de este contacto inmediatamente. Y si Weaver se entera...

—Pero no le informarás.

Lo miró con una expresión de superioridad.

—¿Cómo lo sabes?

—Porque se nota que quieres pillar a este tío.

—Siempre he querido pillar a este tío, pero mis superiores quieren a los que están detrás de él. Ya te lo expliqué. Sin ellos, Turkekul no sirve de nada. Si solo fuera Turkekul, no supondría un problema. Estaría muerto.

—¿Y estás segura de que si lo liquidas la situación no mejoraría? —preguntó Chapman.

—Ni lo más mínimo. Los rusos tienen a una docena de tipos como Fuat Turkekul repartidos por el mundo. Si enseñamos las cartas echaremos a perder una oportunidad que es muy poco probable que vuelva a repetirse. Este ha sido el problema de toda la misión. Si seguimos a Fuat hasta Moscú y demostramos un vínculo claro entre el gobierno de allí y el cártel de tráfico de drogas ruso creo que incluso los ciudadanos rusos reaccionarán. Sin duda alguna, la ONU lo haría, así como el resto del mundo libre. Rusia no tendrá más remedio que abandonar sus planes grandiosos de volver a dominar el planeta empleando cocaína y heroína en lugar de pistolas y tanques.

—Ahora entiendo mejor lo valioso que es Turkekul. Has descrito muy bien la situación —dijo Stone.

Ella alzó la mirada y sus ojos se encontraron.

—¿Te aventurarías a decir qué edad tengo?

Stone la observó.

—¿Treinta y cinco?

—Añádele diez años.

Stone se sorprendió.

—Para tener una profesión de tan alto riesgo te conservas extremadamente bien.

—Por fuera, tal vez —repuso ella—. Por dentro es otro asunto. —Lo miró—. ¿Se podría decir lo mismo de ti?

—Yo creo que aparento mi edad.

—La mayoría de los hombres de tu edad están gordos y encorvados. Tú pareces capaz de participar en una carrera de obstáculos para marines en Quantico sin sudar la camiseta. —Friedman continuó mirando fijamente a Stone—. Sin sudar la camiseta —repitió.

Chapman los miraba ansiosa por el retrovisor.

—Volviendo al tema que nos ocupa... —dijo rápidamente mientras los dos seguían mirándose.

Friedman no le hizo ni caso y continuó:

—¿Te he dicho que consulté el historial de servicio de John Carr en el ejército y en la CIA? Las partes más increíbles son las que, por algún motivo, me parecieron más verídicas.

—Hacía mi trabajo. Igual que tú haces el tuyo.

—Pocas personas hacían su trabajo como tú. Eres más que una leyenda, John Carr. Eres un mito.

—En realidad soy de carne y hueso. Eso lo he tenido muy claro desde el principio. —Se tocó el vendaje de la cabeza—. Y ahora más que nunca.

—Tus métodos y misiones se enseñaban en las clases de la CIA, ¿lo sabías?

—No, no lo sabía.

—No por el nombre, por supuesto, porque de lo contrario habría oído hablar de John Carr mucho antes. Pero investigué un poco. Triple Seis. Me encantaba ese nombre. Nunca fallaste.

—Y tanto que fallé.

—Modestia.

—Realidad.

—No te creo.

—Bueno, deberíamos retomar el asunto que tenemos entre manos de una puta vez, si no os importa —espetó Chapman.

—¿Trabajarás con nosotros? —preguntó Stone—. Necesito que te comprometas antes de explicarte el plan.

—Me estás pidiendo que arriesgue mi carrera. Si sale mal, se acabó y me quedo sin nada.

—Pero si no ponemos fin a esto se perderán muchas más cosas, ¿no? No solo personas, sino también una ciudad o dos. —Hizo una pausa—. ¿Nanobots? Los rusos de nuevo en pie de guerra. Si mi plan funciona tu objetivo también se cumplirá. Todo este follón acabará en Moscú.

—Soy plenamente consciente de la situación —dijo ella con frialdad.

—Entonces sabes lo que está en juego. Necesito tu ayuda.

—Turkekul ha vivido en Afganistán. Allí les gusta trinchar a sus enemigos, despellejarlos más bien. Luego me entregará a los rusos. Y no creo que sean mucho más benévolos.

—Protegeré tu vida con la mía.

Ella miró por la ventana otra vez. Stone observó cómo la expresión de Friedman cambiaba continuamente hasta que se dio cuenta de que había tomado una decisión. Se giró hacia él.

—Te ayudaré.

—Gracias.

—Pero que conste en acta que podías haber acudido a mí directamente y no rebajarte a esta especie de rapto. Creo que me merezco algo mejor.

—Es verdad —convino Stone—. Te lo mereces.

75

Al día siguiente Stone estaba en un restaurante con vistas a la calle Catorce. Vestía una americana negra, camisa blanca y vaqueros. Llevaba la pistola pero no la placa. En su interior, en ese momento, la primera era crucial, y la segunda, inútil. En el extremo opuesto del restaurante, con una visión clara de la puerta principal, estaba Harry Finn sorbiendo un vaso de *ginger-ale* y leyendo la carta tranquilamente. Llevaba la 9 mm en la pistolera del hombro, en contacto con el pecho.

Mary Chapman se encargaba del otro extremo del restaurante. Sorbía una Coca-Cola encaramada a un taburete. La Walther estaba en su bolso.

Tres pistolas aguardando a su presa.

Stone se levantó cuando los vio entrar. Fuat Turkekul parecía un tanto insignificante al lado de la glamurosa Friedman. Ella vestía un traje pantalón oscuro y llevaba la melena suelta e impecable. «Una mujer hermosa», pensó Stone. Lo cual era bueno en su profesión. Atraía a ciertos hombres y también hacía que esos hombres se fijaran en los atributos físicos en vez de en lo que realmente podía perjudicarles, que era su cerebro.

Stone estrechó la mano de Turkekul y se sentaron. El turco recorrió la sala con la mirada antes de centrarse en Stone. Se colocó la servilleta sobre las rodillas antes de hablar.

—Me llevé una sorpresa cuando la señorita Friedman me pidió que me reuniera con usted. No suponía que usted estuviese al... ¿cómo se dice?

—¿Al corriente? —sugirió Stone.

—Eso.

—Sé cómo montármelo —dijo Stone con vaguedad.

Perforó con la mirada todos los rincones del restaurante y se quedó satisfecho. Dos guardas trajeados habían seguido a Turkekul y a Friedman y esperaban cerca del guardarropía. Friedman le había dicho a Stone que el personal de seguridad tenía la orden permanente de mantenerse a una distancia prudencial mientras ella estuviera con Turkekul. A los hombres de Riley Weaver se les veía alerta pero relajados. Stone se mantenía fuera de su línea de visión por si le reconocían.

—¿Y por qué deseaba verme? —preguntó Turkekul.

—¿Qué tal van las cosas con Adelphia?

—Trabajamos bien juntos. Me estoy dando mi primer chapuzón, por así decirlo. La señorita Friedman también es una buena compañera.

—Fuat espera progresar en los meses venideros —se atrevió a sugerir Friedman. Miró a Stone quizás una décima de segundo más de lo necesario antes de dedicarse a la carta que el camarero acababa de traer.

Turkekul levantó una mano.

—Estas cosas llevan tiempo. Los americanos lo quieren todo para ayer. —Soltó una risita.

—Tenemos esa fama, sí —convino Stone—. Pero los sucesos recientes resultan inquietantes.

Turkekul partió un pedazo de pan de la cesta del centro de la mesa y lo mordió. Limpió las migas del mantel y cayeron al suelo.

—¿Se refiere a lo de la bomba y tal?

—La muerte de un agente del FBI. El segundo estallido. El asesinato del hombre del Servicio de Parques. Hay que parar esto.

—Sí, sí, pero ¿qué tiene eso que ver conmigo?

—Un grupo yemení con vínculos conocidos con Al-Qaeda se ha atribuido la autoría, o sea que creo que tiene mucho que ver con usted. Se le ha encomendado que encuentre al cabecilla de esa organización.

Turkekul negaba con la cabeza.

—Ya les dije que el grupo yemení no era de fiar. No creo que estén detrás del atentado ni de ningún otro acto criminal.

—¿Por qué?

Turkekul alzó un dedo.

—Primero, carecen de la sofisticación suficiente. La planificación y la ejecución a largo plazo no son su fuerte. Ponen una bomba en un coche y lo hacen explotar, pero eso es todo. —Alzó otro dedo—. En segundo lugar, no disponen de los activos necesarios para llevar a cabo una misión como esa aquí. Ha hablado de muchas muertes, pero todas producidas en incidentes distintos. No, no han sido ellos.

—Vale, ¿y quién cree que es el responsable entonces? —Stone hizo una pausa y lanzó una mirada a Friedman—. ¿Su viejo amigo Osama? No cabe la menor duda de que posee la capacidad para planificar a largo plazo. Y los activos.

Turkekul sonrió y negó con la cabeza.

—No lo creo.

—¿Por qué motivo?

—Tiene... ¿cómo se dice? Cosas más importantes que hacer.

—¿Qué cosas?

—No estoy preparado para decirlo en estos momentos.

Stone se echó hacia delante.

—Quería reunirme con usted para llegar a una especie de acuerdo.

Turkekul se mostró sorprendido. Miró a Friedman antes de quedarse mirando otra vez a Stone.

—Ya tengo un acuerdo con su gobierno.

—No he dicho que fuera con mi gobierno.

Turkekul se quedó asombrado.

—No lo entiendo —dijo mientras miraba a Friedman otra vez.

—Necesitamos acelerar un poco el proceso —dijo Friedman— y creo que ahora contamos con la información para hacerlo. —Asintió hacia Stone.

Stone tomó el testigo de la «escena» ensayada.

—Hemos descubierto que hay un topo —dijo.

Turkekul lo miró con asombro.

—¿Un topo? —Dirigió otra mirada ansiosa a Friedman—. ¿Dónde exactamente?

—Muy cerca —repuso Stone—. Desconocemos la identidad exacta de la persona, pero sí sabemos que se está planeando un evento importante.

—Pero ¿cómo van a hacer algo al respecto si no saben quién es? —dijo Turkekul con una tranquilidad intencionada.

—Eso está a punto de cambiar —reconoció Stone—. Durante el último mes hemos tenido una fuente a la que hemos intentado desenmascarar. Ese es, básicamente, el motivo por el que solicitaron mi ayuda. Y por eso me interesaba tanto su presencia, Fuat. Puedo llamarte Fuat, ¿verdad?

—Por supuesto. Pero no entiendo por qué estás interesado en mí en relación con este asunto.

Stone se inclinó hacia delante y bajó la voz.

—¿Te importa si continuamos la conversación en un lugar más privado?

Turkekul miró de nuevo a Friedman, quien asintió.

—Tienes que saber de qué va esto, Fuat. Tiene que ver contigo.

El turco miró detrás de él, en dirección a los guardas.

—Como Marisa sabe, no viajo solo.

—Eso tiene arreglo —dijo Stone.

—¿Cómo? —preguntó Turkekul con nerviosismo.

—Tiene arreglo —repitió Stone. Señaló con los ojos en dirección a Chapman y a Finn. Ambos asintieron cuando Turkekul los miró.

—¿No me lo puedes decir aquí? —preguntó Turkekul.

Stone se recostó.

—Tú confías en Marisa y Marisa confía en mí, de lo contrario no te habría traído.

—Sí que confío en ella.

—Entonces, ¿cuál es el problema?

—Salta a la vista que nunca has vivido en Oriente Medio.

—Pues sí que he vivido allí.

A continuación, Stone comenzó a hablar en pastún y luego pasó al farsi. El efecto en Turkekul fue inmediato.

—¿Cómo es posible que hables esos idiomas?

—Tengo el pelo blanco. Llevo mucho tiempo en este mundillo. Pero dices que no confías en nadie porque tu amigo solo es amigo hasta que se convierte en enemigo.

—Exacto.

—Entonces me arriesgaré a que me oigan y te diré por qué tienes que implicarte.

—¿Sí?

—Se ha emitido una fatua. Privada.

—¿Una fatua? ¿Contra quién?

—Contra ti.

Turkekul se quedó pasmado.

—¿Contra mí? No lo entiendo.

—Alguien ha descubierto que ayudas a los americanos, Fuat, y quieren impedirlo.

La mirada de Turkekul oscilaba entre Stone y Friedman.

—¿Una fatua? Pero si soy académico. No supongo una amenaza para nadie.

—Alguien ha descubierto qué estás haciendo en realidad. Eso está claro. ¿El topo del que te he hablado? Parece ser que eras su objetivo. Están al corriente de tu traición.

—Esto es... ridículo.

—No, nuestra información es verídica. Como bien sabes, hemos ampliado sobremanera nuestros recursos en inteligencia en esa parte del mundo.

—¿Quién emitió la fatua?

Stone dijo un nombre y el hombre se puso pálido.

—Son...

—Sí. El grupo al que han asignado para ejecutar la fatua tiene fama de no fallar nunca. No mencionaré su nombre, pero, créeme, lo reconocerías. —Turkekul parecía haber empequeñecido mientras jugueteaba con las manos. Stone lo observó—. Sé que tu religión no permite el consumo de alcohol, pero quizá puedas hacer una excepción en este caso... Entonces podremos hablar de lo que queremos que hagas.

—Sí, creo que sí. Tal vez un poco de vino —dijo rápidamente.

Friedman hizo una seña al camarero.

Al cabo de diez minutos Turkekul se marchó con Friedman, tras lo cual Stone y Chapman salieron por una puerta trasera y se montaron en un Yukon negro con cristales a prueba de balas y carrocería blindada.

—Bien hecho, Oliver —dijo una voz atronadora desde el asiento trasero.

Era James McElroy.

—La recepción de audio era muy buena. Lo he oído todo.

Stone se recostó en el asiento de cuero.

—Bueno, veamos si pica el anzuelo.

76

—Está en marcha —dijo la agente Ashburn. Iba en el asiento delantero del todoterreno con un auricular. Se giró para mirar a Stone y a Chapman—. Espero que esto funcione.

—Lo sabremos enseguida —dijo Stone.

—¿Y su seguridad? —preguntó Chapman.

—Les han dicho que le dejen salir.

—¿No sospechará?

—El trabajo de ellos consiste en protegerle de los demás, no de sí mismo. Ha dicho que se iba a la cama. No esperan que salga a hurtadillas, que es lo que acaba de hacer.

Se oyó una voz por el auricular de Ashburn.

—Vale, acaba de subir a un taxi. Debe de haberlo llamado desde el apartamento. Va en dirección oeste.

—¿Oeste? —preguntó Stone—. ¿Fuera de la ciudad?

Ashburn asintió.

—Acaba de cruzar Key Bridge. Vale, gira a la derecha para entrar en la avenida George Washington y se dirige a Virginia.
—Dio un golpecito al chófer—. En marcha.

El coche aceleró y cruzó el río y luego giró a la derecha para entrar en la avenida.

—Mantente un poco por detrás —indicó Ashburn al conductor—. Tenemos efectivos por todas partes. Es imposible que lo perdamos.

Stone no parecía tan convencido de ello. Miró a Chapman con expresión incómoda.

Ashburn miró hacia atrás.

—Si Riley Weaver se entera de lo que estamos haciendo le cogerá una buena rabieta. Ya lo sabéis.

—No sería la primera vez —repuso Stone.

Observaba la oscuridad por la ventana. La George Washington era una de las avenidas más bonitas del área metropolitana de Washington D.C. Había árboles frondosos a ambos lados del asfalto, unos muros de piedra que bordeaban la carretera y un terreno empinado que descendía hacia el río Potomac y la extensión iluminada de Georgetown al norte del río. Sin embargo, Stone no se fijaba en ese aspecto del viaje. Observaba, a lo lejos, las luces traseras del taxi, que acababan de entrar en su campo de visión.

—Va a desviarse hacia la carretera panorámica —dijo Ashburn al cabo de unos instantes.

Stone ya lo había visto. Las luces del taxi desaparecieron cuando giró.

—Adelántale y luego reduce la velocidad —ordenó Ashburn al chófer. Dio la misma orden por el auricular.

Stone no sabía cuántos vehículos tenía el FBI en escena, pero era normal que sacaran la caballería pesada para cualquier asunto. Sin embargo, la misión actual no era detener a Turkekul o a quienquiera que se reuniera con él, sino seguir a la persona con la que había quedado y esperar que la pista les llevara a lo más alto de la cadena de mando. Quizá directamente al presidente de Rusia en persona.

—Contamos con visión por infrarrojos en toda la escena —dijo Ashburn—. Ha salido del taxi y se dirige al muro que delimita la zona de aparcamiento.

—¿Hay otro vehículo? —preguntó Stone—. No he visto ninguno cuando hemos pasado de largo.

Ashburn se quedó confundida y habló por el auricular:

—Bueno, ¿cómo va a quedar con alguien? ¿Acaso vienen en avión? —Se estremeció—. Acabo de ver una luz en el bosque, cerca del muro.

—Pueden haber escalado desde la orilla del río —dijo Stone.

—Hay una buena subida —dijo Ashburn. Habló por el auricular—. Todos preparados. No intervengáis. Repito, no intervengáis. Esto es un...

El sonido del disparo les hizo dar un respingo. Stone agarró al chófer por el hombro.

—¡Vamos! ¡Vamos!

El todoterreno dio media vuelta, tiró por la mediana y aceleró hasta el área de descanso.

—¡Intervenid! —gritó Ashburn por el auricular—. ¡Que intervengan todos los agentes!

Una avalancha de todoterrenos llegó a la zona de aparcamiento. Stone y Chapman bajaron del vehículo antes de que parara. Stone corrió hacia la silueta inmóvil que yacía en el asfalto. Se arrodilló al lado de Turkekul. Chapman se colocó junto a él.

—Está muerto —dijo Stone—. Orificio de salida por delante. Estaba de cara al río. Eso significa que el disparo procedía del otro lado de la carretera.

Ashburn ya estaba vociferando órdenes a los agentes. Un grupo de ellos corrió hacia el bosque situado al otro lado de la carretera, donde se había originado el disparo. Otros dos agentes sacaban al taxista aterrorizado de su vehículo. Chapman se acercó al muro y miró hacia abajo.

—La luz procedía de un farol con batería y temporizador —dijo. Se acercó de nuevo a Stone y bajó la mirada hacia Turkekul—. ¿Es posible que hubiera una fatua contra él? —preguntó.

Stone se limitó a negar con la cabeza.

—Nos han manipulado. Otra vez —añadió con amargura.

—¿Qué pasará ahora?

—Estamos jodidos —musitó—. Eso es lo que pasa. Estamos completa y absolutamente jodidos.

77

No quedó títere con cabeza después de que el jefe del NIC se enterara de la existencia de una operación no autorizada en la que había perdido a su única baza en la mayor investigación de contrainteligencia de su breve carrera como jefe de los espías del país. Si Weaver hubiera podido ordenar la ejecución de Stone, Chapman y Ashburn y quedar indemne, lo habría hecho. Ni siquiera James McElroy, quien confesó de inmediato su participación en el fiasco, se salvó de la quema.

Stone y Chapman se reunieron con él más tarde en la embajada británica. McElroy parecía mayor y más frágil que nunca. La chispa que solía iluminar su mirada se había apagado. Chapman estaba desconsolada por haberle decepcionado. La expresión de Stone era insondable. Pocas personas eran capaces de atisbar la ira ardiente que le consumía.

—¿No tenemos ninguna pista sobre el francotirador? —preguntó McElroy con voz queda mientras se sujetaba el costado con fuerza.

—Ni una —respondió Chapman—. Para cuando llegó el FBI, el tirador hacía rato que se había marchado. Hay una carretera cerca de allí. Apenas se tarda un minuto en desaparecer en coche por alguna de la docena de direcciones posibles.

—Bueno, el MI6 ha sido oficialmente apartado del caso —dijo McElroy. Miró a Chapman—. Me marcho en el siguiente vuelo. ¿Me acompañas?

Chapman miró a Stone, que contemplaba la pared absorto en sus pensamientos.

—Necesitaría un poco de tiempo, señor, más que nada para rematar ciertos asuntos.

—¿Nos disculpas un momento, Mary? —dijo McElroy.

Chapman dedicó otra mirada a Stone y salió de la estancia rápidamente.

La puerta se cerró y Stone observó al británico.

—Menuda cagada —dijo McElroy.

—Pues sí.

—Pero sigo pensando que valió la pena. El statu quo estaba permitiendo que muriera gente a diestro y siniestro.

—Bueno, no hemos hecho más que añadir otro nombre a la lista.

—Ahora que Turkekul está fuera de circulación a lo mejor el asunto queda cerrado.

Stone se sentó delante de él.

—¿Y eso?

—Turkekul era como su guardagujas.

—Si es así, ¿por qué lo mataron?

—Lo desenmascaraste.

—¿Cómo saben que lo hice?

McElroy abrió las manos.

—¿Cómo se ha enterado esta gente de todo? Se enteran y ya está.

—Mi encargo ha sido revocado —dijo Stone—. La lealtad del presidente tiene sus límites. No me extraña.

—¿Y nuestra agente del FBI?

—¿Ashburn? Un par de puntos negros y trabajo de oficina durante una temporada. Fue lo bastante lista como para conseguir cierto respaldo de sus superiores antes de que todo esto saliera a la luz. Su caída será relativamente suave, pero de todos modos no es lo que ella quería.

—Por supuesto que no. —McElroy dio una palmada a Stone en el hombro—. No vale la pena lamentarse de cosas que no se pueden cambiar. Algunas misiones salen según lo planeado y todo el mundo contento. Otras no, desgraciadamente.

—Bueno, no estoy convencido de que esta misión haya terminado.

—Para nosotros sí, Oliver. No me ha importado ir a contracorriente en ciertas ocasiones. Anoche fue un ejemplo de ello. Pero también sé cuándo llega el momento de tirar la toalla. De lo contrario, no habría durado tanto.

Se levantó, apoyándose en la mesa para sostenerse. Stone alzó la mirada hacia él.

—Quizá sea cierto. Aunque fuera yo quien lo dijo, no terminaba de creérmelo.

—¿El qué?

—Que no soy lo que fui.

—Ninguno de nosotros lo es, Oliver. Ninguno de nosotros.

Cuando McElroy se marchó, Champan volvió a entrar y se sentó al lado de Stone.

—Me pareció que valía la pena intentarlo y, por si te interesa, lo volvería a hacer —dijo ella—. Es mejor que quedarse de brazos cruzados esperando que los demás hagan algo.

—Gracias —dijo Stone con sequedad—. ¿Y qué tienes que rematar que te impide tomar el avión con tu jefe?

—No estoy segura. Pensaba que tú me lo dirías.

Stone ladeó la cabeza.

—No te sigo.

—Supongo que no te darás por vencido.

—¿Y qué puedo hacer? Oficialmente ya no formo parte de la investigación.

—Oficialmente significa teóricamente y, que yo sepa, las teorías no te importan mucho.

—La he cagado bien cagada. Weaver está intentando buscar la manera de meterme entre rejas.

—Olvídale. Tenemos que resolver este caso. No creo que la eliminación de Turkekul importe tanto.

Stone mostró interés.

—¿A qué te refieres?

—Venga ya, estaba escuchando detrás de la puerta. He oído que le decías a sir James que no creías que la misión hubiera terminado.

—No lo creo, pero no sé qué más puedo aportar.

—¿Porque ya no eres quien fuiste?

—Lo has oído todo.

—Pues sí.

Stone vaciló unos instantes antes de hablar.

—Estoy acabado, Mary. Vuelve a Londres. Aléjate de mí como alma que lleva el diablo. Ahora mismo. Soy un veneno profesional. Tienes mucha carrera por delante.

Stone se levantó para marcharse. Chapman le agarró el brazo.

—John Carr nunca lo dejaría así.

—Cierto, pero no soy John Carr. Ya no.

La puerta se cerró detrás de él.

78

—Solo he venido para decir que lo siento.

Stone estaba de pie en el umbral de la oficina de Marisa Friedman en Jackson Place. La mujer le devolvió la mirada. Vestía vaqueros, camiseta y sandalias. Iba despeinada y tenía la mejilla izquierda un poco sucia. Por encima de su hombro Stone veía cajas de embalar.

—Gracias —repuso—. Pero no era necesario. La operación salió mal. Ruedan cabezas. Esa es la naturaleza de la bestia. Aposté y otro se llevó el premio.

—Una operación no autorizada —le corrigió Stone—. Por mi culpa.

Ella se encogió de hombros.

—Ahora ya no importa, ¿no?

—¿Te mudas?

—Cierro el negocio.

—¿Órdenes de arriba?

—En realidad nunca fue mi negocio. El tío Sam pagaba las facturas. Y se quedaba con todos los beneficios. Si de verdad hubiese sido mío, ya estaría retirada con un buen colchón económico.

Se quedó callada y los dos se miraron.

—Estoy haciendo café. ¿Te apetece una taza?

—Vale, aunque me sorprende que en lugar de ofrecerme una taza de café no me apuntes con una pistola.

—Créeme, lo he pensado.

Se sentaron al escritorio.

—¿Y ahora qué? —preguntó Stone mientras se tomaba el café.

—¿Y ahora qué? Buena pregunta. Me ha tocado.

Stone se quedó boquiabierto.

—¿Pero no para siempre?

—Sí —repuso en voz baja—. Fuat Turkekul era nuestro único vínculo con lo que mis superiores denominaban el segundo advenimiento de Stalin. Y lo he perdido.

—No, lo he perdido yo. Y se lo he dicho a Weaver a la cara.

—No importa. Te dejé ir a por él. Da lo mismo. Además no tenía la autorización necesaria, más que nada porque nunca me la hubiesen concedido.

Stone observó el despacho.

—¿Qué vas a hacer ahora?

—Bueno, me pasaré el siguiente año de mi vida escribiendo informes sobre lo que sucedió y defendiendo mis acciones indefendibles ante un tribunal secreto del Gobierno que intentará por todos los medios encontrar la forma de hacerme algo más que despedirme y ya está.

—¿Como qué, la cárcel?

—¿Por qué no?

Stone dejó la taza sobre la mesa.

—¿Tienes alguna posibilidad en el sector privado?

Negó con la cabeza.

—Mercancía dañada. Todos los tipos que contratan a personas como yo trabajaron del lado del Gobierno. Tienen que seguir congraciándose con él. Yo soy persona non grata.

—Hay algo más por lo que tienes que preocuparte —añadió Stone.

Ella asintió.

—Me han descubierto. Sabían lo que intentábamos hacer con Fuat. Si saben eso, saben de mí. Los rusos intentarán matarme, aunque solo sea por satisfacción profesional.

—¿Y no tienes un seguro de cobertura ampliada?

—Nada. La Agencia cortó todos los lazos conmigo en cuanto salió a la luz nuestra pequeña Bahía de Cochinos. Todos estos años de servicio excepcional no me han servido ni para un poquito de apoyo cuando las cosas han ido mal. —Sonrió con resignación—. ¿Por qué debería esperar algo más?

Stone no dijo nada. Bebió un sorbo de café y observó a la mujer.

Ella echó un vistazo a su despacho.

—¿Sabes una cosa? Por extraño que parezca, voy a echar de menos este lugar.

—No me parece extraño.

—Era una espía, pero también era una mujer de negocios. Y la verdad es que se me daban bien los grupos de presión.

—No lo dudo.

Ella le miró.

—¿Y tú?

—¿Yo qué?

—Venga. Los gritos de Riley Weaver se oían desde Virginia.

Stone se encogió de hombros.

—Estuve mucho tiempo al margen de esta profesión. Volveré a dejarlo. Esta vez para siempre.

—Weaver irá a por ti.

—Lo sé.

—Hará que tu vida sea un infierno.

—Eso también lo sé.

—Estoy pensando en largarme a una isla desierta donde no me puedan encontrar ni él ni los rusos.

—¿Existe ese lugar?

—Merece la pena averiguarlo.

—Para eso se necesita dinero.

—He ahorrado bastante.

—Yo no.

Ella le miró.

—¿Quieres apuntarte?

—Definitivamente soy un equipaje que no necesitas.

—Nunca se sabe. Nosotros dos contra el mundo.

—Seguramente te ralentizaría.

—Algo me dice que no. Dos viejos espías en la carretera.

—Tú no eres vieja, Marisa.

—Tú tampoco, John.

—Oliver.

Se levantó y se acercó a él con suavidad.

—Ahora mismo deja que sea John a secas.

—¿Por qué?

Ella le besó.

Stone se echó hacia atrás sorprendido.

—Acabo de costarte tu carrera —dijo.

—No. Puede que acabes de abrirme los ojos al futuro.

Apretó su cuerpo contra el de él, casi desplazándolo de la silla. Su perfume le embriagaba, era como si la chispa de un soldador hubiese estallado en la parte del cerebro que correspondía a los sentidos.

Se apartó de ella y negó con la cabeza.

—He estado por todo el mundo y creo que jamás he olido algo igual. La verdad es que ha sido como una pequeña explosión en la cabeza.

Ella sonrió.

—Es un perfume que encontré en Tailandia. No se comercializa en Estados Unidos. La traducción a nuestra lengua sería aproximadamente «dos corazones en uno». Se supone que tiene un efecto visceral en los hombres. Y no me refiero al lugar obvio. Más emocional.

—Sí, doy fe de ello.

Se inclinó más hacia él.

—No rechaces mi oferta tan a la ligera.

—Para nada, pero sinceramente sería una locura.

—Nada es una locura si lo deseas de verdad. —Volvió a sentarse—. ¿No crees que te mereces un poco de felicidad? ¿Un poco de paz después de todo lo que has pasado?

Stone dudó.

—Me lo pensaré.

Ella le tocó la mejilla.

—Eso es todo lo que pido, John. He esperado mucho tiempo a alguien como tú. He perdido mi carrera, pero quizás haya encontrado algo para remplazarla.

—Puedes conseguir a quien quieras. ¿Por qué yo?

—Porque eres como yo.

79

Stone se despertó y miró a su alrededor. Estaba en casa, tumbado en su viejo catre del ejército. Consultó la hora. Las dos de la mañana. Se levantó, se duchó, restregándose la piel y el pelo con una fuerza inusitada por una razón que en realidad se le escapaba. Se secó, se enfundó los pantalones, la camisa y los zapatos. Después de salir del despacho de Marisa Friedman y antes de regresar a casa, había caminado durante horas, hasta que las piernas le dolieron de tanto patear las aceras de hormigón. Entonces había ido allí y se había dormido casi enseguida de puro cansancio.

Se tomó un Advil, se sentó en el borde del catre y esperó a que se calmase el ligero dolor de cabeza. Dos conmociones cerebrales en un corto período de tiempo. A los veinte no les hubiera dado ninguna importancia. Ahora se la daba. Le estaban pasando factura. La siguiente tal vez acabase con él.

«Quizá podría culpar de todos los errores al hecho de haber volado por los aires dos veces.»

Sus pensamientos retornaron de nuevo a Marisa Friedman. Una isla desierta. Dos viejos espías. Se tocó los labios donde ella le había besado. No podía decir que no hubiese sentido... algo. De hecho, ella había dejado claro que estaba dispuesta a ir mucho más lejos que un beso.

¿Y su oferta de marcharse juntos? Una mujer bella. Una dama inteligente. Una mujer que había trabajado en el mismo mundo que él. Al principio Stone había pensado que era una ridiculez. Le había dicho que se lo pensaría solo para no contrariarla.

¿Ahora? Ahora tal vez sí que se lo planteara. ¿Qué le quedaba ahí? Tenía a sus amigos, pero en ese momento cualquiera que estuviese cerca de él también iba a sufrir. Ya se encargaría de ello Riley Weaver. Todo se había desintegrado a una velocidad sorprendente.

Por fin el dolor de cabeza cedió y se puso una chaqueta, dejó la casa y caminó por los terrenos conocidos de Mount Zion. Incluso en la oscuridad sabía dónde estaba cada lápida, cada sendero, cada árbol. Se detuvo delante de unas cuantas tumbas de personas fallecidas hacía mucho tiempo. A veces hablaba con ellas, las llamaba por su nombre. Nunca le respondieron, pero aun así le ayudaba. Le permitía pensar en problemas especialmente difíciles.

«Y ahora tengo unos cuantos.»

El leve crujido de una rama le hizo girarse y mirar fijamente el camino.

—Nunca duermes, ¿no?

Chapman caminó hacia él. Pantalones oscuros, blusa blanca, chaqueta de cuero. Debajo la Walther.

—Lo mismo puede decirse de ti —repuso.

—Te he estado buscando.

—¿Por qué?

—¿Tienes hambre?

Stone no se había dado cuenta del hambre que tenía hasta que ella se lo preguntó. Ni siquiera se acordaba de la última vez que había comido.

—Sí que tengo.

—Yo también.

Miró el reloj.

—Washington no es una ciudad muy nocturna. Está todo cerrado.

—Conozco un lugar. Un restaurante que está abierto toda la noche. Del lado de Virginia.

—¿Cómo es eso?

—Es que sufro insomnio. Así que siempre hago un reconocimiento de los restaurantes que cierran tarde allá donde esté.

—Vamos.

Condujo a través del río, tomó la avenida George Washington y salió en la carretera 123 dirección Tysons Corner. No había tráfico y todos los semáforos estaban en verde, de manera que enseguida llegaron al aparcamiento del restaurante Amphora, en el barrio de Vienna. Había más de una docena de coches. Stone miró a su alrededor sorprendido.

—No tenía ni idea de que esto existía. Y parece concurrido.

Chapman abrió la puerta y salió.

—Deberías salir más. —Cerró la puerta de golpe con la cadera.

Entraron y los dos pidieron desayuno. Enseguida un camarero con chaqueta blanca y pajarita negra, sorprendentemente contento para casi las tres de la mañana, les sirvió el café y la comida.

—He pasado a verte antes —dijo Chapman—. No estabas en casa.

Stone comió un poco de huevos revueltos.

—Había salido.

—¿Salido adónde?

—¿Importa?

—Tú sabrás.

—Si tienes algo que decir, dilo.

Chapman engulló un poco de beicon.

—¿Así que realmente te das por vencido? —preguntó—. No pareces el John Carr del que he oído hablar.

—Empiezo a cansarme de la gente que suelta el nombre de «John Carr» como si de repente tuviera que ponerme una capa y resolver los problemas del mundo. Por si no te habías dado cuenta, eso fue hace mucho tiempo y tengo bastantes problemas personales que resolver.

Chapman se puso de pie bruscamente.

—Bueno, perdona, pensaba que todavía te importaba algo.

Stone le sujetó la muñeca y la obligó a sentarse.

—Si lo que quieres es pelea, pelearemos —dijo malhumorada.

—Lo que quiero es un poco de cordura y de lógica.

—¡Eh, tío!

Stone se giró y vio a un hombre grandullón, de espaldas anchas, de pie al lado de la mesa.

—Yo de ti dejaría a la señora en paz —espetó. Y puso una mano en el hombro de Stone.

Chapman miró rápidamente a Stone y vio la mirada en sus ojos y observó cómo los brazos se le tensaban preparados para golpear.

—No pasa nada. —Abrió la chaqueta para mostrar la pistola y enseñó la placa—. Estábamos discutiendo a ver quién pagaba la cuenta. De todos modos, gracias por salir en ayuda de una dama, cielo.

—¿Está segura? —preguntó el hombre.

Stone apartó la mano del hombre de su hombro.

—Sí, está segura, «cielo».

Terminaron de desayunar y regresaron en coche a la casita de Stone. Stone no hizo ademán de salir del coche. Chapman le miró, pero no dijo nada.

—Gracias por el desayuno —dijo.

—De nada.

Guardaron silencio mientras la noche cerrada pasaba ante ellos y el borde del cielo empezaba a clarear.

—No me gusta perder —dijo Stone.

—Te entiendo. A mí tampoco. Por eso cuando empiezo algo me gusta acabarlo. Estoy segura de que a ti te pasa igual.

—No tuve mucha elección cuando empecé con este caso.

—¿A qué te refieres?

—A nada.

—Explícamelo, Oliver.

—Es complicado.

—Siempre es complicado, joder.

Stone miró por la ventanilla como si esperase ver a alguien mirando.

—Supongo que era mi castigo.

—¿Castigo? ¿Quieres decir que otras personas sufrieron por algo que tú hiciste?

—Sinceramente espero que sí —repuso Stone.

—¿Y ahora que la misión se ha ido al carajo?

—No lo sé, Mary. La verdad es que no sé lo que eso significa para mí.

—Pues sal con tus condiciones.

La miró.

—¿Cómo?

—Pues terminando el puñetero caso.

—No sé por dónde empezar.

—Normalmente no está mal empezar por el principio.

—Ya lo hemos intentado.

—Esperan que vayamos hacia la izquierda, pues vamos hacia la derecha.

—Ya lo hicimos la última vez y mira lo que pasó.

—Pues vamos un poco más a la derecha y con más intensidad —contestó—. ¿Se te ocurre alguna idea?

Stone pensó durante un minuto o dos mientras Chapman seguía observándolo.

—No, la verdad es que no.

—Bueno, pues yo tengo una —añadió—. Tom Gross.

—Los muertos no hablan.

—No me refiero a eso.

—Entonces, ¿a qué?

—¿Te acuerdas de cuando estábamos sentados en aquel café y él nos dijo que le vigilaban?

—Sí, ¿y qué?

—Nos dijo una cosa. Nos dijo que solo confiaba en una persona.

Stone tardó tan solo un par de segundos en recordarlo.

—Su esposa —repuso.

—Me pregunto si confiaba lo bastante en ella como para contarle algo que pudiese ayudarnos.

—Solo hay una manera de averiguarlo.

—¿Estamos de nuevo en la cacería?

Tardó unos segundos en responder.

—De forma extraoficial. Que es exactamente mi lugar.

80

Chapman telefoneó a Alice Gross a las nueve de la mañana y le preguntó si podía verla. Stone y Chapman llegaron a la sencilla casa de dos plantas en Centreville, Virginia, a primera hora de la tarde. Alice Gross realmente presentaba el aspecto de una mujer que acababa de perder a su marido. Su piel, de natural pálida, escondía bajo la superficie una lividez grisácea. Tenía los ojos enrojecidos y estaba despeinada. Mientras les acompañaba al pequeño salón, sujetaba en una mano un pañuelo arrugado y en la otra una botella de agua.

Stone vio un cuaderno para colorear encima de la mesa de centro, un bate de béisbol y algunos tacos en una esquina. Cuando su mirada se encontró con una foto de la familia Gross en la que se veía al difunto agente junto a su mujer y sus cuatro hijos de entre tres y catorce años, Stone hizo una mueca y apartó la vista rápidamente. Miró de reojo a Chapman y vio que ella había tenido la misma reacción.

Ellos se sentaron en el sofá y Alice Gross en una silla frente a ellos.

—Su marido era un agente excelente, señora Gross. Todos lamentamos su pérdida —dijo Stone.

—Gracias. ¿Saben que van a celebrar un funeral en honor a Tom?

—Sí, lo hemos oído. Se lo merece.

—Pero a él le daría vergüenza. Nunca le gustó llamar la atención. No era su estilo. Se limitaba a cumplir con su deber. No le importaba quién se llevara el mérito al final.

A Stone le preocupaba que el FBI hubiese informado a Alice Gross de las circunstancias exactas de la muerte de su marido. Y del papel que él había desempeñado, pero al parecer no lo había hecho.

—Estamos haciendo todo lo que está en nuestras manos para apresar a los responsables de su muerte —añadió Chapman.

—Se lo agradezco —repuso Gross sorbiéndose la nariz—. Su trabajo era muy importante para él. Trabajaba tantas horas...

—Me dijo que estaba preocupado, que creía que le vigilaban —comentó Stone.

Gross asintió con la cabeza.

—Su propia gente. Me preguntaron sobre eso, el FBI quiero decir.

—¿Y qué les dijo? —preguntó Stone.

Gross parecía confundida.

—¿No pertenecen al FBI?

Stone dudó.

—Trabajamos con ellos.

—Yo trabajo para el MI6. Quizá su marido lo mencionase —añadió Chapman con rapidez.

—Ah, sí, es verdad. Usted es la inglesa. Tom me habló de usted. Pensaba que era muy buena.

—Me alegra saberlo.

Gross suspiró.

—Bueno, ellos estaban muy disgustados con eso. Me refiero a que Tom creyese que sus propios compañeros le espiaban. No creo que le creyesen.

—¿Usted le creía? —preguntó Stone.

—Tom lo creía y eso era suficiente para mí —contestó con fervor.

—Exacto —dijo Chapman—. Tiene usted toda la razón.

Stone se inclinó hacia delante.

—Tom nos dijo algo. Algo sobre usted.

—¿Sobre mí? —preguntó sorprendida.

—Sí. Dijo que la única persona en la que confiaba era usted.

Las lágrimas anegaron los ojos de Alice Gross. Se llevó el pañuelo a los ojos y las enjugó.

—Siempre estuvimos muy unidos. Adoraba ser agente del

FBI, pero más me adoraba a mí. Sé que se suponía que no debía comentar los casos conmigo, pero lo hacía y yo le daba mi opinión. Y en algunas ocasiones acerté.

—Estoy segura de que fue una gran ayuda para él —añadió Chapman.

—Puesto que sabemos que confiaba en usted, ¿le mencionó por casualidad algo sobre este caso? ¿Algo que le preocupase? ¿Recuerda alguna cosa? —preguntó Stone.

Gross puso las manos en su regazo y frunció el ceño.

—No recuerdo nada concreto aparte de que pensase que alguien le vigilaba.

—¿Nada? —insistió Chapman—. Podría haber sido algo insignificante en el momento en que lo dijo, cualquier cosa que recuerde. No importa lo trivial que parezca.

Gross negó con la cabeza, pero de repente se detuvo. Levantó la vista.

—Una noche dijo algo.

—¿Sí? —preguntó Stone.

—¿Ese agente de la ATF que trabajaba con él?

—¿Stephen Garchik? —preguntó Stone.

—Exacto.

—¿Qué dijo sobre él? —preguntó Chapman.

—Bueno, ya era tarde y nos íbamos a la cama. Se estaba lavando los dientes y salió del baño y dijo que tenía que comprobar algo que Garchik le había dicho.

—¿Le dijo de qué se trataba?

Gross entrecerró los ojos, obviamente en un intento de recordar.

—Solo algo que dijo sobre la bomba, de lo que estaba hecha.

Chapman y Stone se miraron.

—Y también quería comprobar algo relacionado con eso de los nanos —continuó Gross.

Stone pareció sorprendido.

—¿Le habló sobre los nanobots?

—Bueno, lo intentó, pero la verdad es que no entendí nada.

—¿Pensaba que había una conexión entre lo que quería comentar con Garchik y los nanobots? —preguntó Chapman.

—No lo dijo. Solo dijo que tenía que comprobar esas dos cosas. Que podrían ser importantes. Por algo que recordó, pero no me dijo qué.

—¿Algo que recordó? —caviló Stone—. ¿Sabe si siguió esa pista?

—Lo dudo.

—¿Por qué?

Los ojos se le llenaron de lágrimas.

—Porque lo mataron al día siguiente.

81

—Bueno, ¿y cómo nos ponemos en contacto con Garchik? —preguntó Chapman mientras se alejaban en el coche de la casa de Gross—. Ya no somos oficiales. Supongo que yo estoy camino de Londres y tú...

—Exacto —contestó Stone—. Yo. —Sacó su teléfono—. Bueno, siempre puedo intentar llamarle. —Marcó el número.

—Si lo tienen escondido en algún sitio, puede que no conteste. Especialmente si le han explicado lo que ha sucedido. Podríamos estar en terreno prohibido —dijo Chapman.

Se oyó una voz en el teléfono de Stone.

—Hola, Steve, aquí el agente Stone. Sí. Sé que desapareciste del caso. Estábamos preocupados por ti hasta que nos informaron de tu situación. —Stone calló mientras Garchik le decía algo.

»Bueno, nos gustaría verte, si te parece bien.

Garchik añadió algo más.

—Lo entiendo, pero si pudiese preguntarte lo que el agente Gross estaba...

Chapman giró el coche hacia la derecha y casi se estampa contra el bordillo. La sacudida provocó que Stone se fuese hacia un lado y de no ser porque agachó la cabeza se la hubiese golpeado contra el cristal.

Stone miró por delante y por detrás a los vehículos que los habían encajonado. Los tipos ya habían salido de sus todoterrenos y se acercaban hacia ellos a grandes zancadas.

«Otra vez no.»

Uno de ellos le entregó un papel a Stone pasándolo por la ventanilla.

—¿Qué es esto? —preguntó Stone sorprendido.

—Una citación del Congreso. Cortesía del director Weaver. Y si de verdad eres listo, nunca volverás a acercarte a la familia de Tom Gross.

Unos segundos después los tipos se habían largado.

Stone bajó la vista hacia la citación. Oyó hablar. Se dio cuenta de que el teléfono se le había caído al suelo y lo cogió.

—¿Steve? Sí, perdona. Un pequeño problema en este extremo. Mira, puedes... ¿Hola? ¿Hola?

Stone colgó.

—Se ha cortado.

Chapman puso el coche en marcha otra vez.

—Los tipos de Weaver también deben de haber llegado hasta él.

—Seguro.

—Ahora ya no podemos averiguar qué le dijo Garchik a Gross.

—¿Y si lo que le dijo a Gross es algo que nos dijo a nosotros también? Que yo sepa, creo que estuvimos presentes todas las veces que Gross habló con Garchik.

—A bote pronto no recuerdo nada importante. —Echó un vistazo al papel—. ¿Cuándo tenemos que presentarnos?

Stone leyó el documento.

—Mañana. Ante el subcomité de inteligencia de la cámara baja del Congreso.

—No nos han avisado con mucho tiempo. ¿Está permitido?

Stone siguió leyendo el documento.

—Seguridad Nacional aparentemente se salta incluso las garantías legales.

—Qué suerte tienes.

—Sí —repuso Stone—. Qué suerte tengo.

—¿Necesitas un abogado?

—Probablemente, pero no me lo puedo permitir.

—¿Quieres que averigüe si sir James se hace cargo?

—Creo que sir James ya ha tenido bastante conmigo.

—Creo que conmigo también. ¿Y crees que hay algo positivo en todo esto?

—Tenemos que empezar desde cero. Revisarlo todo de nuevo.

—Bien, todavía tengo en el portátil muchas notas y el vídeo del parque. Y antes de que cayésemos en desgracia la agente Ashburn me pasó los archivos electrónicos de gran parte del material de los otros vídeos.

—Pues en marcha.

Se dirigieron en coche hasta el hotel y allí establecieron un centro de mando en miniatura. Durante las horas siguientes revisaron todas las notas sobre el caso y el material de vídeo del portátil de Chapman.

—Una cosa sí hemos averiguado —declaró Stone mientras miraba la pantalla.

Chapman miró también.

—¿Qué?

—¿La vagabunda que vertió la botella de agua en el árbol y lo mató? —Señaló la pantalla que mostraba la imagen.

—¿Qué pasa con eso? Es una de las pocas cosas de las que podemos estar razonablemente seguros.

Stone tocó algunas teclas y agrandó la imagen de la mujer.

—Me sorprendió que contratasen a alguien para una tarea tan nimia.

—De nimia nada —señaló Chapman—. Fue el catalizador que puso todo lo demás en movimiento.

—No me refería a envenenar el árbol. Me refería a Judy Donohue. ¿Por qué contratarla para que mintiese sobre Sykes y aumentase nuestras sospechas sobre él? Podían haberlo hecho de alguna otra forma. Ahora lo sé.

—No te sigo.

—Mira el dorso de la mano de la mujer.

Chapman pulsó algunas teclas y agrandó todavía más la imagen.

—Tiene las manos bastante sucias, pero mira en la parte inferior derecha.

Chapman dio un grito ahogado.

—Es la pata de un pájaro. El tatuaje que Donohue tenía en la mano. ¿Qué era? Un pradero occidental. Ella era la vagabunda disfrazada.

—La utilizaron para eso y luego la obligaron a que implicase a Sykes. No creo que a sus jefes les importase si lo conseguía o no. Sykes era hombre muerto y siempre tuvieron la intención de asesinarla a ella también.

Chapman se recostó en la silla y repasó algunas notas.

—Según nos dijo Garchik, a los terroristas que colocan las bombas les gusta hacer pruebas para asegurarse de que todo funciona bien.

—Pero generalmente las hacen en algún lugar discreto. Al menos para no llamar la atención al colocar la bomba.

—Y Lafayette Park no tiene mucho de discreto. Lo que significa que no era una prueba. Era la misión, aunque formara parte de otra de mayor envergadura.

Stone se quedó pensativo.

—Exacto. La explosión de Lafayette tenía que ocurrir para que algún otro evento tuviese lugar.

—Tenemos la lista de los próximos eventos en el parque.

—No creo que la respuesta se encuentre ahí.

—Yo tampoco —convino Chapman—. Los malos no sabrán dónde va a tener lugar el evento o si se va a celebrar.

—Exacto.

—Lo de los nanobots que trae a todo el mundo de cabeza. Se producen a nivel molecular, lo que significa que pueden penetrar en cualquier cosa.

—Y al parecer se pueden fabricar para crear una plaga biológica o química. Una plaga sintética o ántrax o ricina. En grandes cantidades.

—Ahora bien, ¿metes todo eso en la raíz de un árbol frente a la maldita Casa Blanca con una bomba y no pones la plaga o cualquier otro microbio mortal en él? No tiene sentido.

—Nunca ha tenido sentido —admitió Stone—. Al menos no lo tiene desde el ángulo desde el que lo hemos estado mirando.

Chapman se irguió.

—Tendremos que regresar a donde empezó todo.

—¿Te refieres a Lafayette Park?

—Llamémosle por lo que es. El Infierno. La verdad es que ahora no se me ocurre llamarlo de ninguna otra forma. Deberíamos haberlo sabido.

—¿Qué quieres decir?

—Tiene el nombre de un puñetero francés —espetó Chapman.

82

Durante varias horas Stone y Chapman recorrieron cada milímetro del parque. Intentaban ver las cosas bajo otro prisma, pero siempre llegaban a las mismas conclusiones. Stone se sorprendió un poco de que nadie se acercase a ellos y les preguntase qué hacían allí o simplemente les condujeran a la salida del parque, pero parecía que a Riley Weaver no se le podía molestar con detalles tan nimios. Stone se imaginó que en ese momento probablemente se encontrara en el cuartel general del NIC buscando, con el personal del departamento legal y con los miembros del comité del Congreso, la mejor manera de crucificarlo.

Stone recorrió el parque de nuevo mirando las cosas desde todos los ángulos que se le ocurrían. Chapman hacía lo mismo en el otro lado del parque. Se cruzaron varias veces durante esta tarea. Al principio tenían una expresión de esperanza, pero ya no quedaba rastro de esperanza en ninguno de los dos rostros.

Stone observó el edificio del gobierno desde el que habían disparado. Y después el hotel Hay-Adams, desde donde les hicieron creer que provenían los disparos. A continuación dirigió la mirada a los lugares donde estuvieron las cuatro personas que aquella noche visitaron el parque. En su mente recorrió andando, o en algunos casos corriendo, los pasos de todos ellos. Friedman y Turkekul, sentada ella y de pie él y después alejándose andando. Padilla, que corría para salvar la vida. El guardia de seguridad inglés, que seguía a Stone y acabó perdiendo un diente. La explosión. Stone volando por los aires. Ahora Turkekul y Padilla estaban muertos. Friedman desacreditada y en el paro. El agente inglés hacía mucho que había regresado a su país. Ni siquiera se había enterado de su nombre. Probablemente le debería haber interrogado personalmente, pero ¿qué podría haber añadido a la descripción de los hechos?

Se detuvo a poca distancia del despacho, o mejor dicho antiguo despacho, de Marisa Friedman en Jackson Place. Mientras miraba fijamente la fachada de la antigua casa adosada, Stone evocó su último encuentro allí con ella. Habría sido muy diferente si él hubiese accedido. Y ahora mismo se preguntaba por qué no había accedido.

—¿Tienes algo?

Se giró y vio a Chapman mirándole fijamente. Dirigió la vista al edificio y después a él.

—La carrera de Friedman en el mundo del espionaje ha terminado —dijo—. Por mi culpa.

—Es mayorcita. Nadie la obligó a aceptar.

—En realidad no tenía mucha elección.

—Todo el mundo tiene elección. Eliges y después vives con las consecuencias. —Se detuvo—. ¿Piensas volver a verla?

Stone le lanzó una mirada.

—¿Qué quieres decir?

—La última vez que estuvimos con ella. No hace falta ser un genio para darse cuenta.

—¿Darse cuenta de qué?

Ella le volvió la espalda y dirigió su atención al agujero en la tierra donde había explotado la bomba y había empezado la pesadilla colectiva.

—No tengo intención de volverla a ver, no —añadió Stone.

Su repentina decisión parecía sorprenderle.

«¿De dónde venía esa reacción? ¿Instinto?»

Chapman se dio la vuelta.

—Creo que es una decisión acertada.

Cuando empezó a oscurecer regresaron en coche a casa de Stone. Se quedaron unos minutos sentados en el vehículo aparcado delante de la verja de hierro forjado.

—Mañana te acompañaré —dijo Chapman—. Aunque solo sea como apoyo moral.

—No —repuso Stone con decisión—. No sería bueno para tu carrera.

—¿Qué carrera?

Él la miró.

—¿Qué quieres decir?

—Friedman no es la única que ha caído en desgracia. Ayer recibí un aviso del ministerio del Interior. En pocas palabras me ordenan que dimita del MI6.

Stone estaba preocupado.

—Lo siento, Mary.

Ella se encogió de hombros.

—Seguramente es hora de probar algo nuevo. Después de esta cagada me imagino que las cosas solo pueden ir a mejor.

—¿No puede ayudarte McElroy?

—No. Él también ha tenido que apechugar con las consecuencias. No está en sus manos. —Miró a su alrededor—. Ya no tengo acceso a la embajada británica. Y me han cancelado la tarjeta de crédito. Tengo un pasaje de regreso en un avión militar estadounidense que sale para Londres mañana por la noche.

—Yo te aconsejaría que lo tomaras.

Levantó la vista hacia la casita.

—¿Te importa si me quedo a dormir aquí esta noche?

—En absoluto —contestó Stone.

—¿Y no deberías prepararte para la vista de mañana? —preguntó—. Puedo ayudarte.

—Tengo intención de decir la verdad. Si intento prepararme, me resultará más complicado.

—Van a ir a por ti con toda la artillería pesada.

—Lo sé.

—¿Crees que vas a salir bien parado?

—Lo dudo.

Al día siguiente se levantaron temprano y se ducharon por turnos. Stone se puso su único traje. Después desayunaron en el mismo lugar al que iban los obreros de la construcción. Stone tiró el envoltorio de su desayuno, se terminó el café y miró el reloj.

—Ya es la hora —dijo.

—Te acompaño —repuso Chapman.

—Tú no estás en la citación. No te dejarán pasar.

—En ese caso esperaré fuera.

—No tienes por qué hacerlo.

—Sí tengo que hacerlo, Oliver. De verdad que sí.

El interrogatorio iba a tener lugar en la sala de audiencias protegida del Comité Selecto Permanente sobre Inteligencia de la Cámara de Representantes. Se encontraba en una sala subterránea debajo de la rotonda del Capitolio de Estados Unidos y se llegaba hasta ella a través de un ascensor secreto. Cogieron un taxi y cuando se bajaron se dirigieron hacia la entrada principal.

—¿Has dormido? —preguntó Chapman.

—La verdad es que he dormido bastante bien. Me estoy acostumbrando a la silla del escritorio.

—Yo no he dormido bien.

—Me temo que mi catre es un placer adquirido.

—Sí, la próxima vez que lo pruebe tendré que estar borracha. Esa vez dormí como un bebé. ¿Sabes lo que vas a decir?

—Ya te lo he dicho, la verdad.

—Pero necesitas algún plan. Alguna estrategia. Y no solo la puñetera verdad. Los abogados le pueden dar la vuelta a todo.

—¿Qué sugieres?

—Que hiciste lo mejor que pudiste. Que asumiste un riesgo calculado basado en condiciones sobre el terreno. Ya habían muerto doce personas. La investigación no iba a ninguna parte. Tenías que intentar algo. El FBI y el MI6 dieron la misión por finalizada. El único que se siente herido en sus sentimientos es Riley Weaver. Y no había avanzado absolutamente nada con el caso. Y te pidieron que volvieses a trabajar con ellos. Hiciste lo mejor que pudiste en circunstancias difíciles. E incluso antes de que empiece la vista, yo hablaría aparte con el abogado del Gobierno y le mencionaría que puedes explicar al comité muchas cosas que a Weaver no le gustaría oír.

—¿Como por ejemplo?

—¿Como que el NIC ha ocultado pruebas decisivas al FBI en un caso de terrorismo internacional? ¿Recuerdas el vídeo del parque? Y tampoco iría mal que le recordases que el presidente estaba, quizá todavía lo esté, de tu lado.

—¿Así que la razón por la que no pegaste ojo anoche es que estuviste pensando en todo esto?

—No quería que te metieses ahí y te hiciesen una encerrona. No te lo mereces.

—Gracias. Creo que seguiré tu consejo.

Chapman se fijó en todos los agentes de seguridad uniformados.

—Las medidas son bastante estrictas.

—Bueno, es que esta zona está en la lista de deseos de todo terrorista.

Subían los escalones que llevaban hasta el edificio cuando un guardia de uniforme pasó por su lado con el labrador negro adiestrado para la detección de explosivos. El perro olfateó alrededor de los tobillos de Stone y de Chapman y después siguió su camino.

—Al menos esto es algo seguro en un mundo incierto —señaló Stone.

—Desde luego. ¿Qué dijo Garchik? ¿Que los perros pueden detectar diecinueve mil tipos de materiales explosivos?

—Y también que no existe ningún aparato lo suficientemente avanzado para medir el potencial olfativo de un perro. Si...

Stone se quedó paralizado.

Chapman le miraba. Sujetaba la puerta para que pasase.

—¿Estás bien?

Stone no respondió. Se giró y echó a correr en la dirección contraria.

Chapman le llamó.

—¿Qué coño haces?

Soltó la puerta y corrió tras él. La policía torció el gesto al percibir un movimiento repentino en esta ubicación. Y todavía desaprobaba más a la gente que se alejaba corriendo. Pero Stone ya estaba al otro lado de la calle con Chapman pisándole los talones antes de que alguno de los agentes uniformados reaccionara.

Ella le alcanzó y le agarró del brazo.

—No imaginaba que no te atreverías a asistir a la vista. Cuanto antes termine, mejor.

—No es la vista, Mary.

—¿Entonces qué es?

—Los perros.

—¿Qué pasa con los perros?

Stone empezó a correr. Chapman corrió tras él.

—¿Adónde vamos?

—A donde empezó todo.

—Ya lo hemos hecho.

—Esta vez es diferente, confía en mí.

83

Stone cerró los ojos y se remontó a aquella noche. Por segunda vez en veinticuatro horas, colocó las piezas en su mente, pero esta vez las imágenes todavía eran más vívidas. Se daba perfecta cuenta de que esta era su última oportunidad.

Primero, Friedman en el banco. Dormita y luego habla por teléfono con su falso amante. Después Alfredo Padilla con el chándal y el iPod entra caminando en el parque por el noreste. A continuación, Fuat Turkekul merodea por la parte noroeste del parque, examina una estatua y en realidad hace tiempo para encontrarse con Friedman. Por último, Stone recuerda sus pasos exactos en el parque. Oye cómo se acerca la caravana de vehículos, empieza a caminar por el parque mientras observa a la gente que hay en él.

El agente de seguridad británico con la chaqueta de camuflaje, que parece que camina por arenas movedizas. Estaba detrás de Stone cuando empezaron los disparos. Stone abrió los ojos y miró hacia el norte, hacia el hotel Hay-Adams y después más allá. Subió piso a piso hasta que su mirada alcanzó la ubicación de los francotiradores. Edificio del gobierno estadounidense. No sabía cómo habían entrado, pero lo habían hecho. Querían que Stone se tropezase con detalles que aparentaban ser la verdad, pero que no lo eran. Pero no querían que encontrase la conexión con el edificio gubernamental. Inconscientemente había ido hacia la derecha en lugar de hacia la izquierda como ellos habían esperado. Por eso les habían intentado matar a Chapman y a él poco después.

Lo que significaba que siempre les vigilaban.

Stone cerró los ojos de nuevo y vio la primera bala, que impactó unos metros a su izquierda. Después más balas que rebotaban en el suelo. Por todas partes se oían sonidos metálicos y silbidos. Se tiró al suelo boca abajo. El inglés, que estaba detrás de él, había hecho lo mismo. Friedman y Turkekul ya se habían ido del parque. Padilla empezó la lenta carrera en zigzag para salvarse y acabó en el agujero del árbol.

Pum.

Stone abrió los ojos de nuevo y dirigió la mirada a Chapman, que había estado todo el tiempo observándole con los brazos cruzados encima del pecho.

—¿Te pueden arrestar por no presentarte a la vista? —preguntó.

—Seguramente —contestó Stone con tono de clara indiferencia—. Todos los disparos cayeron en la parte oeste del parque —señaló.

—Exacto, mencionaste que todas las piquetas blancas estaban en el lado izquierdo, pero no explicaste lo que querías decir con eso.

—Porque no sabía lo que significaba. Pero ¿por qué? ¿Por qué cayeron todos los disparos a ese lado?

Como respuesta Chapman señaló el edificio gubernamental.

—Simplemente la ubicación del francotirador. Desde allí había un claro campo de tiro. Podían ver por encima de los árboles.

—También podían ver por encima de los árboles en la parte derecha. De hecho, podían disparar a través de las copas de los árboles. ¿Para qué necesitaban un claro campo de tiro? Es evidente que no apuntaban a nadie.

Chapman iba a decir algo, pero se calló.

—Pero esa no es la cuestión más importante —señaló Stone.

—¿Y cuál es la cuestión más importante? —preguntó ella.

—¿Cuál era la prueba?

Parecía confundida.

—¿Qué prueba?

—Creo que ya sé lo que Tom Gross le iba a preguntar a Steve Garchik. Garchik dijo que a los terroristas les gusta probar los explosivos para asegurarse de que funcionan. Creo que Lafayette Park era la prueba, pero ¿qué probaban? En un principio pensamos que la bomba debía haber explotado en otro momento, en otro evento, pero que estalló por equivocación. Después pensamos que podía haber sido un ensayo. Sin embargo, estas dos hipótesis son incompatibles. Es una o la otra. Las dos no.

Chapman empezó a decir algo otra vez, pero de nuevo se calló.

—¿Un ensayo? Como dijo Garchik, la parte de la bomba siempre funciona. Lo que fallan son las conexiones, pero ¿te arriesgarías a detonarla en Lafayette Park solo para comprobar las conexiones?

—No —respondió Chapman automáticamente—. Se tomaron demasiadas molestias.

—Exacto, demasiadas molestias.

—Entonces, ¿qué? Mencionaste que tenía que ver con los perros. Supongo que te refieres a los perros rastreadores de explosivos.

—Sí. ¿Dónde está tu ordenador portátil?

Chapman abrió el bolso y lo sacó. Caminaron hasta un banco y se sentaron.

—Pon el vídeo de la noche de la bomba —indicó.

Eso hizo.

—Pasa la parte anterior a los tiros.

Chapman pulsó algunas teclas y apareció la imagen.

—Páusala aquí.

Apretó la pausa.

Stone se levantó y señaló el extremo noreste del parque.

—Padilla entró en el parque en ese punto.

Chapman bajó la mirada a la pantalla y después la dirigió al lugar que él señalaba.

—Exacto.

—¿Por qué ese lugar?

—¿Y por qué no?

—Hay muchos lugares para entrar en el parque. Acuérdate de que Carmen Escalante dijo que su tío iba a comer a su restaurante favorito en la calle Dieciséis. Esa calle está al oeste de la Casa Blanca, no al este. Si venía andando desde la calle Dieciséis habría llegado primero a la parte oeste del parque, no a la parte este. Entonces, ¿por qué no entró por la parte este?

—Quizás había ido a otro lugar. Nunca seguimos la pista del restaurante donde cenó. O puede que sí cenase allí y después fuese a tomar una copa a algún lugar que estuviese en la parte este del parque.

—O quizá —dijo Stone mientras señalaba la pantalla—. Quizá tuvo que entrar en el parque por la parte este debido a esto.

Chapman miró lo que señalaba el dedo.

—¿Porque ahí es donde está apostada la policía, eso es lo que quieres decir?

—No, porque ahí es donde estaba el perro detector. Pasa el vídeo.

Chapman pulsó la tecla de reproducción. Padilla caminaba a treinta centímetros del perro. De hecho, parecía que se desviaba de su camino para pasar cerca del perro.

—¿Pero qué importancia tiene eso? El perro no hizo nada.

—Tú eres inglesa. ¿Alguna vez has leído el relato de Sherlock Holmes titulado *Estrella de plata*?

—Lo siento, pero no he leído los relatos.

—Es igual, en ese relato Holmes sacó muchas conclusiones gracias al curioso incidente del perro durante la noche.

—¿Por qué, qué hizo el perro?

—Absolutamente nada. Y como indicó Holmes, ese fue el curioso incidente.

—Lo único que estás consiguiendo es confundirme más.

—La prueba, Mary, consistía en pasar al lado del perro y que no reaccionase. Que no hiciese nada en realidad.

Tardó unos segundos, pero la expresión del rostro de Chapman se tornó en sorpresa.

—¿Estás diciendo que la bomba no estaba en el cepellón del árbol, sino que la llevaba Padilla?

—Sí. Un kilo de Semtex podría haber causado los daños que ocurrieron. Podía haberlo transportado fácilmente en su cuerpo.

—¿Y los trozos de cuero de la pelota?

—Nunca hubo pelota. Ya llevaba los trozos de cuero en el bolsillo. El vivero de árboles, George Sykes, los aros de baloncesto, John Kravitz: todo fueron pistas falsas. —Y añadió—: Pistas falsas cuidadosamente investigadas. Cuando supieron que el árbol venía de Pensilvania también se enteraron del oscuro pasado de Kravitz. —Miró el edificio de oficinas desde donde dispararon—. Y eso explica por qué los disparos solo venían de la parte oeste. No podían arriesgarse a alcanzar a Padilla. Si el perro hubiese estado en la parte derecha, Padilla habría pasado por su lado y después se habría dirigido a la parte este. Porque ahí es donde estaba el agujero. La otra pieza fundamental.

—¿Estás diciendo que se lanzó al agujero y después se hizo explotar?

—La única razón plausible para que corriese y se tirase al agujero para empezar era que parecía que corría para salvarse. El agujero era en realidad su madriguera. Los disparos eran el catalizador. No tenía otra razón para hacerlo. Por eso necesitaban los disparos. Para darle una razón para que corriese y saltase en el agujero. De no ser así, si se hubiese limitado a detonar los explosivos fuera, todos sabríamos de dónde provenía la bomba. El que saltase en el agujero del árbol nos hizo pensar que la bomba estaba en el arce. Donahue les dijo cuándo rellenarían el agujero. Tenían esa noche para hacerlo. Después nosotros descubrimos todas las pruebas que habían colocado.

—Espera un momento, Garchik dijo que era imposible engañar a los perros. ¿Cómo pudo Padilla pasar al lado del perro con una bomba en el cuerpo?

—Garchik ya nos lo dijo. Probablemente esa era la otra cosa que Gross quería preguntarle. ¿Qué nos dijo Garchik sobre los olores?

—Que no se podían disimular ante un perro.

—Y también dijo que los olores eran moleculares. Esa es la razón por la que nada puede contenerlos. Por eso los perros huelen sustancias colocadas en el interior de contenedores de acero cerrados, cubiertos con pescados apestosos y envueltos en kilómetros de plástico.

—Exacto.

—¿Y qué hemos aprendido sobre los nanobots?

—Que son una putada. —Se calló, boquiabierta—. Y que también son moleculares.

—Exactamente. También son «moleculares».

—¿Estás diciendo que utilizaron los nanobots para crear un nuevo tipo de explosivo? ¿El que hace el número diecinueve mil uno, por ejemplo?

—No. Parece que los restos de explosivos que encontró la ATF son usuales. Nada revolucionario en absoluto y eso es lo que hace que todo esto resulte mucho más genial. Utilizaron los nanobots para cambiar el olor típico de las sustancias explosivas a nivel molecular. Seguían teniendo intención de que explotase, pero ya no olería como otras sustancias que los perros estaban adiestrados para husmear. Así es como Padilla pudo pasar cerca del perro. Esa era la prueba. Pasar por delante del hocico del perro con una bomba sujeta al cuerpo. Y lo lograron.

—Pero ¿por qué iba a hacerlo? No es ruso. Es mexicano.

—Mary, ¿dónde estaban todas las pruebas que señalaban a los rusos?

—La pistola y la lengua extraña que hablaban. Y... —Se calló—. Todo ha sido una invención. Para que pareciese que los rusos estaban implicados.

—Sí.

—Pero se voló por los aires. ¿Por qué? ¿Qué razón podía tener? Tú lo has dicho. Se infiltraron en el lugar más protegido del mundo sin motivo aparente.

—No, lo hicieron por un motivo. Un muy buen motivo. Vamos.

—¿Adónde?

—A visitar a Carmen Escalante. Y a ver si llegamos antes de que la maten a ella también.

84

Nadie contestó cuando llamaron a casa de Carmen Escalante. Chapman se apartó de la puerta de entrada y miró por la ventana.

—¿Crees que se ha ido para siempre? ¿O que alguien se la ha llevado?

Stone atisbó por la ventana que estaba a la izquierda de la puerta.

—Parece que vive alguien. Puede que haya salido.

—Así que Padilla se voló por los aires. ¿Por qué?

—Para eso estoy aquí. Para preguntarle a Carmen si por casualidad sabe por qué.

—¿Así que crees que ella también está metida en esto?

Stone no le contestó enseguida, básicamente porque no sabía qué responderle.

—No lo creo, pero no hay garantía.

—Pero si no está metida en esto, no podrá ayudarnos.

—No necesariamente.

Stone se dirigió a la parte posterior de la casa y Chapman le siguió.

—¿Qué quieres decir? —preguntó.

—Ahora sabemos o al menos tenemos muchas razones para sospechar que Padilla llevaba los explosivos. Ahora podemos hacerle preguntas que antes no podíamos. Si ella está implicada, lo sabremos enseguida. Entonces podremos detenerla e interrogarla oficialmente. Incluso aunque no esté implicada, quizá pueda decirnos algo que nos ayude. Algo que su tío hubiese mencionado. Algo que haya oído sin querer. Visitas que haya recibido aquí.

Stone probó la puerta trasera, pero estaba cerrada.

Chapman presionó la cara contra la ventana de atrás y miró el interior.

—Nada. Pero podría estar muerta y que el cadáver no se viese. ¿Entramos?

Stone ya había sacado del bolsillo un par de instrumentos delgados.

—Es un cerrojo de seguridad. Llevará un poco de tiempo.

Chapman dio un golpe al cristal con el codo, pasó la mano por la hoja rota y abrió la cerradura.

—Mi método es más rápido.

Stone recogió con lentitud las herramientas para abrir cerraduras.

—¿El allanamiento de morada es algo habitual en tu profesión?

—Solo cuando estoy aburrida.

Entraron por la puerta y accedieron a una cocina pequeña.

—Alimentos en el frigorífico y platos sucios en el fregadero —señaló Chapman mientras miraba todo.

Stone se fijó en los restos de comida.

—Desayuno, probablemente de hoy.

Con las pistolas desenfundadas, pasaron al vestíbulo y registraron la planta principal con rapidez.

—Bien, no hay cadáveres en esta planta —dijo Chapman—. Vamos a mirar arriba.

Los dos minutos de registro de la planta superior no aportaron nada.

Chapman echó un vistazo a la ropa que había en el armario de la joven.

—Aquí hay algunas cosas bonitas. A lo mejor la han sobornado. Esa historia de las donaciones puede que sea una sarta de mentiras.

Stone señaló las muletas que había en la esquina.

—¿Cómo puede caminar sin ellas?

Chapman las examinó.

—Son las viejas. ¿Te acuerdas de que dijo que le iban a dar un par nuevo?

Stone echó un vistazo a la habitación.

—Bien, Padilla estaba involucrado. Los latinos de Pensilvania estaban involucrados.

—Y también están muertos. Sea quien sea su jefe, no es muy leal que digamos.

—O simplemente exige el sacrificio supremo a su gente —repuso Stone.

Fueron de nuevo abajo.

—¿Esperamos a que regrese? —preguntó Chapman.

Stone negó con la cabeza.

—Tengo la sensación de que esta casa está vigilada. Así que ya saben que otra vez estamos interesados en la chica.

—¿Quieres decir que es posible que acabemos de firmar su sentencia de muerte?

—Si pudiésemos averiguar adónde ha ido...

Salieron por la puerta trasera y anduvieron hasta la puerta principal. Stone miró la calle arriba y abajo.

—Parece el típico vecindario donde tiene que haber alguna amable viejecita atisbando por la ventana para ver qué pasa —sugirió Chapman.

—Buena idea. Tú te ocupas de esta parte de la calle y yo de la otra.

En la cuarta casa que Chapman probó, abrió la puerta una diminuta señora negra de cabello blanco y de unos setenta años.

—La he visto fisgonear. Estaba a punto de llamar a la policía, pero de pronto se me ha ocurrido que a lo mejor era usted policía —explicó con total naturalidad—. No hay muchas personas con su aspecto paseándose por aquí.

Chapman le mostró su placa y llamó a Stone para que se acercase.

—Este es mi compañero —le dijo a la anciana—. Estamos intentando averiguar dónde está Carmen Escalante. Es la joven de las muletas cuyo tío...

La mujer la cortó en seco.

—Veo las noticias. He visto a Carmen por aquí, pero ahora no está en casa.

—¿Tiene idea de dónde puede estar? —preguntó Stone.

—Se ha ido alrededor de las nueve de la mañana —contestó la mujer—. Han venido a buscarla en una furgoneta grande y negra.

Stone y Chapman intercambiaron una mirada.

—¿Quién ha venido a buscarla? —preguntó Chapman.

—Tipos del gobierno. Ya sabe, con traje y eso. Con gafas de sol. Hoy tiene que asistir a un funeral. —Se calló y los miró con recelo—. ¿Es que no ven las noticias?

—¿Sabe dónde se celebra el funeral? —inquirió Stone.

—Si no sabe eso puede que no sea policía.

—Somos policías —insistió Stone—. ¿Sabe dónde se celebra el funeral? —preguntó de nuevo en un tono más apremiante.

—¿Por qué no llama a la central o algo así y lo averigua?

Les cerró la puerta en las narices.

Stone sacó el teléfono mientras volvían al coche a toda prisa.

—Oliver, ¿qué está pasando?

—Ya dijimos que el estallido de la bomba haría que los eventos que tuviesen que celebrarse allí se trasladasen a otro lugar, lejos del parque.

—Exacto, pero eso no nos llevó a ninguna parte.

—No nos llevó a ninguna parte porque no era un evento lo que habían planeado atacar.

Chapman tomó aire.

—Han creado el acontecimiento que va a ser su objetivo. El funeral se celebra porque la bomba explotó —explicó.

—Con la asistencia del presidente de Estados Unidos y la del presidente de México.

Mientras Chapman conducía, Stone llamó a todo el que se le ocurrió.

—Nadie contesta.

—Identificación de llamadas. Saben que eres tú y no contestan. ¿No crees que deberíamos llamar a la policía y ya está?

—¿Y qué les digo? Soy Oliver Stone. ¿Trabajé para el Gobierno antes de que me echasen por cagarla? Hay una bomba en el funeral. ¿Vayan a desactivarla? Me colgarán el teléfono incluso antes de acabar.

Se detuvieron en un semáforo y Chapman miró hacia la izquierda.

—¡Mira! —exclamó

Estaban cerca de un bar. A través de la ventana se veía un televisor colgado del techo. Estaba sintonizado en un canal de noticias. Y en la pantalla se emitía el funeral en directo. Stone leyó los subtítulos en la parte inferior.

—Se celebra en el Cementerio Nacional de Arlington.

—Indícame el camino.

—¡Espera un momento! —exclamó Stone de repente. Miraba la pantalla de televisión mientras la cámara rodaba un plano panorámico de la zona.

—¡Ahí está Alex! —exclamó.

Chapman se giró para mirar. No había duda, Alex Ford estaba allí, en la ceremonia, obviamente de servicio para la protección del presidente.

—Un momento —espetó Chapman—. Aunque consigas hablar con él, no sabes dónde está situada la bomba.

—Creo que sí lo sé.

Chapman pisó el acelerador mientras Stone marcaba el número, rezando para que su amigo contestase.

85

Alex Ford vigilaba estoicamente los alrededores y siguió haciéndolo incluso cuando sintió el zumbido en el bolsillo. Lo ignoró. Ni llamadas ni correos electrónicos durante las misiones de protección. Cuando estaban cerca del presidente cambiaban el tono a vibración. Y la función de enviar SMS la habían eliminado directamente de los teléfonos. Debería haber apagado el móvil. Observó a los invitados al pasar por el magnetómetro, pero antes de llegar hasta allí tenían que avanzar por una serie de puestos de control y de aparatos para la detección de explosivos. Dirigió la mirada hacia los perros detectores que husmeaban a las personas que asistían al funeral. Tras la explosión en Lafayette Park, había perros por todas partes y constituían la mejor línea de defensa, porque eran móviles.

El teléfono zumbó otra vez. Volvió a ignorarlo. Si su jefe le veía al teléfono cuando se suponía que debía estar atento a posibles amenazas le caería una buena bronca. La verdad es que probablemente fuera su último día de trabajo en el equipo de protección.

Observó al presidente cuando tomaba asiento en primera fila. El presidente mexicano se sentó a su izquierda. Había dos sillas entre los dos dignatarios. Alex vio cómo acompañaban a Carmen Escalante pasillo abajo, las nuevas muletas apenas hacían ruido cuando tocaban la tierra blanda. Alice Gross, vestida de negro con un velo que le cubría el rostro, caminaba detrás de Escalante. Los cuatro hijos de Gross estaban sentados en la fila inmediatamente anterior a la del presidente de Estados Unidos.

Los dos presidentes se levantaron cuando Escalante y Gross se acercaron por la fila. Los dos les dieron el pésame a las mujeres y todos tomaron asiento.

Alex maldijo el teléfono cuando zumbó una vez más. Por el sonido sabía que esta vez le habían enviado un correo electrónico. Miró alrededor para localizar a cada uno de los miembros del equipo de protección. Todos igual que él. Expresión impasible, gafas de sol, intrauriculares, rígidos, manos delante, observaban, lo escudriñaban todo con la mirada, intentando reconocer incluso la posibilidad de una amenaza antes de que se convirtiese en algo más, como una bala o una bomba.

El teléfono volvió a zumbar. Él volvió a maldecir, esta vez un poco más fuerte. Miró a su alrededor. Podía cogerlo si se tomaba su tiempo. Desplazó la mano hasta el bolsillo del pantalón, sacó lentamente el teléfono boca arriba hasta que apareció solamente la pantalla. Pulsó con el pulgar el icono del correo electrónico.

—Fantástico —masculló cuando vio dos nuevos mensajes que entraban con menos de un minuto de diferencia. Entonces vio quién los enviaba.

Oliver Stone.

Levantó la vista para asegurarse de que nadie le miraba. La bajó de nuevo, pulsó varias teclas. Sacó el teléfono un poco más. Podía ver la pantalla. Aparecieron los mensajes. Eran iguales. Cuando acabó de leerlos palideció y sintió náuseas. Pulsó dos teclas, la «o» y la «k». Pulsó la tecla de envío y dejó caer el teléfono en el bolsillo.

Respiró hondo mientras dirigía la mirada de nuevo al presidente, el hombre al que había jurado proteger. Había prestado el juramento, igual que todos los agentes del Servicio Secreto, de que sacrificaría su vida por ese hombre. Una gota de sudor le apareció en la frente y se deslizó por su rostro.

¿Y si su amigo estaba equivocado? ¿Si actuaba y resultaba que era un error? Probablemente sería el fin de su carrera. No porque Alex hubiese intentado proteger al presidente. Sino porque habría actuado a raíz de la información proporcionada por un agente de campo ahora caído en desgracia.

Sin embargo a veces, concluyó Alex, uno tiene que confiar en sus amigos. Y él confiaba en Oliver Stone a pies juntillas.

Habló por radio, transmitiendo palabra por palabra lo que acababa de averiguar, salvo que omitió la fuente. A continuación añadió el aviso que Stone le había enviado. «Es probable que se detone a distancia. Cualquier movimiento repentino por nuestra parte y la bomba estallará. Necesitamos una maniobra de distracción o algo que encubra nuestros movimientos. De no ser así, no lo lograremos.»

La voz de su supervisor le llegó a través de los intrauriculares.

—Ford, ¿estás completamente seguro?

A Alex se le removieron las tripas cuando contestó.

—Aunque solo estuviese seguro a medias, no podemos arriesgarnos, ¿no le parece?

Oyó como su superior exhalaba un suspiro largo y atormentado. Sin duda estaba haciendo lo que Alex acababa de hacer, es decir, imaginar lo que sería de su carrera si aquello salía mal.

—Que Dios nos ayude, Ford.

—Sí, señor.

Un minuto después se enviaba el plan a todos los agentes a través de la línea de seguridad. Alex miró su reloj. Sesenta segundos. Se esforzó al máximo para parecer tranquilo y profesional. Quienquiera que estuviese detrás de todo aquello veía claramente dónde estaban todos los agentes. Cualquier detalle que indicase que algo iba mal y la bomba explotaría.

Puesto que todo lo había iniciado Alex, había recibido el honor de realizar la última tarea. Un equipo de protección rutinario se acababa de convertir en algo más, algo para lo que todo agente se preparaba y que esperaba con todo su corazón no tener nunca que poner en práctica.

Alex inició la cuenta atrás, la mirada moviéndose por entre las filas de invitados, pero siempre volviendo al presidente. A los treinta y dos segundos en la cuenta atrás de un minuto, empezó a moverse. Bajó por el lateral de la zona de los asientos, como si hiciese una simple ronda de vigilancia. A su izquierda, dos agentes bajaban por el otro pasillo. Como es lógico, el plan se había urdido sobre la marcha y no les quedaba más remedio que esperar que fuese lo bastante bueno. Alex miró la gran cripta situada justo detrás del escenario temporal construido para la ceremonia. Inspiró con rapidez otra vez intentando que la adrenalina no perjudicase su capacidad motora.

Veintidós segundos.

Alex aceleró el paso. Se estaba acercando a la fila donde estaba sentado el presidente, pero no le miraba a él. Miraba a alguien más.

Cuando quedaban diez segundos sucedió.

Con un grito, una mujer que bajaba por el pasillo para dirigirse a su asiento cayó al suelo. Inmediatamente, la rodearon varias personas. El lugar donde debía caer había sido cuidadosamente planeado. En realidad, se trataba de una agente del Servicio Secreto en la reserva que había sido requerida a toda prisa para caerse en ese preciso instante al lado de la fila del presidente.

La multitud de gente que se había reunido a su alrededor permitió al núcleo interior del equipo de protección formar un muro alrededor del presidente, un procedimiento normal que no levantaría sospechas. No podrían hacer nada si el terrorista decidía detonar la bomba en ese momento, pero no les quedaba más remedio. Había un hueco en el muro de protección y Alex, tal y como habían convenido, se agachó para entrar por él. Varios agentes lo miraron, las mandíbulas en tensión por la concentración y la preocupación, pero Alex solo se centró en su objetivo.

Carmen Escalante parecía asustada. Hecho que Alex encontró un poco tranquilizador. Si ella no era la terrorista, puede que todos pudiesen salvarse. Si lo era, seguramente detonaría la bomba en los siguientes dos segundos.

Carmen gritó cuando él le arrancó las muletas de los brazos, pero sus chillidos quedaron ahogados por los gritos de los agentes al darse instrucciones unos a otros para proteger al presidente y por la reacción de la multitud a este último hecho.

Como un jugador de rugby al salir de una melé, Alex emergió del muro de agentes con las muletas parcialmente escondidas bajo la chaqueta. Al principio caminó y, cuando ya se había alejado lo bastante de la zona del presidente, echó a correr. Como un toro, se abrió paso entre la gente que se encontraba por el camino, despejó el escenario, sacó las muletas de debajo de su chaqueta, las levantó y las lanzó con todas sus fuerzas. Su objetivo era la zona detrás de la gran cripta, que era el mejor escudo que tenían.

Sin mirar detrás de él, sabía que sus colegas llevaban al presidente lo más rápido posible en la dirección opuesta, atropellando a la gente si era necesario.

Por desgracia, las muletas no llegaron a la zona de detrás de la cripta. La fuerza de la bomba al detonar en el aire fue suficiente para que el escenario se desplomase. Humo, polvo y llamas se precipitaron hacia el exterior desde donde había caído la bomba, devorando las primeras filas, que para entonces ya habían sido desalojadas. La gente corría y gritaba mientras los escombros llovían del cielo.

El presidente ya estaba en su limusina y la caravana de vehículos, chirriando, descendió por el camino asfaltado que conducía a la salida del cementerio.

Misión cumplida. La vida no había terminado. Hoy no. No durante su guardia.

Gracias a la heroica acción de Alex, no hubo muertos, aunque varias personas resultaron heridas de gravedad.

Los agentes se concentraron alrededor del hombre que yacía cerca del escenario destruido. Todas las miradas se dirigieron a la cabeza ensangrentada, a la pieza de granito que tenía clavada.

—¡Una ambulancia, rápido! —gritó uno de ellos.

Alex Ford había cumplido con su deber.

Había salvado la vida del presidente de Estados Unidos.

Quizás a cambio de la suya.

86

Oliver Stone estaba sentado en la sala de espera del hospital rodeado por el resto de los miembros del Camel Club y por Mary Chapman. Nadie hablaba. Todos tenían la mirada perdida mientras se planteaban la posible pérdida de otro amigo.

Annabelle tenía los ojos enrojecidos, la cara hinchada y apretaba en la mano un pañuelo de papel. Caleb y Reuben, con el brazo y la pierna vendados, estaban sentados juntos con las cabezas agachadas. Harry Finn se apoyaba en la pared al lado de la puerta. No conocía a Alex Ford tan bien como los demás, pero le conocía lo suficiente como para estar muy afectado por lo que le había sucedido.

Alex se encontraba en cuidados intensivos después de haber sido operado de urgencia. Los médicos dijeron que sufría un traumatismo craneal grave, el cráneo fracturado por el trozo de cripta que había salido despedido por la explosión. La hemorragia había estado a punto de acabar con su vida. Ahora estaba en coma y ni uno solo de los médicos podía decirles si saldría de él.

Stone se acercó a cada uno de sus amigos, les hablaba en voz baja y les decía palabras de consuelo. Cuando llegó hasta Annabelle, esta se levantó y salió. Stone la siguió.

Chapman lo enganchó del brazo.

—Quizá necesite estar sola.

—En este momento es lo último que necesita —le contestó mientras abría la puerta y salía de la sala de espera.

Alcanzó a Annabelle cuando esta se acercó a una ventana y contempló la puesta de sol.

—No puedo creer lo que ha pasado, Oliver —dijo con voz temblorosa—. Despiértame y dime que no es verdad.

—Pero todavía está con nosotros. Es fuerte. Tenemos que seguir creyendo que va a salir de esta.

Ella se sentó en una silla. Stone se quedó de pie a su lado. Cuando empezó a llorar le pasó unos cuantos pañuelos de papel que había cogido antes de salir tras ella.

Cuando se calmaron los sollozos, levantó la vista hacia él.

—Los médicos no parecen muy optimistas.

—Los médicos nunca lo son. Su trabajo consiste en apagar las esperanzas, no en alentar las expectativas. Después, si el paciente sale, parecen más competentes de lo que en realidad son, pero ellos no conocen a Alex como le conocemos nosotros.

—Es un héroe. La persona más valiente que he conocido.

—Sí —convino Stone.

—¿Así que tú le enviaste un correo electrónico? ¿Le dijiste lo de la bomba?

Stone asintió y con cada movimiento de cabeza crecía su sentimiento de culpa. «Yo le envié un correo electrónico. Le hice enfrentarse al problema. Por mi culpa está ahora en coma.»

Se sentó a su lado.

—No... no estuve muy comunicativo con Alex durante todo esto. —Pensó en la noche en que Chapman y él salían del despacho de Friedman. Alex se les había acercado, era evidente que quería hablar.

«Y más o menos me deshice de él. Y ahora está en coma.»

Aunque intentaba parecer animado ante Annabelle, Stone había mantenido una charla privada con los médicos. No albergaban muchas esperanzas acerca de su recuperación.

—¿Sufre una lesión cerebral? —había preguntado Stone.

—Demasiado pronto para saberlo —repuso uno de los médicos—. Ahora estamos intentando mantenerlo con vida.

—¿Oliver?

Se giró y vio que Annabelle le miraba.

—¿En qué estabas pensando hace un momento?

—En que he fallado a mi amigo. En que se merecía a alguien mejor que yo.

—Si no le hubieses enviado el mensaje, la bomba habría explotado en medio de la multitud. Muchas personas habrían muerto.

—Mi parte lógica se da cuenta de eso. —Se tocó el pecho—. Pero esta parte no. —Se detuvo—. Milton. Y ahora Alex. Esto tiene que acabar, Annabelle. Tiene que acabar.

—Todos sabíamos dónde nos metíamos.

—No, no creo que ninguno lo supiésemos de verdad, pero no importa.

—Quiero encontrar a quien ha hecho esto, Oliver. Quiero que paguen por lo que han hecho.

—Pagarán, Annabelle. Te lo juro.

Le lanzó una mirada penetrante.

—¿Vas a ir a por ellos?

—Seré yo o serán ellos los que salgan de esta. Se lo debo a Alex. Yo al menos se lo debo.

Stone miró al fondo del pasillo. Parecía notarlo antes de que sucediese.

Annabelle se dio cuenta.

—¿Qué pasa?

—Ya vienen.

—¿Quién viene?

La ayudó a levantarse y la abrazó.

—Te prometo que voy a encontrar a los culpables. Te lo prometo.

—No puedes hacerlo tú solo, Oliver.

—Esta vez tengo que hacerlo yo solo.

Cuando se separó de ella tenía lágrimas en los ojos. Le resbalaban por las estrechas mejillas. Annabelle estaba sorprendida. Nunca había visto llorar a Oliver Stone.

—¿Oliver?

La besó en la frente, dio media vuelta y se alejó justo en el instante en que los hombres trajeados doblaron la esquina y se dirigieron hacia él.

87

Al cabo de dos minutos Stone y Chapman estaban en un sedán del Gobierno en dirección al centro de la ciudad. Desde el
coche los acompañaron a una pequeña sala de reuniones de la
Oficina de Campo de Washington del FBI. A Stone no le sorprendió ver allí al director del FBI ni a la agente Ashburn. Pero
sí que le sorprendió ver a Riley Weaver entrar y sentarse al lado
del jefe del FBI.

—Ya le he dado mi informe a la agente Ashburn —dijo Stone.

—Sé que el agente Ford y usted son amigos —empezó el director, que se había dado perfecta cuenta del tono poco coope-
rativo de Stone.

—En realidad es uno de mis mejores amigos —puntualizó
Stone.

—Necesitamos entender esto mejor, agente Stone —terció
Ashburn.

—Ya no soy agente. —Miró a Riley Weaver—. Me apartaron del servicio.

El director del FBI carraspeó.

—Sí, bueno, de eso ya nos ocuparemos más tarde. Ahora tenemos que centrarnos en nuestra situación.

Stone no hizo amago de hablar. Se limitó a mirar fijamente a
Weaver hasta que el hombre se sintió tan incómodo que miró la
puerta como si quisiese huir despavorido.

—Intentaré explicarlo. Si me dejo algo estoy segura de que
el «agente» Stone me ayudará —dijo Chapman al final.

Durante los siguientes veinte minutos les explicó todo lo que había sucedido, desde que Stone se dio cuenta, cuando visitaron la casa de Escalante, de la ubicación de la bomba, hasta los frenéticos mensajes que le envió a Alex Ford.

—Una ingeniosa investigación y deducción, Stone —dijo el director del FBI mientras Ashburn asentía con la cabeza—. Si no hubiese actuado como lo hizo, el país estaría llorando a su presidente. Le salvó la vida —añadió.

—Es a Alex Ford a quien tiene que agradecérselo, no a mí.

—Ya lo sabemos —repuso Weaver con sequedad.

Stone lo miró.

—Bien. Me alegro de que estemos todos de acuerdo.

Cuando la explicación llegó a la utilización de los nanobots para cambiar la estructura molecular de las trazas de explosivos, tanto el director de la ATF como el agente Garchik dieron la impresión de estar a punto de vomitar.

—Si eso es cierto lo cambia todo —dijo Garchik—. Todo. —Miró a su director, que, abatido, asentía con la cabeza.

Weaver dirigió la mirada al director del FBI.

—¿Y estamos seguros de que ese es el caso?

—Carmen Escalante, en la ceremonia de hoy, ha pasado al lado de dos perros detectores de explosivos y por un escáner de bombas —añadió Ahsburn—. Ni los animales ni la máquina han reaccionado.

—Y hemos comprobado el vídeo de Padilla al entrar en el parque. Lo mismo. Caminaba a menos de treinta centímetros del perro y nada —añadió el director de la ATF—. Sea lo que sea lo que hicieron con esa cosa de los nanos, funcionó. Alteraron el olor y la huella química.

El director del FBI carraspeó de nuevo.

—De eso tendremos que ocuparnos, no cabe duda, pero ahora mismo necesitamos averiguar quién está detrás de esto.

—¿Han entrevistado a Carmen Escalante? —preguntó Chapman.

—Interrogado, más bien —corrigió Ashburn—. A menos que sea una gran actriz, la han engañado. No sabía nada de la bomba en las muletas.

—Un lugar perfecto para una bomba, la verdad —reconoció el director—. Al pasar por el magnetómetro, sonaron, normal, pero es que son de metal. Y no se las hicimos pasar por los rayos X porque, en fin, habría quedado un poco mal.

—Pero Padilla tuvo que ver en la explosión de la bomba —añadió Chapman—. Aunque Escalante sea inocente. No puedo creer que el tipo apareciese en el parque con una bomba en el cuerpo, pasase al lado de los perros para ver si le detectaban la bomba y después saltase en el agujero cuando empezaron los disparos. Tenía que saber que iba a morir.

—Le hemos investigado mucho más —aseguró Ashburn—. ¿El accidente del autobús que provocó la muerte de los padres de Carmen y las lesiones en las piernas? En realidad fue un sabotaje. Sospechamos que el padre de Carmen trabajaba para uno de los cárteles de la droga de México. Es probable que quisiese abandonar. No les gustó. Así que manipularon los frenos del autobús. Dispuestos a matar a cien personas por acabar con una.

—Eso explica lo que pasó con los hispanos de Pensilvania —apuntó el director del FBI—. No eran los rusos, como nos hicieron creer. Probablemente fueron los cárteles mexicanos de la droga. O lo más seguro Carlos Montoya, que quiere volver a controlar el cotarro.

—De manera que Montoya se carga al presidente de Estados Unidos y al de México de una tacada —añadió Ahsburn. Miró al director—. Y a usted también, señor.

El director asintió con la cabeza.

—Tiene sentido. Pensábamos que Montoya ya no se dedicaba al narcotráfico o incluso que estaba muerto, pero probablemente nos haya engañado a todos y haya intentando una jugada para recuperar su imperio y que culpásemos a los rusos. En el vacío de poder que inevitablemente seguiría, los cárteles mexicanos volverían a ser los reyes. Y si realmente Montoya está detrás de esto, eso significaría que él también volvería a ser el rey.

—Entonces, ¿todo lo de Fuat Turkekul era una farsa? —preguntó Ashburn—. ¿No era un traidor?

—Seguramente no. Es más probable que lo sacrificasen —contestó Chapman.

—¿Y el vivero, John Kravitz y Georges Sykes? —inquirió el director del FBI.

—Todos inocentes y también sacrificados —repuso Chapman—. Para reforzar la trama rusa, pero Judy Donahue estaba confabulada. Sobornada y después asesinada.

—¿Y la tecnología? ¿Los nanobots? ¿Estáis diciendo que los cárteles de la droga poseen los medios para hacer esto? —preguntó Garchik.

—He hablado con mi homólogo en la DEA.* Me ha dado una explicación general del estado actual del narcotráfico. Aun a pesar de que los rusos hayan echado a los mexicanos a la fuerza, estos últimos siguen teniendo miles de millones de dólares de flujo de caja. Y a algunos de los mejores científicos del mundillo para hacerles el trabajo de laboratorio de las drogas. Y los expertos que no tienen los pueden contratar con facilidad u obligar a trabajar en esto. No se trata solo de bombas. Como dijo mi amigo de la DEA, si son capaces de cambiar el olor de los explosivos, saben cambiar el olor de las drogas. Pueden pasar la droga sin problemas por delante de nuestras defensas. Esto va a cambiar las reglas del juego. La guarda fronteriza, la DEA y el resto de las agencias estarán indefensas.

—¿Y por qué no nos hemos enterado de esto antes? —preguntó Riley Weaver, en su primera intervención—. ¿Me refiero al hecho de que el padre de Escalante pertenecía al cártel?

—Padilla no era una persona de interés, bueno, al menos no durante mucho tiempo. Todos pensamos que era la víctima, no el autor del delito, así que no había razón para investigar más. E incluso este último informe que surge de México es especulativo. No hay pruebas concretas. No podemos demostrar legalmente que Montoya está detrás de esto. Al menos todavía no —contestó Ashburn.

—Así que asesinaron a los padres de Carmen. ¿Dónde entra Padilla? ¿También trabajaba para el cártel? —inquirió Chapman.

—Lo dudo, al menos por lo poco que sabemos. Esa fue otra

* DEA: Administración de Cumplimiento de Leyes sobre las Drogas.

de las razones por la que no investigamos más a Padilla. Nuestras investigaciones preliminares no dieron ningún resultado —repuso Ashburn.

—Es posible que viniese aquí huyendo para alejar a Carmen de ellos, pero puede que el cártel los encontrase aquí —apuntó el director.

—Y quizá chantajeasen a Padilla para que trabajase para ellos. Le amenazasen con asesinar a Carmen si no aceptaba. Puede que ni siquiera supiese que llevaba una bomba esa noche. Tal vez solo le dijeron que cuando empezasen los disparos corriese y saltase dentro del hoyo. Para mí, lo más inteligente es que han utilizado las muertes de Padilla y de Tom Gross para su propio fin, sabiendo que iba a haber un funeral oficial por las víctimas —añadió Ashburn.

—Exacto —convino Chapman—. Crearon el evento que querían sabotear. —Miró a Stone—. También fue él quien llegó a esa conclusión.

Riley Weaver golpeó la mesa con la mano.

—Bien, todo esto es muy interesante, pero todavía no sabemos cómo detonaron la bomba. Ni quién fue su conexión en Estados Unidos. De acuerdo, quizá no fueron los rusos. Quizá sí sean Montoya y los mexicanos, pero han de tener una conexión aquí. Es imposible que hayan conseguido hacer todo esto sin un traidor en nuestras filas. Si no fue Turkekul, ¿quién fue?

Al fin Stone se movió. Miró a Weaver.

—El traidor resulta bastante obvio a estas alturas, ¿no cree, señor director?

Miró a Weaver con tal intensidad que al final el hombre se puso rojo.

—Será mejor que no me acuses de...

Stone le interrumpió.

—Me quedo con la respuesta más sencilla cuando se me presenta.

—¿Qué quieres decir? —preguntó el director del FBI con calma.

—Quiero decir que es la única persona que queda.

Todos los que estaban en la sala lo miraron con curiosidad.

—Venga, se refiere a Marisa Friedman.

La sala quedó en silencio mientras cada una de las personas miraba primero a Chapman y después a Stone. El director del FBI y Ashburn parecían conmocionados.

Riley Weaver estaba notablemente pálido. Cuando Stone le miró, se giró abruptamente.

—Eso es ridículo —barbotó.

—¿Recuerdan el edificio del gobierno desde donde disparó el francotirador? Cuando Stone y yo lo descubrimos, estuvieron a punto de matarnos. Hubo una serie de pistas falsas que querían que encontrásemos y que apuntaban a los rusos, pero la conexión con el edificio del gobierno no era una de ellas. Eso era precisamente lo que no querían que conectásemos con el caso. ¿Por qué? Porque tenía que ser alguien que supiese de ese edificio. Tenía que ser alguien que pudiese tener acceso a él. Tenía que ser un infiltrado —explicó Chapman.

Stone señaló a Weaver.

—En su lado. Alguien como Friedman.

Weaver empezó a decir algo, pero se quedó sentado mirando a Stone.

—Y Friedman estaba en el parque esa noche. Pudo haber detonado la bomba con el teléfono móvil cuando se marchó. Se encontraba en la parte este del parque, lejos de los francotiradores. Y pudo haber sido quien llamó a Turkekul para hacerle salir y que le disparasen en la avenida George Washington, mientras pretendía trabajar con nosotros para pillarlo a él y a quien fuese que trabajase con él. Como recordarán, fue Friedman quien primero descubrió a Turkekul, lo que, para empezar, hizo que todos ustedes sospechasen que era un topo y un traidor.

—Y —prosiguió Stone mirando a Weaver de nuevo— fue despedida del servicio de inteligencia por su complicidad en la muerte de Turkekul. Lo que le ofreció la oportunidad perfecta para retirarse del terreno de juego sin que se le preguntase nada. Nos la ha jugado a todos y bien jugada.

—No tienes pruebas de que sea así —masculló Weaver.

—Director Weaver, ¿ha intentado ponerse en contacto con Marisa Friedman últimamente? —preguntó Ashburn en voz alta.

Todas las miradas se dirigieron al jefe del NIC.

—No he tenido motivo para intentar ponerme en contacto con ella —repuso a la defensiva.

—Yo diría que ahora sí que tiene un motivo —adujo con firmeza el director del FBI.

Weaver sacó lentamente el teléfono y marcó un número con su grueso índice. Pasaron cinco, diez, veinte segundos. Dejó un mensaje para que lo llamase.

Guardó el teléfono.

—Bueno, no ha contestado. Eso no demuestra nada.

—Pero, si tengo razón —añadió Stone—, ¿qué cree que está haciendo en este instante?

—Correr como alma que lleva el diablo —dijo Chapman.

—Si tienes razón. Pero eso es mucho decir —repuso Weaver. El director del FBI se dirigió a Ashburn.

—Tenemos que encontrar a Friedman. Inmediatamente.

—Sí, señor. —Ashburn cogió su teléfono y salió de la sala.

Weaver negó con la cabeza y miró al director del FBI.

—No podemos limitarnos a aceptar lo que diga este hombre. Friedman es una de las mejores agentes de campo con las que jamás he trabajado.

—Creo que en realidad es la mejor —añadió Stone—. El único problema es que ya no trabaja para nosotros.

—Bueno, si tienes razón, probablemente ya esté muy lejos —prosiguió Weaver—. Seguro que tenía preparado hasta el último detalle de su estrategia para huir.

Stone se dirigió a él.

—Seguro, excepto por una pequeña cosa.

Weaver le miró con desprecio.

—¿Ah, sí? ¿Y qué cosa es?

—Los presidentes siguen vivos. Lo que significa que ha fracasado. Dudo que su patrón esté muy contento, pero eso también nos da una oportunidad para llegar hasta ella.

88

Varias horas después tenían una pista sobre Friedman. Seguían todos en la Oficina de Campo cuando Ashburn regresó a la sala de reuniones agitando un papel.

—Identificación visual de Friedman subiendo a un tren dirección Miami desde Union Station en Washington. Hemos comprobado la lista de pasajeros. Viaja con otro nombre. Ningún Friedman en la lista. Supongo que eso confirma su complicidad.

Todos miraron a Weaver, sentado en un rincón de la sala con expresión huraña.

—Asumo que no le ha llamado, ¿no es así, señor? —preguntó Ashburn.

Weaver ni siquiera se molestó en contestar.

—Miami tiene sentido. Se supone que trabaja para un cártel mexicano. Llega a Miami y salta a un avión privado en dirección al oeste de México. Y lo de tomar un tren es una decisión acertada. Probablemente pensaba que esperaríamos que utilizase una aeronave para huir con rapidez —añadió Ashburn.

Stone miró a Ashburn.

—¿Identificación visual? ¿Pero alguien la ha visto?

—Tenemos cámaras de vigilancia en todas las estaciones y aeropuertos. Hemos programado sus rasgos en el circuito y hemos dado en el blanco en Union Station.

—¿Has visto el vídeo? —preguntó—. ¿Para comprobar con certeza que era ella?

—Sí. No era una imagen clara y obviamente se había disfrazado, pero el ordenador puede captar factores que el ojo humano no puede. Y han enviado la descripción. Vamos a retener el tren en la próxima estación, revisaremos pasajero por pasajero y la detendremos.

Todos se apresuraron a salir de la sala. Weaver fue el último en salir.

Se volvió hacia Stone.

—Supongo que te debo una disculpa.

—No me debes nada. Es complicado. He estado casi tanto tiempo como los demás sin tener idea de lo que pasaba.

—Has salvado la vida del presidente. Creo que el futuro te augura para siempre el viento y el mar a tu favor —añadió.

Stone no dijo nada. Se limitó a mirar cómo Weaver se daba la vuelta y se marchaba.

Chapman le observaba de cerca.

—¿De qué iba todo eso?

—Historia antigua.

—No paras de decir lo mismo.

—No paro de decirlo porque es verdad.

—Vale, no te tragas la teoría del tren, ¿no?

Stone recordó las cosas que Marisa Friedman le había dicho. Todo eran mentiras, por supuesto, pero así era como sobrevivían los espías.

—Dijo que quería ir a una isla desierta —declaró con calma.

Chapman se animó.

—¿De verdad? ¿Cuándo lo dijo?

—Cuando fui a su despacho a decirle que sentía haber destruido su carrera —añadió—. Dijo que quería que me fuese con ella. Que nos parecíamos mucho.

Chapman le puso una mano en el hombro.

—Por si te sirve de algo, creo que no podéis ser más distintos. Ella es una zorra cruel y desalmada a la que solo le interesa el dinero. Y tú, bueno, obviamente no eres así. —Desvió la mirada, quizás avergonzada por sus palabras.

—Una isla desierta —repitió.

—Exacto, ahí es adonde realmente quería ir.

—Es una espía. Mentir es su forma de ganarse la vida.

Chapman lo miró con interés renovado.

—Entonces, ¿de una isla desierta nada?

—Sotfware de reconocimiento facial —dijo Stone de repente.

—He oído que es muy exacto.

—Es una máquina, así que es tan bueno como lo que le introduces. Lo que me hace plantearme una cosa.

—¿Qué?

—Qué base de datos han utilizado para compararla con la fotografía.

—¿Quieres decir que alguien tan inteligente como Friedman ya habría pensado en ello? ¿Ya sabría que utilizarían esas medidas para compararla con ella?

—Y si entró en la base de datos adecuada e introdujo unos parámetros ligeramente diferentes, daría una descripción de otra persona que ella se aseguraría que estuviese en la estación de ferrocarril camino de Miami.

—Y la policía detiene el tren y lo registra, pero no encuentra a Friedman, así que a esa persona ni siquiera la interroga. A salvo y sin problemas.

—A salvo y sin problemas —repitió Stone.

—Entonces, ¿dónde está Friedman?

—¿Qué es lo contrario de una isla desierta?

—¿Lo contrario? —Chapman reflexionó un momento—. Un lugar con mucha gente. ¿Una gran ciudad?

—Sí. Y no se ha ido hacia el sur. No iría a México.

—¿Por qué?

—Porque ha fracasado. ¿Por qué iba a irse corriendo con tipos como Carlos Montoya si no ha conseguido hacer el trabajo? Le metería una bala en la cabeza.

Chapman se recostó en la silla.

—Es verdad. Seguro que eso es lo que haría.

—Así que su «doble» se dirige hacia el sur para guiarnos en una persecución infructuosa.

—Lo contrario del sur es el norte. ¿Pero para qué irse a una gran ciudad?

—Es el mejor lugar para esconderse. De acuerdo, hay mucha policía y muchas cámaras, pero ella es demasiado lista para meter la pata con eso. Se perderá entre millones de personas. Esperará para ver qué sucede. Una vez que sepa cómo va todo, sus opciones aumentarán.

—¿Y cómo la vamos a pillar? No podemos irnos corriendo a cada gran ciudad al norte de aquí para buscarla. Quizá ya haya salido del país. Puede que esté en Canadá.

—No lo creo. Si corre demasiado rápido cometerá un error aunque tenga una estrategia de huida preparada. Y recuerda, su plan de escapada estaba preparado partiendo de la base de que la misión había sido un éxito. No, ahora se tomará su tiempo.

—¿Y si está en el tren de Miami y los agentes del FBI la detienen?

—Pues me alegro por ellos, pero no creo que eso vaya a suceder.

—Bien, ¿pero por dónde empezamos a buscar?

—Necesitamos información.

—¿Qué tipo de información?

Stone pensó en lo que Friedman le había dicho. Sobre que la CIA se quedaba con todos los beneficios de su lucrativo trabajo en los grupos de presión. Que se podía haber retirado a lo grande si el negocio hubiese sido suyo realmente.

—No hizo esto gratis. Lo que significa que tenemos que seguir el dinero —añadió de forma un tanto críptica—. Y a los matones.

—¿Los matones?

—Si tiene a alguien como Carlos Montoya detrás de ella, necesitará un muro de profesionales a su alrededor. Como protección. Así que para llegar hasta ella tendremos que hacerlo a través de ellos.

Chapman sonrió.

—Esto ya me gusta más.

89

Annabelle se sentó frente a Stone en su casa.

—Me han dejado verle —dijo con un hilo de voz, poco más que un susurro.

—¿A Alex?

Ella asintió con la cabeza y se señaló la frente con uno de los dedos.

—Un trozo de granito le golpeó más o menos aquí. Tres centímetros más hacia la izquierda y no le hubiese tocado y ahora no estaría en coma en una cama de hospital.

—¿Sigue igual?

—Un poco peor, la verdad. —Contuvo un sollozo—. Sus constantes vitales hoy no son tan buenas.

Stone alargó la mano por encima del escritorio y cogió la de ella.

—Lo único que podemos hacer es no perder la esperanza y rezar, Annabelle. Eso es todo.

—Es tan buena persona, Oliver... Un hombre íntegro. Siempre estaba dispuesto a ayudar incluso cuando me comportaba como una imbécil con él.

—Todos tenemos de qué arrepentirnos, probablemente yo más que nadie, con respecto a Alex. —Retiró la mano y se recostó en la silla.

—Tenemos que atraparla, Oliver —dijo Annabelle. Sus ojos ya no estaban húmedos. Miraba seriamente a su amigo.

—Lo sé. Y lo haremos.

Sacó varios papeles de su bolso.

—Después de que me llamases para preguntarme sobre el rastro del dinero, hablé con mi contacto en las Bermudas.

—¿Te ha podido ayudar?

—¿Sabes la cantidad de dinero ilegal que canalizan los bancos caribeños a diario? Literalmente cientos de miles de millones.

—Una aguja en un pajar, entonces —comentó Stone dubitativo.

—Lo sería si no fuese por una cosa. —Miró uno de los papeles—. Quinientos millones de dólares transferidos a una cuenta de un banco de las islas Caimán hace un mes. Los dejaron bloqueados. Hace poco más de una semana los desbloquearon. Una hora después, transfirieron quinientos millones más a la misma cuenta. Quedaron bloqueados la semana entera. Después, los desbloquearon, pero no pasaron a otra cuenta. Retrocedieron.

—¿Fueron devueltos al ordenante?

—Exactamente. La cuenta fue cancelada.

—¿Qué día exactamente?

—El día en que Alex estuvo a punto de morir.

—¿Cuando se enteraron de que Friedman había fracasado?

—Exacto.

—Así es que recibió la mitad del dinero cuando se alcanzaron ciertos objetivos. Probablemente la explosión en Lafayette, la muerte de Tom Gross y acabar con algunos cabos sueltos como Sykes, Donahue y los hispanos.

—¿Y Turkekul? —preguntó Annabelle.

—Él es un caso especial. Al principio pensé que Friedman había aprovechado una oportunidad que se había presentado sola, pero ahora no estoy tan seguro.

—No entiendo lo que quieres decir.

—Yo tampoco estoy muy seguro de entenderlo. Tendremos que ver cómo termina todo esto. ¿Hay forma de ver adónde ha ido a parar el dinero?

Negó con la cabeza.

—La policía ha presionado a los bancos suizos para que sean

más transparentes y han accedido. Eso ha hecho que muchas transacciones fraudulentas se trasladen al Caribe. Y los isleños no han sido tan receptivos como los suizos. Necesitaremos más pericia para conseguir esas respuestas.

—Creo que quizá tenga la forma de encontrarla —repuso Stone.

—Pero Friedman tiene quinientos millones de dólares a su disposición. Con eso se financia un excelente plan de huida.

—Sí, es cierto, aunque tiene algunos problemas.

—¿El que la ha contratado?

—Intentar huir ahora supone enviar señales que ellos pueden interceptar. Puede que piense que, si espera el momento oportuno, perderán interés en ella y se dedicarán a otros asuntos.

—Pero ella puede delatar a uno de los cárteles o a más de uno por los intentos de asesinato —repuso Annabelle—. No van a dejar que eso se quede así en el aire. Ahora ella se ha convertido en un testigo potencial contra ellos.

—Es una mujer muy inteligente y no me cabe duda de que ha pensado exactamente lo mismo. Razón de más para tomárselo con calma, pero ahí no acaba la historia.

—Quieres decir que por otro lado la poli la está buscando.

—Sí. Y estoy seguro de que Friedman ya sabe que vamos tras ella.

—Si Alex no sale de esta, ¿cómo vamos a seguir sin él, Oliver? —preguntó Annabelle mientras recogía sus cosas preparándose para marcharse.

Parecía que iba a empezar a llorar otra vez. Stone la rodeó con sus brazos y la abrazó con fuerza. Dejó que Annabelle Conroy, probablemente la estafadora con más talento de su generación, pero una mujer de gran corazón y con un inquebrantable sentido de la lealtad, sollozase quedamente en su hombro.

—Nunca podremos seguir sin él, Annabelle. Lo único que podemos hacer es sobrevivir día a día. Creo que tú y yo sabemos mejor que la mayoría lo que es eso —declaró Stone cuando ella dejó de sollozar.

Asintió en silencio y después se marchó. Stone contempló cómo se alejaba en el coche y entró de nuevo en casa.

Llamó por teléfono a alguien a quien conocía desde hacía poco tiempo, pero con quien había formado una alianza permanente.

Joe Knox contestó el teléfono.

—Joe, soy Oliver Stone.

Contestó con una típica respuesta de Joe Knox.

—Me preguntaba cuánto tardarías en llamarme. En una hora estoy en tu casa.

90

Joe Knox era un hombre fornido que con cincuenta años todavía conservaba la corpulencia del *linebacker* que había sido en la universidad. Stone y él habían pasado un tiempo juntos en una prisión de máxima seguridad sin haber gozado de la posibilidad de juicio y mucho menos de un veredicto. A Knox, un jefe de la CIA que al final resultó ser un granuja le había encargado atrapar a Stone. Pero después de haber sobrevivido al calvario de la cárcel, en gran medida gracias a la confianza mutua que se profesaban, Knox y Stone habían entablado una sólida amistad.

—Lo he seguido todo —explicó Knox cuando estaban sentados uno frente al otro en la casita de Stone—. Por los periódicos o por los rumores, oficiales o no tanto, en la Agencia. —Alex Ford había ayudado a la hija de Knox a encontrar a su padre cuando este fue secuestrado y encerrado en esa prisión, y él nunca lo había olvidado. La expresión de su rostro revelaba claramente su deseo de atrapar a quienes habían puesto a Alex al borde de la muerte.

—Entonces no perdamos tiempo —repuso Stone—. ¿Qué cártel mexicano ha movido grandes cantidades de dinero recientemente en los bancos del Caribe y después ha cancelado un pago de quinientos millones de dólares?

—No son buenas noticias, Oliver.

—¿Carlos Montoya?

Knox asintió con la cabeza.

—Cuando los rusos llegaron se cargaron a su madre, a su

mujer y a tres hijos y los dejaron en una zanja. Así que mucho no se quieren. Tiene la base en las afueras de Ciudad de México. Y a pesar de que sus negocios han disminuido aproximadamente un noventa por ciento, todavía tiene poder y conexiones por todo el mundo.

—En realidad eso es bueno para nuestros propósitos. Friedman va a tener que ser muy prudente. Y eso ralentizará su huida.

Knox reflexionó al respecto.

—Además tiene otro problema.

—Necesita protección.

—Obviamente, pero no la va a conseguir de los hispanos. Ninguno se va a poner de su lado y menos contra un tipo como Montoya. Y los cachas estadounidenses lo más probable es que se mantengan alejados de ella. No les gusta mezclarse en intentos de asesinatos de presidentes. Las penas son muy duras y los federales que van a por ti demasiados. Podría ponerse en contacto con los de Europa del Este, a los rusos no les importa un pimiento quiénes contratan, o quizá con asiáticos de Extremo Oriente.

—Eso significa que tenemos que enterarnos si unos seis o más han entrado en el país en los últimos días. ¿Crees que lo puedes averiguar?

—Hasta en un mal día —repuso Knox. Hizo una pausa mirándose las manos—. Entonces, ¿cuál es el pronóstico de Alex?

—No muy bueno —admitió Stone.

—Es un gran agente y una gran persona.

—Sí —corroboró Stone—, sí que lo es.

—Nos salvó la vida.

—Lo que significa que tenemos que acabar esto bien. Por él.

Knox se levantó.

—Tendré algo en unas seis horas.

Cuando su amigo se marchó, Stone salió de su casa y paseó por los senderos entre las tumbas. Llegó hasta un banco situado bajo un roble frondoso y se sentó. Ya había perdido a un gran amigo. En cualquier momento podrían ser dos.

Observó una de las lápidas antiguas. Milton Farb yacía bajo

tierra en un cementerio no muy lejos de allí. Pronto Alex Ford podría ocupar un lugar similar.

Sería Friedman o él. Ambos no iban a sobrevivir. No después de lo que había hecho la dama.

Sería él quien saldría de esta. O ella. No cabía ninguna otra posibilidad.

91

Habían registrado el despacho de la mujer y no habían encontrado nada. No fue una sorpresa, pues había sido oficialmente despedida y había dejado el lugar, pero cuando registraron su casa en Falls Church tampoco encontraron nada y era evidente que de allí no se había mudado. Lo que quedaba claro era que se había marchado apresuradamente, su plan sin duda trastocado por la rápida reacción del Servicio Secreto una vez avisado por Stone.

Stone y Chapman miraron una vez más por la casa adosada esquinera de tres plantas construida a principios de la década de los ochenta del siglo XX y situada en una esquina, en la que Marisa Friedman había vivido desde el año 2000.

—Ashburn me ha dado un inventario de lo que se llevaron de aquí, apenas nada —le dijo Stone a Chapman cuando esta última se sentó en una silla y contempló la habitación—. Pero no hay ni una sola fotografía personal ni un álbum de recortes ni anuarios viejos, nada que indique que tenía una familia. Lo ha dejado todo limpio.

—Es una espía, ya se sabe.

—Los espías también tienen una vida —repuso Stone con firmeza—. Puede que gran parte de su historia sea inventada, pero suelen tener algunos objetos personales.

—¿Qué sabemos de sus orígenes? —preguntó Chapman.

—Nació en San Francisco. Hija única. Padres fallecidos.

—¿Cómo?

—En el incendio de su casa.

—¿No pensarás?

—Solo tenía cuatro años, así que no, no creo que los asesinase. Sus padres eran ricos, pero los impuestos estatales se llevaron una buena parte del dinero y, al parecer, los familiares que la acogieron no fueron muy generosos. Aunque no pudieron negar que era lista. Hizo la carrera en Standford. Prosiguió sus estudios en la Facultad de Derecho de Harvard. Posteriormente la reclutó la CIA. Ha sido una de sus principales agentes de campo durante mucho tiempo. La empresa de grupos de presión fue una tapadera brillante. Le permitía ir por todo el mundo recogiendo información sin que nadie reparase en nada.

—Al parecer ninguno de los tuyos reparó en que se había cambiado de bando. Weaver parecía a punto de mearse en los pantalones.

Stone echó un vistazo a la casa adosada de dimensiones discretas.

—No es precisamente una mansión.

—Entonces, todo esto es por el dinero, ¿no? —preguntó Chapman con sorna—. Me cayó mal desde el primer momento en que la vi.

—Todo esto es por mucho dinero —repuso Stone—. Mil millones de dólares pueden hacer que cualquiera haga cualquier cosa y deje para más adelante lo de racionalizarlo.

—No puedo creer que la defiendas.

—Lo único que me pregunto es si cuando la encuentre podré aguantarme y no matarla.

—¿Lo dices en serio?

Stone se dio media vuelta.

—Aquí no hay nada que pueda ayudarnos.

—¿Entonces, dónde crees que está?

—Se han revisado todos los vídeos de seguridad de los aeropuertos. Se ha interrogado a todos los agentes de la Seguridad en el Transporte. Se han examinado todos los documentos necesarios en este país para volar. Lo que deja fuera el coche, el autocar o el tren. No tiene un coche a su nombre. Uno de alquiler es demasiado problemático por varias razones. El autocar lo mismo. Además, no veo a una multimillonaria viajando en Greyhound.

—¿Avión privado?

—Lo hemos comprobado. Nada. En verdad, hay algunos huecos en ese terreno y no podemos estar totalmente seguros de que no ha viajado en un avión privado, pero no podemos hacer más.

—Entonces, ¿un tren a algún lugar del norte, a una gran ciudad? ¿De veras crees que ha hecho eso? Pero si piensas que envió a una persona que se parecía a ella en tren a Miami, entonces siempre preferirá mantenerse alejada de una estación de ferrocarril.

—Friedman piensa ocho jugadas por delante. Habrá contemplado el análisis que acabas de hacer, habrá imaginado lo que vamos a pensar y habrá hecho lo contrario.

—Derecha en lugar de izquierda —repuso Chapman.

—Lo que significa que llegar hasta ella no va a ser fácil. Y detenerla va a ser todavía más difícil.

Sonó el teléfono. Stone contestó. Joe Knox estaba al otro lado de la línea.

Stone escuchó varios minutos.

—Gracias, Joe, ahora si puedes poner señuelos en tarjetas de crédito, teléfonos móviles... ¿qué? Exacto, sabía que ya habrías pensado en ello. Y todo esto es entre tú y yo, ¿de acuerdo? Bien, gracias.

Miró a Chapman.

—Friedman es todavía mejor de lo que pensaba.

—¿Qué quieres decir? —preguntó Chapman nerviosa.

—Pensaba que habría contratado protección en Europa del Este o en Asia.

—Vale, ¿y qué ha hecho?

—Ha contratado a un grupo de Europa del Este y a otro de Asia. Seis y seis.

—¿Y para qué iba a contratar a dos grupos?

—Dos muros entre ella y nosotros. ¿Si uno de los grupos la delata por alguna razón o si Carlos Montoya lo soborna?

—Tiene otro grupo de reserva.

—Y si no me equivoco, mantendrá a cada grupo independiente del otro y quizás incluso no sepan nada el uno del otro.

—Muro interior y exterior. Posición defensiva clásica —añadió Chapman.

—Penetramos uno con bajas y todavía tenemos que cruzar otro. Y entonces quizá ni siquiera logremos atravesarlo.

—¿Y dónde están estos tipos ahora?

—En la gran ciudad del norte.

—¿Nueva York?

—Lo que significa que es ahí adonde me dirijo.

—Adonde nos dirigimos —corrigió Chapman.

—Mira, yo...

—Bueno, es totalmente imposible que no me lleves contigo.

—No es tu guerra.

—Mira, esa zorra también intentó matarme. Así que no eres el único que se pregunta si va a conseguir no apretar el gatillo.

92

Seis horas más tarde un tipo llamado Ming, uno de los miembros del grupo de guardaespaldas asiáticos de Friedman, se dejó ver. Se trataba de un mercenario muy bien pagado que a veces trabajaba como asesino a sueldo. Nunca se le había podido llevar a juicio, más que nada porque todos los testigos desaparecían. Ming había utilizado la tarjeta de crédito, casi seguro que contraviniendo órdenes, para pagarse el almuerzo en un *deli* del sur del Bronx.

Se trataba de una zona extensa, pero consiguieron delimitarla un poco. No pudieron localizar ningún coche de alquiler entre los guardaespaldas que Friedman podría haber contratado. En el Bronx no había tantos taxis como en Manhattan y no había constancia de que Ming hubiese estado antes en Nueva York, así que lo más probable es que no intentase averiguar cómo viajar en metro. De manera que basándose en todo esto, Joe Knox había asumido que lo más probable es que hubiese ido andando a buscar la comida.

—Imaginemos un radio de seis manzanas con el *deli* como punto central. Supone una gran extensión para cubrir, pero mucho menos que la que teníamos que comprobar antes —le explicó a Stone por teléfono.

—Buen trabajo, Joe.

—¿Y quién forma parte de tu partida de caza?

—Harry Finn, Mary Chapman, del MI6, y yo.

—Y yo.

—No, Joe, tú no.

—Alex Ford me salvó la vida. Se lo debo.

—Pensaba que te ibas a jubilar.

—Y me jubilaré, pero cuando esto acabe. ¿Cómo vamos a Nueva York?

—En coche particular. Por lo que sé, Friedman también sabe cómo poner señuelos en los sistemas electrónicos, así que los coches de alquiler están descartados.

—Podemos ir con mi Rover. ¿Cuándo quieres que salgamos?

—¿Estás seguro?

—No me lo preguntes más. ¿Y el resto del Camel Club?

—A Reuben le dispararon. No quiero que Annabelle tenga nada que ver con esto. Y Caleb, bueno...

—Ya me has dicho suficiente.

Partieron a las cuatro de la mañana. Knox conducía. Stone iba de copiloto. Finn y Chapman en el asiento trasero. Stone les había explicado el plan la noche anterior. Excepto Knox, todos iban disfrazados por si Friedman había enviado a alguien a hacer lo mismo que estaban haciendo ellos. Puede que ella hubiese visto a Finn cuando había seguido a Turkekul y Stone no estaba dispuesto a correr ningún riesgo.

Todos tenían una foto de Ming y Knox también tenía una de Friedman, aunque era poco probable que tuviese el aspecto de antes.

—Un radio de seis manzanas —les repitió Stone cuando llegaron a la Gran Manzana, ya completamente despierta, con millones de personas que se dirigían al trabajo. Knox iba a dedicarse a dar vueltas en el coche en cuanto dejase a los otros tres en diferentes puntos del sur del Bronx. La zona en la que estaban no era precisamente Park Avenue, pero todos iban armados y eran muy capaces de cuidarse solos.

Stone hizo su recorrido a pie hasta el *deli*. No necesitaba mirar de nuevo la foto de Ming. Había memorizado cada uno de sus rasgos característicos, el más llamativo, un par de ojos inexpresivos. Stone sabía que si Ming no hubiese sido un asesino a sueldo sería un psicópata y habría hecho lo mismo gratis, pero incluso los psicópatas cometían errores. El de Ming había sido pagar con la tarjeta de crédito un bocadillo de pastrami, una lata de cerveza Sapporo y una ración de patatas fritas.

Aunque en el sur del Bronx había muchas zonas aburguesadas de vecindarios florecientes y calles comerciales, también tenía la mitad de los complejos de viviendas de protección oficial del municipio. Y a pesar del nuevo estadio de los Yankees, que había costado mil millones de dólares, un cincuenta por ciento de la población vivía por debajo del umbral de la pobreza. La delincuencia suponía un grave problema y había zonas que era mejor evitar. Stone y compañía se encontraban precisamente en una de ellas.

No obstante, Stone estaba menos preocupado por los delincuentes nacionales que por el grupo de asesinos importados. No dejaba de mirar, pero cuando el sol estaba alto en el cielo y las gotas de sudor le empezaron a caer por el cuello, se dio perfecta cuenta de que para encontrarlos iba a necesitar un pequeño milagro.

Se hallaba a tan solo unas horas de conseguir uno.

Champman informó de que lo había localizado. Dio la dirección de donde estaba.

—Se dirige hacia el oeste, está cruzando la calle.

Los demás se dirigieron al lugar mientras ella los mantenía informados mediante mensajes de texto.

Envió un último mensaje y después llamó a Stone.

—Acaba de entrar en lo que parece una tienda de maquinaria en... espera un momento. Eh, la calle Ciento cuarenta y nueve Este, eso es lo que pone en el rótulo.

—¿Qué calle la cruza? —preguntó Stone.

Chapman les contestó.

—Ahora, ponte a cubierto. Puede que vigilen la calle —dijo él.

Ella cruzó la calle y entró en un callejón. Miró hacia atrás, al edificio de ladrillo visto de cuatro plantas.

—Parece que está abandonado —dijo por el móvil.

—No te muevas y vigila —añadió Stone—. Llegaré en diez minutos.

En nueve minutos Stone se reunió con ella en el callejón.

—Knox y Finn vienen hacia aquí desde el otro lado —le dijo él. Observó el edificio—. ¿Has visto algo más?

—Una silueta en una ventana del tercer piso. No parecía Ming, pero no estoy segura.

Stone examinó la zona y se preguntó por qué Friedman había escogido ese lugar para esconderse. Era evidente que en algunas zonas del sur del Bronx había muchos edificios que nadie utilizaba. De todas formas era una elección extraña, pensó Stone. Pero empezaba a darse cuenta de que Marisa Friedman era mucho más compleja de lo que en un principio había pensado. Y eso que entonces ya pensaba que tenía mucho talento.

Miró al sudeste hacia el East River donde a lo largo de los años se habían arrojado unos cuantos cadáveres. Hacia el oeste se encontraba el río Harlem, más allá el Alto Manhattan y después el río Hudson, donde la Interestatal 95 conectaba la ciudad con Nueva Jersey hacia el sur y Nueva Inglaterra hacia el norte.

—¿Cuál es el plan? —preguntó Chapman.

—Nos quedamos aquí sentados y observamos.

—¿Cuánto tiempo?

—El tiempo que tardemos en calcular lo que tienen, quién hay y cómo detenerlos con el mínimo riesgo para nosotros.

—¿Y si avisamos a la policía de Nueva York o al FBI?

Stone la miró.

—Cuando insististe en venir asumí que ibas a hacer lo que yo dijese.

—Y lo voy a hacer, pero hasta cierto punto. Tenemos que hacer todo lo que esté en nuestras manos para capturar viva a Friedman y llevarla a juicio.

—Tú dijiste que te iba a ser difícil no apretar el gatillo.

—Solo lo dije para hacerte sentir mejor. Yo no tengo problema con eso. No merece la pena joderme la vida por ella, pero la cuestión es si tú eres capaz de contenerte y no apretar el gatillo.

—Si no queda más remedio sí, soy capaz.

—¿Qué quieres decir con eso?

—Quiero decir que dudo mucho de que ella vaya a salir con las manos arriba para que después puedan juzgarla, condenarla y ejecutarla por alta traición. Si intenta hacer daño a alguien de mi equipo, haré todo lo que pueda por matarla. Me imagino que tú piensas lo mismo.

—¿Qué preparación tiene en el manejo de armas?

—He leído su expediente. Tiene mucha. Y toda con las calificaciones más altas en cuanto a ejecución. Corto y largo alcance.

—Y yo que pensaba que no era más que una cara bonita.

Stone la cogió por el hombro.

—Esto es serio, Chapman. No hay tiempo más que para dar lo mejor de uno mismo. Así que déjate de chistes.

Chapman tiró para soltarse.

—Dejaré que mi rendimiento hable por sí mismo. ¿Qué te parece?

Stone desvió la mirada y volvió a vigilar el edificio.

Al cabo de unos minutos recibió una llamada de Finn.

—En posición. No hay movimiento. Dos puntos de entrada. Uno en el centro y otro al este del centro. Parece que está cerrado y supongo que vigilado. Puede que también tengan un sistema portátil de vigilancia. Al menos si yo fuera ellos y hubiese escogido una zona como esta para esconderme lo tendría.

—Estoy de acuerdo contigo, Harry —convino Stone—. ¿Está Knox ahí?

—Afirmativo. ¿Qué quieres que hagamos?

—Vamos a esperar y ver lo que se pueda ver. Cuando entremos, quiero que sea lo más limpio posible. ¿Hay alguna posibilidad de conseguir el plano del interior del edificio?

—Ya lo he bajado a mi teléfono.

—¿Cómo lo has conseguido con tanta rapidez? —preguntó Stone sorprendido.

—Tengo un colega en el Departamento de Urbanismo. Servimos juntos en la Armada.

—Descríbeme la distribución.

Finn se la describió.

—Muchas zonas problemáticas —señaló Stone.

—Estoy de acuerdo. Una vez que logremos entrar. Esa será la parte difícil. Me refiero sin ser vistos.

—Sigue vigilando. Infórmame cada treinta minutos.

Stone colgó el teléfono y volvió a mirar la vieja estructura de ladrillo.

Chapman se movió detrás de él.

—¿Y si alguien nos ve en este callejón?

—Pues nos vamos.

—Nunca había estado en Nueva York. No es tan glamurosa como había oído.

—Eso es Manhattan, al oeste, por ahí. La tierra de los ricos y famosos. El Bronx es una experiencia totalmente diferente. Tiene algunos lugares que están bien y otros que no lo están tanto.

—¿Asumo que ya has estado aquí otras veces?

Stone asintió con la cabeza.

—¿Negocios o placer?

—Nunca he viajado por placer.

—¿Y qué hiciste la última vez que estuviste aquí?

Stone ni siquiera intentó contestar a su pregunta. Y por la mirada de ella, estaba claro que Chapman en realidad no esperaba una respuesta.

Sin embargo, su mente se remontó décadas atrás, cuando apretó el gatillo de su rifle de francotirador hecho a medida para acabar con la vida de otro enemigo de Estados Unidos cuando cruzaba la calle con su amante camino del hotel de lujo donde iban a acostarse. Su perdición había sido la orden de ejecución de dos empleados de la CIA en Polonia. Stone le había disparado en el ojo derecho al dar las once de la noche a una distancia de ochocientos metros desde un lugar elevado y con una brisa del norte que le había provocado algún que otro momento de preocupación. La mujer ni siquiera se dio cuenta de lo que sucedía hasta que su amante muerto se estrelló contra la calzada. El departamento de Policía de Nueva York y el FBI local, avisados de lo que iba a pasar, nunca intentaron resolver el caso. Así es como se hacían las cosas entonces. «Mierda —pensó Stone—, quizá todavía se hagan así.»

Volvió a concentrarse en el edificio de ladrillo incluso cuando su dedo índice se curvó sobre un gatillo imaginario.

93

Seis horas después, Stone y Chapman se habían trasladado a un edificio vacío al otro lado de la calle. Los colchones asquerosos y las jeringuillas usadas indicaban que era un lugar que los drogadictos empleaban para pincharse, aunque parecía que nadie lo había utilizado desde hacía tiempo. Entraron por una puerta trasera y se instalaron para pasar allí el tiempo que hiciese falta. Stone abrió su mochila y le dio a Chapman una botella de agua, una manzana y un mendrugo de pan.

—Tú sí sabes cómo hacérselo pasar bien a una chica, eso no te lo voy a negar —fue su único comentario antes de empezar con su «comida».

Un poco más tarde, algo suscitó la atención de Stone, se abrió la puerta del edificio de enfrente y Ming y otro hombre salieron, caminaron calle abajo y giraron a la izquierda. Enseguida se lo comunicó a Finn.

—¿Quieres que les siga? —preguntó Finn.

—No. A estas horas probablemente vayan a buscar algo para comer. Han estado dentro todo el día. ¿Crees que puedes mirar el interior por una de las ventanas? Si nuestra información no falla, tiene que haber otros diez ahí dentro además de Friedman, pero me gustaría hacer un recuento más exacto.

—Casi todo el edificio está a oscuras, pero tengo un telescopio de visión nocturna de cuarta generación.

—Ten cuidado, Harry. Estos tipos saben lo que se hacen.

—Recibido.

Veinte minutos más tarde Finn volvió a informarle.

—Hay dos centinelas en el primer piso, en el extremo suroeste. Supongo que tienen las armas preparadas, aunque no se ve ninguna. Los demás deben de estar en los pisos superiores. Eso es lo máximo que puedo hacer con el telescopio.

Knox se puso al teléfono.

—Eh, Oliver, ¿qué dirías si pudiera conseguir una CT?

—¿Una cámara termográfica? ¿Cómo?

—Tengo contactos aquí. Mierda, tenía que haber traído una.

—¿Cuánto puedes tardar en conseguirla?

—Una hora.

—Consíguela.

En el espacio de una hora sucedieron dos cosas. Knox regresó con su cámara termográfica y Ming y su colega volvieron y entraron en el edificio. Llevaban bolsas grandes llenas de lo que parecía comida rápida.

Al cabo de dos minutos Knox telefoneó a Stone.

—Bueno, he enfocado el edificio lo mejor posible. Este aparato está indicado para penetrar a través de la mayoría de los materiales de construcción, así que el ladrillo, el acero corrugado y el bloque de hormigón no suponen ningún problema.

—¿A cuántos ves?

—He captado seis imágenes, todas con SBA —dijo Knox refiriéndose a los chalecos antibalas blandos—. Bloquea la señal térmica así que destaca bastante.

Stone estaba perplejo.

—¿Solo seis? ¿Estás seguro?

—Un momento. Vale, ahora lo veo, en el tercer piso, tengo una imagen térmica sin SBA.

—¿Sexo?

—Por la silueta parece una mujer.

—Friedman.

—Probablemente, pero yo no he conocido a la dama. De todas formas es imposible hacer una identificación positiva con una IT.

—Gracias, Joe. Harry y tú no os mováis de ahí. —Miró a Chapman.

—Bueno, tenemos a los jugadores alineados, el edificio controlado. ¿Entramos a tiros o pedimos refuerzos oficiales?

—¿Tienes algún motivo para seguir insistiendo en el tema?

—Podría decir que me preocupa que nos peguen un tiro. Y la verdad es que me preocupa, pero lo que me preocupa incluso más es que alguno de nosotros tenga la tentación de hacer cosas de las que después podríamos arrepentirnos oficialmente. Bueno, en realidad me preocupa uno en particular. —Miró a Stone con expectación.

—Puedes marcharte ahora mismo. Nadie te lo va a impedir.

—No era un ultimátum por mi parte, era un simple comentario pasivo.

—A veces no te entiendo.

—¿Solo a veces? Estoy decepcionada.

—¿Cuántas armas tienes?

—Mi Walther y una Glock. Cuatro cargadores extra. ¿Y tú?

—Suficiente.

—Una metralleta MP-5 o TEC-9 no estaría mal para el combate de cerca.

—Esperemos que esos tipos no piensen lo mismo.

—Sabes que están armados hasta los dientes.

—Quizá sí, quizá no. No es fácil pasearse por la ciudad con un arsenal sin llamar la atención de la policía.

—Puede que lo hayan preparado antes.

—Tal vez.

—Todavía estamos a tiempo de pedir refuerzos.

—Ni siquiera sabemos con seguridad si Friedman está ahí dentro.

—Pero al menos sí que sabemos que hay seis tipos malos. En un edificio donde no deberían estar.

—Bueno, que nosotros sepamos han alquilado el edificio y tienen todo el derecho a estar en él. Por si lo habías olvidado, nosotros tampoco deberíamos estar aquí. Joe y Harry me están haciendo un favor. Y lo mío es algo extraoficial. Tú eres la única que tiene una placa y encima con la cara de la reina. Tardaríamos más de seis meses en explicárselo todo a la poli de aquí y seguramente nos tuvieran encerrados todo ese tiempo.

—En fin, la «reina» ha derogado mi autoridad, pero entiendo tu dilema. ¿Qué hacemos ahora?

—Espero que crean que vamos a hacer «zig».

—Entonces hacemos «zag».

—Hacemos «zag».

Stone cogió el teléfono.

—Preparaos —le dijo a Knox—. Entramos en una hora.

El «zag» no salió exactamente según el plan. De hecho ni siquiera se acercó al plan. La primera indicación de que iba a ser así fue que ni la puerta principal ni la trasera estaban cerradas con llave. Finn y Knox derribaron la puerta trasera y Stone y Chapman la principal a las dos de la mañana en punto. Los que estaban de guardia se habían dormido. Se despertaron cuando les apuntaron con las pistolas a la cabeza, pero se lo tomaron con filosofía. Para cuando el equipo de Stone llegó a las plantas superiores los otros cuatro hombres ya estaban despiertos y desperezándose.

La segunda indicación de que su plan no iba a funcionar es que los hombres ni siquiera tenían la pistola en la mano. La última es que la mujer que estaba en el tercer piso no era Friedman. Tenía unos veinte años más que ella y parecía borracha. Al menos no consiguieron despertarla. Siguió roncando.

Con una sensación de frustración absoluta, Stone dejó que su ira sacase lo mejor de él. Agarró a Ming por el cuello y lo estampó contra la pared.

—¿Podrías decirme dónde está Friedman?

Ming esbozó una sonrisa intencionada y socarrona.

—Esperaba tu visita —respondió con frialdad.

Stone lo soltó lentamente. Ming miró a los otros tres, que le apuntaban con pistolas, y a su equipo. La mujer, tumbada en un viejo catre del rincón, roncaba con fuerza.

—¿Me esperaba a mí? ¿Concretamente a mí?

Ming asintió con la cabeza.

—John Carr —repuso. Señaló a Stone—. Ese eres tú. Nos dio tu fotografía. Aunque te has disfrazado. Los ojos te delatan.

Stone miró a Finn, después a Knox y por último a Chapman antes de volver a posar su mirada en Ming.

—¿A qué viene todo esto? —preguntó Stone.

—Nos ha pagado una buena pasta para que viniésemos aquí, nos quedásemos en este edificio viejo y nos diéramos algunas vueltas, que se nos viese. Nada de peleas. El trabajo más fácil que he hecho en mi vida.

Stone masculló un insulto. Otra vez le había enredado.

Ming interpretó su mirada y sonrió todavía más.

—Me dijo que eras listo. Que no te ibas a creer que se había ido a Miami en tren. —Se calló—. ¿Una isla desierta? —añadió.

—Lo contrario —repuso Stone.

—Exacto —contestó Ming—. Cuando hacemos un trabajo normalmente nos ocultamos más. Con este compro comida con la tarjeta de crédito, porque ella me dice que lo haga así.

«Otra señal que he pasado por alto por las ganas que tenía de pillarla. Ha utilizado mi intuición contra mí.»

—¿Con qué propósito? —preguntó Stone.

—Para distraer.

«Dos equipos. Uno asiático y otro ruso. Creía que formaban un muro protector interior y otro exterior. Recurso alternativo. Pero no es así. Ming es una distracción. Entonces, mientras seguíamos a Ming, ¿qué hacía el otro equipo?», pensó Stone.

A Stone se le cayó el alma a los pies.

«Tan obvio. Qué obvio resulta ahora.»

Se controló.

—¿Adónde se los ha llevado? —preguntó.

—¿A quién? —soltó Chapman.

Stone no apartaba la vista de Ming.

—¿Adónde se ha llevado a mis amigos?

Ming aplaudió.

—Eres bueno. Friedman dijo que seguramente te lo imaginarías.

—¿Adónde? —Stone se acercó más a Ming y le apuntó en la frente con la pistola—. Dímelo. Ya.

Ming todavía sonreía, pero ahora su expresión denotaba cierta preocupación.

—¿Tienes huevos de apretar el gatillo delante de toda esta gente?

Lentamente Stone amartilló su arma.

—Lo averiguarás en tres segundos. —Al cabo de dos segundos, su dedo empezó a descender hacia el gatillo—. Si lo toco no hay vuelta atrás. Estás muerto.

—Ella dice que donde empezó todo para ti y para la Triple Seis. Y allí es donde todo terminará. Eso es todo lo que dice. Dice que tú sabrás lo que significa —soltó Ming.

—Oliver, ¿sabes de qué está hablando? —preguntó Chapman.

Con lentitud, Stone apartó el cañón de la pistola de la frente de Ming.

—Sí, por desgracia sí.

«La Montaña Asesina. Donde todo empezó. Para mí. Y donde todo terminará.»

94

Stone, seguido muy de cerca por la agente Ashburn, caminaba a grandes zancadas por el vestíbulo de la Oficina de Campo de Washington como un avión cuando coge velocidad para despegar. No se detuvo para llamar a la puerta. La abrió de golpe y entró.

El director del FBI alzó la mirada hacia él, sorprendido. Sentado frente a él, en la mesa de la sala de reuniones, se encontraba Riley Weaver.

—¿Qué demonios sucede? —exclamó el director.

Stone ni siquiera le miró. Su mirada se posó inmediatamente en Weaver.

—¿Qué le contaste?

—¿Qué dices? —espetó Weaver—. Por si no lo has notado, Stone, estamos en medio de una reunión.

Stone se acercó a la mesa con una mirada tan amenazadora que Weaver medio se incorporó en la silla, los puños cerrados, el cuerpo encorvado en una postura defensiva por si Stone le atacaba.

—Ashburn, ¿qué está pasando? ¿Por qué le has dejado pasar...? —preguntó el director a gritos.

—¿Qué le dijiste a Friedman sobre mí? —gritó Stone.

—Yo no he hablado con ella. Ya te avisé. Si empiezas a acusarme de gilipolleces...

—Me refiero a antes de que yo te dijese que estaba detrás de todo esto —vociferó Stone—. Entonces hablaste con ella, ¿no es así?

Weaver se sentó con lentitud en la silla. El director del FBI le observaba. Ashburn le miraba fijamente desde la puerta. Weaver miró a los dos antes de dirigirse a Stone.

—Era una de mis agentes de campo. Tenía todo el derecho a hablar con ella.

—¿Qué le dijiste acerca de mí? ¿Que sabía lo que había hecho? ¿Que fui yo quien avisó al Servicio Secreto? ¿Que por mi culpa su plan se fue al garete?

—¿Y qué pasa si se lo dije? —gritó, envalentonado—. Entonces no sabía que era una traidora. Y, francamente, todavía no estoy seguro de que lo sea. Que yo sepa, puede que la hayan secuestrado o incluso asesinado.

Chapman entró en la sala.

—Ni la han secuestrado ni asesinado. Y sí que es una traidora. Nos ha tendido una trampa. Ha desviado nuestra atención mientras secuestraba a dos amigos de Stone.

—¡Qué! —exclamaron al unísono el director del FBI y Ashburn.

—¿Cómo lo sabes? —preguntó Weaver con curiosidad—. Registramos el tren de Miami, no estaba en él, pero algo me dice que ya lo sabíais. —Le lanzó una mirada al director del FBI—. ¿Nos ocultas algo, Stone?

—Ya no trabajo para el Gobierno, por si no has recibido el informe.

—Eso es una estupidez.

—Lo que es una estupidez es hablar con Friedman y no decírnoslo a ninguno de nosotros. De hecho, apuesto a que la mantuviste informada en todo momento. Me preguntaba cómo sabían siempre lo que íbamos a hacer antes incluso de que lo hiciésemos. Ahora ya lo sé. Fuiste tú, ¿no es así?

—No tengo que darte explicaciones ni a ti ni a nadie.

—Eso les diré a mis amigos cuando encuentre sus cadáveres —espetó Stone.

—¿Tienes idea de dónde los tiene retenidos? —preguntó Ashburn.

Stone se tranquilizó y al final apartó su mirada de Weaver.

—No —mintió—. No tengo ni idea.

—Entonces, ¿para qué has venido? —preguntó Weaver—. ¿Necesitas nuestra ayuda?

—No, solo quería saber a quién tenía que agradecer que hubiese informado a Friedman sobre mí.

—Maldita sea, no lo hice expresamente —bramó Weaver.

Pero Stone ya había dejado la sala. Se le oía caminar a toda prisa por el vestíbulo.

Ashburn dirigió una mirada a Chapman.

—¿Qué está pasando?

—Ya lo ha dicho. Sus amigos han desaparecido y los tiene Friedman.

—¿Estás segura? —preguntó el director.

—Lo sabemos de buena fuente.

Ashburn echó un vistazo al vestíbulo.

—¿Qué va a hacer?

—¿A ti qué te parece? —repuso Chapman.

—No puede hacerlo solo.

—Nosotros disponemos de recursos que él no tiene —añadió el director.

—Todo eso está muy bien, pero se trata de John Carr. Y francamente tiene recursos que ustedes no tienen. Y no hay nadie en el mundo más motivado para capturar a esa mujer que él.

—¿Y nos estás diciendo que no sabe dónde los tiene cautivos? —preguntó Ashburn.

—Si lo sabe no se ha molestado en decírmelo.

—¿Dónde lo habéis averiguado?

—En el sur del Bronx —contestó Chapman.

—¡El sur del Bronx! —exclamó Ashburn—. ¿Cómo habéis acabado investigando en el sur del Bronx?

—Esa pregunta tendrá que formulársela a Sherlock Holmes. Yo no soy más que el bueno de Watson.

—Agente Chapman —empezó el director.

—Señor —prosiguió Chapman interrumpiéndole—, si supiese algo importante se lo diría.

—¿Por qué será que no la creo? —Hizo una pausa mientras la observaba—. Creo que se nota a la legua a quién le es leal.

—Soy leal, señor, a personas que están a unos cinco mil kilómetros de aquí: una anciana encantadora, un ambicioso primer ministro y un anciano con caspa y de mente brillante.

—¿Está segura? —preguntó el director.

—Siempre he estado plenamente convencida de ello —repuso Chapman.

Se dio la vuelta para marcharse.

—¿Adónde va? —preguntó Weaver imperiosamente.

—Holmes necesita a su Watson.

—Agente Chapman, esta no es su guerra —dijo el director.

—Tal vez no, pero sería de muy mal gusto retirarme ahora.

—Puedo hacer que la detengan —añadió el director.

—Sí, ya lo sé, pero dudo de que lo haga.

Chapman se dio media vuelta y se apresuró a alcanzar a Stone.

95

—¿Y por qué Annabelle y Caleb? —preguntó Harry cuando viajaban todos en el Range Rover de Knox por la Ruta 29 al oeste de Washington D.C. La noche era oscura a pesar de que solo faltaban un par de horas para el amanecer. No había mucha luz y el ambiente en el vehículo coincidía con el exterior: negro.

Stone iba otra vez de copiloto.

—Porque me ayudaron a engañarla y supongo que eso no le gustó —explicó con tono sombrío.

«Y he dejado que me embaucara con una táctica que hasta un novato hubiese reconocido y yo me la creí como el imbécil que soy.»

Pero había algo más que le atormentaba. Una simple venganza no parecía suficiente motivación para una persona tan inteligente y ambiciosa como Marisa Friedman. Tenía que haber algo más, pero no sabía qué era. Y si Stone temía algo era precisamente lo desconocido.

Enseguida confirmaron que Annabelle y Caleb habían desaparecido y que nadie los había visto al menos en las últimas veinticuatro horas. Stone había decidido hacerle una visita rápida a Alex Ford en la UCI. Su estado no había mejorado, pero tampoco había empeorado, lo que Stone interpretó como una especie de buena noticia. Miró a su amigo, que yacía en la cama del hospital con la cabeza bien vendada, le tomó la mano y se la apretó.

—Alex, si me oyes, todo irá bien. Te prometo que todo irá

bien. —Se calló y suspiró, un suspiro largo que parecía que iba a tardar toda una eternidad en salir de su cuerpo—. Eres un héroe, Alex. El presidente está bien. No hay heridos. Eres un héroe.

Stone se miró la mano. Pensó que había notado que Alex se la apretaba, pero cuando volvió a levantar la mirada y vio al agente inconsciente supo que no era más que una ilusión. Le soltó la mano y se dirigió a la puerta. Algo le hizo darse la vuelta. Mientras miraba a su amigo postrado en la cama debatiéndose entre la vida y la muerte, sintió una oleada de culpabilidad tan fuerte que empezaron a temblarle las rodillas.

«Está aquí por mi culpa. Y Annabelle y Caleb probablemente estén muertos. También por mi culpa.»

Stone había hecho otra parada en una librería especializada en libros raros en el Barrio Viejo de Alexandria. Caleb y Stone habían ayudado al propietario y este, para devolver el favor, permitía que Stone guardase ciertos documentos en una habitación secreta en el sótano del viejo edificio. Esos documentos se encontraban ahora en el asiento trasero del Rover.

—¿La Montaña Asesina? —preguntó Chapman—. La mencionaste, pero en realidad no explicaste lo que era.

Knox respondió al ver que Stone no pensaba hacerlo.

—Es un antiguo complejo de formación de la CIA. Lo cerraron antes de que yo entrase. Por lo que he oído, un lugar infernal. Así era como la Agencia actuaba durante la Guerra Fría. Creía que lo habían derribado.

—No, no lo han derribado —dijo Stone.

Knox lo miró con curiosidad.

—¿Has estado allí últimamente?

—Sí. Hace poco.

—¿Por qué? —preguntó Chapman.

—Por negocios —contestó Stone secamente.

—¿Cuál es la distribución? —preguntó Finn encorvándose hacia delante en el asiento trasero.

A modo de respuesta, Stone sacó una hoja de papel plastificada y se la pasó. Finn encendió la luz del habitáculo y Chapman y él la estudiaron. Tenía anotaciones escritas por Stone.

—Parece un lugar horrible —exclamó Chapman—. ¿Un laboratorio con una sala de tortura? ¿Un tanque de contención donde te preparas para luchar contra tu oponente en la oscuridad para ver quién logra matar al otro?

Stone se giró y la miró.

—No era para pusilánimes. —Su mirada era inquisidora.

Ella enseguida captó la indirecta.

—No soy pusilánime.

—Me alegra saberlo —repuso él.

Chapman contempló el cargamento del Rover.

—Menuda colección de antiguallas llevas ahí detrás.

—Sí, es verdad.

—¿Cuál es el plan? —preguntó Knox al salir de la Ruta 29 para incorporarse a la autopista 211. Entraron en Washington, una diminuta ciudad de Virginia, sede del condado de Rappahannock en las estribaciones de la Cordillera Azul. Washington, Virginia, era famosa en todo el mundo por una razón: allí se encontraba el Inn at Little Washington, un prestigioso restaurante que llevaba más de medio siglo dedicado a la alta gastronomía.

Cuando dejaron atrás la ciudad y empezaron a subir hacia la montaña, Stone rompió el silencio.

—Hay un par de puntos de entrada. Uno es obvio, el otro no.

—¿Crees que ella conoce bien el lugar? —preguntó Chapman.

—Como en el caso de Knox, es anterior a su época. Nunca se preparó aquí. Pero no lo sé con certeza. Resulta evidente que conocía su existencia. Puede que lo haya inspeccionado a conciencia. De hecho, por lo que ahora sé de ella, seguramente lo ha examinado al milímetro.

—Entonces, es probable que conozca la existencia de la entrada secundaria —dijo Knox.

—Debemos suponer que sí.

«Pero seguro que no conoce la tercera entrada y salida, porque yo soy el único que sabe de su existencia.»

Stone la había descubierto en su cuarto mes en la Montaña Asesina, cuando necesitó salir al exterior para pasar unos momentos solo. Para recuperar la respiración y poner en orden sus ideas. Sencillamente para salir de un lugar que se había convertido en una cueva infernal. Peor que cualquier cárcel. Esa fue la razón principal por la que Stone fue capaz de soportar la prisión de máxima seguridad en la que Knox y él habían acabado.

«Porque soporté algo mucho peor. Un año en la Montaña Asesina.»

—Lo que no entiendo es por qué ha montado su chiringuito en este lugar, ha secuestrado a Caleb y a Annabelle y, en definitiva, te ha desafiado para que vengas en su busca. Ahora no logrará escapar —añadió Chapman.

Stone tenía una expresión adusta.

—No creo que su intención sea escapar. Sabe que va a ir a la cárcel por esto, pero ha decidido salir de aquí con sus condiciones.

—Lo cual significa que está dispuesta a morir —dijo Knox.

—Y llevarnos con ella —repuso Stone.

—Peligroso adversario —añadió Finn—. Alguien a quien no le importa morir. Es lo mismo que un terrorista suicida.

—Pues ya puedes empezar a pensar lo mismo de mí —masculló Stone.

Los otros tres se miraron, pero no dijeron nada.

Por fin Chapman rompió el silencio.

—Entonces, ¿la entrada principal o la oculta? Tenemos que entrar de alguna manera.

—Tendrá a seis tipos con ella. Todos rusos, todos duros como piedras. Matarán a quien ella ordene.

—Bueno, pero eso no responde a mi pregunta.

—Es un complejo grande y al menos uno de los hombres ha de vigilar a Caleb y a Annabelle. Friedman estará en la parte de atrás en un espacio protegido. Eso nos deja a cinco hombres para las tareas de vigilancia, pero no puede desplegar a todos en las entradas. Al menos tres tienen que proteger el interior. Eso supone uno en cada entrada. No es mucho.

—¿Qué crees que esperan que hagamos?

—Atacar ambas entradas y el grupo que consiga pasar, pasa.

Si hiciésemos eso nos separaríamos y entonces seríamos dos contra uno, pero si juntos atacamos la misma entrada, entonces seremos cuatro contra uno.

—Yo prefiero esta última opción —declaró Knox.

—Yo también —corroboró Stone—. Pero no lo vamos a hacer así.

—¿Por qué no? —preguntó Chapman.

—Ahora lo verás.

96

Stone estaba solo. Se deslizó entre grandes rocas y grietas estrechas para acercarse a la entrada secundaria de la Montaña Asesina. Cuando le reclutaron para la División Triple Seis de la CIA, pasó un año entero aprendiendo nuevas formas de cazar, nuevas formas de matar y nuevas formas de ser más y menos humano, ambas cosas a la vez. Se convirtió en un hábil y experto depredador, cuyas emociones normales, como la compasión y la empatía, habían sido anuladas. De la Montaña Asesina salieron los mejores asesinos del planeta. Y John Carr era universalmente reconocido como el mejor de los mejores.

La instrucción era tan intensa que Stone y algunos de sus compañeros buscaron, y encontraron, una forma de salir del complejo. Lo hicieron para evitar correr al pequeño pueblo situado a treinta y dos kilómetros de distancia y emborracharse o acostarse con las hijas de los agricultores; no querían más que sentarse bajo las estrellas, contemplar la luna, sentir la brisa, ver el verde de los árboles y sentir la tierra bajo los pies.

Stone solo pretendía asegurarse de que todavía existía un mundo fuera de la Montaña Asesina. En teoría, pertenecer a la Triple Seis era algo voluntario, sin embargo en las cuestiones importantes no lo era. Stone todavía recordaba a la perfección el día que un agente de la CIA le visitó en el cuartel. Su compañía acababa de regresar de Vietnam. Stone había tenido una actuación tan heroica durante un tiroteo que se rumoreaba que le concederían la Medalla de Honor. Pero no fue así, principalmente a causa de un superior envidioso que falseó los papeles. Si a Stone le hubiesen entregado la medalla, puede que su vida hubiese sido diferente. No abundan soldados condecorados con la Medalla de Honor. Tal vez el ejército le hubiese enviado a hacer una gira publicitaria, aunque para entonces la guerra estaba decayendo casi tan deprisa como el interés del país por librarla.

Así que apareció el hombre del traje. Le hizo una propuesta. «Ven y pasa a formar parte de otra agencia. Otra unidad dedicada a luchar contra los enemigos de tu país.» Así es como lo dijo: «los enemigos de tu país». No añadieron mucho más. Se dirigió a su comandante para pedirle consejo, pero estaba claro que ya estaba decidido. Stone, con apenas veinte años y cubierto de medallas y encomios por su servicio ejemplar en Vietnam, fue licenciado del ejército a una velocidad asombrosa y enseguida se encontró ahí, en la Montaña Asesina.

No había mucha luz en el camino, pero no tuvo problemas para atravesarlo. Ahí era todo de memoria. Cuando no mucho tiempo atrás regresó a ese lugar, había sido igual. Lo había recordado todo, como si nunca se hubiese marchado. Como si el recuerdo de esa época hubiese estado oculto en las neuronas, aislado del resto, pero en absoluto degradado, como un tumor cancerígeno latente hasta que inicia su mortal propagación. Entonces nada más estaba a salvo. Todo él era vulnerable. Eso resumía bastante bien su vida en la Triple Seis.

Cuando ya no había suficiente luz para distinguir las cosas, se colocó las viejas gafas de visión nocturna. Las grietas eran más estrechas cada vez. Por suerte, se había mantenido esbelto todos estos años, de lo contrario nunca hubiese cabido. Aunque, recordó, el grandullón de Reuben Rhodes se las había arreglado para meterse entre las rocas cuando estuvo allí con Stone para salvar la vida de un hombre. Para salvar la vida del presidente Brennan.

Los hombres de la Triple Seis eran delgados, todo fibra y músculo. Eran capaces de pasarse el día corriendo, disparar toda la noche sin fallar. Podían cambiar de planes en segundos, dar con los objetivos por muy profundos que estuviesen enterrados. Stone no podía negar que había sido emocionante, estimulante e incluso memorable.

«Pero nunca quise regresar», se dijo.

Se detuvo, miró hacia delante. La entrada que buscaba estaba más arriba. Estaba construida en la parte posterior de un armario de cocina sobre un eje. Stone siempre había supuesto que había sido obra de un grupo anterior en prácticas. Él y sus compañeros se habían limitado a encontrarla una noche y a seguirla hasta salir al exterior. Al parecer, no era el único grupo de reclutas de la Triple Seis que quería un poco de libertad. O tal vez la habían construido los que dirigían la Montaña Asesina, al darse cuenta de que los reclutas necesitaban creer que ejercían cierto control sobre sus vidas, que podían tomarse algunos momentos de descanso de la infernal experiencia.

«Tal vez tenían miedo de que todos enloqueciésemos y los matásemos.»

Desenfundó el arma de la pistolera y sacó otro objeto del cinturón. La entrada estaba justo delante. Supuso que Friedman había dado órdenes estrictas. «Nada de matar a nadie, y menos a él. Traédmelo.» Entonces lo mataría, probablemente después de hacerle presenciar las muertes de Caleb y de Annabelle.

Alcanzó la parte exterior de la entrada. Preparó la pistola y sacó el otro objeto, una vara telescópica. La extendió en toda su longitud, un metro ochenta. Empujó la pared que tenía delante y que constituía la parte trasera de un armario en un eje. Estaba pintado para que pareciese piedra negra, pero era madera. Ahora madera podrida. Empujó más fuerte con la vara. La madera cedió, el eje cumplió su función y la pared giró hacia dentro.

Algo salió disparado por la abertura y golpeó la roca al lado de la que estaba Stone. Se lo esperaba. Un dardo. Paralizar, no matar. Quitó el seguro de un trozo de metal que se había sacado de un bolsillo del chaleco y lo lanzó por la abertura al tiempo que se escondía detrás de un gran afloramiento de roca. Hubo una pequeña explosión seguida de una densa nube de humo. Stone se colocó la máscara antigás y procedió a contar. Dejó de contar cuando oyó cómo el hombre que estaba tras la pared golpeaba el suelo. Entró por la abertura y miró hacia abajo. El ruso era fornido, llevaba la cabeza rapada, una pequeña perilla y una pistola de dardos en la mano. Probablemente no fuera muy propio de él inmovilizar en lugar de matar. Stone le esposó las piernas y los brazos con dos pares de esposas de plástico. Ya no había gas, se quitó la máscara y se adentró en la Montaña Asesina.

Finn, Chapman y Knox se encontraban en la entrada principal del complejo frente a una puerta de metal que había aparecido en la pared de la roca cuando apartaron el manto de kudzu que la cubría. Stone les había explicado dónde se encontraba la puerta y les había dado una llave que según dijo la abriría, pero ni siquiera había una cerradura para probar la llave. También les había dicho que él era el único que podría pasar por la entrada oculta, pues era imposible que alguien le siguiese tan de cerca como para no perderse. Había acordado encontrarse con ellos en la entrada principal.

—Nos ha engañado —se quejó Knox, que sujetaba la llave inservible—. No entiendo cómo me lo he tragado. Como si fuese normal tener una dichosa llave de este lugar después de tantos años.

—Va a entrar solo —dijo Finn.

—De eso nada —exclamó Chapman malhumorada—. Se llevó la mano al interior de la chaqueta y sacó un objeto de metal delgado con un borde magnetizado.

—¿Qué es eso? —preguntó Knox.

—Pues en el MI6 le llamamos timbre, cielo. —Lo colocó en la puerta de metal en el punto en que se une con la jamba. Les indicó con un gesto que se apartasen. Sacó un mando a distancia del bolsillo, deslizó la funda protectora de plástico duro que lo cubría y apretó un botón—. No miréis el láser —ordenó.

Todos apartaron la mirada cuando el dispositivo que había colocado en la puerta emitió una luz roja. Cortó limpiamente la tranca y la puerta se abrió y quedó colgada de las bisagras.

—Pues esta tecnología mola.

—Fuente de energía de un solo uso, sirve para la mayoría de las puertas blindadas, de metal o de otro material —explicó.

—Y veo que el señor Q está vivito y coleando en la agencia de inteligencia británica.

—Lo cierto es que lo inventó una mujer, pero la puedes llamar señora Q.

Se acercaron a la puerta empuñando las pistolas. Finn, a quien Chapman y Knox cubrían las espaldas, la empujó poco a poco hasta abrirla del todo. Apuntó la pistola a la oscuridad y después hizo un gesto de asentimiento a los demás. Se pusieron gafas protectoras y Finn les imitó. Un segundo después Finn golpeaba la abertura con un impulso de luz blanca cegadora. Se oyó un grito de dolor en el interior y a continuación la luz desapareció.

Antes de que sus compañeros se movieran, Chapman ya había entrado por la abertura. Se apresuraron tras ella justo a tiempo de ver cómo desarmaba con agilidad al tipo, le estampaba el pie en la cara y este salía disparado hacia atrás y chocaba contra una pared interior. El hombre, parcialmente cegado por la luz, rebotó en la pared y, balanceando los grandes brazos como pistones, llegó hasta Chapman. Finn se movió para colocarse entre el atacante y ella, pero la agente del MI6 ya se había levantado. Asestó con el pie izquierdo un demoledor golpe en la rodilla derecha del tipo. Todos oyeron cómo se fracturaba el hueso de la pierna. Se desplomó al mismo tiempo que ella le propinaba una patada en la barbilla, que le hizo inclinar el cuerpo hacia atrás y caer de culo. Cuando intentó incorporarse, su barriga se hinchaba y deshinchaba a causa de la dolorosa respiración, Chapman lo dejó tumbado con un codazo en la nuca. Se levantó y acercó el cañón de su Walther a la sien del tipo inconsciente.

—Espera un momento —espetó Knox.

—¿Qué? —preguntó ella.

—¿Es que vas a matarlo a sangre fría? —inquirió Knox.

—¿Quieres dejar testigos? —preguntó ella tranquilamente.

—¿Testigos de qué?

—De lo que vaya a pasar aquí esta noche. Por ejemplo, que yo mate a Stone por habernos tomado por imbéciles.

—No vamos a matar a nadie a no ser que estén en situación de matarnos —repuso Knox con firmeza.

Chapman esposó hábilmente al tipo del suelo.

—Como quieras.

—¿Dónde has aprendido a luchar así? —preguntó Finn.

—Puede que no os lo creáis, pero el MI6 no es precisamente un internado para señoritas. Y ahora venga, en marcha.

Encendió una linterna y se fue pasillo abajo.

Finn y Knox se miraron y después la siguieron rápidamente.

97

Aunque todo el complejo era bastante grande y disponía de cuarteles, cocinas, enfermería, biblioteca, despachos, aulas y otros espacios específicos, las zonas de entrenamiento más intenso de la Montaña Asesina se encontraban en un par de grandes cilindros de acero divididos en secciones paralelas y separados por un vestíbulo principal. Una vez en el interior de la primera sección, había que continuar hasta llegar a la última sección de ese cilindro. Las enormes puertas de entrada se cerraban al pasar y era imposible salir por ellas. Tampoco se podía dejar una puerta abierta, porque de hacerlo no se abría la siguiente. Era una forma de mantener a los reclutas reticentes centrados, pendientes de una misión y siempre avanzando. El plan de Stone era sencillo. Iba a empezar por la sección de la derecha y seguirla hasta el final. Si no encontraba a su presa allí, saldría de ese cilindro, retrocedería hasta el vestíbulo principal y entraría en el otro.

Stone avanzó lentamente por el vestíbulo hasta llegar a la primera puerta. Uno de los matones había caído y todavía quedaban otros cinco o más, además de Friedman, a quien él consideraba posiblemente la más experta del grupo.

No se sentía culpable por haber engañado a sus amigos. Si alguien iba a morir intentando rescatar a Caleb y a Annabelle, iba a ser él. Al fin y al cabo era su guerra, no la de ellos. Ya había perdido a bastantes amigos. Estaba decidido a no perder a ninguno más esa noche.

Repasó en su mente el orden de las secciones de entrenamiento. Primero la galería de tiro, donde había disparado cientos de miles de balas en el año que había pasado allí. Te distraían de todas las maneras imaginables mientras apuntabas al objetivo. Había sido una buena preparación, porque en el mundo real era imposible encontrar un campo de tiro perfecto acompañado de condiciones idílicas.

Después de la galería de tiro se encontraba la sala equipada como el famoso Hoogan's Ally de la Academia del FBI. Allí Stone y sus compañeros habían puesto en práctica lo que aprendían en las aulas. A continuación estaba el laboratorio. Era ahí donde se realizaban las pruebas psicológicas: torturas realmente ensalzadas para determinar los límites de cada cual. Stone había visto a hombres duros como el acero llorar en esa habitación después de que los especialistas hubiesen practicado embrutecedores juegos con sus mentes, que nunca eran tan sólidas como su físico, por mucho que se entrenaran. Existían ejercicios demostrados que alargaban y fortalecían los músculos. Sin embargo, la mente no era fácil de cuantificar. Y todos los reclutas tenían elementos psicológicos escondidos que surgían en momentos inesperados y les hacían flaquear, fallar, gritar de rabia. Stone había experimentado todas esas emociones. En ningún lugar de la tierra se había sentido tan humillado como en el laboratorio de la Montaña Asesina.

Después del laboratorio había una serie de habitaciones que servían de celdas. Stone nunca supo quiénes podían haber estado detenidos allí y no lo quería saber. Si Caleb y Annabelle no estaban en esa parte, empezaría por el otro cilindro, que solo tenía dos secciones. La primera era un depósito lleno de un líquido asqueroso. Era fácil caerse en esa porquería si no sabías cómo subir a la pasarela que atravesaba la parte superior del depósito. Una vez en el interior del depósito era una lucha a muerte. Después del depósito, se llegaba a un laberinto del que Stone, por suerte, sabía salir. O al menos eso creía. Ahora se preguntaba si Friedman le tenía preparada alguna sorpresa.

«Por supuesto que sí. Está disfrutando con esto. Le he fastidiado el plan. Tiene quinientos millones de dólares que no puede utilizar. Me va a liquidar. Como mínimo lo va a intentar.»

Pero de nuevo le rondaba algo en la mente que le decía que tenía que haber otras razones. Oyó el sonido de un aleteo, prueba de que habían entrado pájaros en la Montaña Asesina. Eso también sucedía cuando el complejo estaba en funcionamiento. Stone incluso había tenido como mascota un pájaro que había construido su nido cerca de donde él dormía. Ese fue el único vínculo que tuvo con el mundo exterior.

El complejo se había construido en la década de 1960 y el diseño era un reflejo de la época. Incluso había consolas de metal con ceniceros incorporados. Allá donde miraba, veía algo completamente anticuado. Sin embargo, cuando se construyó, la Montaña Asesina era un complejo equipado con todos los avances del momento. Según le contaron a Stone, los fondos que el Gobierno había destinado a construir este complejo se habían disimulado en una cuantiosa factura de gastos que incluía subvenciones para granjas porcinas y para la industria textil.

«¿Qué tiene que ver el negocio del asesinato gubernamental con los jamones y el poliéster?»

Entró con cuidado en la galería de tiro. Fue ahí donde mató al primer hombre al que disparó en treinta años. Lo había hecho para salvar a Reuben Rhodes y para salvarse a sí mismo. Dirigió la mirada al lugar donde el hombre cayó y murió. Los fluorescentes del techo no daban suficiente luz para que Stone viese si todavía había manchas de sangre. Al menos el cadáver no estaba. Después de su última visita habían limpiado la galería. Se preguntaba por qué no habían destruido la Montaña Asesina, por qué no la habían enterrado bajo toneladas de acero y de rocas. Quizá la mantenían por si alguna vez necesitaban utilizarla de nuevo. Solo de pensarlo le entraban escalofríos.

La luz estaba encendida, aunque apenas alumbraba. Eso significaba que Friedman había averiguado cómo utilizar el antiguo generador para conseguir un poco de electricidad. Avanzó sigilosamente, pasó las dianas destrozadas, se agachó para cruzar por debajo de los cables colgantes de las poleas que movían hacia delante y hacia atrás las dianas de papel. Solo pensaba en lo que le esperaba.

El mero ruido de un zapato rozando el suelo polvoriento

hizo que se agachase detrás de un mostrador de madera donde en el pasado se había apostado diariamente para disparar las balas asignadas. Había oído el sonido a su izquierda, a unos diez metros como mucho. Se preguntó si todos iban a utilizar dardos hasta que llegase la hora de la verdad. Lo cierto es que no importaba. Si permitía que le dejasen inconsciente con un dardo tranquilizante ya podía considerarse hombre muerto.

Agachado, retrocedió apuntando con la pistola adelante y atrás para cubrir ambos flancos con giros alternativos. Esta táctica debió de confundir a su adversario, que probablemente pensó que cada crujido de los tablones del suelo indicaba que Stone avanzaba y no que retrocedía. Cuando el tipo surgió de su escondite para disparar a un objetivo que no estaba donde se suponía que tenía que estar, Stone le disparó en el brazo y lo incapacitó. Cuando fue a sujetarse la extremidad herida, Stone le disparó al cuello una bala mortal que atravesó limpiamente el chaleco antibalas. El hombre murió en el acto, le había atravesado la carótida.

Stone examinó la puerta e hizo unos cálculos mentales. Lo más probable es que el tipo al que acababa de matar fuese una artimaña para hacerlo salir. Sacrificar a uno para cumplir la misión. El desembarco de Normandía en 1944 había seguido la misma estrategia, solo que fueron miles las vidas sacrificadas. Al otro lado de la puerta probablemente estaban apostados dos francotiradores listos para matarle.

Así que esperó. Contó mentalmente los segundos. Paciencia. Le había costado años aprender esa facultad. Había pocos hombres con más paciencia que él. Transcurrieron diez minutos y la única parte de su cuerpo que se movía era el pecho con cada ligera respiración.

El único problema era que Friedman, y por lo tanto también sus hombres, sabía que no se podía retroceder desde una de esas secciones. Había que ir hacia delante. ¿Cuánto tiempo estaban ellos dispuestos a esperar? ¿Cuánto tiempo estaba Stone dispuesto a esperar?

«Todos lo averiguaremos.»

98

—Un momento, ¿cómo se te ocurrió traer eso del láser? —preguntó Knox a Chapman cuando se agachaban en la oscuridad.

—Al igual que vuestros Boy Scouts, la misión del MI6 es estar siempre preparado.

—Lo que significa que no creíste a Stone.

—¿La llave? —dijo Chapman con tono burlón—. Claro que no le creí. Después de leer su perfil psicológico era bastante fácil. No nos iba a poner en peligro a nosotros también.

—Sin embargo, nos dejó acompañarle a Nueva York —señaló Finn.

—Me imagino que pensó que el sur del Bronx era más seguro que este lugar —dijo Knox.

—La Montaña Asesina —afirmó Chapman—. Una lectura interesante.

Los dos la miraron.

—He buscado información sobre ella, claro está —prosiguió—. ¿Vosotros no?

Knox carraspeó.

—¿Cómo sabías qué información buscar? Stone no mencionó este lugar hasta que veníamos hacia aquí.

—¿El lugar donde todo empezó? Acordaos de que eso es lo que dijo Ming en Nueva York. Así que hice algunas averiguaciones e hice trabajar a mis colegas del Reino Unido. Sabía que Stone había empezado su carrera en la Triple Seis. Lo que no sabía era que empezó con un año de instrucción precisamente aquí. Dos horas antes de salir recibí por correo electrónico un expediente dirigido a mí. Como he dicho, una lectura interesante.

Finn bajó la vista al plano plastificado del complejo que le había dado Stone.

—Parece que hay un montón de puntos donde nos pueden tender una emboscada.

—Pero eso se aplica a todos —dijo Knox. Chapman asintió con la cabeza.

Señaló el plano.

—Tenemos dos alternativas: recorrer todas las zonas los tres juntos o separarnos —sugirió.

—Yo voto por salir de aquí. Si tenemos que atravesar esta especie de secciones, mejor nos dividimos. Yo voy a la izquierda y vosotros dos a la derecha —dijo Finn.

Chapman negó con la cabeza.

—No, vosotros dos vais a la derecha y yo voy a la izquierda.

Los dos hombres la miraron de nuevo.

—¿Qué? —preguntó ella—. ¿Es que una mujer no puede ir sola? ¿Es que necesita de un hombre valiente que le coja la mano frágil y delicada?

—No es eso —repuso Knox incómodo.

—Me alegra saberlo —contestó ella—. Yo voy a la izquierda. Y ahora os voy a decir cuatro cosas sobre la sección de la derecha que es importante que sepáis para atravesarla sin problemas. —Y procedió a explicarles varios detalles que había averiguado cuando se informó sobre el lugar—. ¿Entendido? —preguntó ella mirándoles.

—Le has dado muchas vueltas a todo esto —dijo Knox.

—¿Y por qué no iba a hacerlo? —espetó Chapman—. Es mi trabajo.

—Buena suerte —dijo Finn.

—Gracias.

Chapman dejó a los dos hombres de pie mirándola hasta que desapareció en la oscuridad.

Stone seguía esperando en la galería de tiro. Pensó en sus opciones. No tardó mucho tiempo, pues no había muchas. Podía quedarse ahí hasta morirse de hambre. O podía cruzar la puerta.

O...

Se incorporó, sujetó el cable donde se encontraban las dianas y lo soltó. Ató un extremo al tirador de la puerta y lo pasó por las poleas. Después se agachó detrás del mostrador y se enrolló el resto del cable en la mano. Contó hasta cinco y apuntó la pistola a la puerta. Tiró del cable con lentitud. El tirador de la puerta se levantó. Tiró con más fuerza. La puerta empezó a abrirse. En cuanto estuvo medio abierta, cayó una lluvia de balas que se estrellaba con estrépito en las superficies de metal de la galería de tiro.

«Bien, probablemente en contra de las órdenes recibidas, los rusos ya se han cansado de jugar a disparar dardos aturdidores.»

Tiró de la puerta un poco más hasta que se abrió del todo, a continuación ató el cable a un gancho para mantener la puerta abierta. Salió con sigilo a lo largo del mostrador y se puso las gafas de visión nocturna que llevaba consigo. Eran viejas y supondrían una gran desventaja si los otros también disponían de equipos de visión nocturna.

Se acercó despacio a la abertura, pero al mismo tiempo manteniendo algo sólido entre él y la puerta. Entonces hizo algo extraño, al menos para el ojo poco avezado. Se quitó las gafas pero las dejó encendidas. Las colocó encima del mostrador de cara a la puerta. Después se escabulló, apuntó la pistola y esperó a lo que estaba casi seguro que iba a suceder.

Llegaron los disparos. Contó cuatro. No veía las balas, pero estaba seguro de que habían pasado a unos tres centímetros por encima del punto rojo que aparecía en sus gafas si alguien las miraba con otras gafas de visión nocturna. Esa era la desventaja de las gafas antiguas. Mientras estaban en infrarrojo te marcaban un punto rojo prácticamente en la frente que permitía al francotirador apuntar con un tiro mortal.

Sin embargo, con los disparos, con los destellos de los cañones a través de la puerta abierta, los rusos habían revelado a Stone sus posiciones. Él disparó con rapidez, una, dos y después una tercera y cuarta vez, apuntando a seis centímetros por encima de los destellos gemelos. Stone sabía por las descargas de sus armas que eran pistolas. Si disparaban desde posiciones de tiro clásicas, la selección de objetivo de Stone coincidiría con sus cabezas y esquivaría los chalecos antibalas.

Oyó los dos porrazos de los cuerpos al golpear el suelo.

Se incorporó, cogió las gafas de visión nocturna y siguió avanzando.

Tres rusos liquidados, tres más por liquidar. Aparte de Friedman.

99

Finn y Knox avanzaron con suma cautela por la pasarela suspendida sobre el depósito lleno de un líquido que despedía un olor nauseabundo. Sabían que era así por dos razones. La primera porque lo olían aunque no lo vieran. Y la segunda, porque estaba indicado en el plano que Stone les había entregado. Pero fue Chapman quien les había explicado el secreto para pasar por encima del depósito. Stone no les había dicho nada porque nunca había pretendido que entrasen en ese lugar.

Tenían que mantener el peso en el centro de la pasarela de metal. Si daban un traspié y tocaban los laterales, malo. Ya casi habían alcanzado el final de la pasarela cuando oyeron algo.

Un gemido.

Los dos hombres echaron un vistazo alrededor con las pistolas apuntando a los lugares obvios que presentaran una amenaza. Otro gemido.

—Parece como si viniese de debajo de nosotros —susurró Finn a Knox.

—Eso mismo pienso yo —dijo Knox.

—Lo he reconocido.

—¿El gemido?

Finn asintió con la cabeza.

—Estate alerta. —Se arrodilló y puso la cara contra el suelo de la pasarela, que estaba tan solo a unos centímetros de la parte superior del depósito—. ¿Caleb? —preguntó con voz queda.

Otro gemido.

—¿Caleb? —repitió con voz más alta mientras Knox miraba ansioso a su alrededor.

Otro gemido.

—¿Harry? —se oyó después. La voz sonaba débil, la cabeza claramente confundida.

«Drogado», fue lo primero que pensó Finn.

Levantó la vista hacia Knox.

—¿Te acuerdas de lo que nos ha dicho Chapman?

Knox asintió con la cabeza y miró a su alrededor.

—Tengo una idea.

Sin apartarse del centro de la pasarela, retrocedió por donde habían pasado. No podía salir por la puerta por la que habían entrado. Se había cerrado tras ellos y además era una puerta gruesa y de acero inoxidable, pero había un cajón viejo contra la pared. Enfundó la pistola, levantó el cajón, que pesaba unos veinte kilos, y lo llevó hasta donde se encontraba Finn, manteniéndose también en el centro de la pasarela.

Los dos se subieron a la barandilla. Para Knox resultó difícil por el peso del cajón, pero lo consiguió. Miró a Finn y le explicó el plan.

—¿Preparado?

Finn asintió con la cabeza.

Knox contó hasta tres y después tiró el cajón sobre un lado de la pasarela. Inmediatamente el suelo se inclinó sobre ese lado y reveló una franja negra de espacio vacío a ambos lados. El cajón cayó por la abertura del lado derecho y oyeron el ruido del agua al salpicar. El olor era todavía más asqueroso que antes.

Finn, sujeto todavía a la barandilla, se dejó caer hasta que el pie le quedó colgado en el espacio vacío. Cuando el suelo se inclinó en la otra dirección para quedarse en su sitio, metió el pie para impedir que se cerrase. Knox alcanzó la mochila que llevaba a la espalda y sacó un trozo de cuerda. Ató un extremo a la barandilla y dejó caer el otro por la abertura.

Knox cambió su sitio por el de Finn y mantuvo el suelo abierto con el pie. Finn cogió la cuerda y bajó por ella. Aterrizó en una especie de lodo que le llegaba hasta la rodilla.

—¿Caleb?

—¿Harry? —contestó la voz aturdida.

—¿Estás solo?

—Sí. Al menos eso creo.

Finn encendió la linterna y enseguida vio a Caleb atado y sentado en el lodo, que le llegaba hasta el pecho. Lo soltó y le ayudó a pasar por la abertura y subir a la plataforma.

—¿Estás bien? —le preguntó Finn mientras los tres avanzaban hacia la siguiente habitación.

Caleb asintió lentamente con la cabeza.

—Solo un poco atontado. Me pusieron una inyección. Me dejó grogui. Y el hedor de este lugar. Creo que mi sentido del olfato nunca volverá a ser igual que antes. —Su rostro palideció cuando su mente se despejó—. ¿Y Annabelle? ¿Está bien?

—Todavía la estamos buscando. ¿Tienes idea de dónde podría estar?

Caleb negó con la cabeza.

—Solo quiero salir de este lugar. Quiero que salgamos todos.

—Ese es el plan —repuso Knox.

—¿Dónde está Oliver? —preguntó Caleb.

—Aquí, en alguna parte —contestó Finn.

Stone pasó a la siguiente sección. Simulaba una calle, fachadas de edificios, un destartalado turismo de los años sesenta y maniquíes que representaban a la gente. Todos los maniquíes tenían orificios de bala en la cabeza. Despejó este espacio y siguió avanzando.

La siguiente habitación era la última de esta sección.

El laboratorio.

Stone empujó la puerta con cuidado y entró. No había luz. Con las gafas de visión nocturna, inspeccionó metódicamente la estancia. Mantenía una mano en las gafas, preparada para quitárselas si veía algún rastro de otros que utilizasen un equipo similar, pues el punto rojo revelaría su posición y probablemente también propiciaría que acabasen con su vida.

Cuando miró a su alrededor notó algo extraño. Había mesas

largas contra una de las paredes. Eran nuevas. Encima había varios aparatos que parecían modernos. Artilugios de metal reluciente con cables que caían al suelo. Y las paredes estaban revestidas de gradillas llenas de tubos de ensayo. En el centro de otra mesa, complejos microscopios y otros aparatos. En una esquina, en el suelo, un cilindro de metal de un metro ochenta de longitud. El cilindro tenía una pantalla de lectura digital y un vidrio cuadrado en el centro.

Nada de todo eso estaba allí la última vez que Stone había visitado la Montaña Asesina. No tenía ni idea de lo que significaba o de quién lo había puesto ahí. Y en ese instante no tenía tiempo de averiguarlo.

A continuación, su mirada se detuvo en la jaula que normalmente colgaba del techo pero que ahora estaba en el suelo. La jaula se había descolgado gracias a la puntería de Stone la última vez que estuvo ahí y el adversario que había intentado matarlo había muerto aplastado por las dos toneladas de peso que cayeron sobre él.

Sin embargo, Stone tenía otro recuerdo de esa jaula. Cuando hizo la instrucción hacía ya muchos años, le encerraron junto a otros tres en la jaula. Encendieron una llama por debajo y cada tres segundos la aumentaban de intensidad, de manera que la llama cada vez se acercaba más y más al metal. El objetivo era que los cuatro saliesen de la jaula antes de que el calor resultase insoportable. A este problema se añadía el hecho de que Stone y sus compañeros habían visto al otro equipo que había entrado antes que ellos. No había logrado superar la prueba. Y dos de los hombres sufrieron quemaduras que les dejaron incapacitados.

Cuando el metal se calentó tanto que no se podía tocar, el pánico empezó a cundir entre sus compañeros de grupo, sin embargo Stone se concentró con todas sus energías. ¿Por qué cuatro hombres en una jaula al mismo tiempo? ¿Por qué no tres o cinco o seis? Cuatro hombres. Cuatro lados de la jaula.

Gritó unas órdenes. Todos tenían que quitarse la camisa, envolverse la mano con ella y, a la vez, presionar cada uno su lado de la jaula. Eso hicieron. La puerta de la jaula se abrió de golpe. Sus dotes de mando le granjearon las alabanzas de los instructores. Aunque él quisiera matarlos.

Pero los recuerdos solo le acompañaron unos instantes. No podía dar crédito a sus ojos.

—¿Annabelle?

Annabelle estaba dentro de la jaula atada y amordazada.

Stone avanzó, inspeccionando de nuevo la habitación por si surgía algún peligro, pero no vio nada.

La puerta de la jaula no estaba cerrada. Stone la abrió del todo. Annabelle tenía los ojos cerrados y, durante un terrible instante, Stone no supo si estaba viva o muerta, aunque no se amordaza ni se ata a los muertos. Annabelle tenía pulso y, cuando Stone le tocó el cuello, lentamente volvió en sí.

La desató, le quitó la mordaza y la ayudó a salir de la jaula.

—Qué alegría verte —dijo arrastrando las palabras.

—¿Te han drogado?

—Creo que sí, pero ya se me está pasando.

—¿Puedes andar?

—Me arrastraré si así puedo salir de aquí.

Stone sonrió al constatar que no había perdido su espíritu combativo.

—¿Estás solo? —le preguntó.

—Sí.

—¿Has visto a Caleb?

—Todavía no. ¿Tú has visto a Marisa Friedman?

Annabelle negó con la cabeza.

—Sigamos avanzando —indicó Stone.

—¡Oliver! —gritó Annabelle cuando oyó el zumbido de los fluorescentes al encenderse.

Stone se arrancó las gafas y se dio media vuelta, pero ya era demasiado tarde.

El ruso estaba en la puerta saliendo del laboratorio. Stone no le había visto escondido. Apuntaba la pistola directamente a la cabeza de Stone. Stone tiró a Annabelle al suelo y empuñó su arma. Se oyó un disparo que alcanzó al sorprendido ruso en la frente y le dejó la piel tatuada con un pequeño punto negro.

Se desplomó. Las luces se apagaron.

Stone miró el arma. El arma que no había disparado. ¿De dónde demonios había venido ese disparo? Agarró a Annabelle por el brazo y tiró de ella hasta atraerla a su lado. Saltaron por encima del cadáver del hombre y cruzaron la puerta.

Cuatro rusos muertos. Quedaban dos. Más Friedman.

100

Stone y Annabelle llegaron al final del cilindro, a las celdas de detención.

Si Caleb no estaba en una de ellas, Stone tendría que volver a empezar por el otro lado, y llevar a Annabelle consigo.

Lo que vio le sorprendió y alivió a partes iguales. Knox, Finn y Caleb les estaban esperando. Una luz tenue les permitía verse.

—¿Cómo habéis entrado aquí? —preguntó Stone cuando se apiñaron en un rincón y Annabelle abrazó a Caleb a pesar de la ropa y el olor nauseabundo.

—Todo ha sido idea de Chapman —dijo Knox y pasó a explicarle a Stone lo que les había sucedido hasta ese momento—. También nos ha explicado cómo pasar el laberinto. Ha dicho que había pedido información.

Stone miró hacia atrás.

—¿Así que ella se ha ido hacia la izquierda?

—Eso es. ¿Tienes idea de dónde puede estar?

—En algún lugar detrás de mí. Y acaba de salvarme la vida.

—Hemos pillado a un ruso en la entrada principal. Bueno, más bien Chapman.

—Así que solo queda uno.

—Y ahora ya no queda ninguno —dijo una voz. Chapman salió a la luz—. El tipo intentó abalanzarse sobre mí cuando iba a empezar con la primera sección —explicó—. O él no era muy bueno o yo soy mejor de lo que creo.

Cuando terminó de hablar, Stone echó un vistazo a su alrededor con una expresión extraña.

—¿Alguna señal de Friedman? —preguntó Finn a Chapman.

—No.

—Yo creo que lo mejor es que nos larguemos de aquí lo más rápido posible —sugirió Knox—. Ya tenemos lo que veníamos a buscar. Friedman puede esperar.

Miró a Stone, que parecía que se había quedado petrificado en el sitio.

—Oliver, ¿estás bien?

—Rusos.

—¿Qué? —preguntó Finn.

—Rusos —repitió Stone.

—Sí. Y hemos acabado con todos ellos.

—No eran muy buenos estos rusos —dijo Stone—. Cabía pensar que serían mejores.

Todos le miraron.

Stone les devolvió la mirada.

—Acabar con ellos ha sido muy fácil. Demasiado fácil. No eran muy buenos. Y creo que esa era la intención.

—¿Para qué iba a contratar Friedman un servicio de seguridad que no fuese muy bueno?

—Porque no necesitaba al equipo A. El equipo B era suficiente.

—¿Suficiente para qué? —preguntó Chapman.

—Para atraernos hasta aquí. En realidad, para que llegásemos hasta este lugar. Eran prescindibles. No le importaba si morían o no. No, retiro lo dicho. Quería que muriesen.

—Pero, si nosotros los matamos, ellos no nos matan a nosotros. ¿De qué le sirve eso? —preguntó Knox.

—Está intentando subsanar su error con Carlos Montoya. Fracasó la primera vez, pero ahora vuelve a intentarlo con su plan B.

—¿Plan B? —exclamó Knox.

Stone asintió con la cabeza.

—Siempre hay que tener un plan B. Y yo me he metido de lleno en él.

—¿A qué te refieres exactamente? —preguntó Chapman nerviosa.

—Nos encontrarán aquí con un grupo de rusos. —Stone hizo una pausa—. Allí atrás hay un laboratorio lleno de aparatos nuevos, y me parece que ya sé para qué están.

Chapman fue la primera en darse cuenta de adónde quería llegar.

—¿No serán nanobots?

Él asintió con la cabeza.

—Exacto, nanobots.

—Pero los rusos no están detrás de esto. Creo que ha quedado bien claro.

—Pero cuando nos encuentren con todos estos rusos muertos y un laboratorio dedicado a la investigación sobre nanobots, con aparatos traídos probablemente de los complejos científicos de Montoya, ¿qué creéis que va a pensar el mundo?

—¿A qué te refieres exactamente cuando dices «cuando nos encuentren»? —preguntó Caleb con nerviosismo.

—Nos han tendido una trampa. La intención era que viniésemos aquí, nos enfrentásemos a los rusos y llegásemos hasta donde estamos ahora —respondió Finn.

—¿Por qué? —preguntó Annabelle.

La explosión se oyó por encima de ellos.

La fuerza era tal que el suelo tembló. Todos saltaron cuando cayeron cerca unos trozos de hormigón y una placa de acero.

—¿Qué coño ha sido eso? —gritó Chapman.

—Eso —dijo Stone— es que ha sellado herméticamente la puerta principal. —Tomó a Annabelle de la mano—. Vamos.

Todos le siguieron mientras Stone les guiaba hacia el vestíbulo principal y, a continuación, por el camino que él había seguido al entrar.

—¿No deberíamos al menos intentar salir por la entrada principal? —gritó Knox.

Su respuesta llegó en forma de otra explosión, que derrumbó parte de la montaña que estaba a seis metros a sus espaldas y que cortaba sin miramientos todo acceso a la entrada principal.

Corrieron más rápido.

Ahora la montaña temblaba a causa de las explosiones, que detonaban una tras otra con gran precisión.

—¡La montaña entera se va a derrumbar sobre nosotros! —gritó Annabelle.

—No, no se derrumbará —dijo Stone mientras corrían—. Solo lo suficiente para matarnos. Tiene que dejarles entrar para que puedan encontrar las pruebas que a ella le interesa que encuentren.

—¡Qué hija de puta! —exclamó Chapman cuando otra bomba detonó delante de ellos y Stone tuvo que girar a la izquierda con todos los demás detrás de él.

—Oliver, ¿qué pasa con el camino por donde has entrado? —gritó Finn—. Puede que ella no lo conozca.

—Sí que lo conoce, pero no nos queda otra alternativa —repuso Stone.

Un trozo de pared se derrumbó y a punto estuvo de aplastar a Caleb. Afortunadamente Finn y Knox tiraron de él justo a tiempo, pero Caleb se quejaba y se sujetó el hombro, que un trozo de roca le había golpeado.

Finn le desabrochó la camisa y le enfocó con una linterna.

—Clavícula fracturada, pero no es grave. La clavícula es un mecanismo de seguridad. Se fractura para que no se rompa otro hueso más importante.

—Menudo alivio —gimió Caleb.

Cuando Stone llegó a la cocina se paró y miró con impotencia lo que tenía ante él. Friedman se le había adelantado también en esto. Había tapado la entrada que estaba en la parte posterior de la cocina con los escombros que habían caído al derruir una gruesa pared con una carga explosiva que sin duda había sido colocada en el lugar adecuado para ese fin. Y si conseguían excavar entre los escombros, Stone sabía que se encontrarían con otra pared de escombros todavía más gruesa. Friedman ya se habría encargado de ello.

«Ha hecho los deberes.»

Por un momento se preguntó desde cuándo tenía preparada la Montaña Asesina. Y si ella estaba en algún lugar cercano detonando las cargas explosivas. Y si les estaba observando y sabía exactamente cuándo detonar cada una de ellas. Después ya no tuvo tiempo para preguntarse nada más, pues todos le estaban mirando.

—Y ahora, ¿qué hacemos? —preguntó Chapman sin aliento, su rostro, como el de los demás, mugriento de polvo y humo.

Stone alzó la vista cuando explotó otra carga, aunque esta vez no fue cerca, pero se derrumbó otra parte del complejo y la montaña tembló de nuevo.

Entonces se apagaron todas las luces y se quedaron a oscuras.

Stone, Finn y Knox encendieron inmediatamente sus gafas de visión nocturna. Stone cogió a Annabelle de la mano, Knox a Caleb y Finn agarró la muñeca de Chapman.

—Seguidme —indicó Stone.

Todavía quedaba una forma de salir de allí. Y que Stone supiera, él era la única persona que la había descubierto. Era su última oportunidad.

Era muy consciente de que no tenía ni idea del lugar donde iba a detonar la siguiente carga que había colocado Friedman. Ella no tenía ningún interés en dejarlos salir de allí con vida para que pudiesen contar la verdad. Cada paso que daban podría perfectamente ser el...

Annabelle gritó.

101

Joe Knox había desaparecido bajo un montón de escombros después de que la detonación de una carga de explosivos a quince metros de distancia derrumbase la pared que tenía al lado. Los demás enseguida empezaron a excavar para sacarlo. Stone estaba arrodillado quitando los trozos de escombro que rodeaban a su amigo. Tenía dedos y brazos ensangrentados, el sudor le escocía los ojos, trabajaba frenéticamente en la oscuridad para sacar a Knox. Por fin, tocó un cuerpo con los dedos. En dos minutos le habían desenterrado por completo.

Knox respiraba, pero estaba inconsciente.

Stone se dispuso a levantarlo.

—Déjame a mí —dijo Finn.

Levantó a Knox, que pesaba noventa kilos, y se lo colocó sobre el hombro.

—La única salida que queda es hacia arriba, Harry —explicó Stone.

Finn, con expresión adusta, asintió con la cabeza.

—Te seguimos.

Stone cogió el trozo de cuerda de la mochila de Knox, el que este había utilizado para rescatar a Caleb del depósito de lodo. Cada uno se enrolló la cuerda en la cintura y la pasó después al siguiente.

—En marcha —dijo Stone.

Rezó por que Friedman no hubiese averiguado la tercera salida de la Montaña Asesina, como había hecho él todos esos años atrás. Guio al grupo por el vestíbulo principal y continuaron por el otro extremo. Se detuvieron delante de lo que parecía una imponente pared de metal, y Stone recorrió la superficie con los dedos. Era fría al tacto, todavía resistente, parecía impenetrable. Los remaches subían por un lado del panel y bajaban por el otro. Una nueva explosión sacudió el edificio. Polvo y cascotes del endeble techo cayeron sobre ellos.

Stone presionó en un punto y la pared cedió. Deslizó el metal para apartarlo y apareció un conjunto de escalones tallados en la roca. Pasaron por la abertura y subieron.

Stone se preguntó cuánto tiempo tardarían las autoridades en darse cuenta de lo que estaba sucediendo. Algún lugareño informaría de las explosiones. La información se pasaría a la oficina del sheriff o al departamento de policía que hubiese en la zona. Enviarían a alguien, probablemente a un solo agente que no tendría ni idea de a qué tenían que enfrentarse ellos. Haría algunas llamadas de teléfono. En algún momento, después de un largo intervalo, la CIA se enteraría y enviaría un equipo a lo loco.

Pero ¿qué encontraría ese equipo?

Encontraría exactamente lo que Friedman quería que encontrase. Cachas rusos muertos, probablemente vinculados a los cárteles de la droga. Y un laboratorio dedicado a la investigación de los nanobots en el complejo que la CIA había utilizado en el pasado para adiestrar a sus asesinos. Eso es lo que llegaría a los canales de noticias nacionales e internacionales como si de un proyectil nuclear se tratase.

«Y nos encontrarán —pensó Stone—. Nos encontrarán muertos.»

Pero ¿cómo iba a conseguir Friedman esta última parte? Las explosiones podrían dejarlos atrapados en el interior del complejo, pero era posible que sobreviviesen hasta que llegasen los equipos de rescate. Tenían algo de comida y un poco de agua. Quizás hubiese víveres que podrían utilizar.

«Ha tenido que pensar en eso. Tiene que haber algo más.»

Siguieron avanzando. Cuando Finn se cansó, Stone cargó a Knox sobre su hombro y lo llevó todo el tiempo que pudo. Después se turnó con Finn. Pero, como la ruta que seguían era ascendente, cada vez resultaba más difícil cargarlo. A pesar de todo siguieron avanzando.

Con cada detonación caían trozos de roca, pues estaban en zonas del complejo que no se habían construido, zonas donde no se había tocado la montaña.

—¿Hacia dónde nos dirigimos? —preguntó Annabelle jadeando.

Stone señaló hacia arriba.

—No falta mucho.

—¿Está en la cima de la montaña?

—Cerca.

—¿Hay un camino que baje?

Stone no contestó enseguida. Había utilizado esa salida anteriormente, la había encontrado por casualidad una noche en que no podía conciliar el sueño, pero nunca había descendido la montaña. Se había limitado a contemplar las estrellas, a disfrutar de unos momentos de paz antes de regresar y seguir una vez más con la instrucción. De manera que no sabía si había un camino de bajada, pero tenía que haberlo. Encontraría un camino.

Miró hacia atrás a Finn, que cargaba con Knox. A Caleb, que se sujetaba el hombro herido. A Annabelle, que estaba muerta de cansancio. Sintió que las piernas le temblaban a causa del gran esfuerzo.

—Encontraremos un camino, Annabelle —dijo—. Y además estar en el exterior de la montaña es mejor que estar dentro.

Ascendieron otros treinta metros. Cada vez que se encontraban con un cruce de túneles, Stone tenía que detenerse y pensar cuál era el correcto. Se equivocó dos veces. La tercera vez se adelantó solo hasta que estuvo seguro del camino y entonces regresó para recoger a los demás.

—Knox no está muy bien —le dijo Finn con voz queda.

Stone se arrodilló al lado del herido y le iluminó el rostro con la linterna. Estaba gris, sudoroso, pero frío al tacto. Suavemente, le levantó uno de los párpados y enfocó el ojo con la linterna. Soltó el párpado y se levantó.

A Knox no le quedaba mucho tiempo de vida.

—Vamos.

—¿Es mi imaginación o cada vez resulta más difícil respirar? No pensaba que las montañas de Virginia fueran tan altas —dijo Chapman.

—No lo son —repuso Stone. Respiró hondo y, antes de que el aire le llenase los pulmones, el oxígeno se agotó.

Ahora Stone ya tenía la respuesta. Friedman iba a asfixiarlos. Más abajo se oía el ruido de máquinas en funcionamiento.

—Ventiladores —añadió—. Para sacar el aire.

Tomó otra bocanada de aire y las facciones se le paralizaron de forma involuntaria.

Finn le miró.

—Y ha añadido algo al aire que no desaparece. Algo que no necesitamos en los pulmones. Aparte de todo el humo y la porquería de las explosiones.

—Deprisa —apremió Stone—. Por aquí.

Otros quince metros de senderos rocosos como grandes peldaños hechos de piedra. Eran irregulares, demasiado anchos en algunos lugares, muy estrechos en otros.

Stone miró a Finn. Sabía que su amigo tenía una fuerza poco común y la resistencia casi infinita del SEAL de la Armada que había sido, pero funcionaba con aproximadamente la mitad del oxígeno necesario y la situación empeoraba por momentos.

Annabelle rodeaba a Caleb con el brazo, ayudándole a ascender por el sendero, pero Caleb se cansaba con rapidez. No tenía la resistencia ni el aguante de los demás.

Al final, se detuvo y se sentó, resoplaba con desesperación.

—Mar... marchaos. De... dejadme. No puedo...

Stone se dio media vuelta, pasó el brazo por debajo del hombro sano de Caleb y lo puso en pie. Caleb hizo una mueca de dolor.

—No vamos a dejar a nadie atrás —dijo—. O nos quedamos todos aquí o seguimos todos.

Continuaron avanzando con esfuerzo.

Annabelle fue la primera que la vio.

—¡Luz! —exclamó.

Corrieron hacia delante, animados porque quizá fuese el final de su viaje.

Se trataba de una hendidura natural en la cima de la montaña que décadas atrás Stone había agrandado para después cubrirla con materiales que había subido a hurtadillas del complejo. Los rayos de luz no engañaban. Fuera amanecía. A Stone le resultaba difícil creer que habían pasado varias horas en el interior de la montaña.

Alcanzaron la veta de luz. Stone se abrió camino entre el contrachapado y las placas de metal desplazadas que había colocado allí años atrás. La veta de luz se transformó en una abertura de unos treinta centímetros. Finn dejó a Knox en el suelo y ayudó. Treinta centímetros se convirtieron en un metro. Mucho más abajo oyeron una explosión, pero ahora ya habían salido de la montaña.

No obstante, Stone les pidió cautela.

—Estad preparados. Yo iré delante.

Todos se pusieron tensos. Finn cogió a Knox y desenfundó su arma. Chapman tenía la Walther en una mano y lo que parecía un cuchillo para lanzar en la otra. Annabelle sujetaba a Caleb, que estaba de pie, medio muerto tras la larga ascensión.

Stone dio un paso hacia delante, tropezó y a punto estuvo de caerse de rodillas. Miró hacia abajo.

—¡Mierda!

No se había tropezado a causa del irregular terreno. Habían extendido un cable entre los lados rocosos de la abertura. Miró hacia la derecha. Encajado en una grieta estaba el último explosivo. Tenía un temporizador. Quedaban cinco segundos.

—¡Retroceded! —gritó Stone mientras se lanzaba hacia la bomba. En ese mismo instante Chapman se precipitó hacia delante.

Annabelle gritó. Caleb gimió. Finn se tambaleó hacia atrás bajo el peso de Joe Knox.

Stone echó un vistazo a la agente del MI6. Ella no le miraba. Miraba fijamente la bomba, la mandíbula tensa, los brazos levantados. Se afianzó en el suelo de roca y se lanzó por delante de él.

—¡No, Mary! —gritó Stone.

El temporizador marcó el uno.

102

Otro funeral.

En el cementerio de Arlington.

Tres féretros alineados uno junto a otro que contenían a tres veteranos del ejército estadounidense.

Harry Finn.

Joseph Knox.

Y John Carr.

Las medidas de seguridad se habían duplicado a causa de lo ocurrido durante el último funeral. Se habían formado cuatro círculos de patrullas perimétricas. Había perros detectores de explosivos por todas partes. Debido a lo que ahora sabían sobre los nanobots, registraban a mano todos los bolsos, cacheaban a todas las personas, confiscaban todos los teléfonos móviles, los iPhone y cualquier tipo de dispositivo electrónico.

Sin duda las normas habían cambiado. Nada volvería a ser igual.

El presidente se encontraba allí para pronunciar el discurso panegírico. Contaban con la presencia de congresistas y militares destacados. Estaba Riley Weaver, director del FBI, y también los agentes Ashburn y Garchik. Sir James McElroy había acudido porque su primer ministro era uno de los asistentes. Como no pertenecía al ejército estadounidense ni cumplía ningún otro criterio satisfactorio, el féretro de Mary Chapman no estaba allí, pero el primer ministro iba a decir unas cuantas palabras emotivas sobre su sacrificio para ayudar al mayor aliado de Gran Bretaña.

Annabelle Conroy y Caleb Shaw tampoco estaban por la misma razón que Chapman. No cumplían los criterios para ser enterrados en el famoso cementerio. No obstante, el presidente iba a mencionar su hazaña.

Primero habló el primer ministro. Después subieron al podio varios dignatarios importantes, incluido Riley Weaver. No explicó lo que era la Montaña Asesina porque no era necesario. Se había mantenido a la prensa totalmente al margen de esa cuestión. Oficialmente, las muertes de Knox, Finn y Carr se habían producido en un enfrentamiento contra un grupo de narcotraficantes rusos que, con la ayuda de un agente del servicio secreto estadounidense convertido en traidor, había construido un laboratorio en un complejo abandonado que pertenecía al Gobierno. La bomba y el tiroteo de Lafayette Park y los posteriores asesinatos en Pensilvania, Virginia y Washington D.C, habían sido obra del mismo grupo. El presidente, que habló en último lugar, juró que haría todo lo que estuviese en su mano para que se hiciese justicia y que los autores de estos viles actos pagaran por ellos. La tensión entre americanos y rusos como es de suponer había alcanzado un máximo histórico.

Aproximadamente a un kilómetro de distancia, sobre una loma del cementerio de Arlington, la mujer contemplaba la ceremonia mientras fingía mirar la lápida desgastada de un general muerto hacía mucho tiempo. Gracias al sistema de megafonía instalado en todo el cementerio, oía todos los discursos. La mayoría no tenían interés para ella, pero el del presidente sí que le llamó la atención. Cuando mencionó al agente del Servicio Secreto convertido en traidor, no pudo evitar sonreír.

Sabía que la ceremonia se retransmitía en directo en todas las principales cadenas y en la televisión por cable. También sabía que Carlos Montoya la estaba viendo, porque se había comunicado con él y le había dicho que la viese.

El plan había funcionado, pese a que el presidente de Estados Unidos y su homólogo mexicano habían sobrevivido. Toda la culpa había recaído sobre los rusos. Su misión, contra todo pronóstico, había sido un éxito.

Se oyó un sonido breve del móvil. Miró el mensaje en español que acababa de aparecer en la pantalla.

«Buen trabajo.»

Buen trabajo, efectivamente.

Y a continuación apareció el resto del mensaje. Que todavía la animó más. Le enviaban a su cuenta el resto del dinero. Carlos Montoya le deseaba que todo le fuese bien. Ella tecleó su respuesta también en español.

«Hasta luego.»

Pero en realidad no era esa su intención. Había terminado. Ahí se acababa. Además, ¿cómo iba a conseguir superar eso?

Marisa Friedman se arregló su nuevo peinado, muy corto y teñido de castaño oscuro. Había utilizado técnicas infalibles para cambiar sus rasgos faciales hasta tal punto que ni siquiera sus amigos más íntimos podrían reconocerla. Podía caminar a su antojo por el cementerio sin preocuparse de que la reconocieran.

Se alejó del cementerio. Si se arrepentía de algo era de que John Carr no hubiese aceptado su oferta. Aunque no podía haber esperado que lo hiciese. En cuanto hubiese descubierto que ella estaba detrás de todo, y era el tipo de hombre que lo hubiese descubierto, habría tenido que matarlo de todas formas, pero podrían haber pasado un tiempo juntos. Alguien como Friedman, que había pasado sola gran parte de su vida, se habría conformado con eso.

Mil millones de dólares en su cuenta bancaria y el resto de su vida para hacer lo que quisiese. Suspiró satisfecha. No sucedía todos los días que uno lograse sacar adelante una de las operaciones más complicadas y extraordinarias de todos los tiempos. Su nueva documentación estaba en regla. Un paseo en avión privado la esperaba en el aeropuerto de Dulles. Al final había comprado una isla mediante una transacción realizada por un hombre de paja. Ahora su intención era no hacer absolutamente nada el resto del año, excepto tumbarse en la playa, leer, sorber una bebida fría y decidir qué iba a hacer después. Había pasado por delante de varios perros detectores de explosivos. Ninguno había notado nada. Ocultó su sonrisa mientras pasaba el muro de seguridad al salir del cementerio.

Nanobots.

Montoya había dedicado años y dos mil millones de dólares a maquinar la transformación de olores y la huella química detectables por aparatos a nivel molecular mediante este ejército microscópico de soldados programables. Ahora las drogas y cualquier cosa que en circunstancias normales sería detectada podían fluir libremente por todo el mundo, pero sobre todo podían entrar en Norteamérica. Drogas, armas, bombas, material nuclear. Esto realmente lo cambiaba todo. Las posibilidades para los delincuentes eran ilimitadas. Esa era una de las razones por las que Friedman había comprado esa isla tan lejana. No quería oír los gritos desde su patria.

«Que se jodan.»

Llegó hasta su coche. De alquiler. Observó el paisaje una vez más.

Descendió la mirada cuando el perro se le acercó. No llevaba correa, ni siquiera collar. Un perro callejero. Se inclinó para acariciarlo, pero el perro retrocedió.

—No pasa nada, bonito. No voy a hacerte daño.

El perro se acercó, como si quisiese comprobar sus intenciones, pero cuando ella alargó la mano, retrocedió otra vez, se sentó y empezó a aullar.

Un poco nerviosa, Friedman puso la llave en la cerradura de la puerta.

Cuando los hombres se aproximaron a ella, giró la cabeza rápidamente. Eran diez, la mitad de traje, la otra mitad de uniforme. Todos habían desenfundado las armas. Todos la apuntaban.

—¿Qué sucede? —preguntó. Se levantó las gafas de sol hasta la frente—. ¿Qué sucede? —repitió.

—Apártese del vehículo, las manos en la cabeza con los dedos entrelazados. ¡Ya! —ordenó uno de los hombres trajeados.

Friedman hizo lo que le ordenaron.

—¿El perro es de ustedes? Si es así, ha cometido un grave error. Pueden registrarme, no llevo explosivos ni drogas ni nada pare...

Marisa Friedman se quedó muda cuando le vio acercarse desde detrás del todoterreno aparcado al lado de su coche.

Oliver Stone metió las gafas de sol en el bolsillo del cortavientos. Detrás de él, Mary Chapman con las gafas de aviador puestas.

Algo hizo que Friedman mirase hacia su izquierda. Allí estaba Finn. Y a su lado Joe Knox en una silla de ruedas, la cabeza vendada y el brazo derecho en cabestrillo.

Cuando Friedman volvió a posar su mirada en Stone, dio otro respingo.

Caleb Shaw, que también llevaba un cabestrillo, y Annabelle Conroy, con aspecto de estar perfectamente bien, se encontraban de pie detrás de su amigo.

Friedman apartó la mirada de Stone el tiempo suficiente para mirar al perro, que se acababa de sentar a tan solo unos pasos de ella.

Sonrió.

—Qué perro más salado.

—El perro ha sido tu perdición —dijo Stone.

—¿Por qué? —preguntó ella.

Stone hizo el gesto de oler la muñeca.

—Siempre es un error revelar cualquier cosa que sea cierta sobre uno mismo porque después se puede utilizar contra ti.

—No entiendo.

—¿El perfume tailandés que ejerce un efecto visceral en los hombres? ¿Dos corazones en uno? Muy difícil de encontrar, pero no imposible con el apoyo del gobierno de Estados Unidos. —Miró al perro—. Y un olor muy característico. Con olfatearlo una sola vez, este perrito ha tenido suficiente para encontrarte en un lugar tan grande como Arlington.

—¿Cómo sabías que iba a estar aquí?

—¿Cómo no ibas a estar? —repuso Stone.

—¿Habrías venido si hubiese sido al revés?

—No.

—¿Por qué?

—Porque nunca me he regodeado de matar a nadie.

Ella dejó de sonreír.

—No me regodeaba. Prefiero pensar que presentaba mis respetos a un digno adversario.

—Acabamos de interceptar el correo electrónico que te ha enviado Montoya y también tu respuesta. ¿«Hasta luego»? Bonito toque. Mil millones de dólares es una buena remuneración. Y lo mejor de todo es que nos permite establecer una conexión directa entre tú y él. Sus días también están contados.

Miró a su alrededor a todos los hombres armados.

—No parece que vaya a poder gastarme los mil millones. —Se quedó callada—. Me quito el sombrero por el hecho de que hayas descubierto lo de los nanobots y lo de los olores. La verdad es que creía que eso lo tenía bien atado.

—Y lo tenías. Ha sido más por suerte que por lógica.

—Lo dudo. Nadie tiene tanta suerte. Cuando Montoya vio al presidente salir ileso de la explosión, no se puso contento.

—De ahí tu plan «de regreso».

Friedman asintió con la cabeza.

—Siempre se tiene un plan B, porque el plan A no siempre funciona.

—Para entonces la mayoría de las personas se habría limitado a largarse.

—Solo tenía quinientos millones de dólares. Lo quería todo. Y quería llevar el plan hasta el final, para ver si lo lograba. Los mejores pueden, ya sabes. Cuestión de orgullo.

—Estuviste a punto de conseguirlo.

—La verdad es que ya no importa. ¿Puedo preguntarte cómo lograste salir? La verdad es que pensaba que tenía todo cubierto en la Montaña Asesina.

—Y lo tenías. Especialmente en el caso de la tercera salida. ¿Puedo preguntarte cómo lo hiciste?

—Como te dije, te estudiábamos en clase.

—Bueno, ya está bien de tanto rollo —dijo una voz fuerte. Apareció Riley Weaver, con el director del FBI y la agente Ashburn inmediatamente detrás—. ¡Cómo puedes estar tan tarada, Friedman! —gritó Weaver señalándola con un dedo regordete.

Ni siquiera se molestó en contestarle. Mantuvo la mirada en Stone y sonrió.

—Un hombre como tú se busca la vida. Encontré a otros

dos miembros de la Triple Seis que conocían la salida a través de la cocina. Así que estaba segura de que habías encontrado otra más, una que solo conocieses tú.

—¿Por qué? —preguntó Stone.

—Porque no confiabas en nadie excepto en ti. Ni siquiera en tus compañeros asesinos. La verdad es que no.

—¿Qué te hizo pensar eso?

—Porque yo tampoco he confiado nunca en nadie. Aparte de en mí misma.

—¿Cómo la encontraste?

Miró a los hombres que la apuntaban con las pistolas.

—¿Os importa si bajo los brazos? Me estoy quedando un poco agarrotada. Podéis ver que no voy armada. E incluso si lo fuese, me superáis ligeramente en número de armas.

—Mantén las manos en un lugar visible —ordenó uno de los agentes.

Con las manos juntas por delante, se giró hacia Stone y continuó:

—En cuanto supe que iba a utilizar la Montaña Asesina, la recorrí milímetro a milímetro. La puerta principal estaba al oeste. La puerta trasera al este. No se podía bajar. Así que subí. Y ahí estaba, casi como tú la habías dejado. Ahora ya he contestado a tus preguntas. ¿Y las mías?

Stone miró a Chapman

Friedman dirigió la mirada a la mujer.

La agente del MI6 se encogió de hombros.

—Había visto una bomba como esa en dos ocasiones en Irlanda del Norte. Una vez fue el cable azul. Otra el cable rojo. Mi color favorito es el azul. Así que ese es el que corté. Aunque por poco no lo contamos. Lo corté justo a tiempo. No podíamos hacer mucho más, pero aquí estamos. Eso es lo que cuenta.

—En cuanto estuvimos en un lugar seguro, detonamos la bomba —explicó Stone—. Por si acaso tenías a alguien en la zona vigilándonos. Después, una llamada de teléfono y organizamos el resto. Nos sacaron de allí en bolsas para cadáveres. La otra parte del plan la has visto hoy. Pensamos que sería la única posibilidad de pillarte. Hacerte creer que tu plan había funcionado. El presidente Brennan lo arregló todo con el gobierno ruso.

—Muy bien hecho.

Stone se acercó más a ella.

—¿De verdad que solo fue por el dinero?

—En parte. Pero también fue por la emoción. Por ver si lograba llevarlo a cabo. Fue todo un reto. Incluso tú tienes que admitir que lo fue. Cuando Montoya contactó conmigo e intentó reclutarme, al principio no acepté, pero entonces pensé: «¿y por qué diablos no?». Creo que incluso tú hubieses estado tentado. —Extendió la mano para tocarle el brazo, pero él retrocedió. Friedman pareció llevarse una decepción—. Sé qué es lo que te motivaba. La emoción. Todos esos años en la Triple Seis. Realmente no lo hacías por dinero —prosiguió.

—No, no lo hacía por dinero.

—Y entonces, ¿por qué? Y no me mientas y me digas que solo lo hacías por tu país.

—Basta ya —espetó Riley Weaver. Se acercó a grandes zancadas—. Tú vas a la cárcel, pero solo por una temporada. Después te van a ejecutar. Por alta traición.

—Riley, mira que eres pesado —dijo Friedman mientras negaba con la cabeza—. Le quitas la gracia a todo.

Al antiguo marine parecía que le iba a dar un ataque.

—¡La gracia! ¡Llamas lo que has hecho una gracia! Eres una psicópata sin remedio.

Ella volvió a Stone.

—¿Por qué? ¿Por qué lo hacías?

—Tenía una mujer a la que amaba. Tenía una hija a la que adoraba. Quería regresar a casa con ellas.

Friedman permaneció callada durante unos instantes.

—Bueno, yo no tenía nada de eso —dijo al final.

—Venga —espetó Weaver—. Esposad a la dama y leedle sus derechos. Hagamos esto según las reglas. No quiero errores. No quiero que se pierda su cita con la inyección letal. De hecho, creo que yo mismo se la pondré.

Ella lo miró con desdén.

—No voy a ir a la cárcel y desde luego tú no me vas a ejecutar.

Weaver sonrió con malicia.

—Bueno, guapa, me encantaría saber cómo coño lo vas a evitar.

—Ya lo he hecho.

Se tambaleó un poco al pronunciar esas palabras. Alargó el brazo y apoyó la mano en la puerta del coche de alquiler para mantener el equilibrio.

Stone fue el primero en darse cuenta de lo que había pasado.

Se precipitó hacia ella y le cogió la mano izquierda. Vio el pinchazo de sangre en su muñeca izquierda, precisamente en el centro de una vena. Le cogió la mano derecha y se la giró para ver el dorso. La piedra del anillo que llevaba no estaba. En su lugar había una aguja corta y delgada que sobresalía hacia arriba.

—Yo de ti tendría cuidado con esto —dijo Friedman—. Se trata de una sustancia muy peligrosa, de efecto increíblemente rápido. Deja al viejo cianuro en lo más bajo de la escala de toxicidad.

Su voz era lenta y las palabras se le embrollaban un poco. Se tambaleó de nuevo. Stone la sujetó y después dejó que se apoyara en el coche y se deslizase hasta el suelo.

Todos se quedaron mirándola. El rostro de Weaver era una máscara de ira.

—¿Cómo? —exigió.

Friedman sonrió.

—En cuanto le he visto. —Señaló a Stone—. Sabía que todo había acabado. Así que me he ocupado de mis asuntos, Riley. Una buena espía hasta el final. Y todos los buenos espías se marchan con sus condiciones. No con las de otros.

Miró de nuevo a Stone y respiró hondo y con dificultad.

—He comprado la isla. —Él no dijo nada. Friedman empezó a respirar con dificultad—. Creo que hubiésemos sido felices allí.

Todos miraron a Stone y después a Friedman.

—Creo que podríamos haber sido felices. Dime que sí —insistió.

Stone siguió mirándola en silencio.

Su cuerpo se contrajo y después se relajó. Stone pensó que había muerto en ese instante, pero consiguió añadir:

—Nos parecemos más de lo que jamás querrás admitir, John Carr.

Sus ojos dejaron de moverse. Miraban fijamente. Marisa Friedman se deslizó hacia un lado, su delicada y pálida mejilla reposó en la grava.

Stone no lo vio.

Ya había dado media vuelta y se alejaba.

103

Los miembros del Club Camel se apiñaban alrededor de la
cama de Alex Ford, que los estaba mirando. Annabelle le apretaba la mano mientras las lágrimas le surcaban las mejillas.

Reuben y Caleb intercambiaron una sonrisa.

—Recuerda, nada de flores para él —le susurró Reuben a
Caleb.

Stone se acercó más a la cama y miró a su amigo. Alex todavía no podía hablar y los médicos les habían explicado que aún
no conocían el alcance de sus lesiones porque parte del cerebro
estaba afectado.

—Quizá se recupere totalmente o solo en parte —les había
explicado el cirujano.

—Pero no va a morir —dijo Annabelle.

—No —prosiguió el médico—. No va a morir.

Stone apoyó la mano en el hombro de Alex con suavidad.

—Qué... alegría tenerte de nuevo con nosotros, Alex —titubeó.

Alex parpadeó, la boca todavía una línea delgada e inmóvil.
Annabelle inclinó la cabeza para acercarse más a él.

—Estaremos contigo en todo momento, Alex, en todo momento.

Él le apretó la mano.

Esa noche, tarde, Stone estaba en su casa sentado al escritorio. Tenía mucho en que pensar, pero la verdad es que no quería

darle más vueltas. Tenía una oferta para volver cuando le apeteciese a trabajar para el Gobierno en calidad de lo que quisiese. Le había dicho al director del FBI que ya hablarían, pero no le había dicho cuándo.

A Carmen Escalante la habían incluido en el programa de protección de testigos por si Carlos Montoya decidía aplacar su ira con ella. Stone no creía que ella tuviese muchos motivos de preocupación. El mundo entero conocía ya la verdad, que Montoya estaba detrás del atentado de Lafayette Park y de todo lo demás. Stone suponía que al tipo no le quedaba mucho tiempo de vida. O bien alguien de su organización aprovecharía la oportunidad para quedarse con su cártel o los rusos lo asesinarían por intentar cargarles todos esos delitos o los estadounidenses se encargarían de eliminarlo.

En realidad, a Stone no le importaba quién lo matase.

¿Y los nanobots capaces de cambiar la huella química de los explosivos y de las drogas? Pues iban a costarles a los de la ATF y a todos aquellos implicados en la lucha contra el crimen muchas noches sin dormir.

Al final, y contra su voluntad, pensó en Marisa Friedman.

Había comprado una isla desierta para ellos dos.

«Nos parecemos más de lo que jamás querrás admitir, John Carr.»

Se equivocaba. No se parecían en nada.

«¿O sí?»

Mientras miraba el escritorio y la cabeza le daba vueltas a causa de las implicaciones de sus repentinas dudas, vio un puntito rojo moverse con rapidez por la madera vieja y marcada, como si de un mosquito ardiendo se tratase. El punto siguió recorriendo la madera hasta que le alcanzó. Bajó la mirada y vio cómo subía por su pecho, pasaba rápidamente por su rostro y se detenía, asumió él, en el centro de su frente.

—Lo cierto es que te esperaba antes —dijo con calma en la oscuridad.

Chapman apareció delante de él, su Walther, preparada con un dispositivo de visión láser, le apuntaba.

—Lo siento, suelo ser puntual. ¿Cuándo lo descubriste?

—Sé que el MI6 no se permite el lujo de dejar que su mejor agente se entretenga en el extranjero sin un motivo de peso. Te deberían haber asignado otro caso hace mucho y deberías haber vuelto a casa. El hecho de que no lo hicieses me indicó que tenías otro caso. Y no se trataba solo de vigilarme. Hay muchos otros agentes aquí que podrían haberlo hecho.

—Muy bien. Pero también me he quedado por aquí para ayudarte a resolver el caso y evitar que salieses mal parado. ¿No era esa la función de Watson con Holmes? ¿Llevar la pistola y disparar al personaje siniestro que pudiera aparecer? ¿Y exclamar con admiración por las deducciones del maestro?

—Dijiste que no habías leído las novelas.

—Mentí. Lo cierto es que me encantan, pero a decir verdad debo confesar que he disfrutado haciendo de Watson para tu Holmes.

—¿Quién te encargó que me mataras? ¿McElroy?

—Sir James te aprecia de verdad. Él cree que solo te vigilaba. Hay cosas que no se las puedo decir ni a mi padrino. No, yo tiraría más hacia casa, si te interesa saber quién fue. Nosotros y los yanquis funcionamos bien juntos, ya lo sabes.

—Entonces, ¿Weaver?

—¿Qué es lo que decís los americanos? Ni sí ni no, pero no voy a negarlo con mucha insistencia.

—¿Así que el jefe del NIC contrató al servicio de inteligencia británico para que matara a un ciudadano estadounidense?

—¿No te encanta cómo funciona ahora este maldito mundo?

—¿Y el presidente? ¿Está al corriente?

«¿Me mintió a la cara en Camp David? ¿Y después de haberle salvado la vida? ¿Una vez más?»

—La verdad es que no lo sé, pero si Weaver está haciendo esto sin su conocimiento o su consentimiento tiene muchos huevos. Debes de haber sido muy malo.

—Pago con la misma moneda.

—No te culpo lo más mínimo.

—¿Así que tú eres una asesina a sueldo al otro lado del charco?

—Más o menos como eras tú. Hago alguna investigación o salvo el mundo para la reina, eso de vez en cuando, pero princi-

palmente me encargo de pegarle un tiro a un adversario problemático.

—Estoy seguro de que lo haces bien.

—Como tú. Quizás el mejor que jamás haya existido. —Inclinó la cabeza y sonrió—. Dime una cosa. ¿Alguna vez has de-
sobedecido una orden directa? —prosiguió.

Stone no dudó.

—Solo una vez en toda mi carrera. Cuando estaba en el ejército.

—¿Te alegras de haberlo hecho?

—Sí.

—¿Alguna vez desobedeciste una orden cuando estabas en
la Triple Seis?

—No.

—¿Te alegras de no haberlo hecho?

—No. Es una de las cosas que más lamento de mi vida.

Ella bajó el arma y la enfundó en la pistolera.

—Bueno, pues esta es mi primera vez.

Stone se mostró sorprendido.

—¿Por qué?

—Por muchas razones que ahora mismo no tengo ganas de
discutir.

—Pero ¿no tomarán represalias por no haber llevado a cabo
la misión?

—Soy una mujer a la que le gusta correr riesgos ante la ad-
versidad.

—Ahora tendrás que cubrirte las espaldas.

—Eso lo he hecho desde el día que ingresé en el MI6.

—¿Volveré a verte?

—A nadie se le promete el futuro.

Dio media vuelta y se fue hacia la puerta, pero entonces volvió la vista atrás.

—Cuídate, Oliver Stone. Ah, y otra cosa, ya puedes guardar
tu arma. Ya no la vas a necesitar. Al menos no conmigo, pero no
le des la espalda a Riley Weaver. Eso sería un error. Adiós.

Un instante después Mary Chapman se había ido.

Stone guardó con lentitud la pistola en el cajón del escritorio y lo cerró. En el instante en que vio el punto en su escritorio, había apuntado el arma al hueco para las rodillas. Se alegraba de no haber tenido que disparar. Había muchas probabilidades de que se hubieran matado el uno al otro.

Era tarde, pero no estaba cansado. Ya no necesitaba dormir tanto como antes. La edad, suponía, era la causa. Esperó un poco y después se levantó y caminó. Caminó hasta tan lejos que alcanzó el lugar donde todo había empezado.

No era la Montaña Asesina. Ahí fue donde todo empezó para John Carr.

Miró a su alrededor hacia los límites de Lafayette Park. Ahí es donde todo había empezado para Oliver Stone. Y por muchas razones sabía que aquel era su lugar. Dirigió la mirada enfrente, a la Casa Blanca, donde el presidente estaría durmiendo a pierna suelta incluso después de haber escapado por los pelos de un intento de asesinato.

Stone caminó por el parque, saludando con la cabeza al personal de seguridad, que le conocía bien. Se preguntó si Alex Ford alguna vez volvería a estar ahí de pie, en una misión de protección. Ahora sería una leyenda venerada en el Servicio Secreto, un héroe para su presidente y para su país. Stone hubiese preferido tener a su amigo sano de nuevo.

Sus pensamientos pasaron a Chapman, que al fin volvería a su islita. Tal vez cruzase el charco para visitarla. Solo tal vez. Se sentó en el mismo banco en el que Marisa Friedman estaba la noche en que una explosión sacudió Lafayette. Eso lo había iniciado todo. Ahora, una vez más, reinaba la tranquilidad.

Stone dirigió la mirada al arce que acababan de plantar en lo que sería su nuevo hogar. Parecía que siempre había estado allí.

Igual que algunas personas.

«Igual que yo.»

Oliver Stone se reclinó, respiró hondo y siguió admirando la vista.

Agradecimientos

A Mitch Hoffman, que sabía que el «infierno» podía ser tan divertido; a David Young, Jamie Raab, Emi Battaglia, Jennifer Romanello, Tom Maciag, Martha Otis, Anthony Goff, Kim Hoffman, Bob Castillo, Roland Ottewelle y a toda la gente de Grand Central Publishing, que me muestran su apoyo todos los días.

A Aaron y Arleen Priest, Lucy Childs Baker, Lisa Erbach Vance, Nicole James, Frances Jalet-Miller y John Richmond, por mantenerme por el buen camino con veracidad.

Una mención especial para Maja Thomas, por llevar mi mundo digital a un nivel totalmente nuevo.

A Maria Rejt, Trisha Jackson y Katie James, de Pan Macmillan, por ayudarme a navegar por el estanque.

A Grace McQuade y Lynn Goldberg, por una publicidad extraordinaria; a Donna, a quien le debo el título; a Scot, gracias por la ayuda; a Neal Schiff, por toda tu ayuda con los procedimientos del FBI; a Bob Scule, por tu vista de lince y revelaciones sobre los grupos de presión; a Frank Verrastro y John Hamre, por los detalles sobre Washington D.C.

A Marisa Friedman, Stephen Garchik, la familia del doctor Fuat Turkekul y Tom Gross, espero que os hayan gustado vuestros papeles, y las distintas organizaciones benéficas con las que habéis colaborado sin duda se han beneficiado de ello.

A Lynette, Deborah y Natasha, y ya sabéis por qué.